OLIVER G. WACHLIN

Tortenschlacht

KRIMINALROMAN

emons:

FSC
www.fsc.org
MIX
Papier aus verantwortungsvollen Quellen
FSC® C083411

Umschlaggestaltung: Tobias Doetsch
Druck und Bindung: CPI – Clausen & Bosse, Leck
Printed in Germany 2010
ISBN 978-3-89705-766-1
Originalausgabe

Unser Newsletter informiert Sie
regelmäßig über Neues von emons:
Kostenlos bestellen unter
www.emons-verlag.de

PROLOG

Er stand in der Küche seines Hauses und überlegte, ob er den Champagner öffnen sollte. Ein Brut Première, was immer das auch heißen mochte. Leider war niemand da, dem er zuprosten konnte. Wenn Traudl noch leben würde, die hätte sich gefreut. Vermutete er jedenfalls.

Draußen regnete es schon seit Stunden. Auf dem Hof waren große Pfützen, in denen sich verzerrt die Stallungen widerspiegelten. In der Scheune brannte Licht. Merkwürdig. Er war seit drei Tagen nicht mehr in der Scheune gewesen. Wenn er also vergessen hatte, das Licht auszuschalten, hätte es ihm längst auffallen müssen. War es aber nicht. Irgendwer musste in der Scheune sein. Jemand, der nicht auf diesen Hof gehörte.

Über zwei Jahre lang war er nun schon Witwer, und seitdem gab es hier niemanden außer ihm. Die Felder lagen brach. Der Rest waren Wiesen, die er an ein paar Züchter im Dorf verpachtet hatte, die dringend Heu für ihre Karnickel brauchten.

Wer also hatte Licht in der Scheune gemacht?

Er nahm den schweren Buchenholzknüppel, den er sich zurechtgeschnitzt hatte, nachdem sie ihm eine tote Katze an die Tür genagelt hatten. Zwei Tage später wurde sein Schäferhund Rollo vergiftet aufgefunden. Und immer wieder lag anonyme Post im Briefkasten: »WIR KRIEGEN DICH, DU RATTE!«

Na, das wollen wir doch mal sehen. Grimmig öffnete er die Haustür und lief durch den Regen auf die Scheune zu. Deutlich sah man das Licht. Es sickerte durch einen Spalt im Scheunentor. Davor hatte sich eine riesige Wasserlache gebildet, in die der Regen Blasen trieb.

Und war nicht auch Musik zu hören? – Ja, ganz deutlich. Aus dem alten Kofferradio, die RIAS Big Band mit Horst Jankowski. »Summertime« von Gershwin.

Das war unheimlich. Musik und Licht – das fühlte sich an, als wollte man ihn ganz bewusst in die Scheune locken.

Um was mit ihm zu tun?

Was für eine Scheiße wollten sie jetzt wieder anstellen? Ihn krankenhausreif prügeln? Ihn mit Gewalt zwingen, den Hof nicht zu verkaufen?

Zu spät, Jungs, die Sache ist gelaufen. Und wer das nicht versteht, kriegt eins mit dem Knüppel übergezogen.

Ruckartig öffnete er das Scheunentor und trat ein. Niemand war zu sehen, die Scheune menschenleer. Nur das Licht aus einer kahlen Glühbirne unter der Decke und Jankowskis Big Band. Aber wo war das kleine Kofferradio? Es stand nicht auf seinem Platz an der Werkbank, sondern – sein Blick ging nach oben – auf dem Kehlbalken vor dem Heuboden unter dem hohen Satteldach. Machte sich hier wer einen albernen Scherz mit ihm?

»Was soll das werden«, rief er laut, »›Verstehen Sie Spaß‹ mit Kurt Felix und Paola?«

Keine Antwort. Offenbar waren die Witzbolde schon ausgeflogen.

Er griff nach der Holzleiter, die am Heuboden lehnte, und prüfte, ob sie sicher stand. Man will sich ja nicht das Genick brechen auf seine alten Tage.

Dann stieg er hoch, um sein Kofferradio herunterzuholen. Das konnte ja nicht die ganze Nacht hier herumdudeln. Er wollte gerade danach greifen, als plötzlich ein Schatten über ihm war, eine Gestalt, die, im Dunkel des Heubodens verborgen, auf ihn gewartet hatte. Sie packte ihn blitzschnell am Kopf, legte ihm eine grobe Schlinge um den Hals, und plötzlich war klar, wie die Sache laufen sollte.

Die Schweine wollen mich lynchen, dachte er erschrocken, das ist eine Falle, verdammt, ich soll hängen wie ein Stück Fleisch!

Verzweifelt versuchte er, sich zu wehren. Ohne Chance, denn er hatte ja nur den wackeligen Stand auf der Leiter, und die wurde eben mit einem kräftigen Fußtritt zu Fall gebracht.

Seine Arme ruderten herum, ein stechender Schmerz durchfuhr ihn, als sein fallender Körper durch den Strick ruckartig gestoppt wurde und sich die Schlinge um seinen Hals abrupt zuzog. Mit abgeschnürter Kehle und zappelnden Beinen hing er in der Luft.

Panik stieg ihn ihm auf. Oh Gott, wer tut mir das an, dachte er verzweifelt. Die bringen mich um, die bringen mich einfach um!

Sicher, er hatte Ärger im Dorf, aber nie hätte er geglaubt, dass sie so weit gehen würden. Waren das wirklich alles Mörder, eiskalte Killer? Oder steckte was ganz anderes dahinter?

Er würde es nicht mehr herausbekommen, so viel war klar. Er erstickte. Kalter Schweiß trat ihm auf die Stirn, das Blut pochte in den Schläfen, sein Herz schlug wie rasend.

Es dauerte, bis er das Bewusstsein verlor.

Seine Arme fielen schlaff herab, ein letztes Zucken durchfloss seinen Körper.

Und Jankowskis Orchester spielte:

Summertime and the livin' is easy
Fish are jumpin' and the cotton is high
Your daddy's rich and your ma's good lookin'
So hush little baby, don't you cry ...

Der alte Ford Transit, der wenig später über die nahe Landstraße fuhr, war über und über mit Graffiti besprüht und viel zu schnell unterwegs. Aus den Boxen dröhnte Punkrock. Am Steuer saß ein Junge mit schwarz gefärbten Haaren, der kaum im Führerscheinalter war. Das Mädchen neben ihm war noch jünger, fast noch ein Kind, in zu großer, mit Nieten besetzter Bikerlederjacke, und es hatte grüne und lila Strähnen im langen Haar.

Der Junge wippte mit dem Kopf im Takt der Musik, zog an einem Joint und reichte ihn dann dem Mädchen, das tief inhalierte und sich entspannt zurücklehnte. Beide sagten kein Wort und sahen entrückt durch die Windschutzscheibe hinaus, als säßen sie im Kino vor einem abgefahrenen Film. Gleichmäßig schoben sich die Scheibenwischer hin und her, der Asphalt der Straße glänzte nass im Scheinwerferlicht. Plötzlich verschwand er scharf nach rechts. Verblüfft registrierte der Junge, dass sein Wagen geradeaus weiterfuhr, knapp zwischen zwei Bäumen hindurch. Alles schaukelte wild durcheinander, und es dauerte einen Moment, bis die beiden registrierten, dass etwas nicht in Ordnung war.

»Oh fuck«, quietschte das Mädchen noch, dann kippte der Wagen nach vorn und krachte mit der Schnauze voran in einen Bewässerungsgraben. Die Fluten spritzten hoch, Luftblasen gurgelten auf.

Dann war Stille.

Der Transit stand schräg an der Böschung im Graben, mit Motorhaube und Führerhaus bis zur Dachkante im Wasser. Nur das Heck guckte noch raus. Der Regen prasselte auf das Blech.

Nach einer Weile tauchte das Mädchen auf. Prustend und mit Entengrütze im langen Haar sah es sich erschrocken um.

»Dark?«, rief es japsend. »Scheiße, was war das, Dark?« Das Mädchen richtete sich triefend auf und wischte sich mit dem Ärmel der pitschnassen Lederjacke übers Gesicht.

»Dark?«

Keine Antwort.

»*Dark*!«

Hektisch platschte die Kleine ums Auto herum, rüttelte angstvoll an der versunkenen Fahrertür.

»Dark, mach keinen Scheiß, du musst da raus! – Oh Gott!«

Sie hielt sich die Nase zu, tauchte wieder ins schlammige Wasser ab. Es dauerte endlose Sekunden, bis sie die Fahrertür endlich aufbekam. Hastig packte sie den Jungen am Kragen, zerrte ihn aus dem Auto und tauchte mit bleichem Gesicht wieder auf.

»Oh shit«, keuchte sie atemlos und zog den Jungen ins Flache. »Dark, alles klar?«

Nicht wirklich. Der Junge würgte Wasser hervor, und an seiner Stirn war eine tiefe Platzwunde. Benommen lehnte er am Wagen. »Was 'n passiert?«

»Keine Ahnung«, flüsterte das Mädchen zitternd, »offenbar sind wir mit dieser beschissenen Karre baden gegangen.«

»Dann brauchen wir 'n Boot«, murmelte Dark und sank mit weichen Knien zurück in die Fluten.

»*Dark*!«, schrie das Mädchen erschrocken, zog ihn wieder hoch und schüttelte ihn. »Hey, Mann, komm zu dir, okay? Das ist kein beschissener Trip hier, das ist ... verdammte Realität – *oh shit ...*«

Dark war ohnmächtig geworden. Das Mädchen schleppte ihn keuchend die Böschung hoch.

»... ich hol Hilfe, okay? Ich, ich ...« Sie legte ihn ins feuchte Gras und strich ihm liebevoll über die Stirn. »Halte durch, Dark! Ich guck mal, ob ich Hilfe finde, ja?« Besorgt sah sie sich um. Es schüttete wie aus Kannen, und sie hatte keine Ahnung, wo sie waren.

»Ich guck mal, ob ich Hilfe finde«, wiederholte sie flüsternd, richtete sich auf und schloss zitternd den Reißverschluss ihrer Lederjacke. Die hatte sich vollgesogen wie ein Schwamm und wog mindestens drei Kilo.

»Mach keinen Scheiß, Dark, okay? Bin gleich wieder da.« Das Mädchen stolperte zurück auf die Straße.

Kein Auto zu sehen. Aber etwas weiter links sah man ein Licht. Feuerschein, ganz deutlich, verdammt, da brannte etwas, da stand ein ganzes Haus in Flammen! Aber wo es brannte, war auch die Feuerwehr nicht weit. Das Mädchen rannte los.

»Hallo«, rief es, »hallo, ist da wer?«

Sie lief querfeldein, rutschte ein paarmal auf der feuchten Wiese aus, rappelte sich wieder auf. Das Feuer kam von einem Gehöft, einem Bauernhof oder so was. Deutlich zeichnete sich im Feuerschein ein weiteres Gebäude ab.

»Hallo«, schrie das Mädchen wieder, »ist hier jemand?« Sie fand die Zufahrt, lief auf den Hof. Hier war es furchtbar heiß, krachend und knisternd brach der Dachstuhl des brennenden Wohnhauses in sich zusammen

Das Mädchen wich etwas zurück, starrte hilflos auf die prasselnden Flammen.

Was war hier passiert, verdammt?

Plötzlich Musik. Sie kam aus der Scheune.

Atemlos stieß das Mädchen das Tor auf, strich sich die feuchten Haarsträhnen aus der Stirn und starrte mit weit aufgerissenen Augen auf den Mann, der tot im Raum hing.

Dann gellte ein Schrei des Entsetzens über den brennenden Hof.

1 SO VIEL STAND FEST: Berlin war wieder Weltstadt. Der Big Apple Europas, die Metropole der Zivilisation, und deshalb hatte sich Heini Boelter für teures Westgeld schwarz-weiß karierte Zierstreifen für seine Wolgataxe »jekooft«.

International war das üblich. Vor dem Krieg hatten auch die Berliner Droschken diese schwarz-weißen Karos an den Seiten, das war sozusagen der kosmopolitische Code des Taxigewerbes, und Heini Boelter wollte ein kosmopolitischer Taxifahrer sein. Wie der Eiserne Gustav. Bloß dass er seine Fahrgäste heute nicht mehr nur nach Paris chauffierte, sondern gleich nach New York – via Berlin-Tegel! Sein Wolga sah mit den Karostreifen auch gleich viel schicker, amerikanischer aus. Komisch, dass die Westtaxen das nicht hatten, aber egal, Schnecke dürfte beeindruckt sein. Und da heute nicht viel los war, die üblichen Witwenfahrten zum Friedhof waren erledigt, hatte sich Heini Boelter die nagelneue Lederjacke übergezogen, die Haare sorgsam mit Pomade zur Rockabilly-Ente geformt und im Rückspiegel sein lässiges Elvisgrinsen perfektioniert. Die grauen Strähnen an den Schläfen wurden mehr, aber – Herrgott! – Heini Boelter war Ende vierzig, da waren andere froh, wenn sie überhaupt noch Haare hatten. Er dagegen hatte ‘ne richtig volle Tolle, graue Strähnen hin oder her.

Gut gelaunt legte Heini Boelter die Kassette in das nagelneu eingebaute Blaupunktradio ein und drehte die Lautstärke auf: *»A little less conversation«*, dröhnte es aus den Boxen, *»a little more action, please! A little more bite and a little less bark, a little less fight and a little more spark. Close your mouth and open your heart …«* Heini Boelter legte den Gang ein und wollte – »Schnecke, ich komme!« – gerade das Gaspedal durchdrücken, als plötzlich die Tür zum Fond geöffnet wurde und ein Fahrgast einstieg. Nicht doch! Entschuldigend drehte sich Heini Boelter um.

»Verzeih’nse, Mister, aber ick wollte jerade Feierabend machen!«

»Herr Boelter?« Der Fahrgast war in einen dunkelgrauen Trenchcoat gehüllt, trug einen tief in die Stirn gedrückten Borsalino und hatte trotz des Nieselwetters sein Gesicht mit einer übergroßen Pilotensonnenbrille getarnt. »Herr Heinrich Boelter?«

Boelter nickte langsam. CIA, dachte er, der Kerl sieht aus wie in einem dieser amerikanischen Agentenfilme. Und ick mittendrin. »Wat darf's denn sein, Mister?«

»Fahren Sie erst mal los.«

»Verfolgen wir jemanden?« Interessiert sah sich Boelter um. Das hatte er sich schon immer gewünscht. Das mal so 'ne Type einstieg und ihn – »Folgen Sie diesem Wagen!« – in eine halsbrecherische Verfolgungsjagd verwickelte. Stattdessen:

»Schön gelassen geradeaus, und ja keine rote Ampel überfahren, klar?«

»Wie Sie wünschen, Mister.« Boelter atmete tief durch und fuhr los. Was, wenn der Typ ein Killer war? Jetzt, wo die Grenzen gefallen waren, schien ihm das durchaus möglich. Die Krimis im Westfernsehen zeigten öfter gelangweilte Ehefrauen, die ihren Männern einen Berufskiller hinterherschickten. Einfach, weil sie an das Erbe wollten oder der Gatte untreu war.

In aller Eile ging Boelter die möglichen Racheengel durch. Ruth? Unmöglich, sie waren schon seit fast fünfzehn Jahren geschieden, und sie hatte längst einen neuen Mann. Bianca hatte schon eher ein Motiv, weil er mit ihrer Freundin durchgebrannt war. Aber auch das war eine Ewigkeit her. Astrid hatte ihn wegen einer Affäre mit einer tschechischen Countrysängerin aus dem Haus geworfen, und Elvira hatte Blumenvasen nach ihm geschmissen, weil sie dahintergekommen war, dass er nicht Johnny Cash, sondern nur Heini Boelter hieß. Und Rosie? Er betrog sie seit drei Monaten mit Schnecke, möglich, dass sie das rausgefunden hatte. Aber war die schnuckelig naive Rosie dazu überhaupt in der Lage? Ihm einen Berufskiller auf den Hals zu hetzen?

»Hören Sie, Mister …«, begann er, wusste aber nicht, wie er weitermachen sollte. Nein, Boelter wollte nicht um sein Leben betteln wie ein Hund. Er wollte standhaft sterben, ungebeugt in den Tod gehen, mit erhobener Faust wie einst Ernst Thälmann. Doch konnte dieser kommunistische Arbeiterführer heute überhaupt noch Vorbild sein? Vielleicht wäre eine Steve-McQueen-Nummer zeitgemäßer; einfach auf die Bremse latschen und den unbequemen Delinquenten auf der Rückbank per Trägheitsgesetz und Flug durch die berstende Windschutzscheibe unschädlich machen …

»Ich nehme an, Sie wollen sich zweitausend Westmark verdienen«, ließ sich der Mann auf der Rückbank vernehmen und reichte ihm einen Packen Geldscheine nach vorn. »Fünfhundert als Anzahlung?«

Yeah, das ist der Westen! Boelters Herz machte einen Freudensprung. Kohle verdienen leicht gemacht mit Action in der Marktwirtschaft.

»Was muss ich tun, Sir?« Plötzlich fühlte er sich wie James Bond. Nicht, dass er die Welt retten wollte, einen Banktresor aufsprengen wäre aufregend genug, genauso wie die Befreiung einer heißen Millionärstochter aus den Fängen brutaler Kidnapper. Noch bevor er genauer darüber nachdenken konnte, wie er das am besten bewerkstelligen sollte, sagte der Mann auf der Rückbank:

»Wissen Sie, wo das Ministerium für Staatssicherheit ist?«

Mist, dachte Boelter, denn die Stasi war heute keinen Pfifferling mehr wert. Früher, als die noch mächtig und unheimlich waren, okay. Aber jetzt taugte diese abgehalfterte Truppe kaum noch für einen Thrillerstoff.

»Sie meinen die Zentrale in der Normannenstraße?«

»Exakt.« Der Mann auf der Rückbank nickte und sah auf die Uhr. »In genau drei Stunden findet dort eine Demonstration statt. Die Bürgerbewegungen haben dazu aufgerufen, Sie wissen schon, ›Neues Forum‹, ›Demokratie jetzt!‹ und dergleichen …«

»Come on, come on«, schnurrte Elvis Presley zu nervösen Beats aus den Boxen, und der Backgroundchor sang: *»Satisfy me, satisfy me …«*

»… vermutlich werden Zehntausende kommen«, erklärte der Mann auf der Rückbank weiter, »und es gibt Gerüchte, dass die Menschen die Stasizentrale stürmen werden.«

»Tatsächlich«, maulte Boelter, den das alles herzlich wenig interessierte. »Und wat hab ick damit zu tun?«

»Sie werden dabei sein!« Boelter spürte die schwere Hand seines Fahrgastes auf der Schulter. »Denn jetzt kommen Sie ins Spiel. Mit einer ganz besonderen Aufgabe.«

»Die da wäre?« Boelter stoppte an einer Ampel und sah sich nach dem Mann auf der Rückbank um.

»Die Menge wird den Haupteingang aufbrechen«, sagte der, »sobald Sie im Gebäude sind, halten Sie sich links. Vermutlich wird alles in die andere Richtung strömen, rechts lang, aber Sie, Herr Boelter, Sie bleiben links, verstanden?«

»Okay«, machte Boelter langsam, und allmählich fand er die Sache wieder spannend. »Und dann?«

»Am Ende des Ganges auf der linken Seite finden Sie eine Treppe in den Keller, aber Vorsicht: Der Zugang könnte bewacht sein.«

»Kein Problem«, murmelte Boelter.

»Nicht für Sie, ich weiß«, nickte der geheimnisvolle Fahrgast, »Sie hatten eine Spezialausbildung im Rahmen Ihres Wehrdienstes bei der NVA, nicht wahr?«

»Nahkampf«, bekräftigte Boelter stolz, »Ausschalten des Gegners ohne Zuhilfenahme von Waffen ...« Er stockte und sah unsicher in den Rückspiegel. »Aber: Woher wissense det?«

»Ich kenne Ihre Akte.« Der Fahrgast lehnte sich zurück. In seiner Pilotenbrille spiegelte sich die draußen vorbeiziehende Schönhauser Allee. Über den stählernen Viadukt rumpelte eine alte gelbe Hochbahn. »Sobald Sie die Wachen passiert haben, laufen Sie den rechten Gang hinunter, dritte Tür links – die brechen Sie damit auf.« Er hielt Boelter eine Art elektrischen Schraubenzieher hin. »Kennen Sie sich mit so was aus?«

»Und ob!« Boelter lächelte breit. Jetzt wurde es zumindest olsenbandenmäßig. »Kenn ick aus Filmen.«

»Einfach ins Schloss stecken, den Knopf hier drücken«, erklärte der Fahrgast unter dem Borsalinohut, »und dann warten, bis sich die Tür öffnen lässt.«

Boelter nahm den Schrauber, besah ihn sich kurz. ABUS-Sicherheitstechnik stand drauf, obgleich man damit ja alle Sicherheit obsolet machte. Egal. »Und dann?«

»Achten Sie auf die Beschriftungen an den Regalen. Die Registriernummern beginnen vermutlich mit drei Buchstaben: APT bis ARO.« Er sagte es wie »A Pe Te bis A Err Oh«, und Boelter wiederholte es leise.

»Die Akte Arndt dürfte ziemlich umfangreich sein«, präzisierte der Mann auf der Rückbank weiter. »Arndt mit De Te. Vorname Jan Frido oder Fridolin. Uns interessieren lediglich die operativen Vorgänge aus 1960 und 61, klar?«

Uns, dachte Boelter verwundert, wieso sagt der plötzlich »uns«? Wollte der Kerl damit andeuten, dass hinter ihm eine ganze Gruppe von Leuten stand, oder meinte er nur sich und ihn, den guten alten Heini Boelter?

»Haben Sie mich verstanden, Heinrich?« Wieder spürte Boelter die schwere Hand des Fahrgastes auf der Schulter.

»Allet paletti«, beteuerte er, »Arndt mit De Te, die Vorgänge 60, 61. Sonst noch wat?«

»Sehen Sie zu, dass Sie mit der Akte unauffällig aus dem Gebäude kommen«, knurrte der Fahrgast und sah wieder auf die Armbanduhr. »Zeitvergleich: Es ist jetzt vierzehn Uhr zwölf. Ich treffe Sie exakt einundzwanzig Uhr dreißig an der Weltzeituhr. Da kriegen Sie die restlichen fünfzehnhundert D-Mark – und ich meine Akte. Abgemacht?«

»Abgemacht!« Boelter reichte die Hand nach hinten, doch der Fahrgast schlug nicht ein, sondern sagte stattdessen: »An der Ecke können Sie mich rauslassen.«

Heini Boelter stoppte das Taxi und wartete, bis sein seltsamer Fahrgast ausgestiegen war. Zu gern hätte er erfahren, was an der geforderten Akte so wichtig und warum ausgerechnet er für den Job in Frage gekommen war. Aber aus unzähligen Agentenfilmen wusste er, dass sich für einen echten Profi derartige Fragen verbaten.

Mit *Fantasie*
gegen Stasi und Nasi

Aktionskundgebung:
15. Januar um 17 Uhr

Das Neue Forum Berlin ruft für den 15. Januar 1990 um 17.00 Uhr zur Aktionskundgebung vor dem Stasi-Gebäude Ruschestraße auf.

Wir fordern:

Sofortige Schließung aller Stasi-Einrichtungen
Hausverbot für alle Stasi-Mitarbeiter
Einleitung von Ermittlungsverfahren gegen das MfS
Offenlegung der Befehlsstrukturen zwischen SED und Stasi
Stasi in die Volkswirtschaft
Keine Sonderzahlungen und Privilegien für ehemalige Stasi-Mitarbeiter
Keine Bildung von neuen Geheimdiensten

Schreibt Eure Forderungen an die Mauern der Normannenstraße!
Bringt Farbe und Spraydosen mit!
Wir schließen die Tore der Stasi!
Bringt Kalk und Mauersteine mit!

Mit *Fantasie* und ohne Gewalt

Neben der Mauer hatte Heini Boelter die Politik am meisten gestört in der DDR: diese ewige Agitation, das Gelaber vom Sieg des Sozialismus, von dialektischen Widersprüchen und Konjunktur, Krise, Krieg – alles Quark! Er hatte damit einfach nix am Hut und wurde dennoch dauernd genervt, von der Schule bis ins hohe Alter. Selbst als harmloser Kutscher des VEB Taxi Berlin war man vor der Erziehung zum ideologisch denkenden Staatsbürger nicht sicher. Insofern geschah es den

SED-Bonzen ganz recht, wenn sie nun von ihren eigenen politisch hochgejazzten Bürgern polemisch zur Strecke gebracht wurden.

Eine Aktionskundgebung jagte die nächste – und Boelter verstand nicht recht den Sinn darin. Die Mauer war längst auf, was sollte das alles noch? Ziel erreicht, lasst doch Stasi Stasi sein, haben eh nix mehr zu melden. Stattdessen: »Bringt Kalk und Steine mit!« Ja wollten die diese armen Lausch-und-Guck-Hirnis in ihrem Bunker einmauern? Lächerlich fand Boelter das und albern. Aber so waren wohl Revolutionen; immer wieder Demonstrationen mit irgendwelchen Rednern, die kämpferisch Dinge fordern, über die vorher nie jemand nachgedacht hatte. Dann stellte sich wer an die Spitze der Bewegung, und bevor dagegen protestiert werden konnte, wurden die Guillotinen herausgeholt. Köpfe rollten – und am Ende war alles wie vorher. Nur die Machthaber hatten gewechselt, das nannte man dann Fortschritt.

Boelter stoppte seine Taxe am Kotikow-Platz und ging den Rest zu Fuß. Wenn es zur Eskalation kam, zu Straßenkämpfen oder so, sollte sein Wolga nicht in Mitleidenschaft gezogen werden. Auf der Frankfurter Allee strömten die Menschen zusammen, überall bildeten sich Grüppchen. Viele hatten Transparente dabei, die »Stasi in die Produktion« forderten und mit »Lauscherlümmel – jetzt geht's euch an die Ohren!« drohten. Irgendwo forderte eine Megafonstimme »keine Gewalt«.

In der Rusche- und in der Normannenstraße skandierten sie schon lautstark »Stasi raus! Stasi raus!«, und erste Bierflaschen flogen gegen den riesigen Plattenbaukomplex des Ministeriums, das erst kürzlich von der Modrow-Regierung in »Amt für Nationale Sicherheit« umgetauft worden war, was nun andere Demonstranten zu »Stasi-gleich-Nasi«-Sprechchören animierte. Plötzlich war Heini Boelter mittendrin in der Revolution, im Zentrum des Aufstandes, eingeklemmt im Gerangel und Gedrängel. Von hinten wurde geschoben, von vorn gedrückt – irgendwo klirrten Fensterscheiben, und die Stimme Bärbel Bohleys – sozusagen die Mutter des friedvollen Protests – echote zwischen den Hauswänden wider und mahnte zu Ruhe und Gewaltfreiheit. Vergebens. Einmal aufgestachelt, wollte sich die Menge nicht beruhigen. Jetzt ging es den Stasileuten an den Kragen, jetzt bahnte sich jahrzehntelang aufgestauter Hass Bahn. Rache lag in der Luft.

Willkommen im Dschungel, dachte Heini Boelter zwischen den wild gewordenen Bürgern und fühlte sich plötzlich wie Rambo bei den Vietkong. Mit seinen Ellbogen arbeitete er sich durchs Gedränge zum Hauptportal vor. Oder war das der Sturm auf die Bastille? Würde am Abend die Stasiplatte noch auf ihren Grundmauern stehen? Ja, das war wohl ein historischer Moment, und Heini Boelter war dabei. Doch anders als die Übrigen hier mit ihrem ehrlich wütenden Protest blieb er emotionslos wie ein Krieger, schließlich war er hier so was wie ein Söldner im Dienste von … – ja, von wem eigentlich? CIA? Secret Service? Mossad? Egal, zweitausend Westmark, dafür lohnte sich der Einsatz. Vielleicht bekam er noch ein paar Anschlussaufträge. Die Zeiten waren wild, und Heini Boelter wollte ebenso wild sein. Vorbei war die biedere Schläfrigkeit der vergangenen Jahre, mit der Staat und Partei das Volk eingelullt hatten. Jetzt ging es endlich mal rund. Wie er das Leben plötzlich spürte, wie aufregend das alles war! Großartig! Das war Rock 'n' Roll, was für echte Kerle, für Männer wie Heini »The Checker« Boelter: *»Fight, Dance and Love!«*

Plötzlich gaben die Türen des Stasi-Hauptportals unter dem Druck der Menge nach. In einem Sog aus Menschen wurde Boelter ins Innere des mächtigen Plattenbaus und zwischen die Hydrokulturen aus Gummibäumen und Topfpalmen im Foyer gespült. Wieder splitterte Glas, eine Vitrine mit Urkunden und Medaillen »für die vorbildliche Verteidigung des ersten Arbeiter- und Bauernstaates auf deutschem Boden« ging zu Bruch. Irgendwo krachte es mehrmals, so als würden Türen eingetreten.

»Nicht schießen«, brüllte eine Frau hysterisch, und ein anderer rief: »Entwaffnen, die ganze Bande, aber zügig!« Nur war niemand zu sehen, der eine Waffe trug. Nicht mal ein Messerchen wurde gezückt, und im Tumult der Massen ging völlig unter, wer jetzt eigentlich Stasimitarbeiter war und wer das aufgebrachte Volk.

Links lang, dachte Heini Boelter mit zunehmender Verzweiflung, denn er wurde, ob er nun wollte oder nicht, nach rechts gedrängt. Hilflos kämpfte er gegen den Strom an und fand sich plötzlich in der Kantine des Versorgungstraktes wieder. Umgehend fielen die Menschen über Krimsekt, Lachsbrötchen und Limonenfrüchte her. Räucheraal, Dosen mit Corned Beef und Weinbrand der Marke Asbach Uralt wurden empört herumgezeigt und fotografisch dokumentiert: »Seht mal, die leben hier in Saus und Braus, während das Volk draußen auf der Straße vierzig Jahre lang darben musste!«

Was sicher unverschämt war, trotzdem verstand Heini Boelter nicht, warum nun die Kantineneinrichtung dafür herhalten musste? Wütende Männer schlugen mit Stühlen auf Getränkeautomaten und zertrümmerten die Auslagen auf dem Tresen. Durch geschlossene Fenster flogen Blumentöpfe auf den Hof – der Frust auf die Stasi-Nasi wurde an Sachwerten abreagiert, was Boelter einmal mehr am Sinn von Revolutionen zweifeln ließ. Mit einem Tischbein bewaffnet, kämpfte er gegen die randalierende Menge an und schaffte es so zum Foyer mit den inzwischen völlig verwüsteten Hydrokulturen zurück.

Links halten, Treppe runter!

Und keine Wachen. Der mit surrenden Neonröhren beleuchtete Kellergang war menschenleer. Dritte Tür links, hatte der Borsalinohut gesagt, und dann kam der ABUS-Schrauber zum Einsatz: Akkubetriebener Westdietrich schlägt Sicherheitsschloss aus DDR-Produktion – der Weltenlauf machte vor nichts halt. Vorsichtig öffnete Boelter die Tür und tastete nach einem Lichtschalter. Flackernd gingen an der niedrigen Decke die Leuchtstoffröhren an. Boelter stand in einem weiteren Gang, etwas schmaler als der erste, sonst aber kaum unterscheidbar.

So weit zur Theorie, dachte Boelter, die Praxis sieht wie immer anders aus. Doch dann entdeckte er kryptisch anmutende Zahlenreihen an den Türen links und rechts des Ganges und seltsame Buchstabenkombinationen. AAA bis ACL, ACM bis AEU – ah, gut so, Boelter war beruhigt, das ging hier ordentlich alphabetisch los, da konnte APT bis ARO nicht weit sein. Die nächste Tür war mit AEW bis AHB beschriftet, dann folgten die Türen WCD und WCH …? Boelter stutzte: Wieso plötzlich WC? Dann begriff er, dass er vor den Toiletten stand, und lief zügig weiter, bis er die gesuchte Tür mit der richtigen Buchstabenfolge fand.

Regale mit staubigen Ordnern füllten den Raum, so dicht gestellt, dass gerade einer dieser popeligen Aktenwagen dazwischen passte, die überall im Gang der Nutzung harrten. Vergebens, denn Boelter brauchte nur zwei Ordner, und die würde er sich unter den Arm klemmen, sobald er sie gefunden hatte. Aufmerksam studierte er die Beschriftungen und schlich zwischen den Regalen hindurch.

Die Arndts schienen wahre Konterrevolutionäre gewesen zu sein, denn es gab gleich mehrere davon: Arndt, Bernd – Arndt, Erich – Arndt, Gustav – Arndt, Jan Fridolin, na endlich! Die Ordner aus den Jahren 1960 und 1961 befanden sich ganz unten. Boelter bückte sich und zog sie vorsichtig heraus ...

... als er plötzlich den kalten Stahl eines Pistolenlaufs am Hinterkopf spürte.

»Ganz ruhig bleiben und keine hektischen Bewegungen«, sagte eine kühle männliche Stimme.

Augenblicklich verharrte Boelter und hielt den Atem an. Verdammt, schoss es ihm durch den Kopf, jetzt liegt die Stasi schon in den letzten Zügen, und trotzdem riskiere ich Trottel, in deren Kellern erschossen zu werden. Ein Held der Revolution, später einmal werden sie Straßen und Plätze nach mir benennen.

»Hoch mit Ihnen«, forderte die Stimme, und der Pistolenlauf löste sich von Boelters Hinterkopf. »Ganz langsam aufstehen, nicht umdrehen und schön die Hände zeigen.«

Boelter tat, wie ihm geheißen. Er hob die Arme und richtete sich vorsichtig auf. In seinen Händen zitterten die beiden Aktenordner. Er hatte es nicht gewagt, sie fallen zu lassen – Männer mit Schusswaffen können ziemlich schreckhaft sein, und er wollte kein lebensgefährliches Missverständnis riskieren. So stand er da, die Arme seltsam vom Körper weg angewinkelt, mit zwei Ordnern in den Händen, die immer schwerer wurden. Ick muss einen lächerlichen Anblick bieten, dachte er hilflos, James Bond jedenfalls macht in keinem seiner Filme so eine komische Figur.

»Treten Sie rüber an die Wand«, sagte die Stimme ruhig, »und nicht umdrehen.«

Boelter hörte, wie der Mann Platz machte, sodass er zwischen den Regalen hervortreten und sich an die Wand stellen konnte. Kurz darauf wurden ihm die Akten aus den Händen genommen.

»Was wollten Sie damit?«

»Nüscht.« Boelter zwang sich, professionell zu klingen, und starrte an die Wand. »Ick arbeite im Auftrag.« Er hörte, wie die Ordner durchgeblättert wurden, und überlegte, ob der Mann dafür die Waffe weggesteckt hatte ... Wer einen Aktenordner durchsieht, kann nicht gleichzeitig mit der Waffe drohen – und das war die Chance.

Blitzschnell fuhr er herum, um den Gegner zu überwältigen. Doch sein Wehrdienst war über fünfundzwanzig Jahre her und Boelter regelrecht eingerostet. Noch ehe er den Angriff beenden konnte, landete er bäuchlings auf dem harten Betonboden, dass ihm alle Knochen wehtaten, und hatte wieder den kühlen Stahl der Waffe am Hinterkopf.

»Wer ist Ihr Auftraggeber?«, raunte die Stimme an seinem Ohr.

»Keene Ahnung«, japste Boelter atemlos, »det war 'n Fahrgast. Ick bin nur Taxifahrer, ick …«

»Mhm«, machte die Stimme und rückte von ihm ab. »Stehen Sie auf!«

Vorsichtig kam Boelter hoch und fühlte seine pomadisierte Rockabilly-Frisur in sich zusammensinken. Aber er lebte noch, und das war die Hauptsache. Mensch, det hätte schiefgehen können, durchfuhr es ihn eiskalt, als er die Marakow in den Händen seines Gegenübers sah, det hätte verdammt noch mal mächtig in die Hose gehen können …

Aus den oberen Stockwerken hörte man gedämpft aufgeregtes Geschrei und Fußgetrappel. Immer wieder rumste es, wurde irgendwas zerdeppert. Da reagierte sich der Volkszorn ab.

»Wissen Sie, wozu Ihr Auftraggeber die Akten braucht?«

»Nö«, beteuerte Boelter, »keene Ahnung, ehrlich! Er hat mir zweitausend West jeboten, wenn ick det Zeug besorge.« Er lächelte unschuldig. »Is ja 'n Haufen Kohle. Die wollte ick mir nich entgehen lassen, vastehnse?«

»Klar.« Der Mann nickte und steckte die Makarow ins Holster unter seinem pastellfarbenen Leinensakko. Sicher ein westliches Fabrikat. Dazu trug der Mann eine 501er Levi's sowie ein Jeanshemd, beides in Schwarz, was Boelter zu der Überlegung veranlasste, ob er nun einem Stasimann oder einem Bürgerrechtler gegenüberstand. Genau war das nicht auszumachen, so ein Typ hätte sowohl auf der einen als auch auf der anderen Seite des runden Tisches sitzen können. Allein aus der Makarow und der Tatsache, allzu rasch auf den Boden gelegt worden zu sein, schloss Boelter, dass er es wohl wirklich mit einem Mitarbeiter der Stasi-Nasi zu tun hatte.

Der funkelte ihn durch seine randlose Brille an. »Sie haben gedient?«

»Ja«, Boelter strahlte. Immerhin hatte der Mann gemerkt, dass er ein Kämpfer war. »Drei Jahre Unteroffiziersausbildung in Prora.«

»Bei den Fallschirmjägern!« Der Stasimann machte eine anerkennende Miene. »Gut!«

Boelter nickte stolz. Das waren noch Zeiten gewesen! Als Fallschirmjäger war man ein harter Kerl mit ganz besonderer Ausbildung. Nur die Fittesten kamen nach Prora, die Sportlichsten mit den stärksten Nerven.

Und Boelter gehörte dazu. Mit knapp zwanzig Jahren schon hatten sie ihn in eine Propellermaschine gesetzt und ins Nirgendwo geflogen. Irgendwann in der Nacht musste er abspringen, über unbekanntem Gebiet hinein in die Dunkelheit. Auftrag war es, sich binnen acht Tagen zurück zur Truppe durchzuschlagen, egal wie – man durfte sich nur nicht erwischen lassen und musste unerkannt bleiben. Als es dämmerte, fand sich Boelter in der Nähe eines Dorfes wieder, und als er das erste Straßenschild sah, wusste er, dass sie ihn irgendwo über Polen abgesetzt hatten. Er stahl zwei Hühner, eine Flasche Wodka und einen Straßenatlas und schlug sich gut sechshundert Kilometer zur deutschen Grenze durch. Er durchschwamm die Oder, »lieh« sich einen Wagen und war nach fünf Tagen zurück in Prora. Fünf Tage, die ihn zum Mann gemacht hatten, zu einem Kerl, der überlebensfähig war – komme, was wolle. Boelter straffte sich und sah sein Gegenüber an.

»Und wat passiert jetzt mit mir?«

»Rühren Sie sich nicht von der Stelle!« Der Stasimann sah sich nachdenklich die Aktenordner durch. Dann klappte er den gelblichbeigen Deckel eines Apparates der Marke SECURA auf, der vor den Regalen stand, und legte die Akten routiniert und zügig Seite für Seite auf eine dunkle Glasplatte, die immer wieder aufblitzte. Gleichzeitig spuckte der Apparat seitlich bedruckte Blätter aus.

Ein Vervielfältigungsapparat, staunte Boelter, der Kerl macht sich Abzüge von den Akten …

»Welche Ordner brauchen Sie noch?«, erkundigte sich der Stasimann ruhig, während er die Ordner weiterfotokopierte.

»Wat?« Boelter verstand nicht.

»Sie sind doch nicht nur wegen dieses einen operativen Vorgangs hergekommen?«

»Doch«, versicherte Boelter verwirrt, »Arndt, Jan Fridolin, Jahrgänge 60 bis 61, det war der Auftrag.«

»Ehrlich?« Der Stasimann sah ihn skeptisch an und lächelte dann wie ein freundlicher Dienstleister. »Sie brauchen es nur zu sagen, wenn Sie noch weitere Akten suchen.«

»N-nein«, stammelte Boelter, »nur diese beiden Ordner, bitte.«

»Wie Sie wollen.« Der Stasimann fotokopierte weiter. »Dann muss Ihrem Auftraggeber ja einiges an diesen Vorgängen liegen, nicht wahr? Wenn er Ihnen zweitausend Westmark dafür zahlt?«

»V-vermutlich.« Boelter zuckte mit den Schultern und sah zu, wie der Stapel Kopien weiter anwuchs. »Wie jesagt, ick weeß nicht, wer dahinter steckt.«

»Schon gut, ich kann's mir denken.« Der Stasimann sortierte die Originalakten wieder in die Ordner ein und gab sie Boelter zurück. »Hier! Und jetzt verschwinden Sie damit. Kein Wort von den Kopien, klar?«

»Sie …«, Boelter starrte den Mann verblüfft an. »Sie lassen mich gehen?«

»Kein Wort von den Kopien«, wiederholte der Stasimann eindringlich, »versprechen Sie mir das?«

»P-pionierehrenwort«, versicherte Boelter und machte, dass er fortkam.

Etwa dreieinhalb Stunden später stand er fröstelnd auf dem zugigen Alexanderplatz unter der Weltzeituhr. In Moskau war es schon bald Mitternacht, in New York dagegen erst halb vier am Nachmittag.

Punkt einundzwanzig Uhr dreißig trat der geheimnisvolle Mann mit dem Borsalinohut auf Boelter zu. Und noch immer trug er eine Sonnenbrille.

»Haben Sie die Akten?«

»Aber sicher doch«, nickte Boelter und gab ihm die Ordner, »lief allet nach Plan.«

Der Mann blätterte die Akten flüchtig durch. »Irgendwelche besonderen Vorkommnisse?«

»Keene«, log Boelter, »hamse det Jeld?«

»Tausendfünfhundert, wie abgemacht.« Er bekam einen dicken Umschlag in die Hand gedrückt. »Das war's dann.«

»Fein«, Boelter steckte das Geld ein und wollte sich noch für weitere »Spezialaufträge« empfehlen.

Doch der geheimnisvolle Mann war bereits in der Dunkelheit verschwunden.

2 ZUERST KAM DER Jägermeister. An jeder Ostkneipe pappte plötzlich die Reklame mit dem Hirschkopf, verdrängte den Fichtel-Wichtel, einen erzgebirgischen Kräuterlikör, und machte Schilkin Wodka, Wilthener Goldkrone und Nordhäuser Doppelkorn Konkurrenz.

Dann kam die Deutsche Mark. Am ersten Juli 1990 lagen sich auf dem Berliner Alexanderplatz hunderttausende DDR-Bürger mit ihren neuen Geldscheinen in den Armen. Vom Dach des Interhotels »Stadt Berlin« dröhnte »Money, Money« von ABBA, trunkene Menschen besprühten sich ausgelassen mit Sekt und tanzten und feierten den Sieg des frei konvertierbaren Kapitals. Vermutlich hat sich Marx in dieser Nacht im Grabe rumgedreht.

Der Kater ließ nicht lange auf sich warten. Denn mit der D-Mark kam der Zusammenbruch der DDR-Industrie, weil niemand für olle Ostprodukte echtes Geld ausgeben wollte. Statt Trabi fuhr man jetzt einen Westwagen aus zweiter, dritter oder vierter Hand und brachte sich so um Lohn und Brot. Hunderttausende verloren ihre Jobs. Die Landflucht aus dem Osten, die man mit der Währungsunion eigentlich stoppen wollte, setzte wieder ein. Denn wer zu Hause keine Arbeit fand, der suchte sie im Westen.

Dann kamen die Insolvenzverwalter, um den Rest der volkseigenen Wirtschaft abzuwickeln, und schließlich die Missionare, die den überforderten Organen des einstigen sozialistischen Musterstaates im Eiltempo die reine Lehre der freiheitlich demokratischen Grundordnung beibringen wollten. Aus allen Teilen der Bundesrepublik reisten sie an. Es galt, den Osten Deutschlands vor Chaos und Anarchie zu bewahren und auf die Wiedervereinigung vorzubereiten.

Harald Hünerbein war völlig aus dem Häuschen. »Überleg doch mal«, rief der Dicke euphorisch, »da drüben kann man noch echt was bewegen, endlich mal gestalterisch tätig werden, das ist Aufbauarbeit für die Zukunft!«

Meine Begeisterung hielt sich in Grenzen. Ich bin Ermittler, kein Lehrer. Ein Hauptkommissar in den besten Jahren und noch lange nicht reif für den Innendienst. Mein Job ist die Verbrechensaufklärung und nicht, Theoriezampano für abgehalfterte Volkspolizisten zu spielen.

»Ermitteln kannste auch im Osten.« Hünerbein ließ nicht locker. »Praktische Arbeit am Fall nennt man das. Da können wir den Zonis mal zeigen, was wir drauf haben.« Er rieb seine Wurstfinger aneinander und setzte mit feister Miene hinzu: »Außerdem gibt's 'ne fette Dschungelzulage. Willste die dir tatsächlich entgehen lassen?«

Da hatte der Kollege in der Tat einen wunden Punkt getroffen. Wir waren seit Jahren Partner, und natürlich war ihm nicht verborgen geblieben, dass ich unter notorischem Geldmangel litt. Vor allem deshalb, weil ich mich seit knapp elf Monaten um meine Tochter Melanie kümmern musste. Ein sechzehnjähriges Gör, von dem ich bis zum Mauerfall nichts wusste. Plötzlich war sie da, das Ergebnis einer längst vergessenen Jugendliebe, und weigerte sich strikt, in den Osten zurückzukehren. Stattdessen erinnerte sie mich an meine Vaterpflichten und zog kurzerhand bei mir ein. Seitdem komme ich mit meinem Geld kaum über die Runden.

»Dschungelzulage?«, fragte ich. So wird der Aufschlag auf den Sold genannt, den alle Beamten bekommen, die im Osten Aufbauarbeit leisten. »Lohnt sich das?«

Hünerbein tippte sich auf die Wange. »Fass ich Sachen an, die sich nicht lohnen?« Er schob seine drei Zentner Lebendgewicht zum Fenster und deutete auf den Ostberliner Fernsehturm. »Wir haben doch einen klaren strategischen Vorteil. Der Dschungel beginnt quasi vor der Tür. Und trotzdem kriegen wir hier alles, was auch die westdeutschen Kollegen bekommen. Reisekostenpauschale, Umzugsgeld, hundertprozentiger Mietkostenzuschuss …«

Offenbar träumte der mehrfache Vater und treue Ehegatte Harald Hünerbein von einer geheimen Zweitwohnung im Plattenbau. Vermutlich, um mal Urlaub von der Familie zu machen. Und natürlich in Begleitung netter ostdeutscher Mädels.

»Du, die sind auch anspruchsvoller geworden«, winkte Hünerbein ab, als hätte er meine Gedanken erraten. »Jetzt, mit unserer guten Westmark, wollen sie alles sofort. Schicke Autos, neue Kleider, tolle Reisen. Versuch denen mal klarzumachen, dass wir vierzig Jahre gebraucht haben für unseren Wohlstand. So was geht nicht von heute auf morgen. Begreifen die aber nicht.«

Ich verstand. Hünerbein hatte seine Zweitwohnung schon und nur Enttäuschungen erlebt.

»Nichts los im Plattenbau?«

»Vergiss den Plattenbau.« Hünerbein nestelte eine Schachtel Roth-Händle hervor und bot mir eine an. »Ich denke da mehr ans Berliner Umland. Kennen wir ja gar nicht mehr. Dabei soll es da ...« Er gab mir Feuer und steckte sich selbst eine an. »... wunderschön sein. Seen, Wälder, Wiesen, unberührte Natur. Da 'n Häuschen, so als Rückzugsort fürs Wochenende.« Er seufzte. »Das war schon immer mein Traum. Und Häuser kriegste da für 'n Appel und 'n Ei. Noch! Man muss natürlich rechtzeitig zuschlagen und ein bisschen handwerklich begabt sein.« Er sah mich an und hielt mir die Hand hin. »Also: Bist du jetzt dabei, oder biste dabei?«

Ich atmete tief durch. Weniger rauchen, anderthalb Stunden Sport die Woche und vor jeder Entscheidung bis zehn zählen, hatte mir der Arzt geraten, um meine leicht erhöhten Blutdruckwerte in den Griff zu bekommen. Ich zählte bis zwanzig, und dann schlug ich ein.

Seitdem haben wir unsere Dienstzimmer im ehemaligen Volkspolizeipräsidium am Alexanderplatz eingerichtet und uns mit Schulungsmaterial versorgt, um unseren verunsicherten Ostberliner Kollegen rechtsstaatliche Polizeiarbeit vorzudozieren.

»... insoweit ist eine vorläufige Festnahme nicht allein durch Indizien zu rechtfertigen, sondern nur – erstens – durch eindeutige, den Tatverdacht erhärtende Beweise und – zweitens – wenn Gefahr im Verzuge ist. Also entweder der Verdächtige stellt eine Gefahr für die Allgemeinheit dar oder plant, sich vor weiteren Ermittlungen durch Flucht zu entziehen, was natürlich ebenfalls zweifelsfrei belegt werden muss.«

Der Unterricht erinnert an die Schule. Ein Klassenzimmer mit Tischen aus Resopal, das hier allerdings Sprelacart heißt. Auf den

Stühlen hocken zwölf Kriminalbeamte wie Pennäler. Es gibt Streber, die immer gleich alles mitschreiben und sich eifrig zu Wort melden, es gibt die Gelangweilten und die Schwatzhaften. Und es gibt die Renitenten. Leute wie Kriminalrat Egon Beylich. Der ehemalige Major und langjährige Chef des Ostberliner Volkspolizeikriminalamts Mitte empfindet unser Hiersein als feindliche Okkupation. Er sieht sich als Verlierer der Geschichte und macht aus seiner Verachtung für die Sieger, für uns sogenannte Besserwessis, keinen Hehl. Im Augenblick mokiert er sich über meinen letzten Satz.

»Humbug«, ruft er mit bitterem Lachen, »wie wollen Sie denn Fluchtgefahr zweifelsfrei belegen? Der eindeutige Nachweis einer Flucht ist doch erst dann erbracht, wenn der Täter längst über alle Berge ist.«

»Eindeutige Anhaltspunkte«, erwidere ich, »können reisevorbereitende Maßnahmen sein, insbesondere wenn es sich dabei um den Verstoß gegen anderslautende Auflagen handelt. Der Beweis zum Fluchtvorsatz ist auch dann gegeben, wenn wir unseren Verdächtigen zum Beispiel beim Auschecken am Flughafen oder beim versuchten illegalen Grenzübertritt erwischen.«

»Hört, hört«, höhnt Beylich, »versuchter illegaler Grenzübertritt! Ich dachte, so was gibt's in Ihrer superfreiheitlichen Bundesrepublik gar nicht!«

»Jedenfalls erschießen wir keine unbescholtenen Bürger, nur weil sie nach Spanien reisen wollen.« Polemisch werden kann ich auch. »Ein kleiner, aber feiner Unterschied zur bisherigen Praxis in Ihrem Land, oder sehe ich das falsch, Beylich?«

»Das kommt auf den Klassenstandpunkt an, Hauptkommissar Knoop.«

»Richtig, und in dieser Klasse stehe ich am Podium, um Ihnen das geltende Recht der Bundesrepublik zu verdeutlichen. Da die Deutsche Demokratische Republik in wenigen Tagen der Bundesrepublik Deutschland beitreten wird, gilt dieses Recht dann auch hier. Das ist die Lage, Beylich. Sie sollten sich damit abfinden, wenn Sie nach dem dritten Oktober Polizist bleiben wollen. Sonst noch irgendwelche Einwände?«

»Seh ich so aus?«

»Machen Sie sich keine Gedanken, Sie sehen aus wie immer.« Ich wende mich wieder den Übrigen zu und komme zurück zum Thema. »Über den Untersuchungsgewahrsam muss ein Haftrichter entscheiden. Ansonsten ist der Verdächtige spätestens achtundvierzig Stunden nach Festnahme wieder zu entlassen.«

»Glauben Sie, das war bei uns anders?« Beylich beugt sich wütend vor. »Auch in der DDR gab es Haftrichter, stellen Sie sich vor! Auch ich konnte nicht einfach Leute einbuchten, nur weil mir danach war.«

»Sie waren halt ein zu kleines Licht, Beylich.« Allmählich macht es mir Spaß, ihn zu provozieren. »Hätten Sie weiter oben in der Nomenklatura gesessen, hätte ein Anruf genügt, um Lieschen Müller oder mich oder wen auch immer grundlos zu verhaften.«

»Ich hätte nur Sie verhaften lassen, Hauptkommissar.« Beylich lächelt grimmig. »Ab in die Einzelzelle, bei Brot und Wasser.«

»Sehen Sie, so kommen wir uns doch schon näher. Und weil auch die Haftrichter in der DDR nur kleine Lichter waren und alles andere als unabhängig, haben sie zuweilen nach Absprache mit …«, ich überlege, »… mit diversen höheren Stellen entscheiden müssen. Zum Beispiel, um politisch missliebige Personen von der Straße fernzuhalten, ohne dass es gerichtsfeste Beweise gegen sie gab.«

»Na und? Genutzt hat es uns trotzdem nichts«, knurrt Beylich und verschränkt trotzig die Arme, »jetzt haben wir den Salat.«

»Und was für welchen«, trumpfe ich auf, »Rucola, Chicorée, Endivie … War doch früher alles Mangelware hier!«

Bevor Beylich meinen Spott verdauen kann, fliegt die Tür auf. Hünerbein schiebt seinen barocken Körper in den Raum und macht gewichtige Miene.

»Helmholtzplatz: Da ist heute Nacht ein von Autonomen besetztes Haus abgebrannt. Verdacht auf Brandstiftung.« Er knallt schnaufend einen Aktenordner auf den Tisch und sieht bedeutungsvoll in die Runde. »In der Ruine wurde ein Toter gefunden. Spurensicherung ist schon vor Ort.«

»Das klingt nach Arbeit.« Ich sehe meine Schüler an und erhebe mich. »Tatortbesichtigung!«

Beylich sieht verblüfft hoch: »Was denn? – Alle?!«

»Sicher«, nicke ich, »so kommen wir mal an die frische Luft, Beylich.«

»Für Sie immer noch Kriminalrat, Herr Knoop. Die Ermittlungen leite ich.«

»Das versteht sich von selbst.« Ich klopfe ihm beruhigend auf die Schulter. »Ich nehme an, Sie haben heimlich Westfernsehen geguckt und wissen, dass bei uns immer Harry den Wagen vorfährt. Mit unseren vierzehn Mann hier brauchen wir allerdings einen Bus. Können Sie uns so einen besorgen? Sie dürfen auch fahren.«

»Irgendwann, Knoop«, Beylich sieht wirklich finster aus, »irgendwann kommt es auch wieder anders in dieser wendereichen Zeit. Und dann ...«

»... dann fahr ich den Bus, versprochen.« Ich schiebe Beylich hinaus wie ein trotziges Kind und wende mich Hünerbein zu. »Ist die Leiche schon identifiziert?«

»Soweit ich weiß, nicht.« Hünerbein sieht Beylich nachdenklich nach. »Macht er Probleme?«

»Halb so wild«, winke ich ab, »alles nur gekränkte Eitelkeit. Aber wenn er so weitermacht, darf er bald den Verkehr regeln.«

»Wir können auf fähige Beamte wie ihn nicht verzichten«, knurrt Hünerbein, »nur weil die Anpassungsfähigkeit zu wünschen übrig lässt.« Er schlägt die Aktenmappe auf. »Hier! Sieh dir das mal an.« Er drückt mir eine handgeschriebene Liste in die Hand.

»Was ist das?«

»Personen, die zu den Hausbesetzern am Helmholtzplatz gehören«, antwortet Hünerbein, »die Liste ist von den Brandermittlern erstellt worden und bezieht sich auf Angaben aus der Szene.« Er tippt auf einen Namen und sieht mich fragend an. »Die Frage ist: Wie kommt deine Tochter auf die Liste?«

Melanie? Ich starre verblüfft auf das Papier. Da steht wirklich ihr Name: Melanie Droyßig, dahinter ein X. »Was bedeutet das?«

»Das Kreuzchen hinter dem Namen?« Hünerbein schnauft. »Vermisst.«

Ich starre ihn an: »Vermisst? Wie vermisst? Melanie wird doch nicht vermisst!«

»Wann hast du sie denn zuletzt gesehen?«

»Gestern. Wir haben Abendbrot gegessen.«

»Und dann?«

Ich überlege. »Im Fernsehen lief noch so eine Show mit Blacky Fuchsberger. Danach bin ich schlafen gegangen.«

»Und Melanie?« Hünerbein sieht mich eindringlich an. »Ist sie auch schlafen gegangen? War sie heute Morgen beim Frühstück?«

»Nee, die steht später auf. Die Schule beginnt erst um Viertel nach acht.«

»Und?«

»Was und?«

»Ist sie in der Schule?«

»Davon gehe ich aus.« Tatsächlich wissen tue ich es allerdings nicht.

»Sardsch ...« Er nennt mich immer Sardsch, weil mein Vater Sergeant der US-Army war. Wenn es aber so klingt wie jetzt, »Sahardsch«, mit langem »a« und mahnendem Unterton, dann ... »Sahardsch, du musst zugeben, du weißt verdammt wenig von deiner Tochter.«

»Herrgott, Harry, das Mädchen ist sechzehn. Die kannste nicht mehr vierundzwanzig Stunden am Tag kontrollieren.«

»Also wird sie wirklich vermisst«, stellt Hünerbein fest, »denn du kannst nicht mit Sicherheit sagen, ob deine kleine Hausbesetzerin in der Nacht zu Hause war.«

»Melanie ist keine Hausbesetzerin!« Ich rege mich auf. »Und sie war zu Hause!«

»Sie hat mit dir zu Abend gegessen«, präzisiert Hünerbein. »Dann habt ihr Blacky Fuchsberger geguckt, und du bist schlafen gegangen. Ob sie ebenfalls brav ins Bett ging oder stattdessen Bambule im Osten gespielt hat, steht in den Sternen. Gefrühstückt hast du jedenfalls nicht mit ihr. Alles klar?«

»Nee«, antworte ich. »Was willst du mir sagen?«

»Dass Melanie mit hoher Wahrscheinlichkeit in der Brandnacht in dem besetzten Haus war«, antwortet Hünerbein ruhig, »und dass sie seitdem vermisst wird.«

»Hast du sie noch alle?« Plötzlich wird mir ganz kalt. Melanie vermisst? In einem Haus, das vergangene Nacht abgebrannt ist? »Telefon, schnell!«

Hünerbein reicht es mir.

Ich wähle durch. Besetzt, schon nach der Vorwahl. Zwar wurden im letzten halben Jahr die Leitungen von und nach Westberlin verbessert, dennoch kommt man noch immer schwer durch. Jetzt klappt es nach der zweiten Anwahl, ich warte. Nach dem fünften

Klingeln geht mein Code-A-Phone-Anrufbeantworter ran. »Hans Dieter Knoop missioniert im wilden Osten. Nachrichten nach dem Piep.«

»Melanie, wenn du da bist, geh bitte ran. Wir haben hier eine Liste, auf der du vermisst gemeldet wirst, und natürlich mache ich mir Sorgen«, sage ich und setze ruhiger hinzu: »Genauso natürlich gehe ich davon aus, dass alles in Ordnung ist. Ruf mich trotzdem unter der Dienstnummer an. Danke.« Ich tippe auf die Gabel, wähle die Nummer vom Gymnasium. Besetzt, noch mal wählen, wieder besetzt. Ich sehe Hünerbein an. Diese Stadt macht mich noch wahnsinnig. Wieder wähle ich, höre endlich ein Rufzeichen.

»Bonhoeffer-Gymnasium, Oertke-Wangenheim am Apparat, ich höre!«

»Guten Tag, Frau Oertke-Wangenheim«, bemühe ich mich um Ruhe, »eine Frage: Ist meine Tochter heute in der Schule?«

»Wer spricht?«

»Knoop, Hans Dieter, ich bin der Vater von Melanie Droyßig ...«

»Heute ist A-Samstag«, erwidert Frau Oertke-Wangenheim und hat einen vorwurfsvollen Unterton in der Stimme. »Da werden nur unsere A-Klassen unterrichtet. Im Gegensatz zum B-Samstag, wo nur die B-Klassen ...«

»Meine Tochter geht in die 10 A, Frau Oertke-Wangenheim. Könnten Sie bitte nachsehen?«

»Also hören Sie mal!« Frau Oertke-Wangenheim scheint ungehalten. »Ich weiß nicht, ob ...«

»Liebe Frau Oertke-Wangenheim«, unterbreche ich sie und kann ein nervöses Flackern in meiner Stimme nur schwer unterdrücken, »schauen Sie einfach nach, ob das Kind in der Klasse ist!«

»Na gut.« Durch den Hörer hört man Papier rascheln. »Geben Sie mir Ihre Nummer, ich rufe zurück.«

»Nein, ich warte.«

»Das kann aber einen Moment dauern.«

»Macht nichts. Ich warte.«

Hünerbein macht ein gespanntes Gesicht. »Was ist?«

»Die gucken nach«, antworte ich und hoffe innigst, Melanies Namen von dieser autonomen Vermisstenliste tilgen zu können. Vergebens. Nach endlosen fünf Minuten ist Frau Oertke-Wangenheim zurück und teilt mit, dass Melanie heute nicht zum Unterricht gekommen ist.

»Das habe ich befürchtet«, stöhne ich, »danke.« Ich lege den Hörer auf, überlege, wen ich als Nächstes anrufen kann. Mir ist ganz flau im Magen.

Mein Gott, Melanie! Was treibt die nur? Kann es wirklich sein, dass sie nachts noch mal los ist? Manchmal macht sie so was ja, vor allem am Wochenende. Aber wenn sie am nächsten Tag Schule hat ...?

Ich sollte mich mehr um sie kümmern. Du lieber Himmel: Allein die Vorstellung, dass ihr in dem abgebrannten Haus was passiert sein könnte, treibt mir den Angstschweiß auf die Stirn.

Ein Toter, verdammt! – Ist es meine Tochter?

»Stopp, Sardsch, ganz ruhig!« Hünerbein reicht mir ein Taschentuch. »Okay, wir haben eine Leiche. Aber nur eine. Und hier auf der Liste stehen neun vermisste Personen. Was ich sagen will, ist, wir wissen zwar nicht, wo sich derzeit deine Tochter aufhält, dass aber ausgerechnet sie die aufgefundene tote Person sein soll, halte ich, mit Verlaub, für äußerst unwahrscheinlich.«

»Acht zu eins«, erwidere ich.

»Acht zu eins«, nickt Hünerbein.

3 MIT EINEM DUNKELGRÜNEN Robur-Mannschaftsbus der Volkspolizei geht es hoch in den Prenzlauer Berg. Eigentlich müsste es heißen »auf den Prenzlauer Berg«, aber so heißen im eher flachländischen Berlin mehrere Stadtbezirke; Schöneberg, Kreuzberg und eben Prenzlauer Berg; und in die fährt man rein. Von Bergen ist ohnehin nichts zu sehen, nur Häuser, die übliche Bebauung aus der Gründerzeit, und die ist hier im Osten vollkommen heruntergekommen. Wieder einmal habe ich das Gefühl, aus der Zeit gefallen zu sein. Im Prenzlauer Berg sieht Berlin aus wie nach dem Krieg: Notdürftig zusammengeflickte Häuser, überall bröckelt der Putz, in den Stuckresten klaffen Einschusslöcher – es fehlen nur die Rotarmisten. Passend dazu ist das Wetter. Tiefe Wolken ziehen über die Stadt, und es regnet wie aus Eimern. Der Herbst kommt früh in

diesem Jahr, denn es ist gerade mal Ende September. In New York haben sie jetzt den Indian Summer. Doch statt im Big Apple hocke ich hier, im tiefsten Ostberlin, nur knapp vier Kilometer Luftlinie vom heimatlichen Schöneberg entfernt, und komme mir dennoch vor, als trennten mich Lichtjahre von zu Hause. Zwischen kaputten Fassaden triste Flachbauten, die sich jetzt Supermärkte nennen, obwohl sie immer noch nach HO-Kaufhalle aussehen. Lediglich die knalligen Leuchtreklamen auf den Dächern deuten darauf hin, dass es hier jetzt was zu kaufen gibt. Überall leuchtet Reichelt, EDEKA und Kaiser's. Westlicher Lebensstil, so lerne ich, kommt zuerst als Reklame. Coca-Cola, Sony, Neckermann schreit es von Häusern, die zuerst mal eine Generalsanierung bräuchten.

Wir biegen nach links in die Dimitroffstraße ein, fahren ein Stück und dann die Lychener hoch. Die geparkten Trabis an den Straßenrändern werden allmählich von gebrauchten Opels und Fords verdrängt.

Der Helmholtzplatz ist ein Geviert aus abblätternden, maroden Mietskasernen aus der Kaiserzeit. Mittig gibt es einen Bolzplatz in einer vermüllten Grünanlage, die von abgestellten Kohlenanhängern gesäumt wird. Alles wirkt grau, bis auf zwei Häuser, deren Fronten mit bunten, selbst gemalten Plakaten verhängt sind. »MIETHAIE ZU FISCHSTÄBCHEN«, fordern sie und propagieren die »AUTONOME REPUBLIK HELMHOLTZKIEZ«. Dazwischen steht eine ausgebrannte Ruine, die mit rot-weißen Absperrbändern umzäunt ist. Mehrere nass glänzende Feuerwehren, ein Lada der Volkspolizei und zwei graue Barkas-Kleintransporter, offenbar von den Ostberliner Brandermittlern und der Spurensicherung, parken davor.

Der Robur stoppt, wir klappen unsere Schirme auf und steigen aus. Intensiver Brandgeruch liegt in der Luft. Zwar ist die Einheit beschlossen, aber noch gibt es die Deutsche Demokratische Republik. Hünerbein und ich haben hier nur beratende Funktion, und deshalb läuft der ehemalige VP-Major und heutige Kriminalrat Egon Beylich als noch amtierender KA-Chef zur Hochform auf.

»So, Genossen«, ruft er zackig, »zeigen wir unseren Westberliner Kollegen mal, was effektive kriminalistische Arbeit ist! Krause, Bartsch, Sakowski – Zeugenbefragung, Branner, Sicken, Urban –

Fallsondierung, Lemke, Roth, Weiniger – Tatortsicherung, Schwartz, Grothe, Matuschka – Spuren! Noch Fragen?«

»Keine, Genosse Major«, echot es straff zurück.

»WIE HEISST DAS JETZT?«, donnert Beylich. »Matuschka!«

»Kriminalrat, Genosse Major!«, kräht Matuschka und stockt. »Also ohne Major jedenfalls«, stammelt er dann.

»Schon gut«, knurrt Beylich versöhnlicher, »ich kann Sie ja alle verstehen. In zwei Stunden Rapport mit Brandermittlern und Spurensicherung, abtreten!« Kein Zweifel, Beylich hat seine Leute im Griff. Vermutlich bringt er auch eine Hundertschaft auf Trab, wenn man ihn lässt. Nur er selbst nimmt vor dem Regen im Robur Schutz und blättert gelangweilt in einer Zeitung. Es ist das Parteiorgan der zur PDS umbenannten ehemaligen Staatspartei SED und hat den passenden Namen »Neues Deutschland«.

Mich wundert, dass Beylich als leitender Ermittler den Tatort nicht selbst in Augenschein nehmen will, und sage es Hünerbein.

»Die machen es halt wie die Amis«, erwidert der, »totale Teamarbeit, die lassen auch nur noch die Spezialisten raus.«

Die Amis also, denke ich, Spezialisten, klar.

»Wahrscheinlich haben sie das von den Russen. Die arbeiten genauso«, überlegt Hünerbein. Irgendwo hat er mal gelesen, dass sich die Supermächte ähnlicher sind, als sie es wahrhaben wollen.

Ich bin unruhig, mir brennt die Sache mit Melanie unter den Nägeln. Ich wusste ja von ihren Punkerfreunden, hielt das aber mehr für Kindereien, für ein pubertäres Spiel. Nie wäre ich auf den Gedanken gekommen, dass sie auch Kontakte zur autonomen Szene hat. Vielleicht war ich naiv.

An den Absperrungen haben sich die Besetzer der zwei verbliebenen Häuser versammelt. Sie werden von den drei von Beylich dazu abkommandierten Kriminalpolizisten unter feuchten Schirmen befragt. Etwas abseits, in einem Hauseingang, steht ein Punk mit einem beeindruckenden Irokesenschnitt, und wohl deshalb wende ich mich ihm zu. Er strahlt Würde aus, scheint so was wie ein Anführer, ein Indianerhäuptling zu sein.

»How«, sage ich, »können wir reden?«

»Ich kann«, erwidert der Irokese trocken. »Und du ja wohl auch, wie du gerade bewiesen hast. Die Frage ist: Worüber willst du reden?«

Ich hole meine Brieftasche hervor. In der Innenseite steckt ein Foto, das ich von Melanie und ihrer Mutter Monika im Sommer auf Mallorca mit meiner Polaroid gemacht habe. Beide lachen, beide sind braungebrannt und wunderschön. Ich zeige das Bild dem Irokesen.

»Kennen Sie das Mädchen?«

»Wer will das wissen?«

»Ich bin ihr Vater«, erkläre ich ihm, »und mache mir Sorgen. Sie war offenbar in der Brandnacht im Haus und ist seither nicht wieder aufgetaucht.«

Der Irokese nickt verständig und schweigt.

»Kennen Sie sie nun?«, frage ich ungeduldig. »Wissen Sie, wo sie steckt?«

Der Irokese besieht sich nachdenklich das Bild. »Hübsches Ding«, sagt er schließlich, »Stammgast im Massengrab.«

Ich verstehe kein Wort, oder besser: Das, was ich verstehe, klingt nicht nach dem, was ich hören will. »Sagten Sie ›Massengrab‹?«

»Mhm«, macht der Irokese gedehnt. Er tritt aus dem Hauseingang heraus und deutet auf die Ruine nebenan. »Da ging's rein.«

Ich starre auf das ausgebrannte Haus. Tatsächlich sind über dem Souterrain ein paar verrußte Buchstaben zu sehen. Düstere gotische Lettern auf schwarzem Grund: »..SS.N.RAB« Den Rest haben die Flammen gefressen.

»So 'ne Art Volxküche«, erklärt der Irokese und nimmt mir den Schirm ab, damit die Indianerfrisur trocken bleibt: »Scharfes Essen, hochprozentige Getränke, abgefahrene Musik. Das Massengrab war gut besucht.«

»Und meine Tochter war Stammgast in diesem …«

»Massengrab«, der Irokese grinst, »stört dich der Name?«

»Bisschen ungewöhnlich für 'ne Kneipe, finden Sie nicht?«

»Macht aber Sinn«, erwidert der Irokese, »die Leute saufen sich ja gern mal einen an. Und dann musst du sie raustragen.«

»Sprechen Sie aus Erfahrung?«

»Ich war der Mann am Tresen«, erklärt der Irokese würdevoll.

Barkeeper im Massengrab, denke ich, auf so was muss man erst mal kommen.

»Natürlich gab es Debatten im Plenum.« Der Irokese gibt mir den Schirm zurück und tritt wieder in den Hauseingang, »von wegen *political correctness* und so. Da gab es schon den einen oder anderen, der sich durch die Bezeichnung ›Massengrab‹ an den Holocaust erinnert gefühlt hat.«

»Was so abwegig nicht ist«, gebe ich zu bedenken.

»Trotzdem ‘n geiler Name für ‘ne Trinkhalle.« Der Irokese lächelt melancholisch. »Ist echt schade drum.«

»Und meine Tochter war da gestern drin?«

Der Irokese nickt: »Aber keine Sorge, Vatta, die hat nur Cola getrunken.«

»Ja, und dann«, rege ich mich auf, »wo war sie dann?« Als könnte mich Cola beruhigen.

»Keine Ahnung. Es hat gebrannt, und wir sind raus.«

»Melanie auch?« Mensch, Junge, denk nach!

»Hey, *keep cool*, Alter«, der Irokese bietet mir eine Selbstgedrehte an, »unsere Leute sind auch noch nicht vollzählig.«

»Mal den Kran her«, ruft plötzlich ein Feuerwehrmann aus dem dritten Stock der Brandruine. Kurz darauf setzt sich surrend der Drehkran auf einem der Löschfahrzeuge in Gang. Zwei Feuerwehrmänner wuchten einen grauen Kunststoffsarg aus dem Fenster und schieben ihn auf die Plattform des Krans. Schutt fällt herab. »Langsam runterlassen! Vorsicht!«

Nervös gehe ich mit meinem Schirm rüber zu Hünerbein und sehe dem Drehkran zu. Mir ist ganz schlecht vor Anspannung und Sorge. Du lieber Himmel, was sage ich bloß Monika, denke ich hilflos, wenn unser Spatz da drin ist? Das überlebt die nicht. Das überlebe ich nicht!

Kaum ist der Sarg unten, laufe ich drauf zu. »Machen Sie auf!«

Beylich ist aus dem Bus geklettert und hält mich zurück: »Wollen Sie sich den Anblick wirklich antun, Hauptkommissar?«

»AUFMACHEN!«, brülle ich.

Die Feuerwehrleute reagieren erschrocken und klappen unverzüglich den Deckel hoch. Widerlicher Geruch von Ruß und verbranntem Fleisch steigt mir in die Nase. Zuerst erkenne ich nicht viel mehr als einen rußigen Klumpen. Dann sehe ich die Reste einer Bikerlederjacke und verkohlte Haut. Brandblasen wie in einer schwarzen Lavalandschaft. Wo sie aufgeplatzt sind, schimmert in kleinen Kratern wässriges rosa Fleisch. Mir wird übel, und ich wende mich ab.

»Und?«, fragt Hünerbein.

Ich zucke hilflos mit den Schultern und setze mich, nach Luft ringend, auf den feuchten Rinnstein.

»Hier!« Beylich reicht mir eine Thermoskanne. »Kamillentee hilft.«

»Danke«, keuche ich und trinke. Die Lederjacke, denke ich nur, verdammt, genau so eine trägt Melanie auch. – Aber haben die Punks hier nicht alle solche Jacken? Schwarz, mit Nieten und Anarchosternen am Kragen? – Was, verdammt, hat sie in dem Haus gemacht?

»Da oben hat Dark sein Zimmer.« Der Irokese ist unter den Absperrungen durchgetaucht und starrt bleich durch den Regen auf den grauen Kunststoffsarg. »Mensch, hoffentlich ist das nicht Dark!«

Hoffentlich ist es nicht Melanie, denke ich. Alles andere ist mir wurscht.

4 OBGLEICH DIE MAUER vor knapp elf Monaten gefallen war, blieb Berlin eine Terra incognita. Bis auf den Rudower Baumarkt und ein Autohaus in der Gropiusstadt, wo es tolle Wohnmobile gab, hatte Jan Fridolin Arndt, genannt Frido, den Westen bislang gemieden. Er kannte sich hier einfach nicht aus, der Verkehr machte ihn nervös, und dann die vielen Ausländer überall. Nicht, dass er jemals etwas gegen Türken gehabt hätte, aber es war eben doch eine andere Kultur. Verschleierte Frauen, schnauzbärtige Männer mit Perlenkettchen in den Händen und schwarzäugige Jugendliche, die lautstark ein komisches Kauderwelsch aus Deutsch und Türkisch sprachen.

All das war Arndt fremd, und es machte ihm auch ein wenig Angst. Er hatte sich Westberlin gemütlicher vorgestellt, so wie im Fernsehen: Da gab es die »Drei Damen vom Grill« und »Praxis Bülowbogen«, da heiratete der sympathische Peter Weck eine Familie, ein eleganter Heinz Drache ermittelte im »Tatort« zwischen Grunewaldvillen, und Harald Juhnke spielte den »Mann für alle Fälle«.

Die Gropiusstadt dagegen war kalt und windig. Riesige Häuser standen wie auf Stelzen über Parkhäusern und Tiefgaragen, dazwischen vierspurige, regennasse Straßen und Dönerbuden. Viel mehr gab es hier nicht.

Und deshalb hatte er sich darauf eingelassen, heute tiefer in die Innenstadt hineinzufahren, über Gradestraße und Stadtautobahn an der Bahlsenfabrik vorbei, wo es stark nach Keksen und Schokolade roch, bevor er rechter Hand das Tempelhofer Flugfeld passierte, auf dem die großen Militärmaschinen der US-Air-Force die Motoren warmlaufen ließen. Danach, so hatten es ihm die Italiener beschrieben, solle er sich rechts halten und am Innsbrucker Platz den Stadtring verlassen.

Arndt hielt sich rechts, verpasste die Ausfahrt aber trotzdem, weil ihm durch den heftigen Platzregen draußen dauernd die Scheiben beschlugen, obwohl die Lüftung voll aufgedreht war. Zudem drängte ihn irgend so ein Idiot im BMW von der Spur. Arndt hatte hupen wollen, doch die Tröte seines alten Dreielfer Wartburg kam gegen den Lärm auf der Autobahn nicht an.

Und nun irrte er am Bundesplatz umher und wusste nicht mehr weiter. Parkplätze gab es auch nirgends, sodass er mal anhalten und jemanden nach dem Weg hätte fragen können. Schließlich fand er an der Bundesallee eine Tankstelle, ließ den Wagen ausrollen und betrat dann den Shop, um Rat einzuholen.

Etwas unschlüssig stand er zwischen den Regalen voller Süßigkeiten, Straßenplänen, Motorölen und Austauschlampen für Autoscheinwerfer. An der Wand surrten Kühltruhen voller Getränkedosen. Seltsam war, dass es sogar Bier gab. Auch Sekt und Wein waren im Angebot. Und das an einer Tankstelle! Arndt schüttelte unmerklich den Kopf. Westberlin halt. Null Komma acht Blutpromille Alkohol am Steuer waren hier erlaubt, völlig verantwortungslos, wenn auch logisch in einem System, dass sich »Freie Marktwirtschaft« nannte. Da wurden an den Tankstellen nicht nur die Autos abgefüllt, sondern auch die Fahrer. Und wenn die dann besoffen Unfälle bauten, taten sie was für die Konjunktur. Dann verdienten Versicherer, Krankenhäuser, Werkstätten und Autohäuser, das Bruttosozialprodukt stieg. Es ging halt immer aufwärts, egal wer und wie viele dabei auf der Strecke blieben.

Die lügen sich hier auch nur in die Tasche, dachte Jan Frido Arndt, das ist genauso wie bei uns. Nur dass die DDR als Erstes kaputtgegangen war. Und bevor auch noch der Westen den Bach runterging, wollte Arndt weg sein.

»Entschuldigen Sie! Die Eisenacher Straße – wie komm ich da am besten hin?«

»Hier vorn die Badensche Straße runter«, der Mann am Kassentresen gestikulierte, »bis zur Martin-Luther, dann links und an der Grunewaldstraße wieder rechts. Die Eisenacher läuft dann quer, da müssense sich entscheiden, ob Se lieber links lang wollen oder rechts«, er grinste, »janz wie in der Politik, capito?«

»Mhm«, machte Arndt und dankte. Als er sich wieder zum Hinausgehen wandte, rief ihn der Kassierer noch mal zurück.

»Vielleicht noch 'n Raider für unterwegs?« Er wedelte mit einer braungelben Snacktüte. »Wir haben det Fünferpack im Anjebot für völlig unerhebliche zwoneunundneunzig.«

»Nein, vielen Dank«, murmelte Arndt und stiefelte zurück zu seinem Auto. Er nahm den beschriebenen Weg, fuhr die Eisenacher links rein und geriet an der Motzstraße prompt in ein schwules Straßenfest. Überall martialisch aussehende Männer in Tarnkleidung und engen Lederklamotten, die sich ganz unmartialisch küssten!

Arndt war entsetzt. Er wollte rasch wenden, weg hier, nur weg, das war ja abartig. Er war so aufgeregt, dass er den Motor abwürgte und dann mitten auf der Straße stehen blieb. Schon kam unter einem riesigen bonbonfarbenen Schirm eine Frau mit irrsinnig langen Beinen und roter Lockenmähne heran und zog lasziv an einer Zigarette. Beim näheren Hinsehen stellte sich aber auch die Langbeinige als Mann heraus.

Gott, dachte Arndt, wo bin ich hier nur reingeraten? Er trat die Kupplung durch, startete den Zweitaktmotor, würgte den Gang rein. Der Wartburg machte einen Satz nach vorn, direkt auf eine skurrile Herrenkapelle zu, die in zu kurzen Matrosenkleidchen und Zopfperücken mit viel Tschingderrassabum und Fernwehtremolo »Kapitän, nimm mich mit auf die Reise« spielte.

Arndt beendete sein missglücktes Wendemanöver und schoss, als sei der Teufel hinter ihm her, davon. Zurück über die Grunewaldstraße auf die andere Seite der Eisenacher und nach knapp achtzig Metern scharf abgebremst. An der Ecke zur Belziger Straße war sein Ziel. Ein Italiener. »Trattoria L'Emigrante«. Der Treffpunkt.

Jan Frido Arndt fand einen Parkplatz und blieb noch einen Moment im Wagen sitzen, um sich zu sammeln. Er besah sich im Rückspiegel und strich sein schütteres graues Haar zurück. Er sah gut aus, war braungebrannt und noch recht fit. Obwohl er keine Landwirtschaft mehr betrieb, war er oft draußen auf seinen Feldern an der Sonne. Er saß nicht gern in Räumen herum. Zu keiner Jahreszeit. Und jetzt wollte er viel reisen. Nicht in Städte, sondern durch Landschaften. Es gab so viel zu sehen auf der Welt. Frankreich, die Normandie, wo sein Vater im Krieg die Landung der Alliierten überlebt hatte. Dann Spanien, von der Costa Brava bis an die Algarve in Portugal. Nebenan Gibraltar, da ist es nur noch einen Katzensprung bis rüber nach Marokko. Das hört sich schon an wie aus Lawrence von Arabien, und Casablanca wollte er auch unbedingt besuchen, wegen Humphrey Bogart. Vielleicht gab es Rick's Café ja noch – Herrgott, fünfundsechzig Jahre war Arndt jetzt, da gingen andere in Rente. Er dagegen würde ein völlig neues Leben anfangen.

Er griff ins Handschuhfach, holte eine Krawatte hervor und band sie sich umständlich um. Kein Windsorknoten, der einfache war schwer genug. Er besaß ohnehin nur diese eine Krawatte. Traudl hatte sie ihm zur Hochzeit geschenkt. Danach hatte er sie nur noch zu Traudls Beerdigung getragen – und heute. Es erschien ihm angemessen, obwohl er Krawatten absolut nicht mochte. Unerklärlich war, dass sich derart unpraktische Accessoires in der Herrenbekleidung so lange halten konnten. Hüte waren längst aus der Mode, obwohl Arndt sie immer gern getragen hatte. Die verhasste Krawatte dagegen gab es seit über hundert Jahren, und nichts deutete darauf hin, dass sich daran in nächster Zeit irgendetwas ändern würde.

Er warf noch einmal einen kontrollierenden Blick in den Spiegel, griff nach dem Sakko auf der Rückbank und stieg aus dem Wagen.

»*Bongiorno*, Signore Arndt!« Die Italiener sprangen zeitgleich auf, als er das Restaurant betrat, und es sah aus wie Ballett. Sie führten ihn mit geschmeidigen Bewegungen durch den mit viel Holz und mediterranem Nippes dekorierten Gastraum. Es waren nur wenige Gäste da. Aus den Boxen drang gedämpft Gianna Nanninis Stimme, »Un'estate Italiana«, und überall standen Magnumflaschen mit rotem WM-Wein herum, der von der Fußballweltmeisterschaft übrig geblieben war. Vermutlich weil nicht Italien, sondern Beckenbauers Mannschaft das Finale gewonnen hatte. Ja, das war ein großes Jahr für die Deutschen. Und ein großes Jahr für Jan Frido Arndt.

Die beiden Italiener öffneten eine versteckte Tür zu einem separaten, schlichter gehaltenen Hinterzimmer und baten ihn herein. Weiß verputzte Wände, ein rustikales Weinregal und eine lange Tafel aus massivem Pinienholz im selben Stil mit acht Stühlen drum herum. Auf dem Tisch standen Karaffen mit stillem Wasser, dazu kleine silberne Tabletts mit Gläsern, Saft und Colaflaschen.

Wie für eine Konferenz, dachte Arndt, obwohl er selbst noch nie auf einer gewesen war.

»Bitte, Signore!« Einer der Italiener rückte ihm einen Stuhl zurecht, »machen Sie es sich bequem. Ich hoffe, Sie hatten eine gute Fahrt?«

»Danke, ging so«, antwortete Arndt mit seltsam belegter Stimme, »ich kenne mich ja im Westen nicht so aus und verfahre mich dauernd.« Er lächelte unsicher. »Trotz Ihrer recht guten Wegbeschreibung.«

»Nun, Sie haben uns gefunden«, der Italiener machte einem Kellner Platz, der einen Teller Bruschetta auf den Tisch stellte und kaum hörbar *buon appetito* wünschte.

»Das ist die Hauptsache«, pflichtete der zweite Italiener bei, und Arndt überlegte, welcher von den beiden nun Francesco und wer Giuseppe war. Sie hatten sich ihm schon vor Monaten vorgestellt, zwei Brüder aus dem kalabrischen San Luca, die sich so ähnlich sahen, dass Arndt sie immer wieder verwechselte.

Im Frühjahr waren sie das erste Mal auf Arndts Hof bei Selchow aufgetaucht, junge Burschen in Barbour-Jacken und feschen Schirmmützen aus englischem Tweed. Sie waren mit einem roten Alfa Spider vorgefahren und hatten sich interessiert umgesehen. Sie blätterten in Aktenmappen und sprachen von der Zukunft Berlins als Metropole im Herzen des neuen Europa. An der Schnittstelle von Ost und West, Nord und Süd. Künftig würden hier alle Fäden zusammenlaufen, politisch, kulturell und wirtschaftlich. Ein europäisches New York sozusagen, und allein der Gedanke machte Arndt Angst. Da gab es doch diesen Film mit Paul Newman als heruntergekommenem Bullen in der Bronx. Ein einsamer Cop im Sumpf der Ghettos voller Kriminalität und Gewalt – nein danke, Arndt lachte, in so einer Stadt wolle er nicht leben.

»Müssen Sie nicht«, lächelten die Italiener beruhigend und schlugen ihm vor, seinen Hof zu verkaufen. Gutes Ackerland, zehn Hektar groß und direkt an der Stadtgrenze Berlins.

Arndt winkte ab. Den Hof hatte er von seinen Eltern geerbt, das war Bodenreformland, und sie hatten sich jahrzehntelang lang allen kommunistischen Zwangskollektivierungsversuchen widersetzt. Trotz der Repressalien, trotz vieler Drohungen. Mutter hatte es fast umgebracht vor Gram, und Vater hatte, verunglimpft als Staatsfeind, lange im Gefängnis gesessen. Aber der Hof war immer picobello in Schuss, koste es, was es wolle. Und jetzt sollte er ihn verkaufen? Nein, das brachte Arndt nicht übers Herz, niemals!

Die Italiener blieben hartnäckig. Berlin werde expandieren, sagten sie. Bis zum Ende des Jahrtausends würden sechs bis acht Millionen Menschen in der Stadt leben, in der Kapitale Europas, Drehscheibe für die ganze Welt. Schon heute konnten die Berliner Flughäfen das rasant wachsende Passagieraufkommen kaum bewältigen, und selbst wenn die Amerikaner das Tempelhofer Feld für den zivilen Flugverkehr öffnen würden, müsse ein neuer Großflughafen her. »Was meinen Sie, Signore Arndt? Wo wird dieser Airport gebaut werden, wenn nicht hier?«

Arndt kannte die Pläne. Im Dorf munkelten sie, dass der alte Ostberliner Flughafen Schönefeld zu einem gigantischen Luftverkehrskreuz ausgebaut werden solle. Schon hatten sich Bürgerinitiativen dagegen gegründet, es wurden Unterschriften gesammelt und Petitionen geschrieben, denn natürlich wollte niemand in der Einflugschneise eines Großflughafens leben. Die Bürger fürchteten um ihr Zuhause, und sie würden darum kämpfen, sie hatten ja keine andere Wahl.

»Wer sagt Ihnen denn«, fragte Arndt deshalb die Italiener, »dass der Flughafen tatsächlich hier gebaut wird? Noch ist nichts entschieden. Vielleicht wird ja Tegel erweitert. Oder sie bauen irgendwo anders. In der Zeitung stand neulich, dass Jüterbog …«

»Jüterbog!« Die Italiener winkten lachend ab. Der alte russische Militärflughafen geisterte immer mal wieder als Alternative durch die Presse. Tatsächlich aber war er zu weit weg. »Siebzig Kilometer in der Pampa, Signore. Kein Autobahnanschluss, keine Stadtbahnverbindung. Jüterbog können Sie vergessen!«

Trotzdem: Arnd blieb dabei. Er verkaufe nicht. Nicht für eine Million.

Und dann boten sie ihm zehn. Zehn Millionen Deutsche Mark! Arndt saß da und schnappte nach Luft. Du lieber Gott, zehn Mille! Er hatte keine Vorstellung, wie viele Scheine das waren – vermutlich ein ganzer Berg – und alles in West! Was, um Himmels willen, sollte er mit so viel Geld anfangen? Das war eine unglaubliche Summe, einfach nicht zu fassen!

Die Italiener ließen nicht locker, und natürlich waren es Spekulanten. In ganz Berlin ging das jetzt so. Überall tauchten plötzlich Leute auf mit Koffern voller Geld und kauften, was zu kaufen war. Grundstücke, Häuser, Erbpachtverträge. Es schien so einfach. Binnen weniger Jahre würden die Preise in der Stadt explodieren. Wer jetzt in die schönsten Stücke investierte, machte später garantiert einen ordentlichen Reibach. Schönefeld würde neuer Großflughafen, dessen waren sich die Italiener sicher. Und wie man es auch drehte und wendete, bei allen Plänen für einen künftigen Ausbau war Arndts Acker im Weg.

»Das ist Bauland, Signore Arndt. Sie sollten sich das Angebot nicht entgehen lassen.«

Irgendwann sprach sich die Sache im Dorf herum. Keine Ahnung, wie das kam, Arndt jedenfalls hatte es nicht publik gemacht. Er wurde regelrecht belagert. Nur wenige hatten Bauland in der Gegend, aber alle ihre Häuser. Wenn Arndt verkaufen würde, wären sie die Gelackmeierten. Also setzten sie ihn unter Druck, vor allem jene, die schon zu DDR-Zeiten immer auf Drohungen und Repression gesetzt hatten, taten sich wieder besonders hervor. Diese Idioten! Sie waren selbst schuld. Wenn Arndt sich widersetzte, dann nur unter Druck. Das mussten die doch wissen, das war schon immer so, das hatten die Arndts in vierzig Jahren Sozialismus zur Genüge bewiesen: Druck ist das völlig falsche Mittel!

Die Italiener hatten nie Druck gemacht, die blieben immer freundlich und argumentativ.

Und deshalb war Jan Frido Arndt heute hierher gekommen, in die »Trattoria L'Emigrante«, um den Vertrag zu unterschreiben.

»Bitte nehmen Sie doch Platz, Signore Arndt.« Einer der Brüder, keine Ahnung, ob Giuseppe oder Francesco, schob ihm die Bruschetta hin. »Wir essen erst ein wenig, bevor wir zum Geschäft kommen. Ist Ihnen das recht?«

»Wenn Sie gestatten«, Arndt setzte sich und weitete etwas nervös den Krawattenknoten, »würde ich das Geschäftliche lieber vorher erledigen.«

»Absolut kein Problem, Signore Arndt, ganz wie Sie wünschen.« Der Italiener warf einen raschen Seitenblick zu seinem Bruder, woraufhin der das Zimmer durch eine zweite Tür verließ und wenig später mit einem korpulenten, massigen Herrn mit Stirnglatze zurückkam, der eine dicke, abgewetzte Aktentasche unter dem Arm hatte.

Er nickte Arndt zu, stellte schnaufend die Tasche ab und reichte ihm dann die Hand. »Naumann, Heribert Naumann, Notar und Rechtsanwalt – ich grüße Sie!«

»Guten Tag!« Arndt war wieder aufgestanden und erwiderte höflich den Händedruck.

»Ich habe«, der Notar wühlte in seiner Aktentasche, »die entsprechenden Verträge vorbereiten lassen und vorab geprüft.« Er reichte Arndt und den Italienern je einen zusammengehefteten Stapel anwaltlich versiegelter Unterlagen. »Sie sind hoffentlich zu Ihrer aller Zufriedenheit. – Setzen wir uns?«

»Natürlich!« Die Italiener wirbelten herum, rückten Stühle zurecht und fragten, wer was trinken wolle.

Arndt nahm stilles Wasser, der Notar Campari Soda. Die Italiener schenkten ein und genehmigten sich jeder eine Cola.

Notar Heribert Naumann nestelte umständlich eine Lesebrille aus der Außentasche seines Jacketts und schob sie sich auf die Nase.

»Ich werde Ihnen nun den Vertragstext Punkt für Punkt vorlesen«, sagte er langsam und mit sorgsam akzentuierter Stimme, der man die Routine anhörte. »Sie lesen bitte mit. Sollten sich Unstimmigkeiten Ihrerseits ergeben, bitte ich um Unterbrechung, damit wir den Punkt gleich verhandeln und abhaken können. Auch Fragen bezüglich des Vertrages bitte ich sofort an mich zu richten, sobald sie sich stellen. So können etwaige Unklarheiten umgehend ausgeräumt werden.« Er sah auf und in die Runde. »Noch Fragen zum Procedere?«

Arndt schaute zu den Italienern rüber. Da die ihre Köpfe einvernehmlich schüttelten, verneinte auch er.

»Gut, dann …«, der Notar nippte an seinem Campari Soda, »… können wir ja beginnen.« Mit sonorer Stimme begann er, den Vertragstext vorzulesen.

Nein, fand Arndt, der Anwalt las den Text nicht nur vor, er lebte ihn. Naumanns Körper wippte vor und zurück, die Hände ruhten keinen Augenblick, gingen gestikulierend auf und nieder, die Stimme vibrierte eindringlich, als sei die Sache ungeheuer spannend. Juristische Floskeln, Ausschließungsklauseln, komplizierte Flurstückbezeichnungen, amtliche Modalitäten, Verpflichtungen des Käufers und des Verkäufers. Verschwurbelte Formulierungen der Eindeutigkeit, um etwaige Falschauslegungen des Vertragswerks unmöglich zu machen und so unanfechtbar, dass der Notar vor Wichtigkeit zu beben schien. Wie bei einem dramatischen Werk leitete er den Schluss im Stakkato ein, wischte sich mit weiter Geste den Schweiß von der Stirn, kam zum furiosen Finale und sprang auf wie ein Dirigent – um allen Beteiligten mit Nachdruck die Bedeutung dieses Augenblicks klarzumachen. Denn das war er zweifellos: ein Wendepunkt! Von historischem Format! Hier wechselte nicht nur ein zehn Hektar großer Acker seinen Besitzer, nein, hier wurde Land verkauft, das vierzig Jahre lang von seinen Eigentümern unter Aufbietung aller zur Verfügung stehenden sowohl physischen als auch psychischen Kräfte vor dem kommunistischen Zugriff verteidigt worden war. Das, und nur das, machte die Sache besonders. Ein erhabener Moment!

Arndt stutzte. Achthunderttausend? »Wieso nur achthunderttausend? Waren nicht …?«

»Es ist wegen der Steuer«, beeilten sich die Italiener zu erklären, »Sie wollen doch etwas haben von Ihrem Geld, nicht wahr?« Giuseppe oder Francesco lächelte zuvorkommend. »Hätten wir die vereinbarte Kaufsumme aufgenommen in den Vertrag, würde das ostdeutsche Finanzamt davon fast fünfzig Prozent bekommen, und das …«

Der Notar nickte beifällig. »… ist eindeutig zu viel für einen Staat, den es morgen nicht mehr gibt.« Er seufzte. »Ganz abgesehen davon und nur unter uns gesprochen: Auch wenn die Bundesrepublik schon die Hand aufhalten würde, wäre zu viel des Geldes sofort weg. Und weil die Finanzämter dieser Welt den Leuten das

Geld aus der Tasche ziehen, wann immer sich Gelegenheit dazu bietet, ist es allgemein Usus, zwischen eingetragenem und tatsächlich verhandeltem Kaufpreis zu unterscheiden. Achthunderttausend ist die offizielle Summe. Sie entspricht in etwa dem Grundstückswert, damit der Herr Waigel nicht leer ausgeht. Der Rest bleibt Ihre Privatsache.«

»Und«, Arndt sah zweifelnd in die Runde, »wo ist der Rest?«

»Kein Rest«, lächelten die Italiener, »die Hauptsache.« Und holten einen handlichen schwarzen Hartschalenkoffer hervor, den sie geübt aufschnappen ließen. »Neun Millionen und zweihunderttausend Deutsche Mark.«

»Was mich ankotzt«, ließ sich der Notar vernehmen, »ist, dass ich, genau wie unser Finanzminister mit den buschigen Augenbrauen, von der Kohle auch nichts habe.«

Arndt starrte mit großen Augen auf das viele Geld. Fünfhunderterscheine, in Bündeln gepackt. Ein ganzer Koffer voll.

»Alles echt«, setzte der Notar melancholisch hinzu, »ich kenne meine Stammkunden. Sie sollten es trotzdem nachzählen.«

»Ich denke, das können wir uns sparen«, erwiderte Arndt und bemühte sich, wie Humphrey Bogarts abgeklärte Synchronstimme zu klingen. Er nahm ein Geldbündel aus dem Koffer, wahrscheinlich fünfzigtausend Mark, und warf es lässig dem Notar hin. »Für Sie!« Dann griff er nach einem Kugelschreiber und sah fragend auf. »Wo muss ich unterschreiben?«

»Hier!« Der Notar zeigte es ihm. »Und einmal hier und hier!«

Fünfundsechzig Jahre, dachte Arndt, und ich fühle mich wie fünfundzwanzig. Geld macht glücklich? – Nein. Aber jung und zufrieden. Sogar die Krawatte fühlte sich plötzlich tragbar an. Er unterschrieb, nahm den Koffer an sich und lächelte:

»Meine Herren: Jetzt können wir essen!«

5 KRIMINALRAT BEYLICH hat ein grünes Mannschaftszelt der Volkspolizei auf dem Helmholtzplatz aufbauen lassen, damit der Rapport im Trockenen stattfinden kann. Draußen brummelt ein Stromgenerator. Im Zelt ist es stickig, auf die Planen pladdert der

Regen. In feuchten Jacken und Mänteln haben sich Ermittler, Spurensicherer und Feuerwehrleute um einen langen, schmalen Klapptisch versammelt.

»Ausgebrochen ist das Feuer in einer Wohnung im ersten Stock.« An einer aufklappbaren Tafel vor der Stirnseite des Zeltes pappt ein Papier. Es zeigt die in groben Strichen aufgezeichnete Vorderseite des abgebrannten Hauses. »Ungefähr hier«, erklärt ein Brandermittler der Feuerwehr, »direkt über der im Souterrain gelegenen Gewerbefläche.«

»Das Massengrab«, präzisiere ich.

Der Feuerwehrmann nickt. »Das Feuer hat sich dann durch die Zimmerdecke in den zweiten Stock durchgefressen und von da aus explosionsartig ausgebreitet. Wer sich zu dem Zeitpunkt in den oberen Etagen des Hauses aufhielt, hatte keine Chance.«

Mir gefriert das Herz. Ich sehe Melanie durch die Flammen irren, schreiend, mit brennendem Haar. Mir ist schlecht, ich würde mich gern setzen, aber es gibt keine Stühle. Mit verkrampften Händen halte ich mich an der Tischkante fest.

»Sind irgendwelche Brandbeschleuniger gefunden worden?«, erkundigt sich Beylich.

»Ja«, bestätigt Matuschka und stellt eine verrußte, aber unbeschädigte Flasche auf den Tisch, »sogenannte Molotowcocktails.«

Hünerbein schmatzt. Er hat seine Brotdose ausgepackt und schiebt sich eine fette Wurststulle nach der anderen in den Mund.

»Molotowcocktails, soso.« Beylich läuft federnd auf und ab. »Wie viele?«

»Mehrere Bierkästen voll«, antwortet einer der Spurensicherer, »wir fanden sie in verschiedenen Wohnungen. Durch die sich ausbreitende Hitze sind viele der Flaschen geplatzt, und das auslaufende Benzin hatte in jedem Fall verheerende Auswirkungen auf den Verlauf des Brandes.«

»Aber«, Beylich bleibt dicht vor dem Spurensicherer stehen, »ob diese von Ihnen als Molotowcocktails bezeichneten Brandbeschleuniger auch ursächlich für das Feuer sind, können Sie nicht bestätigen?«

»Nicht mit Sicherheit.« Statt des Spurensicherers antwortet der Brandermittler: »Das Haus ist alt. Genauso gut könnte sowohl ein Kurzschluss als auch die Unachtsamkeit eines Bewohners ...«

»Können Sie Brandstiftung ausschließen?«, unterbricht ihn Beylich und nimmt seine Wanderung durch das Zelt wieder auf.

»Nein«, erwidert der Brandermittler. »Alles ist möglich. Wir werden das weiter untersuchen.«

»Gut«, nickt Beylich und sieht zu uns herüber. »Haben unsere Westberliner Kollegen Fragen hierzu?«

Da ich kein Wort hervorbringen kann, spricht Hünerbein mit vollem Mund: »Besteht die Möglichkeit weiterer Leichenfunde?«

»Nein.« Der Brandermittler schüttelt den Kopf.

»Von der Vermisstenliste konnten sechs weitere Personen gestrichen werden«, erklärt Matuschka mit erleichtertem Blick. »Die sind wieder aufgetaucht.«

Also fehlen noch drei, konstatiere ich für mich. Und eine davon ist meine Tochter. Melanie. Sie schreit, sucht verzweifelt einen Ausweg aus der Flammenhölle. Und ich kann sie nicht retten! ICH KANN SIE NICHT RETTEN!!!

Mir wird schwindlig. Eine Entschuldigung murmelnd, stolpere ich hinaus. Ich drehe gleich durch, möchte nur noch schreien, sterben …

»Sei nicht hysterisch, Sardsch!« Hünerbein ist mir vors Zelt gefolgt und reicht mir eine Zigarette. »Melanie taucht schon wieder auf.«

Wir rauchen schweigend, meine Hände zittern. Hünerbein spannt seinen Schirm auf und zieht mich darunter.

»Alles wird gut«, sagt er zuversichtlich. »Wirst sehen.«

Ich nicke stumm und spüre so etwas wie Dankbarkeit. Mein lieber, großartiger Hünerbein: Wie oft hast du mich die letzten Nerven gekostet. Und doch gehörst du zu den Guten. Nicht nur als Polizist. Im Inventar meines Lebens hast du einen festen Platz, und am liebsten würde ich mich dir in dieser Stunde der Seelennot heulend in die Arme werfen und trösten lassen. Aber ich wage es nicht. Das wäre ein Eingeständnis von Schwäche, die du für den Rest unserer gemeinsamen Zeit gnadenlos ausnutzen würdest.

Im Zelt geht die Besprechung weiter, der Generator dieselt vor sich hin, und über den Helmholtzplatz rollt langsam ein uns wohlbekannter schwarzer Saab 900 mit Westberliner Kennzeichen.

»Der Totengräber«, stellt Hünerbein fest. So wird im Polizeijargon Professor Dr. Hubertus Graber genannt, Leiter der Rechtsmedizin im Leichenschauhaus in der Invalidenstraße. »Was macht der denn hier?«

Eilfertig hilft Graber einem kleinen Dicken aus dem Wagen, bevor er sich einen englischen Wachsmantel überzieht und einen breitkrempigen Fischerhut aufs graumelierte Haupthaar drückt.

»Nach uns die Sintflut, mein lieber Herr Doktor«, ruft er aufgeräumt und spannt dem Dicken einen Knirps auf. »Bei dem Wetter brauchen wir ein Kapitänspatent, wenn wir Noahs Arche noch erreichen wollen.«

»Glauben Sie, der nimmt uns mit?« Der kleine Dicke schnappt sich ein altertümliches Arztköfferchen aus dem Wagen. »Ich denke nicht, dass die Menschheit zur schützenswerten Schöpfung zählt.«

»Sie sind halt ein unverbesserlicher Pessimist, mein lieber Doktor – aber sehen Sie nur!« Graber hat uns erblickt und lüftet erstaunt den Fischerhut. »Sind das nicht die Kollegen aus der Keithstraße? Was treibt Sie denn in den feuchten Osten?«

»Die Tatsache, dass es im Westen nicht trockener ist«, erwidert Hünerbein und schüttelt Hände.

»Darf ich vorstellen?« Graber deutet auf den kleinen Dicken neben ihm, »mein Kollege Doktor Armin Kurzweil vom Institut für Rechtsmedizin an der Charité – Herr Doktor: die Herren Hauptkommissare Hünerbein und Knoop.«

»Sehr erfreut«, näselt Kurzweil in weichem Dresdner Sächsisch, »außerordentlich angenehm.« Er sieht sich unruhig um. »Wo ist denn unser Brandopfer?«

»Gleich dort.« Hünerbein deutet auf einen schwarzen Leichenwagen, der mit aufgeklappten Hecktüren im Regen steht. »Kein schöner Anblick.«

»Tote sehen nie gut aus«, näselt Kurzweil knapp und marschiert mit Schirm und Arztköfferchen unverzüglich auf den Leichenwagen zu.

»Sie übrigens auch nicht, Knoop«, stellt der Totengräber munter fest, »mal wieder 'ne lange Nacht mit zu viel geistigen Getränken verbracht?«

»Ihm geht's nicht gut«, erklärt Hünerbein, »macht sich Sorgen um seine Tochter.«

»Tja, die Pubertät«, nickt Graber mitfühlend, »irgendwann werden sie halt alle erwachsen. Aber der Schmerz geht vorbei, Knoop, Kinder sind eine Beziehung auf Zeit – das unterscheidet sie von der Ehe.« Er schlendert zu seinem Ostberliner Kollegen. »Und Doktor? Wie sieht der Patient aus?«

»Gut durch«, erwidert Kurzweil, der inzwischen im Leichenwagen über dem Sarg klemmt und den Inhalt eingehend untersucht.

»Übrigens ein ganz ausgezeichneter Fachmann«, raunt uns Graber zu, »ich habe einige seiner Publikationen in der Fachpresse gelesen. Auf dem Gebiet der Forensik stehen uns die Ostkollegen in nichts nach.«

»Uns fehlt's manchmal noch an ordentlicher Analysetechnik«, näselt Kurzweil über die Leiche gebeugt, »aber das wird ja jetzt alles mit der Einheit.«

»Bis dahin helfen wir gern aus«, versichert Graber und klopft dem Kleinen gönnerhaft auf die Schulter. »Wenn Sie nun die Güte hätten, unseren Kollegen bezüglich des Todeszeitpunkts auf die Sprünge zu helfen?«

»Nun, das mag so zwischen dreiundzwanzig und null Uhr dreißig gewesen sein«, erklärt Kurzweil und kommt wieder hoch, »da hat's ja hier mächtig gebrannt. Todesursache vermutlich Ersticken, die Lage der Leiche lässt darauf schließen. Genaueres kann ich aber erst nach eingehender Untersuchung sagen.« Das letzte Wort klingt wie »soochen«.

Ich halte mich abseits und sehe den Rechtsmedizinern zu. Mir liegt eine Frage auf der Zunge, ich wage es aber nicht, sie zu stellen, weil ich mich vor der Antwort fürchte. Schließlich stellt Hünerbein sie für mich.

»Können Sie uns schon sagen, ob die Leiche männlich oder weiblich ist?«

»Weiblich«, erklärt Graber nach kurzem Blick in den Sarg. »Das wenigstens ist klar. Die Leiche ist weiblich.«

Ich spüre, wie mir die Knie wegsacken. Dass ich nicht zusammenbreche, verdanke ich nur Hünerbein, der mich fürsorglich auffängt und stützt.

»Männlich dagegen ist nur der Tote«, setzt Graber dozierend fort, »obgleich es von ihm auch eine weibliche Form gibt.« Er grinst uns an. »Die Tote.«

Ich brauche einen Moment, bevor ich begreife, dass Graber wieder eines seiner unsäglichen Bonmots von sich gegeben hat, und sehe ihn wütend an.

Kurzweil dagegen wiehert begeistert los. »Recht haben Sie, Professor! Der war gut, ja, der war ziemlich gut!«

»Also.« Hünerbein stellt mich wieder auf meine eigenen Füße. »Mann oder Frau?«

»Das können wir nicht feststellen«, erklärt Kurzweil wieder ruhiger, »noch nicht jedenfalls. Die Leiche ist in einem bedauerlichen Zustand.« Er kommt aus dem Wagen und zieht sich die Gummihandschuhe aus. »Ich schlage vor, wir lassen sie abtransportieren.«

»Gern«, freut sich Graber. »Zu mir oder zu Ihnen, Doktor?«

»Mein Institut haben Sie ja schon gesehen«, lächelt Kurzweil, »jetzt sind Sie dran.«

»Ich werde Ihnen nichts vorenthalten«, versichert Graber und schlägt die Heckklappen des Leichenwagens zu, bevor er den Fahrer durch lautes Klopfen an die Seitenscheibe weckt. »Hallo, es geht weiter! Zentrales Leichenschauhaus Invalidenstraße – Abfahrt!«

Der Leichenwagen startet und setzt sich grummelnd in Bewegung.

»Meine Herren!« Graber nickt uns zu. »Es war mir wie immer eine Ehre.«

»Gleichfalls«, erwidert Hünerbein.

»Morgen früh haben wir mehr für Sie«, verspricht der kleine Kurzweil, schnappt sich Schirm und Arztköfferchen und läuft zurück zu Grabers schwarzem Saab.

»Alsdann, bis morgen.« Auch der Totengräber wendet sich ab und überholt in wenigen Schritten seinen Ostberliner Kollegen, um ihm zuvorkommend die Beifahrertür aufzuhalten.

»Komisches Volk, diese Pathologen«, knurrt Hünerbein leise.

Ich fühle mich immer noch erbärmlich.

»Machen wir Feierabend«, schlägt Hünerbein vor, »komm, ich bring dich nach Hause.

6 DIE BEIDEN MÄNNER am Fenstertisch in »Rosies Broilerstübchen« an der Schliemann-, Ecke Raumerstraße hatten einen perfekten Blick auf die besetzten Häuser am Helmholtzplatz. Mittig

erhob sich die rauchende Ruine. Man sah Feuerwehren und Streifenwagen der Volkspolizei.

»Das ist ein ganz großer Mist, Rudi!«

Rüdiger Bentzsch, ein untersetzter Mittvierziger in einem etwas zu eng sitzenden Anzug, weitete nervös den Krawattenknoten. »Da schafft jemand vollendete Tatsachen, fürchte ich.«

»Uns läuft die Zeit davon! Die Verträge sollten längst unter Dach und Fach sein!«

»Mensch, Siggi ...« Bentzsch hob die kurzen Arme. »... die diskutieren alles ewig im Plenum. Die verstehen nicht, warum sie überhaupt Verträge brauchen. Das sind Anarchos, begreif das endlich ...« Er sprach nicht weiter, schüttelte nur resigniert den Kopf. Ihm war völlig klar, dass sein ehemaliger Vorgesetzter etwas gut bei ihm hatte. Nach der Auflösung des Amtes für Nationale Sicherheit war es Siegbert Meyer gewesen, der ihn rechtzeitig aus der Schusslinie geholt und ihm den Posten als Abteilungsleiter der Kommunalen Wohnungsverwaltung Prenzlauer Berg verschafft hatte. Der Vorgänger war in den Westen gegangen, und die Stelle war vakant. Harmlose Verwaltertätigkeit. Man verschwand praktisch in Unauffälligkeit. Ideal, um jeden politischen Sturm abzuwettern. Abtauchen, hieß es. Warten, bis sich der Pulverdampf verzogen hat.

So hätte es weitergehen können, doch im April kamen die Hausbesetzer. Seitdem gab es Zoff im Kiez, und Bentzsch musste immer häufiger aus der Deckung. Er hatte Angst. Um sich, seine Frau und die Kinder. Immer wieder kam es zu spektakulären Prozessen gegen ehemalige Angehörige der Staatssicherheit, Kollegen wurden verraten, denunziert, bedroht. Er hätte längst abhauen sollen. Weit weg, nach Chile zum Beispiel. Dahin gab es gute Verbindungen. Die Unidad Popular hatte die Solidarität und die Hilfe der Genossen in der DDR nach dem Putsch im September '73 nicht vergessen.

»Ich hab dir ein Ticket nach Santiago versprochen«, sagte Siegbert Meyer, als hätte er die Gedanken seines Genossen gelesen. »Aber vorher brauchen wir für die Besetzer da drüben eine vertragliche Grundlage. Und zwar schnell.« Er klopfte ihm aufmunternd auf den Arm und winkte der Frau am Tresen. »Rosie, machste noch zwei?«

»Hier geht doch sowieso alles vor die Hunde«, seufzte Bentzsch leise, »am Dritten haben sie uns alle am Arsch. Die machen kurzen Prozess mit uns, da wird uns noch Hören und Sehen vergehen.«

»Unsinn. Die deutsche Einheit wird uns retten, Rudi. Zu deiner Beruhigung ...« Meyer nickte der Kellnerin dankend zu, als sie die Schnäpse auf den Tisch stellte. »... wir haben nicht umsonst jahrzehntelang Genossen an den entscheidenden Stellen platziert. Wir wussten doch immer, dass es schiefgehen kann. Noch sind wir hier diesen ganzen durchgeknallten Bürgerrechtlern ausgeliefert, das ist richtig. Die wollen Rache, die arbeiten sich jetzt an uns ab. Aber mit der Einheit wird sich das Kräfteverhältnis wieder verschieben.« Er hob sein Glas. »Drüben haben wir unsere Leute überall.«

»Die werden irgendwann enttarnt«, bangte Bentzsch.

»Sicher«, nickte Meyer, »einige schon, das gehört zum Spiel. Aber die wichtigen Leute halten still. Die haben zu viel zu verlieren.« Er lächelte und stieß mit Bentzsch an. »Wir haben sie an den Eiern, Rudi.«

Die Männer tranken und setzten die Gläser wieder ab.

»Der Kapitalismus ist ein korruptes System«, sinnierte Meyer und lehnte sich zurück. »Was völlig natürlich ist, alles dreht sich ums Kapital. Es ist wie beim Pokern: Nur wer genug Reserven hat, gewinnt.« Er beugte sich vor. »Überleg doch mal: Unsere Schulungen in all den Jahren waren nicht umsonst. Die umfassende Analyse des Feindes kommt uns auch als Besiegte zupass. Wir wissen, wie der Kapitalismus funktioniert, das verstehen wir besser als diese ganzen studierten Betriebswirtschaftler im Westen. Dialektik, Materialismus, all das, was wir von der Pike auf gelernt haben, ist doch für die ein böhmisches Dorf. Und wir werden ihnen auch bei der Gewinnmaximierung voraus sein. Wir brauchen mehr Kapital. Deshalb habe ich dich in die KWV gesetzt. Du bist unser Mann am Immobilienmarkt, Rudi, also mach dir nicht ins Hemd!«

»Diese Punker sind einfach anders drauf!« Bentzsch regte sich auf. »Die vertrauen mir nicht, die glauben, ich will die irgendwie anscheißen. Verträge, argumentieren sie, würden den Zusammenhalt der Gruppe gefährden. Was denkst du, was die da veranstaltet haben auf ihrem Plenum! Die denken, ich bin ein Spaltpilz!«

»Dann schlag ihnen gemeinsame Grundstücksverträge vor.« Meyer deutete auf die besetzten Häuser. »Für jedes Objekt einen. Auch für die Ruine, klar?«

»Was sollen die denn mit der Ruine anfangen?« Bentzsch starrte durchs Fenster über den Platz auf Punks und bunte Häuser, als müsse er in feindliches Kampfgebiet. »Außerdem brauch ich dann immer noch einen Verantwortlichen, der unterzeichnet. Ich hab versucht, denen das im Plenum zu erklären, aber die haben für solche Dinge überhaupt kein Verständnis.« Er hob hilflos die Hände. »Versteh mal, Siggi, das sind Autonome, die ticken einfach anders!«

»Rudi!« Meyer packte sein Gegenüber am Arm und sah ihn eindringlich an. »Hier steht einiges auf dem Spiel. Und es hängt von dir ab, klar? Du weißt, dass ich für meine Leute immer gesorgt habe. Keiner von unserer Truppe ist bislang irgendwie in Schwierigkeiten gekommen, richtig?«

Bentzsch nickte erschrocken. »Schon klar, aber ...«

»Kein Aber! Das habt ihr allein mir zu verdanken. Wir sind immer noch da. Es ist schwierig geworden, und die politischen Vorrausetzungen haben sich dramatisch geändert, aber wir sind immer darauf vorbereitet gewesen. Der Kampf geht weiter. Also Arsch zusammenkneifen und durch!« Meyer ließ ihn wieder los. »Hast du mich verstanden?«

»Klar, Genosse.« Bentzsch seufzte matt. »Und ich bin dir ja auch dankbar, aber ...«

»Mensch, Rudi!« Meyer orderte noch zwei Schnäpse. »Wir sind fett geworden in unserem Ministerium, verkörperten die Staatsmacht und haben den Kalten Krieg verloren. Aber wir sind noch lange nicht am Ende. Jetzt agieren wir aus der Dunkelheit. Und wenn du mich fragst, sollten wir das als durchaus spannende Herausforderung sehen.« Meyer sah seinen Rudi prüfend an und setzte mit Nachdruck hinzu. »Die Besetzungen müssen grundbuchtauglich gemacht werden. Wir brauchen die Verträge so schnell wie möglich! Wir haben schon viel zu viel Zeit verloren.«

»Was ist mit den Stadträten? Selbst wenn die Hausbesetzer endlich mitmachen würden – spätestens der MagiSenat stellt sich quer.«

»Die entsprechenden Stadträte habe ich schon weichgeklopft.« Meyer schob ihm einen Schnaps rüber. »Die wollen die nächsten Wahlen gewinnen und brauchen Ruhe im Bezirk. Das sind Romantiker wie die Besetzer auch. Im Prinzip musst du bloß die Punker da drüben überzeugen. Und zwar besser gestern als heute! Mensch, die träumen doch von ihrer autonomen Republik, Rudi! Mach ihnen klar, dass dieser Traum mit unserer Hilfe wahr wird. Das kann doch nicht so schwer sein.« Er trank seinen Schnaps aus und erhob sich. »Wir müssen das bis Mittwoch über die Bühne kriegen. Ich zähl auf dich, Rudi.«

»Das weiß ich doch.« Rudi straffte sich. »Ich will dich auch nicht enttäuschen, Siggi.«

»Das wirst du nicht, Genosse.« Meyer gab ihm die Hand. »Du warst immer einer meiner besten Leute.«

Beide schüttelten sich fest die Hände und sahen sich dabei entschlossen in die Augen. Dann wandte sich Siegbert Meyer, ehemaliger Hauptmann des Ministeriums für Staatssicherheit, ab und fuhr in einer in der Nähe parkenden Jaguar-Limousine davon.

Wenig später lief Rüdiger Bentzsch etwas unbeholfen und mit einem Kasten Berliner Pilsener über den Helmholtzplatz. Der Regen durchnässte sein Jackett, Wasser lief ihm übers Gesicht, und das straff gescheitelte Haar klebte am Kopf. Er fühlte sich unbehaglich, aber er hatte einen klaren Auftrag. Und den musste er erfüllen. – Heute!

Zaghaft klopfte er an das verrammelte Tor des Hauses Nummer fünfzehn. Es war über und über mit Graffiti bemalt, eine riesige Fratze starrte ihn an und sagte in einer Sprechblase: »Nur mit 'ner vollen Kiste Bier – bist du als Gast willkommen hier!«

Ein verschlafenes Mädchen mit regenbogenbunten Rastazöpfen öffnete und blinzelte ihn skeptisch an. »Du schon wieder?«

»Ja«, nickte Bentzsch stolz, »aber heute hab ich einen Kasten Bier dabei!«

»Gab's keen Jever?« Das Mädchen ließ ihn ein. »Oder Beck's? – Mann, ey, schleppt der Spießer so 'n Prollbier an!«

»Tut mir leid, aber ...« Bentzsch strich sich mit einem Taschentuch Regen und Schweiß von Stirn. »... bei Rosie gab's nichts anderes.«

»Schon okay, Alter!« Das Mädchen rief ins Treppenhaus hoch. »Heavy, komm mal! Der Spießer von der Kaputte-Wohnungsverwaltung ist wieder da!«

Bentzsch sah ängstlich auf eine Horde Punks, die eben aus dem Hof gestürzt kam und sich johlend auf seinen Bierkasten stürzte.

»Ey Alter, det is doch mal 'ne vernünft'je Maßnahme«, riefen sie und köpften die Flaschen in atemberaubender Geschwindigkeit. Was Bentzsch am meisten verwunderte, war, dass sie es ohne Öffner taten, anscheinend mit den Händen ... Er stand da, mit schiefem Lächeln, und ihm war anzusehen, dass er sich wie in absoluter Fremde fühlte, irgendwo ausgesetzt in den Regenwäldern Südamerikas zwischen wilden Eingeborenen.

»Hier, Nachbar!« Irgendwer drückte ihm eine Flasche Bier in die Hand: »Ein edler Spender soll nich trocken bleiben.«

»Oh, vielen Dank«, machte Bentzsch hilflos und hob seine Flasche. »Ja, zum Wohle, dann!« Er stieß mit den Punks an, trank und beschloss, einen Vorstoß zu wagen. »Also ich habe mir noch mal Gedanken gemacht über das, was ihr im Plenum gesagt habt. Und ihr habt völlig recht, Jungs! Ihr wollt und sollt die Häuser gemeinsam übernehmen!«

»Ach!« Der würdevolle Irokese kam langsam die Treppe herunter. »KWV-Männchen macht neue Angebote?«

»Heavy!« Bentzsch strahlte wie ein Versicherungsverkäufer. »Ich habe wirklich gute Neuigkeiten für euch.«

»Lass hören, Alter!« Heavy Polzin nahm sich ein Bier und hockte sich auf die Treppe. »Aber fasel nicht rum, wir sind alle ziemlich scheiße drauf. Du hast ja gesehen, was mit der Sechzehn passiert ist.«

»Furchtbar«, fand Bentzsch das, und seine Erschütterung war durchaus ehrlich. »Es soll sogar einen Toten gegeben haben?«

»Das war Mord«, sagte Polzin düster. »Die Bullen ermitteln. Da will uns jemand mit aller Gewalt vertreiben.«

»Sogenannte Alteigentümer aus dem Westen«, erwiderte Bentzsch und passte sich Polzins unheildräuender Stimmlage an: »Die sind zu allem fähig. Die warten nur auf den dritten Oktober, und dann geht's rund. Dann gilt auch bei uns die harte Westberliner Linie. Dann wird hier brachial geräumt, verlasst euch drauf.«

»Und?« Polzin trank unbeeindruckt von seinem Bier. »Was haste uns heute vorzuschlagen?«

»Gemeinsame Übernahmeverträge!« Bentzsch sagte es wie »tolle Weihnachtsgeschenke« und setzte mit froher Miene hinzu: »So wie ihr es in eurem Plenum verlangt habt! Einer für alle, alle für einen. Damit seid ihr praktisch rechtlich unanfechtbar, und es gibt für jedes Grundstück nur ein Papier.«

»Für die Sechzehn auch?«

»Auch für die Sechzehn«, bekräftigte Bentzsch.

»Und was sollen wir mit der Brandruine machen? Platt machen für 'n Bolzplatz, oder was?«

»Das wird sich zeigen«, sagte Bentzsch, »wichtig ist, dass erst mal der Druck vom Kessel genommen wird.« Er riss die Arme hoch und holte das Letzte aus sich raus: »Kinder«, rief er eindringlich, »die haben euch nebenan das Haus angesteckt! Weil sie euch raushaben wollen! Wenn ihr aber die Verträge unterschrieben habt, wird euch niemand mehr hier rauskokeln können! Wir hätten den Kapitalistenschweinen dann richtig eins auf die Nase gegeben, quasi ...«, er lachte abgehackt, »... mit 'nem Molli in Textform. Es ist eine Sicherheit für euch«, setzte er abschließend hinzu, »für die Zukunft und für uns als KWV.«

»Quanta costa?« Polzin sah skeptisch auf.

»Praktisch nichts«, versicherte Bentzsch, »die symbolische Mark pro Haus, da ihr die ja in Eigeninitiative wieder bewohnbar gemacht habt. Den Rest übernimmt der Sozialfonds, genauso wie die Betriebskosten. Ihr müsstet euch nur endlich entscheiden!« Bentzsch klang fast flehend. »Begreift doch, das ist ein einmaliges Angebot, wir sind doch auf eurer Seite, schon allein aus sozialer Verantwortung. Wir sind doch alle im Herbst nicht auf die Straße gegangen, um uns jetzt von Bonner Kapitalisten indoktrinieren zu lassen.« Er verfiel in ein leidenschaftliches Tremolo. »Die Revolution geht weiter! Mit diesen Verträgen wird die ›Autonome Republik Helmholtzplatz‹ weiterexistieren! Allen Widerständen zum Trotz! Wir werden hier beispielgebend ein Modell für unser vereintes, unser neues Deutschland sein!«

Die Punks johlten und klatschten, und es wurde nicht ganz klar, ob der Applaus ironisch oder ernst gemeint war.

»Plenum«, sagte Polzin schließlich. »Wir müssen das im Plenum diskutieren.«

7 AUF DER FAHRT zurück um den Alexanderplatz herum und die Gruner- und Leipziger Straße hinunter, entwirft Hünerbein ein hoffungsvolles Bild.

»Wirst sehen«, sagt er, »wir kommen nach Hause, und da sitzt sie schon und arbeitet brav das Versäumte aus der Schule nach.«

Er stoppt blinkend vor Görings ehemaligem Reichsluftfahrtministerium an der Ernst-Thälmann-Straße. Die soll wieder in Wilhelmstraße umbenannt werden, nach dem Hohenzollernkaiser, und natürlich gibt es ein Grüppchen von vor allem älteren Demonstranten, das dagegen protestiert. »Gegen MILITARISMUS und MONARCHIE« verkündet ein Transparent, und eine scheppernde Megafonstimme übertönt den lärmenden Autoverkehr an der viel befahrenen Kreuzung.

»Wir meinen, dass es keinen Grund gibt, den Kaiser nachträglich zu verklären«, hallt es zwischen den Häusern wider. »Ohne ihn hätte es die Katastrophe des Ersten Weltkrieges nicht gegeben. Ohne ihn wären die Verträge von Versailles und der Aufstieg Hitlers undenkbar gewesen!«

Ein vom Regen durchweichter Herr mit Hornbrille und Popenbart läuft zwischen den sich stauenden Autos entlang und klatscht nasse Flugblätter auf die Windschutzscheiben. »SCHLUSS MIT GESCHICHTSKLITTEREI« lese ich noch, bevor es vom unablässig arbeitenden Scheibenwischer gnadenlos beiseitegeknüllt wird.

»Die vergessen, dass mit dem Straßennamen nicht Wilhelm Zwo, sondern Eins geehrt werden soll«, erklärt Hünerbein und grinst, »der Reichsgründer von 1871.«

»War das nicht Bismarck?« Ich starre in den Regen hinaus und bete innerlich, dass Hünerbein recht hat und mein Töchterchen zu Hause ist. Vielleicht hat sie uns was gekocht, um mich milde zu stimmen. Aber ich könnte ihr sowieso nicht böse sein. Viel zu froh wäre ich, wenn sie nur da wäre.

»Bismarck war sicher die treibende Kraft dahinter«, nickt Hünerbein und setzt kopfschüttelnd hinzu: »Und jetzt hat es unsere Birne auch in die Geschichtsbücher geschafft. Ein Kanzler der Einheit. Ausgerechnet Kohl. Hättest du das je gedacht?«

»Nee«, erwidere ich. »Aber der Mensch wächst mit seinen Aufgaben.«

»Genau, wie wir auch.« Hünerbein biegt rechts in die Anhalter Straße ein und vor der Ruine des Anhalter Bahnhofs wieder links in die Stresemannstraße. »Was uns nicht umhaut, macht uns stark, verstehste?« Es geht die Möckernstraße hoch durch Kreuzberg. »Und deine Tochter lebt! Das spüre ich …«, er klopft sich gegen die massige Brust, »… ganz tief hier drin. Die stirbt nicht in so 'ner abgerockten Besetzerruine, vergiss es, deine Melanie doch nicht!«

Recht hat er, denke ich, es ist Quatsch, das überhaupt in Erwägung zu ziehen. Melanie ist nicht dumm, geht immerhin aufs Gymnasium. Die hat das ganze Leben noch vor sich, das wirft die nicht einfach weg. Sie ist nicht mehr der kleine strubbelige Ostpunk, der am Wochenende nach dem Mauerfall plötzlich in meiner Wohnung stand. Im Gegenteil: In den knapp elf Monaten bei mir hat sie sich gemausert. Das Haar ist länger geworden, schöne, dunkle Locken wie bei Monika, auch wenn die eine oder andere grüne oder lila Strähne immer noch nicht fehlen darf, und der weitaus größere Teil meines Kleiderschrankes ist mit ihren Sachen belegt. Unzählige Shirts, Pullover, Jacken, zig verschiedene Schuh- und Stiefelpaare. Offenbar schminkt sie sich inzwischen sogar. Wimpertusche, Kajal- und Lippenstifte im Bad lassen zumindest darauf schließen.

Nee, meine Tochter hängt nicht bettelnd – »Haste mal 'ne Mark?« – mit zotteligen Hunden an U-Bahnhöfen rum und muss in sogenannten »instandbesetzten« Ruinen schlafen – die achtet auf ihr Aussehen und hat bei mir ein schönes Zuhause …

Doch dann höre ich wieder die Stimme des Brandermittlers: *Molotowcocktails – Feuer breitete sich explosionsartig aus – Wer in den oberen Etagen war, hatte keine Chance …*

Nein, aufhören, denke ich, während mir die erneut aufkommende Angst den Brustkorb zusammendrückt, ich will das nicht! Gott, bitte: Lass meine Tochter am Leben sein!

Ich brauche Luft, kurbele hastig die Scheibe herunter, atme tief ein. Wir fahren die Yorckstraße hoch, der Regen schlägt mir ins Gesicht.

»Dir geht's nicht gut, wie?« Hünerbein sieht mich mitfühlend an.

Ich schüttele den Kopf. Goebenstraße, Pallasstraße, Hohenstauffenstraße … Hoffentlich ist Melanie zu Hause, lieber Gott, lass das Kind zu Hause sein! Tu mir das nicht an!

»Bestimmt ist sie da«, versichert mir Hünerbein, »sie wird versucht haben, dich im Büro zu erreichen, aber wir waren ja die ganze Zeit auf dem Helmholtzplatz.«

Er blinkt links, es geht die Martin-Luther-Straße hinunter. Nur noch wenige Meter.

»Siehste?« Hünerbein deutet hoch zu meiner Wohnung an der Ecke Belziger. »Da brennt schon Licht!«

Ich hoffe es. Oder spiegeln sich da nur die Straßenlampen?

»Ich komm noch mit hoch.« Hünerbein stoppt den Wagen.

»Nicht nötig, Harry, wirklich.«

»Keine Widerrede!« Er parkt seinen Mercedes in einer Einfahrt und pappt ein Schild hinter die Windschutzscheibe: »Der Polizeipräsident von Berlin – Dienstfahrzeug!«

»Komm Sardsch«, er packt mich am Arm, »sehen wir nach!«

Die letzten Stufen zu meiner Wohnung rennen wir fast. Ich schließe auf, wir treten ein.

Es ist dunkel. Kein Licht. Niemand da. – Mist!

»Hier hat ein paarmal jemand angerufen.« Hünerbein steht schnaufend vor meinem blinkenden Anrufbeantworter und tippt die Abhörtaste. Es piept, wir hören meine Stimme: »Melanie, wenn du da bist, geh bitte ran. Wir haben hier eine Liste, auf der du vermisst gemeldet wirst, und natürlich mache ich mir Sorgen. Genauso natürlich gehe ich davon aus, dass alles in Ordnung ist. Ruf mich trotzdem unter der Dienstnummer an. Danke.« Klick. Dann piept es noch zweimal. Aber aufs Band gesprochen hat niemand mehr.

»Mhm«, macht Hünerbein, »bestimmt war sie das.«

»Und warum sagt sie dann nichts?« Ich hebe genervt die Hände. »Ich hab doch gesagt, sie soll zurückrufen!«

»Weil man das Band von draußen nicht abhören kann.«

»Doch, das kann man«, widerspreche ich heftig, »das ist ein Code-A-Phone!«

»Hat Melanie den Code?« Hünerbein sieht mich fragend an.

»Nee«, ich schüttele müde den Kopf, »hat sie wohl nicht.«

»Na also.« Hünerbein schnauft und sieht mich besorgt an. »Kann ich dich hier allein lassen?«

»Klar.« Erschöpft sinke ich auf einen Stuhl. »Geh nur. Ich spring schon nicht aus dem Fenster.«

»Ruf mich an, wenn was ist.« Hünerbein nickt mir aufmunternd zu. »Und dreh nicht durch, klar? Es wird sich alles fügen.«

Ja, denke ich, die Frage ist nur, wie.

Hünerbein wendet sich ab, die Wohnungstür klappt. Ich bin allein.

Seit Melanie hier wohnt, penne ich auf dem Klappsofa im Wohnzimmer, sie hat mein altes Schlafzimmer bezogen. Küche und Bad teilen wir uns – es ist wie in einer kleinen Wohngemeinschaft. Jeder hat seins und respektiert des anderen Privatsphäre. Dennoch schaue ich in ihrem Zimmer nach.

Hunde- und Pferdebilder an den Wänden wie bei einer Zwölfjährigen. Aber auch Poster von Slime und Agnostic Front, ein überdimensional kopiertes »Berlin-by-Night«-Plattencover der Punkband PVC sowie Fotos der Dead Kennedys. Ich suche nach einer Adressliste, ihrem kleinen Telefonverzeichnis, nach irgendeiner Nummer einer Freundin, finde aber nur selbst gemalte Zeichnungen von Typen mit charismatischen Gesichtern auf ihrem Schreibtisch. Melanie hat Talent, eines der Bilder zeigt unzweifelhaft den würdevollen Irokesen vom Helmholtzplatz. Also war sie tatsächlich dort.

Ich gehe in die Küche und hole den Wodka aus dem Eisfach, damit das beklemmende Gefühl in der Brust nachlässt. Du bist Ermittler, rede ich mir ein, also bleib kühl und gelassen. Finde raus, was mit Melanie passiert ist!

Zurück in ihrem Zimmer stöbere ich weiter in ihren Sachen. Unzählige Entwürfe auf Papier gemalt, düstere Muster, brennende Autos, mal erstaunlich fein, mal grob holzschnittartig, und immer wieder mit demselben Schriftzug versehen: »ANORAK ZONE!«

Was soll das bedeuten?

In ihr Poesiealbum – ursprünglich war es mal rosa, doch sie hat es mit schwarzem Lackpapier überklebt – haben seltsame Wesen mit Namen wie Smashing Gayle, Heavy Polzin und Dicke Doofe Lola Sprüche wie »Lieber schwarze Lippen als schwarze Füße«, »Pure Magic is your Ass« und »All you need is Love« reingeschrieben. Ein Dark schickt »fette Grüße an Zonen-Melly« …

Moment mal: Dark?

Ich lasse das Poesiealbum sinken: »Darks Zimmer«, höre ich den Irokesen: *Mensch, hoffentlich ist es nicht Dark!* – Worte, die mir wie Paukenschläge im Hirn nachhallen.

Was weiß ich überhaupt von meiner Tochter? Ich sehe sie vor

mir, ein kleiner, hübscher Engel mit großen dunklen Augen, Stupsnase und Schmollmund. Die typische Handbewegung, mit der sie sich die Haare aus der Stirn streicht. Ich höre ihre Stimme, wie sie vom Gymnasium erzählt: Von Rektor Paech mit seinen »scheißliberalen Ansichten«. Dem sei alles egal, Hauptsache, die Individualität stimmt.

Und ich höre stolz zu, finde Melanie unheimlich gescheit für ihr Alter und liebe es, wie sie sich und ihre Umwelt immer wieder kritisch betrachtet. Ein Muster an Selbstreflexion. Ich sehe sie mit schneidigen Abiturienten in altehrwürdigen Bibliotheken nach Weisheit suchen, strebsam nach vorn blickend in die Zukunft. Irgendwann, so habe ich immer gehofft, wird sie mir einen smarten Jungen vorstellen und vielleicht zum Studium nach Amerika gehen ...

Stattdessen: Dicke Doofe Lola. – Dark. – Stammgast im Massengrab.

Sie hat mit Typen wie dem Irokesen ihre Freizeit verbracht, die Dead Kennedys gehört und sich beknackte Sprüche ins schwarze Album schreiben lassen. Mehr will ich mir gar nicht vorstellen. Willkommen in der ANORAK ZONE!

Was ist das überhaupt? Die ANORAK ZONE?

Am Fenster steht Melanies Gettoblaster. Ich drücke auf Tape, eine Kassette springt heraus. »ANORAK ZONE – Demoband« – na also! Wollen wir doch mal hören, was mein geliebtes Töchterchen in die autonome Hausbesetzerszene abgleiten ließ: Ich schiebe das Band wieder ein, drücke auf Play und lege mich lang auf Melanies Bett:

»One, two, one, two«, brüllt jemand in schneller Folge, »one, two, three, four!« Dann setzen schwere Bässe zu einem hastigen, nervös getrommelten Beat ein, und plötzlich höre ich die helle Stimme meines kleinen Engels. In atemlosem Stakkato singt Melanie von den Zwängen des Seins:

»Morgens um sechse stehst du auf,
Bist schlecht drauf,
Der Wecker ist eh viel zu laut,
Schnell ins Bad und aufs Klo,
Zum Kotzen ist dir sowieso,
Ob es regnet oder schneit

Und zum Frühstück wieder keine Zeit …«

»Tell me why«, brüllen raue Kerle zu peitschendem Gitarrensound, *»tell me why-hy-hy-hy …«*, und Melanie kreischt dazu:

»… ob in U-Bahn oder Bus:
Warum's hier so voll sein muss?«

Donnernd setzt die Hammondorgel ein, die Bässe dröhnen, der Drummer schlägt den Takt der ewig rennenden Zeit.

»Pünktlich stehst du an der Werkbank,
Im Gestank,
Das System macht dich noch krank.
Rackerst, schuftest, machst dich platt
Und bist nur ein kleines Rad.
Vergiss den Himmel, blau und weit,
Zum Träumen hast du keine Zeit …«

»Tell me why«, brüllen die Jungs, und mein Kind ruft:

»… ist die Freiheit eher Frust,
Weil du Geld verdienen musst?«

Gott, denke ich fassungslos und stelle mir das Mädchen in einem zugerauchten Keller vor, inmitten von wüsten, alkoholisierten Kerlen. Sie grölen ihren Frust hinaus, die immer gleichen Fragen der Pubertät: Wo ist der Sinn des Lebens in einer Welt, die sich ganz anders dreht, als wir es uns als Kinder einst vorstellten? Was wird aus unseren Träumen und Wünschen? Und wie kommen wir mit dem Ende unserer Illusionen klar?

Die alten Probleme der Jugend, und vermutlich waren wir genauso rebellisch unterwegs. Auf der Suche nach dem Wahren, dem Schönen, dem eigentlichen Sein.

Tränen steigen mir in die Augen. Ich habe Angst. Angst, dass mir Melanie verloren gegangen ist. Hat sie gar den Feuertod gefunden? Was weiß ich überhaupt von ihr? – Nichts! Und ich habe alles falsch gemacht. Habe gedacht, wenn ich meine Tochter aus dem Osten hole, ist alles gut. Freiheit, Freude, Eierkuchen. Von wegen.

»Früher warst du Flamme und Feuer,
Heute ist alles nur noch teuer,
Selbst das Scheißen kostet Geld –
Was ist das für eine Welt?!«

Und die Kerle brüllen: *»Tell me why, – tell me why-hy-hy-hy – tell – me – why?!«*

Die Musik stoppt abrupt, und erst jetzt höre ich das Klingeln an der Tür.

Hat Hünerbein etwas vergessen?

Oder ist das Melanie? Aber die hat doch einen Schlüssel ...

Ich springe auf, eile in den Flur und sehe durch den Spion, aber es hält jemand den Finger drauf. Hastig reiße ich die Tür auf.

»Was verdammt ...«

»Überraschung!« Eine schlanke Schönheit strahlt mich an. Sehr schick, in Businesskostüm und Mantel von Thierry Mugler. Das lange lockige Haar zum strengen Pferdeschwanz gebunden.

Ich erkenne sie kaum wieder, aber es ist Monika!

Auch das noch! Wie soll ich ihr das Verschwinden unserer gemeinsamen Tochter erklären? Ihren möglichen Tod?

»Ist irgendwas?« Moni sieht mich fragend an. »Störe ich? Ich wollte dich erst anrufen, dachte aber ...«

»Schon gut«, sage ich und trete etwas beiseite, damit Monika hereinkommen kann. »Ich war nur gerade ganz woanders ...«

»Ja, Siggi sagte mir, du arbeitest an einem schwierigen Fall.« Monika reicht mir ihren feuchten Schirm und zieht sich den Mantel aus. »Das ist vielleicht ein Wetter draußen.«

»Siggi?« Seit wann spricht Monika wieder mit ihrem Exmann? Ich fasse es nicht. »Und woher weiß das Arschloch von meinen Ermittlungen?«

»Ganz ruhig, Dieter!« Monika umarmt mich. »Ja, Siggi ist ein Arschloch, aber er hat mir einen Job angeboten.« Sie gibt mir einen Kuss und riecht nach Jil Sander. »Schön dich zu sehen. Ist Melanie auch da?«

Diese Frage habe ich befürchtet. Was antworten? Dass unser Kind vermisst wird? Womöglich Opfer der Flammen geworden ist, in einem Haus, das ... das ...

»N-nein«, stammele ich, »ich weiß nicht, wo sie steckt.«

»Wahrscheinlich will sie nicht nass werden«, vermutet Monika, »und wartet, bis der Regen nachlässt.« Sie lacht und wirft sich übermütig auf meine Couch. »Da kann sie lange warten! Nach uns die Sintflut!«

Ich lächle bemüht. So flott und aufgekratzt habe ich Monika schon lange nicht mehr erlebt. Dabei hat sie schon kurz nach der Währungsunion ihren Job verloren. Saure Gurken, made in Görlitz, werden heute von Maschinen eingelegt, was sicher gut ist für Monikas Hände, nicht aber fürs Portemonnaie. Es gibt keine Arbeit mehr in Görlitz, alles, was von Menschen gemacht werden muss, übernehmen die Polen mit ihren niedrigen Löhnen. Und dann drohte Monika auch noch der Rauswurf aus ihrer kleinen Wohnung, weil das Haus kernsaniert werden soll. Das war zumindest mein letzter Stand. Er kann nicht mehr aktuell sein, denn Monika wirkt wie einem Modemagazin entsprungen.

»Siggi hat dir einen Job angeboten?«, frage ich, um das Thema von Melanie wegzubekommen. »Bist du deswegen in Berlin?«

»Vielleicht war es auch die Sehnsucht nach dir«, lacht Monika, »nach meiner Tochter und einem guten Drink!«

»Wodka«, schlage ich vor, damit ich nicht wechseln muss.

»Wodka ist in Ordnung«, lächelt Monika und räkelt sich auf meiner Couch wie eine Katze. »Obwohl Sekt angemessener wäre. Wir haben schließlich was zu feiern!«

»So?«, frage ich, und allmählich geht mir ihr Überschwang auf die Nerven, »was feiern wir denn?«

»Dreitausend netto im Monat, einen BMW als Dienstwagen und eine Wohnung in Berlin!« Monika setzt sich gerade auf, hebt die Hände und grinst mich glücklich an. »Ist das zu fassen?«

Nee, denke ich und schiebe ihr ein Glas mit Wodka über den Couchtisch. Soweit ich das mitbekommen habe, hat Monis werter Exgatte in der DDR für die Stasi gearbeitet. Aber die ist längst aufgelöst.

»Hat er dich für den KGB geworben, oder was?«

»Quatsch!« Monika winkt heftig ab. »Für wen hältst du mich? Siggi arbeitet jetzt rein marktwirtschaftlich. Er hat eine eigene Firma gegründet.«

»Glückwunsch«, spotte ich, »und die wirft schon so viel ab, dass sie ihren Mitarbeitern fürstliche Gehälter und Dienstwagen spendieren kann?« Mal im Ernst: Dreitausend Netto – mehr als mein Beamtensalär – kann nicht sein. »Das ist doch ein Trick, um dich zurückzuholen.«

»Und ich falle drauf rein?« Monika nippt an ihrem Wodka. »Glaubst du das?«

Ich weiß es nicht. Nach dem Mauerfall hatte ich für ein paar Tage geglaubt, dass es mit Monika und mir noch eine Zukunft geben könnte. Aber ich hatte mich geirrt. Sie wollte nicht abhängig sein von einem Mann, in den sie als Achtzehnjährige zwar mal verliebt war, den sie aber kaum kennt. Mit dem sie eine gemeinsame Tochter hat, der aber in Westberlin lebt. In einer völlig anderen Welt. Die Mauer hatte verhindert, dass wir zusammenkamen. Und als sie endlich fiel, war es zu spät. Moni hatte geheiratet und sich wieder scheiden lassen und wurde von ihrem Exmann mit allen Stasitricks schikaniert. Sogar das Abitur der Tochter wollte er verhindern – und jetzt lässt sie sich wieder mit ihm ein? Wegen eines Jobs? Da stimmt doch was nicht.

»Was ist das für ein Job?«

»Nichts Besonderes«, weicht Monika aus, »und befristet, aber bei Erfolg gibt's tolle Aufstiegschancen. Vorläufig kümmere mich um die Kunden, das ist alles.«

»Kunden? Wofür?«

»Immobilien.« Monika sucht in ihrer Prada-Handtasche nach einem Feuerzeug. »Siggi kauft Grundstücke im Osten auf.«

Irre. Zwar traue ich Siggi einiges zu, doch diese rasche Wandlung zum Kapitalisten habe ich nicht erwartet.

»Wie das?«, frage ich und biete Monika eine von meinen Gauloises an, da sie zwar das Feuerzeug, nicht aber ihre Zigaretten gefunden hat. »Ich dachte, da gibt's nur Volkseigentum?«

»Hast du den Einheitsvertrag nicht gelesen?« Monika funkelt mich aus ihren grünen Augen an. »Da ist nix mehr mit Volkseigentum. Die Enteignungen werden rückgängig gemacht. Fabriken, Häuser, Ländereien – all das geht zurück zu jenen, denen es einst abgenommen wurde. Die ganze Volkswirtschaft wird reprivatisiert!«

»Das kann Siggi nicht gefallen«, konstatiere ich.

»Siggi war Stasioffizier«, erwidert Monika und zündet sich die Zigarette an. »Der hat gelernt, sich den Umständen anzupassen. Da werden jetzt schnell noch Nägel mit Köpfen gemacht. Alles klar?«

Nee, denke ich, aber Moni erklärt es mir.

»Bevor die alten Eigentümer ab dem dritten Oktober zum Zuge kommen, werden Häuser und privat genutzte Grundstücke noch schnell von Staats wegen verhökert. Zu einem Spottpreis und vorrangig an jene, die sie heute nutzen und bewohnen. Und genau da kommen wir ins Spiel.«

Wir, denke ich? So schnell hat sich Monika Siggis Spiel zu eigen gemacht? Das klingt doch schon im Ansatz dubios. Aber warum erzählt sie mir das dann?

»Was habt ihr vor?«, frage ich und schenke Wodka nach.

»Noch immer strömen zehntausende von Menschen in den Westen ab! Die denken nicht daran, ihre alten Ostbruchbuden zu kaufen, die wollen nur noch weg!« Monika trinkt von ihrem Wodka und raucht. »Auf diese Leute gehen wir zu, organisieren den Umzug und einen netten Job im Westen und genug Geld, um die zurückgebliebenen Häuser trotzdem zu kaufen. Gegen eine diskrete vertragliche Vereinbarung.«

Die Frage ist, woher Siggi die Mittel dafür hat, überlege ich und habe Mühe, mein Erstaunen zu verbergen.

»Und wenn alles vorbei ist«, frage ich so gelassen wie möglich, »werden euch die Häuser übertragen und die sogenannten Alteigentümer gehen leer aus?«

»Nicht unbedingt.« Monika grinst bauernschlau. »Wenn sie ihre zu DDR-Zeiten enteigneten Grundstücke unbedingt wiederhaben wollen, können sie die nach dem dritten Oktober bei uns erwerben. Gegen einen kleinen Aufpreis, versteht sich.«

Ich bin baff. »Ist das nicht illegal?«

»Absolut nicht«, Monika winkt abgeklärt ab, »heutzutage ist alles legal! Wir bekommen sogar noch die Investitionszulagen des Bundes für Unternehmen, die sich im Beitrittsgebiet wirtschaftlich engagieren.«

»Sauber«, sage ich. Die haben die Marktwirtschaft schnell gelernt. »Und du spielst den Bauernfänger?«

»Wieso Bauernfänger?« Monika reicht mir eine Visitenkarte. »Derzeit rennen uns die Leute die Bude ein. Ich soll mich um sie kümmern.«

Und ihnen Häuser und Grundstücke abnehmen, denke ich. Für eine zweite Enteignung. Kaum vorstellbar, dass Monika dabei nichts Anrüchiges findet.

Ich sehe mir die Visitenkarte an. DOMIZIL Immobiliengesellschaft mbH steht drauf, Monika Droyßig – Projektmanagement. Na, das klingt ja toll! Ihren Sitz hat die DOMIZIL in der »... Nürnberger Straße«, lese ich und schaue auf.

»Mhm.« Monika nickt stolz. »Das ist am Wittenbergplatz.«

»Das ist vor allem in unserem schönen Westberlin«, stelle ich fest.

»West – Ost«, Monika zuckt mit den Schultern. »Was spielt das heute noch für eine Rolle?«

Der Osten spielt offenbar keine mehr. Ich lehne mich mit verschränkten Armen zurück. »Dann ziehst du jetzt wieder bei Siggi ein?«

»Quatsch!« Monika winkt heftig ab. »Das hatten wir schon. Nein, ich habe mir gerade eine Wohnung in der Akazienstraße angeguckt. Ist ganz hier in der Nähe.«

»Ich weiß.« Ist schließlich mein Kiez.

»Drei Zimmer, Küche, Bad – falls Melanie wieder mal bei mir wohnen will«, setzt Monika hinzu und drückt ihre Zigarette aus. »War nicht billig, aber ich habe trotzdem unterschrieben. Morgen kommen meine Sachen. Viel ist es ja nicht.«

»Und die Miete zahlt die Stasi«, stelle ich fest, doch Monika widerspricht sofort:

»Die Miete ist Teil meines Gehaltes.« Sie hebt die Arme. »Herrgott, Dieter! Was willst du?«

»Nichts«, beteuere ich nicht sehr überzeugend, denn die Eifersucht nagt an mir. »Nur war dir früher deine Unabhängigkeit immer sehr wichtig.«

»Ich bin unabhängig! Es war meine freie Entscheidung!«

»Und die wirft dich in Siggis Arme zurück.« Ich rege mich auf. »Ausgerechnet! Hast du vergessen, was er dir angetan hat? Wie schwierig es war, ihn loszuwerden?«

»Was weißt du schon davon?« Monika ist aufgesprungen. »Du warst nicht dabei! Ich muss schließlich sehen, wo ich bleibe.«

Herrgott, ich kann nicht glauben, dass sie so käuflich ist. »Das kann nicht wahr sein«, rufe ich, »der Kerl lockt mit Geld und dickem BMW – und schon schmeißt du alle deine Grundsätze über den Haufen! Das kann echt nicht wahr sein!«

»Wieso nicht?« Sie sieht mich herausfordernd an. »Funktioniert so nicht der Westen? Wir müssen uns alle anpassen, Dieter.«

»Ich nicht«, erwidere ich kopfschüttelnd, »ich bin hier zu Hause.«

»Auch für dich wird sich die Welt ändern«, sagt Monika, und es klingt wie eine Drohung, »verlass dich drauf!« Sie seufzt und tritt ans Fenster.

»Was hab ich zu verlieren?«, setzt sie nach einer Weile nachdenklich hinzu. »In Görlitz gibt es schon lange keine Zukunft mehr.«

»Aber bei Siggi, ja?« Ich tippe mir gegen die Stirn. »Aufstiegschancen, ich lache mich tot! Zumindest moralisch ist das ein Absturz!«

»Oh, ausgerechnet du kommst mit Moral?« Monika kann sehr spitz klingen, wenn sie will. »Da muss mir was entgangen sein!«

Sie dreht sich wieder um und sieht mich offen an.

»Du solltest mich kennen, Dieter. Meine Zukunft sieht anders aus, als Siggi sich das heute vorstellt.« Sie hebt das Glas, prostet mir zu.

Ich starre sie an. Irgendwas führt sie im Schilde, überlege ich. Was hat sie vor? Doch noch bevor ich danach fragen kann, klingelt das Telefon.

Mit einem Satz bin ich dran und nehme den Hörer ans Ohr. »Hallo?«

»Ich bin's«, Hünerbeins Stimme, »schon was Neues von Melanie?«

»Nein«, jetzt ist die brennende Sorge wieder da, »leider nicht.«

»Mhm«, macht Hünerbein am anderen Ende der Leitung, »pass auf, ich hab jetzt alle Krankenhäuser in der Stadt durchgerufen – aber da ist sie nicht. Nirgendwo eine Melanie Droyßig, das ist auf jeden Fall ein gutes Zeichen, klar?«

Oder ein schlechtes, denke ich.

»Bist du noch dran?«

»Ja«, sage ich, »danke, Harry.«

»Ruf mich an, wenn's was Neues gibt, okay?«

»Okay.« Ich lege auf.

Monika sieht mich prüfend an: »Alles in Ordnung?«

Nee, denke ich. Ich muss reinen Tisch machen. Ich will ihr gerade sagen, welche Sorgen ich mir seit heute Morgen um unsere Tochter mache, da klingelt erneut das Telefon. Wieder habe ich den Hörer am Ohr.

»Ist noch was, Harry?«

»Vati!«

Endlich! Das ist, Gott sei Dank, Melanies Stimme. Mir fällt ein ganzer Felsbrocken vom Herzen.

»Vati«, ruft sie zittrig und etwas atemlos, »Vati, du musst ganz schnell herkommen, hier ist was Furchtbares passiert!«

8 WERNER VON LAHN erwartete den späten Besucher in der Bibliothek seines Palais am Kleinen Wannsee. Ein heute unter Denkmalschutz stehender, von einem Schüler Karl Friedrich Schinkels entworfener neoklassizistischer Bau, der das erwachende Selbstbewusstsein des preußischen Bürgertums nach 1848 widerspiegelte.

Denn obwohl die von Lahns von Adel waren, hatten sie früh mit der Tradition des ostelbischen Landjunkertums gebrochen und sich stattdessen in der Wirtschaft engagiert. Sie waren Pioniere der industriellen Revolution, investierten in die aufstrebende Stahlindustrie, unterhielten Kupferminen in Deutsch-Südwestafrika und stiegen in die Finanzwelt auf. Anfang des Jahrhunderts war das Bankhaus von Lahn eines der größten preußischen Geldinstitute. Es finanzierte den Aufbau der Kaiserlichen Marine mit, half der Regierung von Reichskanzler Theobald von Bethmann-Hollweg mit Krediten aus und rettete die junge Republik nach dem Zusammenbruch der Monarchie vor dem Bankrott.

Doch die Katastrophen des zwanzigsten Jahrhunderts forderten auch bei den von Lahns ihren vollen Tribut. Am Ende hatten sie fast alles verloren. Fabriken, Immobilien, die großen Güter im Märkischen – alles weg: enteignet, von den Russen konfisziert, im Krieg zerstört.

Lediglich das altehrwürdige Palais am Kleinen Wannsee erinnerte noch an die großen alten Zeiten, als der Name von Lahn noch etwas galt im Lande und eng verwoben war mit den Mächtigen und Reichen. Doch inzwischen zeigte sich auch hier der Verfall. Das Dach leckte, viele Reparaturen waren fällig, eine Hausschwammsanierung wäre dringend nötig – aber wovon sollte man das alles bezahlen? Das Anwesen gehörte ohnehin längst den Banken. Jahrzehntelang hatte Werner von Lahn seine Familie nur durch immer neu aufgenommene Hypothekenkredite ernährt und den Schein gediegener Vornehmheit gewahrt. Lange war das gut gegangen, das

Grundstück in absoluter Toplage war mehrere Millionen Mark wert. Doch dann hatten die Banken die Kredite gekündigt und die Zwangsvollstreckung beantragt. Denn natürlich – von Lahn lachte bitter auf – waren sie scharf auf sein herrliches Anwesen am Kleinen Wannsee, jetzt, wo Berlin wieder eins war, und wollten an den steigenden Grundstückspreisen verdienen.

Nachdenklich sah Werner von Lahn zum Fenster hinaus.

Der große, früher einmal parkähnliche Garten fiel sanft zum Ufer hin ab und war völlig verwildert. Seit Jahren hatte sich niemand mehr um die Gestaltung gekümmert. Lediglich Ehefrau Johanna pflegte noch mit rührender Hingabe die Rosenbeete zur Straße hin, stutzte den Rasen, schnitt Hecken und zupfte das Unkraut aus der Zufahrt. Nach vorn raus sah alles tipptopp aus, und was den Park zum Wasser hin anging, tat man im Hause von Lahn so, als wäre die zunehmende Wildnis gewollt. Es hatte ja auch was Romantisches: alte Lindenbäume, die allmählich vom Efeu umgebracht wurden, wucherndes Gestrüpp und ungeschorene Wiesen, die im Sommer voller Blumen standen. Geschwungene Wege mit brüchigen Granitplatten führten zu einer mit Moos überzogenen Marmorpromenade, an deren Anlieger schon lange kein Boot mehr lag. Früher war die Promenade von schmiedeeisernen Kandelabern hell erleuchtet worden, doch längst waren die meisten der Lampen defekt. Nur noch einige wenige spiegelten sich mit ihrem Licht auf den träge dahinfließenden Fluten des Kleinen Wannsees.

Und das sollte nun alles unter den Hammer kommen? Der Sitz der Familie von Lahn seit über hundert Jahren, versteigert zugunsten der Banken? Was sollte aus ihm werden, was aus Johanna und den Töchtern?

Natürlich würden sie nicht hungern müssen. Noch immer war Werner von Lahn als stellvertretender Oppositionsführer ein einflussreicher Mann mit einem sicheren Listenplatz im Berliner Abgeordnetenhaus. Er wurde sogar als künftiger Senator gehandelt. Am zweiten Dezember standen die ersten Gesamtberliner Wahlen an, und die Chancen für einen Machtwechsel waren gut. Konservative Politik war wieder gefragt in der Stadt.

Überhaupt gab es Hoffnung, seit der Kommunismus europaweit zusammengebrochen war. Verlorene Besitzungen rückten wieder in greifbare Nähe. Allein mit den Ostberliner Immobilien konnte von Lahn sich sanieren, und das wussten auch die Banken nur zu gut. Aber sie wollten nicht warten. Sie wollten Tatsachen schaffen, bevor er wieder auf die Beine kam.

Es wird ihnen nicht gelingen! Werner von Lahn war kein Mann, der so leicht aufgab. Sein ganzes Leben lang hatte er mit dem Rücken zur Wand gekämpft. Für ihn gab es nie eine Wahl: Als er die Familiengeschäfte übernahm, gab es nur noch den Niedergang zu verwalten. Zeit seines Lebens war er der Konkursverwalter der eigenen Familie, der Kapitän eines sinkenden Schiffs. Und wie der Seefahrer alles tun muss, um Schiff, Besatzung und Fracht sicher ans Ziel zu bringen, und wenn der Orkan noch so tobt, versuchte auch Werner von Lahn seit über vierzig Jahren, einen rettenden Hafen zu erreichen. Schon immer war er gezwungen gewesen, mit jedem Blatt zu spielen, unterschiedlichste Allianzen einzugehen, jede sich bietende Möglichkeit auszuloten. Das machte ihn verwundbar. Aber er wusste sich zu wehren. Immer noch. Er war noch lange nicht besiegt.

Er atmete tief durch und erhob sich vom wuchtigen Mahagonischreibtisch seines Urgroßvaters. Vor dem barocken Spiegel zwischen den hohen Fenstern prüfte er sein Aussehen. Es war makellos. Der maßgeschneiderte Anzug saß perfekt, die goldene Krawattennadel schimmerte matt im dezenten Licht. Werner von Lahn war auch mit sechzig noch eine imposante Persönlichkeit. Hochgewachsen, schlank, sportlich. Die grauen Augen strahlten Entschlossenheit aus, den unbedingten Willen zu entschiedenem Handeln. Und da er Zögerlichkeit verabscheute, drückte er die Taste auf der Gegensprechanlage.

»Luise? – Ich bin so weit, lassen Sie den Mann reinkommen.«

Kurz darauf öffnete sich die Flügeltür, und Luise Becher ließ den Herrn von der DOMIZIL herein, ein ganz in schwarz gekleideter Herr, der mehr an einen Künstler denn an einen Immobilienkaufmann erinnerte.

»Meyer!« Mit ausgestreckter Hand ging von Lahn auf ihn zu. »Haben Sie Ihr Angebot noch einmal überarbeitet?«

»Gezwungenermaßen«, antwortete Meyer und erwiderte knapp den Händedruck. »Wenn auch nicht so, wie Sie sich das vorgestellt haben.«

»So?« Von Lahn deutete auf eine Gruppe schwerer Lederfauteuils vor dem Kamin. »Möchten Sie etwas trinken, Meyer? Vielleicht einen Cognac?«

»Danke.« Meyer nahm Platz und wartete, bis von Lahn eingeschenkt hatte.

»Luise Becher«, sagte er schließlich, nahm seinen Cognac in Empfang und schwenkte ihn nachdenklich, »Luise Becher ist ein schöner Name. Wie aus einem Gedicht.«

»Ich nehme nicht an«, von Lahn setzte sich ebenfalls, »dass Sie auf diesem späten Treffen bestanden haben, um sich mit mir über meine Sekretärin zu unterhalten.«

»Sie wollen mich übers Ohr hauen.« Meyer trank einen Schluck. »Und ich muss Ihnen nicht sagen, dass mich dass nicht im Geringsten amüsiert.«

Werner von Lahn wartete ab. Jetzt ging das Hauen und Stechen los. Die DDR wurde neu aufgeteilt, die Claims neu abgesteckt, und jeder wollte dabei sein. Gier war die Eigenschaft der Stunde, und die Frage war, was dieser Meyer ihm vorwarf? Er beschloss, sich behutsam vorzutasten.

»Wie kommen Sie darauf?«

»Sie versuchen, vollendete Tatsachen zu schaffen.« Meyer seufzte schwer. »Aber das könnte Ihnen auf die Füße fallen. Bei Ihrem kleinen Feuerchen gab es einen Toten. Die Polizei ermittelt.«

»Bitte?« Werner von Lahn verstand kein Wort. Was faselte dieser Meyer da? »Wovon reden Sie?«

»Ich bitte Sie, Herr von Lahn!« Meyer schüttelte unwirsch das Haupt. »Lassen wir doch das Versteckspiel. Ich hatte Ihnen allein eins Komma acht Millionen für die Immobilien am Helmholtzplatz geboten. Wenn man bedenkt, dass die Häuser von autonomen Randalierern bewohnt werden, ist das ein sehr gutes Angebot. So hoch, dass Sie Ihr hübsches Eigenheim hier vor dem Zugriff der Banken hätten retten können. Aber Sie können den Hals nicht voll kriegen, nicht wahr?«

»Sprechen Sie nur weiter!« Von Lahn nahm den Humidor aus dunklem Ebenholz vom Kaminsims, klappte ihn auf und bot seinem Gast eine Zigarre an. »Ihre psychologischen Spielchen sind höchst interessant, Meyer. Auch wenn ich fürchte, dass sie bei mir nicht verfangen.«

»Wollen Sie die beiden anderen Häuser auch noch – wie sagt man – heiß räumen?« Meyer lehnte die Zigarre ab. »Glauben Sie, mit diesen höchst kriminellen Machenschaften Tatsachen zu schaffen, die einen höheren Kaufpreis rechtfertigen?«

»Ich lasse mich von Ihnen weder für kriminell noch für dumm verkaufen, Meyer. Ihre eins Komma acht sind ein Spottpreis.« Von Lahn knipste die Spitze seiner Zigarre ab und nahm sich das große Tischfeuerzeug. »Sie wissen genau, dass die Grundstücke weit mehr wert sind.«

»Sie vergessen, dass Ihnen die Häuser noch nicht gehören.«

»Das ist nur noch«, von Lahn hüllte sich in Zigarrenqualm, »eine Frage von Tagen.«

»Sie glauben tatsächlich …«, Meyer lehnte sich zurück. »… die Immobilien fallen Ihnen am dritten Oktober einfach so in den Schoß zurück? Quasi über Nacht?«

»Warum nicht? Die im Einheitsvertrag vereinbarten Gesetze sind in dieser Hinsicht eindeutig.«

»Ihre Ansprüche müssen erst geprüft werden«, widersprach Meyer, »Sie werden entsprechende Anträge stellen müssen, genau wie zigtausend andere Alteigentümer auch. Unsere Gesellschaft könnte ebenso Anspruch auf Ihre Immobilien anmelden. Ganz egal, ob diese Ansprüche gerechtfertigt sind oder nicht. Wir würden damit einfach nur Zeit schinden, könnten so das Procedere verzögern. Möglicherweise dauert es dann Jahre, bis in Ihrem Sinne entschieden wird. – Die Frage ist, ob Sie so lange warten wollen? Und ob Sie so lange warten können?«

Von Lahn verharrte in der Bewegung und besah sich seinen späten Besucher genauer. »Sie drohen mir?«

»Ganz und gar nicht. Ich appelliere an Ihre Vernunft.« Meyer griff in die Innentasche seines Sakkos, holte einen dreifach gefalteten Vertragstext hervor und legte ihn auf das kostbare Hepplewhite-Tischchen zwischen ihren beiden Sesseln. »Damit wären Sie Ihre gröbsten finanziellen Probleme vorerst los.«

Von Lahn nahm das Papier und überflog es. »Sie machen sich lächerlich, Meyer! In fünf Jahren sind die Grundstücke mindestens das Zehnfache wert!« Er warf den Vertragstext zurück auf das Tischchen. »Ich erwarte, dass Sie Ihr Angebot nach oben korrigieren!«

»Wie schon gesagt, ich mag es nicht, wenn man mich auszutricksen versucht. Die Bedingungen haben sich geändert.«

»Nicht für mich.«

Beide sahen sich unbewegt an. Jeder versuchte, in den Augen des anderen zu lesen. Aber sowohl Meyer als auch Werner von Lahn waren Meister darin, sich nichts anmerken zu lassen. Und so blickten sie ins Leere.

»Meyer, ich habe mich über Sie und Ihre Firma erkundigt«, sagte von Lahn nach einer Weile. »Eigentlich nur, um Ihre Solvenz prüfen zu lassen. Aber dabei sind mir ein paar Dinge aufgefallen, die mich stutzig machten.« Er streifte die Asche seiner Zigarre gelassen am Kamingitter ab. »Sie haben Ihr ganzes Konglomerat von Unternehmungen in knapp einem Jahr aufgezogen. Tüchtig. Seit November sind Sie an einer Julian-Brendler-Marketing-GmbH in Charlottenburg beteiligt, seit April Geschäftsführer Ihrer Immobilienfirma mit dem schönen Namen DOMIZIL, dann gibt's einen dubiosen Eberswalder Sozialfonds und, und, und.«

Von Lahn wartete, ob Meyer dazu etwas zu sagen hatte. Aber der wartete schweigend ab und nippte an seinem Cognac.

»Über allem steht eine geheimnisvolle Red-Star-Invest-Gruppe«, setzte von Lahn hinzu, »eine Holding ohne gültige Gesellschaftsform und ohne Handelsregistereintrag.«

»Die Red-Star hat ihren Sitz in der Schweiz«, erklärte Meyer. »Wir sind eine Limited.«

»In der Schweiz«, nickte von Lahn, »dachte ich es mir doch. Schön diskret und verschwiegen. Aber warum? Wollen Sie Steuern hinterziehen? – Oder liegt es vielmehr daran, dass die Red-Star seit dem Zusammenbruch des SED-Regimes vor allem damit beschäftigt ist, DDR-Vermögen und Stasigelder auf die Seite zu bringen?«

»Hören Sie auf mit dem Quatsch!« Meyer winkte ab. »Die DDR war pleite, da gibt es kein Vermögen. Das wissen Sie so gut wie ich.«

»Schade, dass Sie mich für so naiv halten, Meyer.« Von Lahn lächelte traurig. »Sonst könnten wir uns wie erwachsene Männer unterhalten. Wie Männer, die ihre Probleme gemeinsam lösen wollen.«

»Ich habe Ihnen eine Lösung für Ihr Problem angeboten.« Meyer deutete auf seinen Vertrag.

»Keine befriedigende Lösung«, erwiderte von Lahn. Er erhob

sich und lief langsam zu seinem Schreibtisch. »Meyer, Sie gehören zu einer Gruppe von Leuten mit besonderen politischen Interessen.«

Meyer nahm die Brille ab und drehte sie in den Händen, ohne sein Gegenüber aus den Augen zu lassen.

»Politische Interessen«, fuhr von Lahn fort, »die, und das werden Sie kaum bestreiten können, in diesen Zeiten nicht mehr sonderlich gefragt sind. Die es aber in Ihren Augen, wie ich annehme, dennoch verdienen, weiterhin vertreten zu werden. Mit anderen Worten: Ihre ganzen Geschäfte dienen dazu, Ihre Mitstreiter für die alten kommunistischen Ideale über die Zeit zu retten.«

»Was heißt alt?« Meyer stellte seinen Cognac ab. »Die kommunistischen Ideen stecken, verglichen mit denen des Kapitalismus, noch in den Kinderschuhen.«

»Und dennoch sind sie überholt.« Von Lahn stützte sich an seinem Schreibtisch ab und stand einen Moment lang wie ein Redner an seinem Pult. »Wie Sie wissen, vertrete ich die Opposition im Berliner Abgeordnetenhaus. Ich habe einen gewissen politischen Einfluss auf die Presse und auch auf die Bundespolitik. – Wenn ich den gegen Sie geltend mache, Meyer ...«, seine Stimme bekam einen drohenden Unterton, »... sind Sie und Ihre Leute morgen nicht mehr nur politisch, sondern auch wirtschaftlich tot!« Von Lahn löste sich von seinem Schreibtisch und kam wieder auf Meyer zu. »Noch einen Cognac?«

»Danke!« Meyer sah zu, wie von Lahn eingoss.

»Ich will ganz offen zu Ihnen sein.« Lahn schenkte sich ebenfalls Cognac ein und setzte sich wieder an den Kamin. »Es gefällt mir nicht, wie gewisse Kreise gerade in meiner Partei die totale Liquidierung der ehemaligen Regierungspartei der DDR fordern und die SED-PDS verbieten wollen. Meiner Meinung nach wäre ein solches Verbot mit dem freiheitlichen Grundgedanken unseres Landes nicht vereinbar.«

»Zudem wird bei Ihnen offen darüber diskutiert, nach dem dritten Oktober verdiente Kämpfer des sozialistischen Staates der westdeutschen Justiz auszuliefern«, bekräftigte Meyer, »um sie für etwas zu verurteilen, das nie in den Strafgesetzen der Deutschen Demokratischen Republik stand.«

»Der innere Frieden«, nickte von Lahn, »könnte, sollten die Vorstellungen gewisser Politiker in unserem Lande Realität werden, akut bedroht werden: politische Anschläge, Chaos, Zersetzung.« Er seufzte. »Daran kann uns beiden nicht gelegen sein, und deshalb möchte ich meinen Einfluss nicht gegen Sie, sondern für Sie verwenden.«

»Ach?« Meyer setzte seine Brille wieder auf und funkelte von Lahn damit an. »Und im Gegenzug soll ich Ihnen die Ostimmobilien zu überhöhten Preisen abkaufen?«

»Nun, Sie drücken es sehr drastisch aus«, wich von Lahn aus, »ich finde, wir sollten kooperieren.«

»Gern.« Meyers Stimme wurde schneidend kalt. »Erinnern Sie sich an den Fall Wolfgang Schnur?«

Der bekannte Ostberliner Rechtsanwalt war Vorsitzender des »DEMOKRATISCHEN AUFBRUCH«, einer der größten Bürgerrechtsbewegungen der DDR. Kurz vor den ersten freien Wahlen am 18. März 1990 schloss sie sich mit der Ost-CDU und der sächsischen DSU zur konservativen »Allianz für Deutschland« zusammen. Wenig später wurde Wolfgang Schnur als Stasispitzel enttarnt, und seine einst so mächtige Bürgerbewegung war nur noch eine Fußnote der Geschichte.

»Wollen Sie damit sagen«, fragte Werner von Lahn skeptisch, »dass die Stasivorwürfe gegen Schnur fingiert waren?«

»Nein.« Meyer schüttelte den Kopf. »Ich will damit sagen, dass sie nie an die Öffentlichkeit gelangt wären.« Er lächelte fein. »Und ich muss Ihnen nicht erklären, dass es auch in der politischen Elite der Bundesrepublik Sprengsätze gibt, die nur gezündet werden müssen. Im Dezember wird gesamtdeutsch gewählt. Die Karten werden neu gemischt, und einige der politischen Hoffnungsträger könnten ihr blaues Wunder erleben. – Dumm, nicht wahr? Dabei wollten Sie doch Senator werden.«

Von Lahn schluckte und wurde bleich. Das war ganz klar ein Schuss vor den Bug. Dieser Meyer wollte ihn in die Knie zwingen. Mit einer uralten Geschichte. Dreißig Jahre lang hatte nie auch nur ein Hahn danach gekräht. Doch jetzt wurde er schon zum zweiten Mal innerhalb von wenigen Tagen mit dieser Sache konfrontiert. Die alten Geister waren wieder da. Dabei war Werner von Lahn damals in diese Sache nur hineingestolpert, weil er versucht hatte, den Lauf der Dinge aufzuhalten und grenzüberschreitende Allianzen zu schmieden. Nach dem Motto: Eine Hand wäscht die andere. Das war natürlich naiv und dumm, und gern hätte Werner von Lahn das alles ungeschehen gemacht. Tatsächlich hatte er geglaubt, alle Spuren in dieser Richtung vernichtet zu haben. Aber das stellte sich immer mehr als falsch heraus.

Was ist da noch im Umlauf, überlegte er unruhig, was hat dieser Meyer gegen mich in der Hand? Genug, um mir die Pistole auf die Brust zu setzen? Zweifellos ist er zu jung, um damals involviert gewesen zu sein. Wie auch immer, der Kerl ist wahnsinnig genug, mir zu drohen. Ich muss vorsichtig sein, dachte von Lahn, verdammt vorsichtig ...

»Sie sollten die Vergangenheit ruhen lassen«, sagte er, bemüht, die Fassung zu wahren.

»Ich habe nicht vor, daran zu rühren. Im Gegenteil.« Meyer schob ihm den Vertragstext hin. »Wollen Sie nun unterschreiben?«

Werner von Lahn starrte hilflos auf das Papier.

Was wäre die Alternative, fragte er sich. Wenn ich unterschreibe, bewahre ich zwar mein Heim. Aber bewahre ich auch meine politische Integrität? Wenn dieser Meyer wirklich gerichtsfeste Beweise gegen mich hat, kann er mich jederzeit fertig machen. Egal, ob ich diesen Wisch hier unterschreibe oder nicht.

»Wir haben alle Dreck am Stecken, Herr von Lahn.« Meyer erhob sich. »Glauben Sie mir, ich habe schon schlechtere Angebote gemacht. Hier ist meine Nummer.«

Er steckte eine Visitenkarte in die Anzugbrusttasche seines perplexen Gastgebers und klopfte ihm aufmunternd auf die Schulter. »Überlegen Sie es sich. Aber nicht zu lange. – Ich finde allein raus.«

Wo lag der Fehler?

Werner von Lahn saß wie erstarrt. Was ist da schiefgelaufen, grübelte er, was habe ich übersehen? Oder habe ich nur zu spät reagiert?

Nachdenklich warf er einen Blick auf die Kaminuhr. Eine viertel Stunde vor Mitternacht. Nervös goss sich Werner von Lahn noch einen Cognac ein.

9 GOTT, BIN ICH FROH! Zwar hatte Melanies Stimme am Telefon sehr aufgeregt und verängstigt geklungen, aber sie lebt. Und das ist das Wichtigste!

Mit dem Wagen brettere ich durch die Nacht über die Buckower Chaussee Richtung Stadtgrenze. Noch immer regnet es, ach Quatsch, es pladdert, dass die Scheibenwischer kaum nachkommen, und eigentlich habe ich keine Ahnung, wo genau ich hin muss.

Melanie hatte wirres Zeug geredet. Sie hätten ein total irres Zeug geraucht, seien dann vom Weg abgekommen und ins Wasser gefallen. Jetzt ist einer ohnmächtig, ein anderer habe sich erhängt, und sie traue sich nicht, die Feuerwehr zu rufen, obwohl es brenne.

Das klang nach einem ziemlich miesen Trip, und Monika hatte sich furchtbar aufgeregt. Nur mit Mühe konnte ich sie beruhigen. Sie wollte unbedingt mitkommen, aber es gelang mir, sie davon zu überzeugen, zu Hause zu bleiben. Falls Melanie noch mal anrufen sollte, war dann jemand erreichbar, der das Kind beruhigen konnte. Nun musste ich es nur noch finden, was anhand der völlig konfusen Wegbeschreibung nicht gerade einfach war.

Irgendwo im Osten, na prima! In der Nähe von Schönefeld klang schon besser, der Flughafen war sogar für DDR-Verhältnisse gut ausgeschildert. Nur dass Melanie nicht bei der Interflug, sondern irgendwo in der Pampa drum herum auf mich wartete.

Geht's nicht genauer, hatte ich sie gefragt, worauf sie von Flugzeugen sprach, die so tief flögen, dass ihr ganz schlecht würde. Ansonsten gebe es nur Wald und Felder und den brennenden Bauernhof, von dem sie gerade anrufe. Nein, sie wisse die Adresse nicht, und es sei auch niemand da, den sie fragen könne.

Tiefflieger also. Ich konzentriere mich anhand der Straßenkarte auf die Gegend in der Einflugschneise des Flughafens und fahre sie nach und nach ab. Irgendwo muss doch dieser brennende Bauernhof sein. So ein Feuer muss weithin zu sehen sein. Immer wieder stoppe ich auf einsamen Straßen, rufe nach Melanie, lausche in die verregnete Nacht hinein.

Nichts.

Oder doch? Manchmal bilde ich mir ein, ihre Stimme zu hören, aber es ist immer nur das Wispern des Regens in hohen Bäumen, das Gluckern und Tropfen des Wassers auf dem Asphalt.

Wie lange bin ich schon unterwegs? Keine Ahnung. Aber ich werde sie finden. Ganz bestimmt finde ich sie.

Plötzlich gleißendes Licht über mir und ein fauchendes, immer lauter werdendes Dröhnen. Erschrocken sehe ich auf und gehe unwillkürlich in Deckung, denn über mir zieht ein riesiger Jumbojet vorbei, so knapp, dass ich meine, mit ausgestrecktem Arm das gigantische Fahrwerk berühren zu können. Melanie muss also ganz in der Nähe sein.

Ich lege den Gang wieder ein und fahre langsam die düstere Landstraße entlang. Eine Weile lang geht es durch dichten Wald, aber so genau ist das nicht auszumachen. Wasser strömt über die Windschutzscheibe, und obwohl die Wischer auf der höchsten Stufe laufen, sehe ich kaum weiter als bis über die Kühlerhaube.

U-Bootfahren kann nicht anstrengender sein.

Die Straße beschreibt einen Bogen, der Wald scheint sich zu lichten, und endlich erscheint eine verschwommene Gestalt dicht vor meinem Auto, mit beiden Armen winkend.

Ich trete auf die Bremse, dass es quietscht. Der Wagen steht, der Motor brummelt, die Scheibenwischer treten Wasser. Kurz darauf erscheint ein bleiches Gesicht hinter der Seitenscheibe. Gott sei Dank ist es Melanie. Hastig öffnet sie die Tür, sinkt patschnass auf den Beifahrersitz und fällt mir schluchzend um den Hals.

»Vati, endlich …«

Sie weint hilflos, ihr kleiner Körper bebt vor Angst und Kälte, und sie stinkt. Nicht nur nach Regen und Schlamm, sondern vor allem nach jeder Menge gerauchtem Gras. Ich streichle etwas verlegen über ihren schmalen Rücken.

»Schon gut«, beruhige ich sie, obgleich ich befürchte, die Autositze nach dieser Tour austauschen zu müssen. »Alles ist gut. Ich bin ja da.« Melanie trieft so sehr, dass es die Polster völlig durchnässt. Sie zittert erbärmlich und schnieft bekümmert vor sich hin.

»Du bist bekifft«, erkläre ich ihr leise, »da sehen die Dinge manchmal dramatischer aus, als sie sind. Aber wir kriegen das alles wieder hin.«

Sie löst sich von mir und sieht mich unter feuchten Haarsträhnen heraus an. »Bist du mir böse?«

Böse bin ich sowieso nie, denke ich, höchstens verärgert. Aber heute bin ich nicht mal das. Ich bin einfach nur erleichtert, dass ich meine Tochter wiederhabe. Sie sieht zwar furchtbar aus und hat offenbar ein massives Drogenproblem, aber sie lebt. Das ist die Hauptsache.

Prüfend sehe ich sie an. »Wo brennt's denn nun?«

»Dahinten.« Sie deutet in irgendeine Richtung und wischt sich mit dem nassen Ärmel über das schmutzige Gesicht. »Plötzlich kam eine Kurve, aber das Auto fuhr geradeaus weiter. Und dann fielen wir in einen Graben.«

»Wer?«

»Na, Dark und ich.« Sie schüttelt sich. »Er hat geblutet, und ich wollte Hilfe holen«, schon fängt sie wieder an zu weinen, »aber da war nur der tote Mann«, und klammert sich erneut an mich.

»Kein Problem, Schatz«, versichere ich und streiche ihr behutsam übers feuchte Haar, »absolut kein Problem. Das klärt sich alles, okay?«

Melanie sieht mich hoffnungsvoll an. »Meinst du?«

»Sicher«, nicke ich. Ich bin mir zwar absolut nicht sicher, aber ich muss das Kind irgendwie beruhigen und die Dinge in meinem Kopf ordnen.

»Ihr seid in einen Graben gefallen?«

Melanie nickt schlotternd.

»Wo?«

»Komm!« Melanie öffnet die Beifahrertür. »Ich zeig's dir!«

Wir steigen aus, und ich folge Melanie durch den Regen. Es geht ein Stück querfeldein, und nach wenigen Metern bin auch ich völlig durchnässt. Der Boden ist weich, mit jeden Schritt versinke ich bis über die Knöchel im Modder. Dann stehen wie vor einem Bewässerungsgraben. Ein Kleintransporter ist die Böschung hinabgerutscht, ein alter Ford Transit. Er steckt mit der Schnauze voran bis zur Hälfte im schlammig schwarzen Wasser. Der Regen trommelt aufs Autoblech.

»Bist du gefahren?«

»Nein«, antwortet Melanie, »ich kann doch noch gar nicht Auto fahren.«

»Genau danach sieht's auch aus.« Vorsichtig klettere ich die Böschung hinunter, sehe mich um. »Wo ist denn dieser …?«

»Dark?«

»Ja.« Der Irokese wird sich freuen, dass der Kerl noch lebt. »Dark …«

»Abgehauen.« Melanie stampft wütend mit dem Fuß auf. »So ein Arschloch! Lässt mich hier mit der ganzen Scheiße allein!«

»Ich dachte, er sei verletzt?« Ich komme wieder die Böschung hoch.

»Ja«, nickt Melanie, »das dachte ich auch.«

»Den knöpfen wir uns später vor«, verspreche ich ihr und wische mir die Regentropfen aus dem Gesicht. »Und wo ist jetzt der Tote?«

»Willst du da wirklich hin?« Melanie macht ein entsetztes Gesicht.

»Tote Menschen sind mein Job«, antworte ich ruhig. »Also? Wo müssen wir lang?«

»Auf die andere Straßenseite«, murmelt Melanie. »Da ist jetzt sowieso alles Asche.«

Ich folge ihr über die Straße durch Regen und Dunkelheit, durch Pfützen und Matsch. Wir laufen über eine morastige Wiese. Überall steht das Wasser, der Boden ist rutschig und sehr uneben. Mehrmals verliere ich fast das Gleichgewicht. Aber ich halte mich aufrecht. Das fehlte noch, dass ich mich hier in den Matsch lege. Zwischen dem feuchten Laub einiger Bäume steht tatsächlich eine rötlich beleuchtete Rauchwolke. Wir laufen direkt darauf zu, erreichen eine bogenförmige Toreinfahrt und stehen in einem gepflasterten Hof. Riesige Pfützen auch hier. Alles steht voller Qualm, ein alter Traktor glänzt im Regen. Rechts steht das bis auf die Grundmauern heruntergebrannte Wohnhaus in einem zischenden Glutbett, einzelne Flammen züngeln noch hervor. Das Gebäude linker Hand, groß, mit hohem Satteldach, ist unversehrt geblieben. Ebenso der blauweiße Pkw aus den fünfziger Jahren davor. Wie ein alter Borgward Hansa 1500, aber Melanie meint, das sei ein Dreielfer Wartburg, so einen sei Siggi früher auch gefahren.

Plötzlich höre ich Stimmen.

»Das ist ein Radio«, flüstert Melanie, als rede sie von einem Geist, »das war vorhin schon an. Total gruselig.« Sie zeigt auf das halb geöffnete Scheunentor. Dahinter brennt schummriges Licht. »Geh du da rein, ich trau mich nicht.«

Vorsichtig zwänge ich mich durch den Spalt in die Scheune.

»Vor einigen Jahren ist Udo Lindenberg in den Sonderzug nach Pankow gestiegen«, höre ich die sonore Radiostimme von Nero Brandenburg, »um bei Erich Honecker an die Tür zu klopfen. Die Melodie für sein grenzüberschreitendes Lied aber hat er sich von einer viel älteren Dampflok geliehen ...«

Im fahlen Licht einer einzigen Glühbirne unter der Decke erkenne ich einen Mann. Er hat sich erhängt und trägt Anzug und Krawatte, als habe er sich für sein Ende schick gemacht. Die Augen des Toten treten grotesk aus den Höhlen hervor. Zwischen die Lippen hat sich eine blau angeschwollene Zunge geschoben. Auf dem Querbalken über ihm steht ein altes Transistorradio:

»... vor fast fünfzig Jahren fuhr sie von New York nach Chattanooga.« Big-Band-Musik legt sich über die Stimme des gut gelaunten Moderators: »Hier ist das Original: das Glenn Miller Orchestra mit einer Aufnahme aus dem Jahre 1942, ›Chattanooga Choo Choo‹!«

Die Musik brandet auf. Ein fröhlicher Zug durch Amerika und ein merkwürdiger Kontrast zur frei im Raum baumelnden Leiche. Über der Werkbank neben einem kleinen Fenster baumelt ein Telefonhörer. Er gehört zu einem alten schwarzen Wandapparat aus Bakelit. Wahrscheinlich hat mich Melanie von da aus angerufen.

Ich wende mich ab, trete wieder vor die Scheune. Das Mädchen sieht mich gespannt an. »Und?«

»Tot«, erwidere ich schulterzuckend, »da kann man nichts machen.«

»Schrecklich, oder?« Melanie wischt sich erschüttert das feuchte Haar aus dem Gesicht. »Ob der sein Haus selbst angesteckt hat?«

Vermutlich, denke ich. Selbstmörder sind einsame Menschen. Wer weiß, wenn Melanie und dieser Dark ihren Unfall nur ein wenig früher gehabt hätten, vielleicht hätten sie den armen Mann von seinem sinnlosen Vorhaben abhalten können.

»Shit«, ruft Melanie plötzlich erschrocken und läuft zum Tor, »da kommen die Bullen!«

Ich folge ihr vor das Gehöft. Auf der Landstraße hat ein blaulichternder Lada der Volkspolizei gestoppt. Zwei Vopos in grünen Regenmänteln gehen prüfend um meinen, noch immer mit laufendem Motor und eingeschalteten Scheinwerfern mitten auf der Straße stehenden VW Passat herum.

»Entschuldigen Sie«, rufe ich und laufe auf die Polizisten zu, »ich fahre gleich zur Seite!«

»Vati!« Melanie rennt mir nach. »Nicht!«

»Gehört Ihnen der Wagen?« Einer der Vopos leuchtet mir mit einer Taschenlampe misstrauisch ins Gesicht.

»Ja.« Ich hebe die Hand vor die Augen: »Und wenn Sie aufhören, mich zu blenden, zeige ich Ihnen auch die Zulassung.«

»Zunächst zeigen Sie uns mal Ihre Personaldokumente.« Der Volkspolizist lässt die Lampe sinken und starrt mich skeptisch an. Ich muss schrecklich aussehen, vollkommen durchnässt, und Melanie macht einen noch schlimmeren Eindruck.

»Tut mir leid«, entschuldige ich mich und reiche ihm den Ausweis, »aber meine Tochter hatte einen ...«

»Nicht«, zischt Melanie eindringlich und zieht mich hektisch von den Polizisten weg.

»Was ist denn?«

»Erzähl denen bloß nichts von unserem Unfall«, flüstert sie angespannt, »die dürfen das Auto nicht finden.«

»Wieso?«, flüstere ich zurück und beobachte die Polizisten, die sich eingehend mit meinem Ausweis beschäftigen, »was ist damit?«

Melanie atmet tief durch. »Die Karre ist voller Dope«, gesteht sie schließlich leise.

»Was?« Ich glaube, ich höre nicht recht. »Dope?«

»Shit, Haschisch, Marihuana, ganz wie du willst.« Melanie hebt unschuldig die Schultern und sieht mich flehend an. »Drogen halt! Das ganze Auto voll.«

Das darf nicht wahr sein, denke ich und lächle die Polizisten freundlich an.

»Herr Knoop, Hans Dieter«, der Polizist liest laut aus meinem Ausweis vor und spricht es so gleichzeitig in sein seitlich über der Schulter baumelndes Funkgerät, »tausend Berlin dreißig, Belziger Straße fünfundsiebzig.« Er sieht mich an. »Was tun Sie hier, Herr Knoop?«

»In der Scheune dahinten ist eine Leiche«, erkläre ich, um die Polizisten von der Straße wegzubekommen. »Meine Tochter hat sie gefunden. Offenbar Selbstmord.«

»Wir wissen nur von einem Feuer.« Der Polizist guckt mich groß an. »Ein Toter, sagen Sie?«

»Knoop, Westberlin, Belziger sieben fünf«, knarzt es aus seinem Funkgerät, »bei uns liegt nüscht vor gegen den.«

»Selbstmord«, wiederhole ich und deute hinter mich. »Der hat sein Haus angesteckt und sich dann erhängt. Vielleicht schauen Sie sich das mal an.«

Die Polizisten wechseln verblüffte Blicke.

»Sie warten hier«, entscheiden sie schließlich und machen sich auf den Weg zum Gehöft. »Und fahren Sie Ihren Wagen an den Straßenrand, da kommt sonst keiner durch.«

»Aber sicher.« Ich sehe Melanie an. »Das ist die Gelegenheit«, flüstere ich, »komm, schnell!«

Wir rennen zu meinem Auto und manövrieren es so an den Straßenrand, dass der Weg zum verunglückten Ford Transit über das Feld am kürzesten ist.

»Was hast du vor?« Melanie sieht mich fragend an.

»Wir räumen auf«, erkläre ich knapp, »los, los, wir haben wenig Zeit!«

Wir rennen zum Graben zurück, ich steige die Böschung hinunter und öffne die Heckklappe des Transit. Dann ziehe ich mein Feuerzeug hervor und leuchte vorsichtig in den Innenraum. Er steht bis zur Hälfte im Wasser. Trommeln liegen herum, die verbeulten Reste eines Schlagzeugs, Verstärkerboxen, Kabel, Gitarrenkoffer. *Tell me why-hy-hy-hy …* Das durcheinandergewirbelte Equipment der ANORAK ZONE ist kaum mehr zu gebrauchen.

»Shit«, murmelt Melanie.

Ich bücke mich, fische ein kleines eingeschweißtes Päckchen aus dem Wasser. Es gibt noch mehr davon. Überall liegen sie herum, Dutzende Pieces zu einhundert Gramm – ich fasse es nicht!

»Woher, um Himmels willen, habt ihr das Zeug?«

»Vati«, Melanie schüttelt den Kopf, »ich glaube nicht, dass du das wissen musst.«

»Und ob ich das wissen muss, Melanie«, rege ich mich auf, »bist du denn vollkommen übergeschnappt? Das ist Rauschgift! Dafür wandert man locker ins Gefängnis!« Ich bin außer mir. »Mit dem Zeug kann man ein ganzes Stadtviertel versorgen, Herrgott, das ist kein kleines Vergehen mehr! Mit so 'ner Nummer versaust du dir deine Zukunft!«

»Mann, ich wusste doch nicht, dass das so viel ist«, flüstert Melanie. »Dark hat gesagt, wir besorgen was zu rauchen, mehr nicht. Und dann packt er den ganzen Wagen voll.«

Na, wenn ich den in die Finger kriege, kann er sich auf was gefasst machen. Ich starre in den Wagen. Das ist vielleicht ein Hammer!

»Wir müssen das Zeug da rausholen«, entscheide ich. »In meinem Auto ist hinten so eine zusammenklappbare Kiste aus Plastik. Kannst du die holen?«

»Klar!« Melanie verschwindet.

Ich klettere über die Heckklappe in den halb gefluteten Wagen und beginne, die Päckchen einzusammeln. Melanie kommt mit der Kiste zurück. Ich werfe ihr die einzelnen Päckchen zu. Da sie alle eingeschweißt sind, kann ihnen das Wasser nicht viel anhaben. Meine Hände irren durch die Fluten. Melanie leuchtet mir mit dem Feuerzeug, im flackernden Schein der kleinen Flamme finde ich weitere Päckchen. »Ist vorn auch noch was?«

»Nee«, Melanie schüttelt den Kopf, »nur das, was wir geraucht haben.«

»Hol's raus!«

»Was?«

Gott, ist sie so schwer von Begriff? »Ich will kein Dope in diesem Wagen haben, wenn die Vopos zurückkommen. – Überhaupt keins, klar?«

»Ja«, nickt Melanie und verschwindet. Wenig später höre ich sie ins Fahrerhaus tauchen. Ich schmeiße die Trommeln und Verstärkerboxen aus dem Wagen, das gesamte Equipment der Band, um ja kein Piece zu übersehen. Herrgott, diese Kinder müssen völlig übergeschnappt sein! Ich finde einen alten Besen an der Seitenwand des Laderaumes und fege damit langsam durch die Fluten. Bloß nichts übersehen. Da ist noch ein Päckchen und da auch. Ich werfe sie zu den übrigen in die Kiste.

Nach einer Weile kommt Melanie wieder heran, das lange Haar nass wie Tang und mit den Resten eines aufgerissenen, matschigen Päckchens in der Hand.

»Ist das alles?«

»Ich schätze schon.«

»Schätzen ist zu wenig, da darf nichts liegen bleiben!«

»Mann, ich bin froh, dass ich das überhaupt gefunden hab«,

keucht sie mit geröteten Augen. »Total schlammig da drin, kannst ja selbst mal tauchen.«

»Nee, lass mal.« Wütend klatsche ich das Matschpäckchen zu den anderen und klettere die Böschung hoch.

»Jetzt bist du sauer!«

»Nein, ich bin nicht sauer«, erwidere ich und schleppe die Plastikkiste mit dem Dope zu meinem Auto zurück. Rauschgift im Wert von mindestens dreihunderttausend Mark. Ein Wahnsinn!

»Du bist sauer«, stellt Melanie fest.

Ich stelle die Kiste in meinen Kofferraum, ziehe sorgsam die Abdeckung darüber und schließe die Heckklappe.

»Was machen Sie denn da?« Die Polizisten sind zurück.

Ich fahre herum, bemühe mich um einen entspannten Gesichtsausdruck. »Ich habe den Wagen an den Straßenrand gefahren. Das wollten Sie doch so?«

Die Polizisten sehen mich und die tropfnasse, schlotternde Melanie aufmerksam an.

»Sie haben die Leiche gefunden?«

»Meine Tochter«, erkläre ich und zeige in Richtung des verunglückten Transit. »Sie hatte einen Unfall. Der Wagen ist bei regennasser Straße vom Weg abgekommen und in den Graben da gerutscht. Dann wollte sie Hilfe holen und hat den Toten entdeckt.« Ich sehe Melanie an. »So war's doch, oder?«

Melanie nickt bibbernd. In der Ferne hört man dramatisch heulende Feuerwehrsirenen. Na, die kommen jetzt auch zu spät. Den Brand hat der Regen ganz allein gelöscht.

»Dann hat sie mich angerufen«, schließe ich ab, »und so bin ich hier!«

Man sieht den Volkspolizisten nicht an, ob sie mir Glauben schenken oder nicht. Der andere wendet sich an Melanie.

»Warum haben Sie nicht gleich die Polizei gerufen?«

»Oh, das hat sie«, spiele ich meinen letzten Trumpf aus und zücke meinen Dienstausweis. »Ich bin Polizist. Hauptkommissar der Inspektion M 1, bitte!«

Mit hochgezogenen Augenbrauen studieren die Volkspolizisten den Ausweis. Dann geben sie ihn mir unkommentiert zurück.

»Herr Knoop, wir müssen Sie und Ihre Tochter bitten, noch etwas zu warten«, ruft der Polizist lauter, da immer mehr Fahrzeuge der freiwilligen Feuerwehr eintreffen und einen Heidenlärm machen. Auch Fahrzeuge der Schönefelder Flughafenfeuerwehr kommen herangerast.

»Ein Kollege des Volkspolizeikreisamtes Königs Wusterhausen«, schreit der Polizist, »wird hier gleich eintreffen. Er hat sicher noch ein paar Fragen an Sie.«

»Klar«, brülle ich zurück und ziehe mir fröstelnd die feuchte Joppe enger um die Schultern. »Wenn wir nicht gerade im Regen warten müssen.«

»Wir bringen Sie zum ABV!« Die Volkspolizisten deuten auf ihren Streifenwagen. Offenbar wollen sie uns unter keinen Umständen noch mal aus den Augen lassen. Ich schließe meinen VW Passat sorgsam ab und füge mich.

10 AN DER WAND seht eine große Kochmaschine, daneben ein Gasherd und ein Kühlschrank des VEB DKK Scharfenstein. Er ist mit blassbraunem Holzfurnier beklebt, genauso wie die Anrichte vor dem Fenster. Wir hocken in der Küche des Selchower Abschnittsbevollmächtigten an einem Tisch mit einem Wachstuch, das Delfter Fliesen imitiert. Der Abschnittsbevollmächtigte, kurz ABV genannt und so was wie ein Dorfpolizist, kommt mit Wolldecken herein, die wir dankend annehmen. Noch immer sind wir klatschnass, um unsere Füße herum haben sich braune Wasserlachen gebildet.

Gegenüber hat ein gewaltiger Mann Platz genommen. Ein Zweimeterhüne von circa sechzig Jahren in einem regenfeuchten Anorak und zu kurzen Hosen. Er hat sich uns mit leichtem thüringischem Dialekt als »Oberleutnant, äh, verzeihen Sie, ich komme mit den neuen Dienstgraden nicht zurecht, Oberkommissar Jochen Friedrichs« vorgestellt. Er sieht sehr müde aus und befragt uns seit zwanzig Minuten.

»Dark, sagen Sie? Und der Nachname?«

»Ich weiß es nicht«, antwortet Melanie. »Wir haben ihn immer nur alle Dark genannt!«

»Und der ist das Auto gefahren«, Friedrichs sieht Melanie mit ungewöhnlich blauen Augen an, »nicht Sie?«

»Ich habe keinen Führerschein.«
»Melanie ist erst sechzehn«, pflichte ich bei.
»Na ja, ich habe schon Vierzehnjährige am Steuer erwischt.« Friedrichs seufzt schwer. »Beziehungsweise tot vom Asphalt gekratzt.«
»Ich bin wirklich nicht gefahren«, versichert Melanie.
»Und wo ist dieser …« Friedrichs gähnt. »… Dark jetzt?«
»Abgehauen«, rege ich mich auf, »der hat das Mädchen einfach allein gelassen!«
»Aus gutem Grund. Der Wagen wurde als gestohlen gemeldet.«
Ich sehe Melanie entsetzt an.
»Davon weiß ich nichts«, beteuert die mit großen Augen. »Wir haben den schon ein paar Tage, das ist unser Bandtruck.«
»Jetzt nicht mehr.« Friedrichs streckt seinen gewaltigen Körper und erhebt sich. »Wo sind denn die anderen?« Er sieht Melanie an. »Ich meine Ihre Musikerkollegen.«
»Keine Ahnung!« Melanie zuckt mit den Schultern. »In Berlin, schätze ich. Die sind mit zwei anderen Autos vorgefahren.«
»Auch gestohlen?«
»NEIN!« Melanie starrt den Kripomann entrüstet an. »Ehrlich, ich hatte keinen Schimmer, dass die Karre geklaut ist.«
»Meine Tochter ist da vermutlich in etwas hineingeraten«, springe ich ihr bei, »von dem sie nichts wusste.«
»Genauso wenig wie Sie?« Friedrichs sieht mich prüfend an.
»Natürlich, ich, ich …« Für wen hält mich der Mann? »Ich bin Kriminalbeamter wie Sie. Und meine Tochter ist eigentlich ganz anständig, geht aufs Gymnasium mit durchweg guten Noten und …«
»… tobt sich in der Freizeit in unserer DDR aus«, beendet Friedrichs meinen Satz und schüttelt seufzend den Kopf. »Ist ja auch spannend, nicht wahr? So ein Land untergehen zu sehen. Da muss man sich dann nicht mehr an Gesetze halten, da kann man munter die Sau rauslassen!«
»Ist doch gar nicht wahr«, ruft Melanie. »Wir hatten einen Gig in Mahlow. Wir haben nur Musik gemacht.«
»Tatsächlich? Etwa in der alten Mahlower Sporthalle?« Friedrichs sieht Melanie vorwurfsvoll an. »Das Konzert, bei dem die halbe Einrichtung verwüstet wurde?«
»Die war doch vorher schon total runter«, verteidigt sich Mela-

nie, »wir sind 'ne Punkband, da wird Pogo geslammt – da geht's schon mal ab auf dem Moshpit!«

Friedrichs versteht vermutlich kein Wort, also versuche ich zu vermitteln.

»Sie will damit sagen, dass Punk keine Kammermusik ist …«

»Ich weiß, was Punk ist«, unterbricht mich Friedrichs scharf, »und wenn das meine Göre wäre, dann würde ich ihr mal ordentlich die Ohren lang ziehen, damit sie wieder in die Spur kommt, wenn Sie verstehen, was ich meine.«

»Sie wollen sich mit mir über Kindererziehung unterhalten?«

Lauernd sehen wir uns an, der Ostkommissar und ich.

»Haben Sie überhaupt Kinder«, setze ich nach, denn es ist kein Geheimnis, dass es immer die Kinderlosen sind, die einem erzählen wollen, wie man die Kleinen zu erziehen hat.

»Fünf«, knurrt Friedrichs, »und sieben Enkel. Ich weiß also, was es heißt, wenn der Nachwuchs über die Stränge schlägt.« Er setzt sich direkt Melanie gegenüber und beugt sich eindringlich vor. »Das Leben ist kein Zuckerschlecken, Mädel. Und deshalb kann es nie schaden, rechtzeitig zu lernen, was es heißt, Verantwortung zu übernehmen.«

Melanie verzieht genervt das Gesicht, doch Friedrichs zwingt sie mit einer knappen Bewegung, ihn anzusehen.

»Vor allem, wenn man Mist gebaut hat, klar?«

»Klar«, haucht Melanie kaum hörbar.

»Hören Sie«, mische ich mich wieder ein, »Sie haben unsere Adresse. Es gibt ein gestohlenes Auto und eine beschädigte Sporthalle, was sicher sehr ärgerlich ist – und falls Melanie damit irgendwie zu tun hat, wird sie die Konsequenzen dafür selbstverständlich tragen.«

Ich sehe auf meine Armbanduhr, aber die ist stehen geblieben. Ihr ist das Wasser nicht bekommen, als ich nach dem Piece fischte. Ich hätte sie vorher abnehmen sollen.

»Es ist spät«, setze ich in Ermangelung genauerer Daten schließlich hinzu, »und Sie haben mein Wort. Also warum lassen Sie uns nicht einfach gehen?«

»Das würde ich.« Friedrichs gähnt erneut herzerweichend. »Wenn es tatsächlich nur um das gestohlene Auto und die Mahlower Sporthalle ginge. Aber wir haben hier einen Toten, nicht wahr?«

»Damit haben wir nichts zu tun! Wie schon gesagt, ist Melanie nur durch Zufall auf die Leiche gestoßen.«

»Mhm«, macht Friedrichs und kratzt sich anhaltend am Kopf. Er will noch etwas sagen, doch es klopft an der Küchentür. Friedrichs erhebt sich wieder, öffnet die Tür und redet leise mit jemandem. Vermutlich mit einem seiner Volkspolizisten, ich kann von meiner Position aus nicht erkennen, mit wem. Ich höre aber, was gesagt wird, und das klingt alles andere als gut.

»Das haben wir im Wagen gefunden. Könnte den Sachverhalt nachhaltig ändern, was?«

Längeres Schweigen, dann: »Absolut. Danke.«

Friedrichs schließt die Tür wieder und kommt zurück an unseren Tisch. Die Müdigkeit ist aus seinen Augen gewichen, stattdessen leuchten sie mich intensiv und strahlend blau wie Scheinwerfer an.

»Ich fürchte, Herr Hauptkommissar Knoop, wir bekommen ein Problem, richtig?«

Mist, durchfährt es mich, die haben doch noch was gefunden. Wir waren nicht gründlich genug, und jetzt machen sie uns mit dem Dope aus dem Ford Transit die Hölle heiß. Als wenn wir nicht schon genug Schwierigkeiten hätten!

Ich muss Melanie da raushalten, überlege ich fieberhaft, alles auf diesen dämlichen Dark schieben.

Aber komme ich damit durch? Was, wenn der Junge gefunden wird und Melanie belastet? Ich weiß, wie das läuft, war selbst lange in der Rauschgiftfahndung: Wenn du erst mal im Raster bist, kommst du nie wieder raus.

»Kann ich mal telefonieren?«

»Weshalb?«, funkelt mich Friedrichs an.

»Nun, in Anbetracht der späten Stunde«, erkläre ich so ruhig wie möglich, »macht man sich sicher Sorgen um uns.«

»Machen Sie sich auch Sorgen um sich?«

»Sollte ich das?«

Wir sitzen beide unbewegt und belauern uns. Keiner sagt ein Wort. Melanie rutscht unruhig auf ihrem Stuhl herum und sieht bang erst zu mir, dann zu Friedrichs.

»Hören Sie, Oberkommissar«, versuche ich die Situation zu entschärfen, »wir sind ja gewissermaßen Kollegen. Ich denke, wir sollten Klartext miteinander reden.«

»Ich höre!« Friedrichs lehnt sich mit verschränkten Armen zurück.

»Sie sind hier, um einen Selbstmord zu ermitteln«, beschwöre ich ihn, »das ist sicher keine große Sache … Vielleicht belassen Sie es einfach dabei.«

Friedrichs rührt sich nicht. »Ich fürchte, das geht nun nicht mehr«, erwidert er leise.

»Doch das geht«, widerspreche ich. »Sie lassen uns einfach gehen und machen ganz in Ruhe Ihren Job.«

»Abgelehnt.« Friedrichs hebt die Hände. »Es geht um eine Mordermittlung.«

»Mord?« Um Gottes willen, denke ich erschrocken, was reimen die sich hier zusammen? Bringen die das Rauschgift im Transit etwa mit der Leiche in der Scheune in Verbindung?

»Das ist absurd«, rufe ich, »der Mann hat sich erhängt!«

»Das sollen wir annehmen, ja.« Friedrichs' Augen scheinen mich durchbohren zu wollen, aber ich halte dem Blick stand.

»Warum tun Sie so«, fragt er sehr ruhig, »als wüssten Sie nicht Bescheid?«

»Ich weiß nicht, wovon Sie reden.«

»Die Frage ist in der Tat«, Friedrichs erhebt sich, »wovon reden wir? – Von organisiertem Verbrechen?«

Der spinnt, denke ich ratlos, jetzt bauscht der das total auf. Der Kerl will sich profilieren und macht einen Riesenwirbel daraus.

»Muss ja 'ne größere Sache sein«, setzt Friedrichs hinzu, »sonst wären Sie nicht hier.« Er geht zur Tür, öffnet sie und wendet sich wieder an den Beamten im Flur. »Geben Sie mir mal das Zeug aus dem Auto?«

Jetzt kriegen wir es faustdick um die Ohren, ahne ich. Diese Vopos haben einfach keine Erfahrung damit. Die knallen uns das Dope auf den Tisch, und wir sind die Verbrecher. Das kann mich die Karriere kosten! Verdammt, ich muss Hünerbein erreichen. Der soll mir den Rücken freihalten. Der muss ganz oben Alarm schlagen, bevor hier alles eskaliert.

»Ich würde jetzt wirklich gern telefonieren!«

»Gleich«, knurrt Friedrichs und knallt mir einen zusammengehefteten Text auf den Tisch. »Lesen Sie sich das erst mal durch!«

Ich starre auf das Papier. Mehrere Bögen, mit Kordel zusammengebunden und versiegelt.

»Was ist das?«, frage ich verblüfft.

»Ein Kaufvertrag«, erklärt mir Friedrichs, »verhandelt von einem Rechtsanwalt und Notar in Berlin-West.« Er tippt auf das Papier. »Heribert Naumann!«

»Ja, und?« Ich bin zwar erleichtert, da es offenkundig nicht um die Drogen aus dem Transit geht, verstehe aber kein Wort. »Was ist damit?«

»Jetzt reicht's mir aber!« Friedrichs haut wütend auf den Tisch. »Sagen Sie bloß, Sie sind wirklich nicht im Bilde!«

»Absolut nicht«, versichere ich.

»Und was machen Sie dann hier? Ein Hauptkommissar der Westberliner Kripo?«

»Das haben wir Ihnen doch schon dreimal gesagt«, haucht Melanie. »Was ist denn los?«

»Sie ermitteln also nicht schon mal vor?« Friedrichs starrt mich an. »Ich meine, wir haben hier bald die Einheit, wozu die Heimlichkeiten?«

»Der Einzige, der hier in Rätseln spricht«, erwidere ich, »sind Sie. Vielleicht klären Sie mich mal auf?«

»Diesen Text haben wir im Wagen des Toten gefunden.« Friedrichs tippt auf den Kaufvertrag. »Kurz vor seinem vermeintlichen Selbstmord war er in der Stadt und hat den Verkauf seines Hofes hiermit besiegelt. Für achthunderttausend Deutsche Mark.« Er schiebt mir den Vertrag wieder zu. »Der ist heute zum reichen Mann geworden. Und bringt sich dann um?«

Ich sehe mir den Namen an. »Jan Fridolin Arndt?«

»Hängt in seiner Scheune«, nickt Friedrichs. »Das war kein Selbstmord. Und ich nehme an, genau deshalb sind Sie auch hierher gekommen!«

»Aber nein. Mir ging es nur um meine Tochter«, beteuere ich und sehe mir den Vertrag an. In der Tat bekommt die Sache eine neue Dimension. Vor allem wenn man sich die Namen der Käufer anschaut: Giuseppe und Francesco D'Annunzio. Die Söhne von Enzo, na bravo! Der alte Clan aus Kalabrien. Die verschwiegene Mafia-Loge der 'Ndrangheta.

»Sie wollten telefonieren.« Friedrichs schiebt mir den Apparat hin.

»Ja«, sage ich, einigermaßen verdattert über diese plötzliche Wendung, und wähle Hünerbein an. Nachts sind die Leitungen frei, ich komme sofort durch.

»Harry, entschuldige die späte Störung, aber wir haben einen Mordfall.«

Hünerbein will verschlafen wissen, wo.

»In der Nähe von Schönefeld«, erkläre ich, und Friedrichs präzisiert: »Selchow.«

»Sind wir dafür zuständig?« Man hört, wie sich Hünerbein buchstäblich aus dem Bett wälzt.

»Es gibt eine Verbindung zur 'Ndrangheta«, erkläre ich ihm, »unsere alten Freunde aus dem ›L'Emigrante‹. Damit sind wir wohl im Spiel.« Ich sehe Friedrichs an. »Was dagegen, wenn wir unsere Spurensicherung verständigen?«

»Absolut nicht«, Friedrichs lächelt, »ich wollte meinen Westberliner Kollegen schon immer mal beim Arbeiten zusehen.«

»Wir brauchen hier das volle Programm«, melde ich Hünerbein durchs Telefon, »Totengräber, Kriminaltechnik und so weiter.«

»Ich ruf Damaschke an«, sagt Hünerbein. »Wo müssen wir genau hin?«

»Erklären Sie's ihm?« Ich reiche Friedrichs den Hörer und nicke Melanie erleichtert zu. Keine Gefahr mehr, wir sind draußen. Dafür habe ich Arbeit. So wie es aussieht, bereiten die D'Annunzios im Osten das Feld für neue Geschäfte vor.

Friedrichs legt den Hörer auf die Gabel. »Wenn das der Hünerbein war, den ich vermute, kenne ich ihn.«

»Es gibt nur den einen Hünerbein.« So viel ist klar.

»Tatsächlich?« Friedrichs lehnt an der Anrichte und tippt auf den Vertrag. »Und mit wem haben wir es hier zu tun?«

»Alte Bekannte aus San Luca«, ich will mir eine Zigarette anstecken, doch die sind feucht geworden, »der Clan ist seit fast hundert Jahren in Berlin aktiv. Offenbar erweitert er sein Territorium.«

»Nicht zu fassen.« Friedrichs bietet mir eine von seinen Zigaretten an. »Die Einheit ist noch nicht vollzogen, aber die Verbrecher sind schon da.«

»Es gibt hier jetzt eben was zu holen«, erwidere ich.

»Aber wieso interessiert sich die Mafia für einen Bauernhof im kleinen Selchow?«

»Keine Ahnung.« Ich nehme dankend sein Feuerzeug, stecke mir die Zigarette an und inhaliere tief. »Vielleicht suchen sie einen unauffälligen Rückzugsort in Flughafennähe.«

»Und bringen dafür harmlose Bauern um?«

»Es wird ein Motiv geben«, entgegne ich. »Auch die Mafia tötet nicht ohne Grund. Und nur in den seltensten Fällen kann man ihr etwas nachweisen.« Ich gebe Friedrichs das Feuerzeug zurück. »Immerhin ist die kalabrische Küche erstklassig.«

»Sie können mich ja mal zum Essen einladen«, entgegnet Friedrichs und hält mir die Hand hin. »Auf gute Zusammenarbeit, Hauptkommissar Knoop!«

11 HEAVY POLZIN stand auf dem Dach der Hausnummer siebzehn und sah über die Stadt. Es regnete noch immer, und es würde Stunden dauern, bis er den Iro wieder in Form hatte. Aber das war egal. Irgendwer wollte sie ausräuchern, noch vor dem dritten Oktober vollendete Tatsachen schaffen. Alteigentümer aus dem Westen, Kapitalistenschweine, hatte das KWV-Männchen gesagt. Aber konnte man ihm trauen? Warum war der Kerl plötzlich so geschmeidig? Was steckte dahinter? Warum kroch er ihnen so in den Arsch?

Irgendwas stimmte an der Sache nicht, das hatte Polzin sozusagen im Urin. Womöglich waren diese Nutzungsverträge nur irgendwelche Fallstricke, um sie mit irgendeinem juristischen Trick hier rauszuknocken. Wenn man Kohle hätte, könnte man mal einen Rechtsverdreher dazu befragen. Das waren zwar auch nur irgendwelche Geldschneider, aber die hatten wenigstens Ahnung.

Klar war, dass hier irgendeine verdammte Spekulantenmafia am Werk war! Schon einmal hatten Unbekannte die Gasleitungen leckgeschlagen. Da wäre fast alles in die Luft geflogen. Und jetzt hatte es die Sechzehn getroffen. Deshalb gab es jetzt Wachen. Rund um die Uhr. Die ›Autonome Republik‹ stand auf dem Spiel.

Polzin zog an seiner Selbstgedrehten und spuckte einen Tabakkrümel aus. Wir werden uns wehren, dachte er immer wieder, egal gegen wen, aber wir werden uns verdammt noch mal wehren!

Aus allen Teilen der Stadt waren Solidaritätserklärungen eingetroffen. Das »Neue Forum« zeigte sich tief betroffen über den verbrecherischen Brandanschlag auf das »Alternative Besetzerprojekt Helmholtzplatz«, die Evangelische Kirche beklagte die Mietpreisexplosion, die immer mehr Menschen entwurzele, autonome Gruppen und Kreuzberger Besetzer riefen zu konkreten Maßnahmen gegen Wohnungsspekulantentum und Mietwucher auf und schlugen eine revolutionäre Protestdemo vor. Von Ost nach West, vom Helmholtzplatz zur Mainzer Straße und über die Oberbaumbrücke. Dann Schlesische und Wrangelstraße runter bis zum Mariannenplatz. Berufsverkehr lahmlegen, Leute aufrütteln, Maklerbüros abfackeln! Abschlusskundgebung vorm Georg-von-Rauch-Haus. Das wurde schon in den Siebzigern besetzt, das waren echte Veteranen der Bewegung.

Polzin lief langsam über das Dach und beobachtete die Umgebung. Ein einsamer Trabi knatterte über den Platz, und noch immer roch es nach Ruß und kaltem Rauch.

Diese Schweine! Die haben einen Menschen auf dem Gewissen. Missmutig sah er über das verbrannte Dachgerippe des Nachbarhauses. Ausgerechnet die Sechzehn hatte es getroffen, das Haus, das am besten in Schuss war. Da gab es fließend Wasser, Strom und sogar einen Telefonanschluss – die wussten genau, wo sie zuschlagen mussten.

Die Häuser mussten besser gesichert und zu uneinnehmbaren Festungen umgebaut werden. Auch wegen der Gefahr einer polizeilichen Räumung. Den ganzen Tag hatten sie Toreinfahrten verbarrikadiert, Kellerfenster und Kohlenschuten zugemauert. Falltüren aus alten Europaletten sicherten jeden Treppenabsatz, sodass im Notfall Etage für Etage einzeln verteidigt werden konnte.

Im Plenum hatte es endlose Debatten gegeben. Erst wegen der komischen Grundstücksübernahmeverträge, die keine Sau verstand, und dann wegen der Solidaritätsdemo. Über den Zeitpunkt und den genauen Verlauf wurde gestritten, und ob man sie genehmigen lassen sollte oder nicht. Schließlich ging es über die Grenze, und wo die Westberliner Polizei nicht lange fackelte bei nicht genehmigten Demonstrationen, ganz anders als im Ostteil der Stadt, wo die Bullen sich immer sehr zurückhielten, seit die SED-Bonzen gestürzt worden waren.

Und dann brauchte man noch ein Motto. Stundenlang wurde getextet und gedichtet: *»Vergesst die Kohle, lebt mit Verstand – und setzt nicht unser Haus in Brand«*, aber das war den meisten zu friedlich, hier ging es schließlich um die autonome Revolution, um den Kampf, wie künftig die Welt aussehen sollte: *»Es reicht, ihr habt genug gehetzt, jetzt wird die Deutsche Bank besetzt!«* Oder so ähnlich. Und noch immer gingen Polzin die absurdesten Reime durch den Kopf: *»Das Haus war ihm nicht lieb, nur teuer – jetzt fängt der Spekulant mal Feuer«*.

Am Ende hatten sie sich ganz pragmatisch auf »ANARCHIE STATT KAPITALISMUS« geeinigt und auf eine Demo durch die Stadt verzichtet. Stattdessen sollte es ein Protestcamp geben, eine Wagenburg direkt auf dem Helmholtzplatz, mit einer Bühne für Redner und cooler Mucke. Ein autonomes Hardcore-Festival am dritten Oktober. Schwarz-rot statt Schwarz-rot-gold. Punk statt deutsche Hymnen. Denn in einem hatte das KWV-Männchen recht. Die deutsche Einheit war nicht das Ende, im Gegenteil: Die Revolution ging in die nächste Phase.

Plötzlich ein Geräusch, ein Knacken im Walkie-Talkie. Hastig hielt es sich Polzin ans Ohr.

»Is was?«

»Keene Ahnung«, hörte man Spinne heiser flüstern: »Hier schleicht, gloob ick, jemand durch die Büsche.«

»Wo?«

»Hinterhaus.«

»Ich komme!« Polzin sprang zur Dachluke, sprintete das Treppenhaus hinunter und war in weniger als fünfzehn Sekunden im Hof.

Spinne hatte hinter ein paar rostigen Mülltonnen Deckung bezogen und beobachtete angestrengt eine Gestalt, die sich lautlos an der Fassade vom Hinterhaus über eine brüchige Ziegelmauer gleiten ließ und langsam näher kam.

»Sausack«, flüsterte er leise.

»Psst!« Polzin hielt ihm den Mund zu, denn die Gestalt hatte offenbar etwas mitbekommen und verharrte.

Ein Windzug strich über die schon herbstlich gelben Fliederbüsche im Hof. Irgendwo knarrte ein Fensterrahmen, Laub flatterte umher.

Die Gestalt setzte sich vorsichtig wieder in Bewegung und verschwand im Schatten des Hauses. Kurz darauf hörte man es leise knacken.

»Los!« Polzin sprang auf, Spinne wetzte hinterher. Wenig später hatten sie die Gestalt überwältigt. Ein Brecheisen schlidderte über den brüchigen Asphalt im Hof, man hörte ersticktes Wimmern. Polzin zog eine Taschenlampe hervor und leuchtete der Gestalt ins schreckverzerrte Gesicht.

»Dark?« Polzins Gesicht entspannte sich, und er ließ den Jungen los: »Mann, Dark! Was kletterste hier denn so heimlich rum?«

»Wat soll ick 'n machen, wenn ihr hier allet verrammelt.« Er richtete sich auf und klopfte sich den Staub von den Sachen. »Wat is eigentlich los? Ick will nach Hause und find 'ne Ruine, bullenmäßig abjesperrt.«

»Brandstiftung«, setzte ihn Polzin ins Bild, »letzte Nacht. Die Polizei ermittelt.«

»Shit!«

»Mensch, die haben 'n Toten jefunden«, setzte Spinne hinzu. »Wir dachten, det bist du!«

»Bin ick aba nich.« Dark guckte unschuldig. »Siehste ja.«

»Ein Glück, wa?« Spinne lächelte erleichtert. »Darauf 'n Pivo.«

»Und wat is jetzt mit meinen Sachen?«

»Asche«, antwortete Polzin lakonisch. »Dafür 'ne Leiche. In deiner Bude!«

»Wat? Bei mir?« Dark riss erschrocken die Augen auf.

Polzin sah ihn ernst an. »Vielleicht Melly?«

»Nee, die war mit mir unterwegs.« Dark stützte sich an einer der Mülltonnen ab. »Wir hatten 'n Gig mit der ANORAK ZONE. War ordentlich wat los. Und auf dem Rückweg sind wir von der Straße abjekommen. Scheiß Regen! Die Karre ist total Schrott, ey.«

»Und wo ist Melly jetzt?«

»Hat ihren Papi angerufen.« Dark winkte ab. »'n Bulle. Da musste ick natürlich weg.«

Polzin sah Spinne nachdenklich an. »Dann kann's nur Ernscht sein.«

»Ernscht?« Dark verstand kein Wort.

»Der Schwabe«, wurde Polzin deutlicher. »Ist der Einzige, der noch vermisst wird.«

»Wat, der Kleene? Der ist doch höchstens fuffzehn.« Dark war fassungslos. »Scheiße. Wat macht der denn in meiner Bude?«

»Keene Ahnung.« Spinne seufzte. »Tot rumliegen?«

»War ja 'n ziemliches Durcheinander.« Polzin hob die Schultern. »Vielleicht hat er den Ausgang gesucht und sich im Qualm verirrt.«

»Der Ärmste.« Spinne schüttelte den Kopf. »Ick hab imma jesacht, Berlin is nüscht für den. Der hätte mal schön bei Mama im Schwabenländle bleiben solln.«

»Das hätte uns hier alle erwischen können.« Polzin ballte die Fäuste. »Die wollen uns raus haben. Dafür gehen die über Leichen.«

»Aber wer?« Dark verstand es nicht.

»Wat weeß ick?« Spinnes Stimme überschlug sich. »Irgendwelche Immobilienheinis, Spekulantenfuzzis, Arschlöcher, Geldsäcke ...«

»Auf jeden Fall Mörder«, unterbrach Polzin Spinnes Wortfluss. »Eiskalte Killer.« Er nickte Dark zu. »Okay, ich muss wieder hoch aufs Dach. Brandwache.«

»Mach ma.« Dark hob die Hand. »Ick hau wieder ab.«

»Wo willste denn hin?«

»Weeß ick noch nich«, antwortete Dark, »irgendwo schlafen. In meine Bude kann ick ja nun nich mehr.«

»Du kannst bei mir pennen«, bot ihm Polzin an, aber Dark lehnte ab:

»Nee, lass mal!« Er grinste. »Da geh ick lieba ins Hotel, wa?«

»Du musst es ja haben.«

»Vielleicht. Nur Zigeuner ham keene Reserven, wie meine Oma immer zu sagen pflegte.« Dark nickte den beiden anderen zu und verschwand wieder über die Mauer.

»Wat ist denn mit dem los?« Spinne war baff.

»Wer weiß?« Polzin wandte sich ab. »Vielleicht hat er im Lotto gewonnen.«

Wenig später hielt ein Taxi vor dem hell erleuchteten Portal des Hotels INTERCONTINENTAL in der Budapester Straße.

Dark stieg lässig aus, drückte dem Fahrer einen großen Schein in die Hand und schlenderte durch die gläsernen Drehtüren ins Foyer.

Der Nachtportier hob skeptisch die Augenbrauen, als er den abgerissenen Punk mit der großen Schramme auf der Stirn hereinkommen sah.

»Sie wünschen?«

»Na, wat wohl?« Dark sah sich um. »Wat wünscht der Mann von Welt, wenn er 'n Hotel betritt? – 'n Zimmer natürlich, oda ist det hier 'n Parkhaus?«

»Ein Parkhaus haben wir auch«, knurrte der Portier feindselig, »in der Tiefgarage. Soll ich es Ihnen zeigen?«

»Nee, danke!« Dark lehnte sich mit großer Geste an den Tresen. »Ick zieh 'ne nette Suite vor! Irgendwat Feinet mit Sprudelbadewanne und moderner Kunst an den Wänden. Hamse so wat?«

»Aber natürlich.« Der Portier sah Dark aufmerksam an und winkte unauffällig einem muskulösen Boy, der vermutlich Rausschmeißerqualitäten besaß. »Dafür bräuchte ich Ihren Ausweis und eine Kreditkarte.«

Dark zückte einen britischen Pass und legte ihn auf den Tresen. »Im Übrigen jehöre ick zur aussterbenden Spezies der Barzahler. Nehmse auch Jeld?«

»Nur bei Vorkasse.« Der Portier blätterte irritiert den Pass durch. »Wie viele Tage wollen Sie denn bleiben, Mister McCloud?«

»Wird sich zeigen.« Dark zog ein dickes Geldbündel aus der Innentasche seiner arg mitgenommenen Lederjacke. »Reicht det für 'n Anfang?«

Dem Portier klappte für einen Moment der Unterkiefer herunter. »Selbstverständlich«, hauchte er etwas kurzatmig und bedeutete dem Muskelboy, sich wieder zu trollen. »Moderne Kunst und Whirlpool, sagten Sie? – Dann kann ich Ihnen die Lake-Side-Suite empfehlen. Sehr ruhig und mit einem phantastischen Blick auf den Tiergarten mit dem Neuen See.« Er nahm das Geldbündel an sich, winkte dem Liftboy und zwang sich zu seinem allerschönsten Lächeln. »Schon Andy Warhol war in dieser Suite zu Gast.«

»Soll ick ihn schön grüßen?«, gab Dark zurück.

Der Portier lachte umständlich und schob eine Schlüsselkarte über den Tresen. »Also: *Welcome in Berlin, Mister McCloud!*«

»Nun brechense sich ma nich die Zunge ab«, winkte Dark großzügig ab, »Ihr Englisch kann nich halb so jut sein wie *my German spoke*, allet klar?«

»*Of course*«, nickte der Portier eifrig. »Haben Sie Gepäck, Mister McCloud?«

»Nö«, erwiderte Dark und beugte sich mit geheimnisvoller Miene vor. »Ick bin sozusagen inkognito hier. Zahnbürste und Bademantel werden ja wohl auf dem Zimmer sein.«

»Bademantel ja, für Ersteres wird umgehend gesorgt«, beeilte sich der Portier, »wir haben selbstverständlich auch einen Schneider im Haus, einen Frisiersalon ebenso et cetera, et cetera ...«

»Nüscht jegen meine Frisur«, mahnte Dark und folgte dem Liftboy. »Und Frühstück erst ab zehne, klar?«

»Natürlich, ähm ... Ja.«

Der Portier sah Dark verwirrt nach und wartete, bis er in einem der Fahrstühle verschwunden war.

Dann nahm er das Geldbündel wieder an sich, zog unauffällig einen Zweihundertmarkschein heraus und ließ ihn routiniert in seiner Jackentasche verschwinden, bevor er zum Telefon griff, um die Polizei zu verständigen.

12 SCHEINWERFERBATTERIEN beleuchten Scheune und Hof wie eine Filmkulisse. Die Spurensicherer haben alles abgesperrt. Bis sie ihre Arbeit getan haben, müssen wir Ermittler draußen bleiben – das hat Jürgen Damaschke so entschieden, nachdem vor einem halben Jahr eine Ermittlung fast in die Hose gegangen war, weil die Hauptspuren in der Wohnung des Mordopfers schließlich zu einem völlig harmlosen Kriminaltechniker führten, der nur seine Arbeit gemacht hatte.

Nicht auszudenken, wenn wir oder andere Kollegen aus der Keithstraße die Panne zu verantworten gehabt hätten. So aber war Damaschke der Dumme, und seither verfügte er als Chef der Spurensicherung absolute Quarantäne über jeden Tatort, bis alle Spuren gesichert waren.

»Wann sind schon alle Spuren gesichert«, lästert Hünerbein, »gab es schon mal irgendwas von denen, was uns zum Täter geführt hat? – Nee! Spuren werden total überschätzt! Zumindest, wenn die Mafia im Spiel ist.«

Als erfolgreicher Fahnder muss er das wissen, und deshalb widerspreche ich ihm nicht, obwohl ich auch kein schlechter Ermittler, aber ganz entgegengesetzter Meinung bin.

So stehe ich relativ gespannt am Rande der Absperrungen und warte auf erste Ergebnisse, während mein dicker Kollege Hünerbein in seinem Mercedes mit Ostkommissar Friedrichs fröhliches Wiedersehen feiert.

»Und als Sie dann Damenunterwäsche auf den Tisch gelegt haben ...« Friedrichs lacht drauflos. »Also das war ...«

»... wenn es wenigstens Reizwäsche gewesen wär.« Auch Hünerbein grölt. »Schwarz mit viel Spitze ...«

»... da dachte ich wirklich: Jetzt ... jetzt will er mich provozieren! Mit einem West-BH!«

Beide wiehern wie pubertäre Schuljungs.

»Dabei war der BH aus dem Osten«, erklärt Hünerbein kichernd.

»So was hat meine Frau nie getragen«, quiekt Friedrichs, »so flotte Dessous gab's bei uns nur im Exquisit!«

»Sind die schwul?«, erkundigt sich Melanie und zieht sich fröstelnd die Decke enger um die Schultern, weil ihre Kleider ja immer noch recht feucht sind.

»Schwule haben keine Frauen«, erwidere ich knapp, doch für Melanie ist das nur ein weiterer Beweis, dass ich keine Ahnung vom wahren Leben habe.

»Warum sind Sie eigentlich nicht mehr im Präsidium am Alexanderplatz?«, fragt Hünerbein, und Friedrichs antwortet:

»Weil ich mir von Wessis nicht meine Arbeit erklären lassen will. Wenn ich allerdings gewusst hätte, dass Sie das übernehmen, hätte ich es mir vielleicht noch mal überlegt.«

»Kommen Sie doch zurück.«

»I wo. Ich höre rechtzeitig zur Wiedervereinigung auf. Am Dritten ist Schluss – das lohnt nicht mehr.«

»Dreck am Stecken?«

»Quatsch! Rentner.«

Hünerbeins Bedauern ist spürbar, aber Friedrichs tröstet ihn. »Aber wenn Sie mal meine kriminalistische Hilfe brauchen: Jederzeit!«

Ich frage mich, ob Hünerbein seinen Flachmann herausgeholt hat, weil die beiden so aufgekratzt sind.

»Hauptkommissar, kommste mal?«

Damaschke holt mich aus meinen Gedanken und hebt die Absperrung so an, dass ich bequem drunter durchtauchen kann, ohne mich allzu tief bücken zu müssen.

»Aber dicht hinter mir bleiben!«

»Klar doch, Jürgen«, beruhige ich ihn. »Was hast du denn für mich?«

»Na ja, wenn du mich fragst, sieht alles nach klassischem Freitod aus.« Damaschke stiefelt voran auf die Scheune zu. »Das Opfer hat sich noch mal fein gemacht, Leiter hoch, Strick um den Hals und dann die Leiter umgeworfen. So läuft das meistens.«

»Aber die wenigsten stecken vorher noch ihre Wohnungen in Brand.« Ich sehe, dass die Leiche noch immer im Raum hängt.

»Auch das soll schon vorgekommen sein. Nein, mich wundert etwas anderes.« Damaschke nimmt die Hände des Toten in seine behandschuhten Finger. »Sieh dir das mal an!«

Die Innenseiten der Hände sind blutig abgeschürft.

»Das heißt?«

»Er muss sich am Strick festgehalten haben«, erklärt Damaschke, »was ungewöhnlich ist, denn normalerweise stirbt man bei dieser Art des Freitodes sehr schnell noch während des Falls durch Genickbruch – da ist keine Zeit mehr zum Festhalten, verstehste?«

»Mhm«, mache ich, »und was sagt die Rechtsmedizin dazu?«

»Den Totengräber habe ich an die Leiche noch nicht rangelassen«, grinst Damaschke, »der wartet seit einer Stunde auf seinen Einsatz.«

»Und springt vermutlich im Dreieck.«

»Geschieht dem arroganten Knochen recht. – Und noch was.« Damaschke bückt sich und deutet auf einen Schuhabdruck am Boden. »Eine ziemlich grobe Sohle, vermutlich Größe sechsundvierzig.«

»Vom Täter?«

»Jedenfalls nicht vom Toten«, antwortet Damaschke, »wir haben zwar diverse Sorten von Gummistiefeln gefunden, aber Schuhgrößen und Sohlenprofil stimmen nicht überein. Außerdem ist der Abdruck sehr tief. Im Gegensatz zu diesem hier.«

Der Spurensicherer zeigt mir einen weiteren Schuhabdruck mit demselben Profil und circa vierzig Zentimeter vom ersten entfernt.

Beide Abdrücke sind mit weißen Schildchen und Nummern versehen.

»Du meinst …« Ich schaue zum Heuboden rauf.

Damaschke nickt. »Da ist jemand runtergesprungen. Das ist ein eindeutiges Sprungprofil.«

Was für 'ne miese Nummer, denke ich. Irgendjemand lauert dem armen Bauern auf dem Heuboden auf. Damit der auch kommt und schön die Leiter hochklettert, wird das Radio da oben postiert und laut gestellt. Der Alte taucht planmäßig auf, klettert die Leiter hoch, um das Radio runterzuholen, und dann … – Ich spüre einen stechenden Schmerz im Hals. Wirklich eine ganze miese Nummer!

»Sind oben auf dem Heuboden Spuren?«

»Nichts Verwertbares auf den ersten Blick.« Damaschke schüttelt den Kopf. »Aber wir sind da noch nicht fertig. Der Sohlenträger hier jedenfalls hat sein Motorrad hinter der Scheune abgestellt. Die Spuren sind eindeutig, können aber nicht genau zugeordnet werden.« Damaschke zuckt bedauernd die Schultern. »Der Regen.«

»Verstehe.« Man kann von Damaschke halten, was man will, als Spurensicherer ist er sein Geld wert. »Sonst noch was?«

»Nee. Wenn noch irgendwelche Spuren im Haus waren, sind sie durch den Brand vernichtet worden.«

»Dann war es Brandstiftung«, konstatiere ich. »Um Spuren zu verwischen.«

Damaschke grient. »Das rauszufinden, ist dein Job.«

»Vielen Dank.« Ich schaue noch mal auf die frei im Raum baumelnde Leiche. »Und lasst den Totengräber rein, damit der arme Kerl endlich vom Strick kommt.« Ich will gehen, doch Damaschke schiebt sich eilig vor mich und tänzelt voran.

»Bitte direkt hinter mir bleiben und nicht ausscheren, ja?«

»Alles klar«, versichere ich und trotte ihm vorsichtig nach.

»Und?«, fragt Hünerbein, als ich mich in den Fond seines Wagens fallen lasse.

»Sieht tatsächlich nach Mord aus.« Ich schildere, wie ich mir den Tatablauf vorstelle, und berichte von den Spuren, die Damaschke gesichert hat.

Hünerbein nickt nachdenklich. »Dann war's nicht die Mafia.«

»Wieso nicht?«

»Weil die nie Spuren hinterlassen würden«, erklärt Hünerbein, »das regeln die eleganter.«

»Also für mich sieht das schon ziemlich nach perfektem Mord aus«, widerspreche ich, »wer achtet schon auf solche Spuren, wenn alles für Freitod spricht.«

»Vergessen Sie den Kaufvertrag nicht«, mischt sich Friedrichs ein, »der konterkariert alles!«

Ich sinne noch über den seltsamen Begriff »konterkariert« nach, da ist mir plötzlich klar, dass das der eigentliche Korken ist: Nicht die Fußspuren, Quatsch! Der Kaufvertrag ist das Problem.

»Wenn tatsächlich die D'Annunzios hinter der Sache stecken würden, hätten sie doch nie den Kaufvertrag zurückgelassen. Oder?«

»Vielleicht gerade deshalb«, mutmaßt Hünerbein, »weil Sie genau wissen, dass wir so denken.«

»Oder Sie haben das Ding einfach vergessen«, sagt Friedrichs, »irgendwann macht jeder mal 'nen Fehler: auch die Mafia!«

Wie auch immer. Es ist viel zu früh, irgendwelche Schlüsse zu ziehen, und ich bin viel zu müde.

»Habt ihr was dagegen, wenn ich meine Tochter nach Hause fahre?«

»Mach mal«, erklärt Hünerbein großmütig, »wir halten hier die Stellung.«

»Danke.« Ich öffnet die Fondtür. »Dann gute Nacht.«

»Ihnen auch«, wünscht Friedrichs. »Wir sehen uns.«

»Bis bald.« Ich will aussteigen, doch Hünerbein dreht sich zu mir um und legt mir seine fette Pranke auf die Schulter.

»Übrigens: Ich bin sehr froh, dass Melanie lebend zu dir zurückgefunden hat.«

»Ja«, nicke ich, »ich auch.« Obgleich ja eigentlich ich es war, der zu ihr gefunden hat. Durch Wildnis und Dauerregen. »Nacht, Harry!«

Ich steige aus und sehe mich nach Melanie um. Sie hat sich unter das Vordach der Hofeinfahrt geflüchtet, weil es schon wieder zu regnen angefangen hat, und zittert trotz Decke wie Espenlaub.

»Komm Spatz! Wir fahren.«

»Wurde ja auch Zeit!« Melanie kommt heran, und ich nehme sie fest in den Arm.

»Übrigens wartet deine Mutter zu Hause auf dich!«

»WAS?!«

»Freust du dich etwa nicht?«

»Nur, wenn du ihr nichts vom Dope erzählst.«

»Es ist deine Mutter, Melanie.«

»Weiß du, was die für 'ne Panik macht? Die dreht total durch!«

»Du hast doch gehört, was der Kommissar gesagt hat: Wer Scheiße baut, muss auch die Konsequenzen tragen.«

»Dark hat die Scheiße gebaut, nicht ich.«

»Du hast mitgekifft.«

»Na und? Kiffen doch alle.«

Was sicher übertrieben ist.

»Du schließlich auch«, setzt Melanie hinzu und kuschelt sich enger an mich.

Woher weiß sie denn das jetzt schon wieder?

Sie muss die Pipe im Nachtschrank gefunden haben, überlege ich und schließe die Tür meines Wagens auf.

13 SAMSTAGS WAR Damenwahl! Da blieb Mann nicht zu Hause. Schon gar nicht ein Kerl wie Heini Boelter!

Das vergangene halbe Jahr war ganz gut gelaufen für ihn. Tantchen Frieda war dummerweise gestorben, hatte ihm aber immerhin ihr Sparbuch mit sechstausend Mark hinterlassen, sodass Boelter endlich seinen alten Traum wahr machen konnte, und der hieß, bei aller Liebe zum weiblichen Geschlecht: Unabhängigkeit.

Gerade jetzt, wo überall Westen war, war Flexibilität überlebenswichtig – und deshalb kündigte Boelter den Job als abhängig beschäftigter Taxifahrer beim VEB Taxi Berlin (oder Spreefunk, wie er jetzt hieß), um sich selbstständig zu machen. Nicht mit einem Mercedes, nein, seine Taxe war besonders.

Bei einem Schrotthändler hatte er einen alten 56er Plymouth Savoy aufgetan, ein geiles Teil mit Heckflosse und roten Ledersitzen. Ein Traumwagen, der Heini schlaflose Nächte bereitete. Wochenlang hatte er in seiner kleinen Garage verbracht, wo er schraubte, schweißte und umlackierte, um so seinem automobilen Liebling in mühsamer Kleinarbeit wieder zu alter Schönheit zu verhelfen. Schnecke hatte irgendwann keinen Bock mehr gehabt und war eifersüchtig abgehauen, aber was soll's: Umgespritzt und mit schwarzweißen Zierstreifen versehen war aus dem Plymouth ein richtiges New Yorker Yellow Cab geworden, sogar erfolgreich durch den West-TÜV gekommen und zur gewerblichen Personenbeförderung zugelassen worden.

Blöd war nur, dass dieser Borsalinohut wieder aufgetaucht war. Offenbar hatte Heini Boelter in der internationalen Agentenszene punkten können. Im freien Spiel geheimer Mächte sozusagen. Zwar hatte er diesmal gut zehn Mille kassiert, dafür hatte es der Auftrag in sich. Verdammt noch mal, so eine Scheiße aber auch, war Heini etwa der Mann fürs Grobe? Nee, war er nicht, und deshalb schwor er Stein und Bein, künftig auf Ausflüge ins Agentenmilieu zu verzichten. Er war zu alt für derartige Abenteuer, diesen nervlichen Stress hielt er nicht aus. Viel lieber fuhr er als »The Checker« und freier Taxifahrer durch die Straßen und riss nebenher ein paar Weiber auf.

Die gab's wie Sprotten in der Ostsee. Man musste nur wissen, wo man fischen gehen konnte, und etwas mehr Zeit für die Elvistolle aufbringen. Dazu ordentlich Old Spice unter die Achseln gesprüht, ein enges Shirt übergezogen und die rot-weiße Lederjacke mit den passenden Buffalos aus dem Schrank geholt, bevor es im Plymouth in die Auguststraße ging.

In »Clärchens Ballhaus« war immer Damenwahl, hier hatte die Tanzkapelle noch den original Rockabilly-Sound drauf und spielte Stücke von Johnny Burnette, Eddie Cochran und Buddy Holly. Der richtige Ort, um die Agentenkohle auf den Kopf zu hauen.

Boelter liebte es, wenn die Tischtelefone aufleuchteten und er seine Blicke durch den Raum schweifen lassen konnte, um herauszufinden, welcher Zuckerschnute wohl die süße Stimme im Hörer gehören mochte. War es die Kunstblonde da drüben, schon etwas ältlich, aber sicher hungrig im Bett? Oder die Dunkle am Fenster, die mit den schönen Beinen in dunkelblau schimmernden Leggings?

Manchmal konnte man sich furchtbar täuschen, da stellte sich die erotische Flüsterin am anderen Ende der Leitung bald als entsetzliche Zicke mit Torschlusspanik heraus. Vor denen musste man sich in Acht nehmen: Frauen um die vierzig mit drängendem Ehe- und Kinderwunsch. Berlin war voll davon. Hier wurde man als alleinstehender, unabhängiger Mann regelrecht gejagt – dabei wollte Heini doch nur sportlich fischen gehen.

Heiliger Strohsack, was für eine Käthe! Boelters Blick saugte sich an einer Enddreißigerin im Dirndl fest. Ja, Himmel, Arsch und Zwirn, wer hatte die denn hier geparkt? Ein Vorbau wie aus 'ner Weißbierreklame, dazu stramme, aber wohlgeformte Waden – Boelter mochte es, wenn die Damen etwas draller waren. Tischnummer zwölf, soso …

Er wartete, bis die Kapelle seinen Song spielte, »Good Rockin' Tonight«, jeden Abend kurz nach eins. Dann orderte er einen Drink für die ins Auge gefasste Dame, »irgendwat Buntet mit Kirsch und Curaçao«, und tänzelte, noch während die dralle Schönheit darüber rätselte, wer ihr den Cocktail spendiert hatte, rüber zu ihrem Tisch.

»Hi, Baby!«

Niemand konnte so heiß »Hi, Baby« sagen wie Heini Boelter. Zog er dabei noch seine rechte Augenbraue hoch, schmolzen die Damen dahin wie weiche Butter. Und auch heute wäre es so gelaufen, wenn nicht im selben Moment, da er »Hi, Baby« sagen wollte, das dämliche Tischtelefon geklingelt hätte.

Wer, verflucht noch mal, rief jetzt an? Es musste doch jeder sehen, dass Heini Boelter längst an der Zwölf in Aktion war! Er wollte schon seine Hand auf den Hörer legen, die Dame dabei lässig ansehen und ihr mit schönstem Elvislächeln klarmachen, dass jeder Anruf ohnehin vergebens war – da hatte das Dirndl-Mädchen die Muschel schon am Ohr.

»Ja, hallo?« Irritiert sah sie auf. »Ein Mann mit rot-weißer Lederjacke? – Ja, steht vor mir. Was soll ich dem …? – Okay.« Sie legte den Hörer verwirrt auf die Gabel zurück und starrte Heini Boelter mit großen Augen an.

»Hi, Baby«, machte der.

»Guten Abend«, erwiderte die dralle Oberweite und deutete nach hinten in Richtung der Toiletten. »Da hat gerade jemand angerufen. Er erwartet Sie auf der Toilette.«

Jetzt war Boelter irritiert. »M-mich?«, fragte er. »Bin ick schwul, oder wat?«

»Woher soll ich das wissen«, antwortete die Dame im Dirndl beleidigt und wandte sich demonstrativ der Kapelle zu.

»Nee, bin ick nu absolut nich«, stellte Boelter klar, »und det werde ick der beknackten Homobacke auf dem Klo jetzt mal ins Maul tätowieren. – Bis gleich, Süße!«

Er stiefelte durch den Saal, enterte den schmalen Gang an den Zigarettenautomaten entlang und riss sämtliche Toilettentüren auf. Aber da war niemand. Allmählich wurde Boelter sauer. Was für ein durchsichtiger Trick, ihn von der Dirndl-Dame wegzuholen. Und er fiel auch noch darauf rein! Nicht zu fassen.

Er wollte gerade wieder in den Ballsaal zurückkehren, als plötzlich in seinem Kopf etwas explodierte. Elvis im Sternenregen, »Good Rockin' Tonight« in unendlichen Weiten. Und die dralle Dirndl-Käthe. Mit ausgebreiteten Armen und seligem Lächeln schwebte sie durchs Universum davon, bevor es Nacht wurde um Heini Boelter.

Als er wieder zu sich kam, vernahm er zunächst das sonore Brummen seines Plymouth Savoy. Geiler Motor. Fünfzylinder, schnurrt wie ‘ne Eins.

Merkwürdig war nur, dass Boelter nicht hinter dem Steuer saß. Im Gegenteil, er lag auf der schönen roten Ledersitzbank im Fond. Wer aber fuhr den Wagen?

Boelter wollte sich aufrichten, was nicht einfach war, denn seine Hände waren wie gelähmt. Es brauchte eine Weile, bis er begriff, dass man sie ihm auf dem Rücken zusammengebunden hatte. Mist, verfluchter! Was war denn jetzt los?

Mühsam rappelte er sich so weit auf, dass er zum Fahrersitz rüberschielen konnte. Träumte er? Da saß doch der Borsalinohut. Was wollte der denn schon wieder, wieso fesselte der ihn? Hatte Boelter nicht alles zur Zufriedenheit erledigt? War er nicht die Zuverlässigkeit in Person?

Furcht beschlich ihn. War er der Mohr, der nicht mehr gebraucht wurde? Der Mann, der zu viel wusste?

»Mhmpfff ...«, machte Boelter, da ihm der Mund mit Klebeband verkleistert war.

»Sie sind ein Idiot«, sagte der Mann mit dem Borsalinohut. »Normalerweise sind Taxis die unauffälligsten Fahrzeuge, die man sich denken kann. Aber was machen Sie? – Schaffen sich so einen barocken Amischlitten an.«

War das ein Grund, ihn gleich umzubringen?

Panik stieg in Heini Boelter auf, denn der Plymouth holperte einen unebenen Waldweg entlang.

Wohin bringt der Kerl mich, dachte er mit zunehmender Verzweiflung, Mann, ick seh nur noch Bäume, det is hier schon jottwede.

Der Wagen stoppte scharf, und Boelter rutschte in den Fußraum zwischen Vordersitzen und Rückbank. Kurz darauf wurde die Fondtür aufgerissen. Eine Hand im schwarzen Lederhandschuh packte ihn – »mhmpff, mhmpff, mhmpff«, protestierte Boelter – und zerrte ihn heraus.

Wenig später kniete er gefesselt auf dem matschig kalten Waldboden. Mitten in der Nacht, dem Mossad oder irgendeiner anderen wahnsinnig kaltblütigen Geheimorganisation hilflos ausgeliefert.

»Wissen Sie eigentlich«, knurrte der Mann mit dem Borsalinohut und riss ihm dem Knebel vom Mund, »dass der Wald hier voller Wildschweine ist? Gefährliche Tiere, soweit ich weiß. Einem Nachbarn von mir haben sie den Rottweiler zerrissen. Obgleich diese Hunderasse ja eigentlich für die Wildschweinjagd ausgebildet ist. Das wurde dem armen Köter offenbar zum Verhängnis: Die Wildschweine haben ihn regelrecht aufgefressen. Nichts ließen sie übrig von ihm.«

»W-wat wollnse denn von mir«, flüsterte Boelter mit angstvoll aufgerissenen Augen, »wat hab ick jetan?«

»Genau das will ich von Ihnen wissen.« Der Mann hockte sich nieder und sah Heini Boelter durch seine dunkle Sonnenbrille an. »Was haben Sie getan an jenem kühlen Nachmittag des fünfzehnten Januar? Beim Sturm auf die Stasizentrale?«

Boelter spürte, wie sein Augenlid nervös zu ticken begann.

»Wat wollnse denn immer mit die Vergangenheit?«, rief er verzweifelt, »allet ist im Aufbruch, keene Sau interessiert sich noch für die Stasi!« Er fing an zu heulen. »Mann, det is doch so ‘ne Art Jründerzeit jetzt, alle erfinden sich neu, und och ick arbeite an mein’m Uffschwung. Wie so ‘ne kleene Blume, die nach einem langen Winter endlich wachsen will.« Er schniefte erbärmlich. »Und wat machen Sie? Wer'n die Scheißstasi nich los! – Soll ick jetzt etwa deswegen sterben?«

»Das werden Sie«, versprach der Mann mit dem Borsalinohut, und in seiner Sonnenbrille reflektierten sich die von den Scheinwerfern des Plymouth angestrahlten herbstlichen Bäume im Wald, »wenn Sie mir nicht augenblicklich sagen, was damals gelaufen ist.«

»Na nüscht«, rief Boelter und kassierte einen kräftigen Schlag mit dem Rücken der behandschuhten Hand. Gefesselt, wie er war, fiel er der Länge nach in den Matsch und versaute sich so die teure Lederjacke. Tränen der Wut und des Schmerzes stiegen ihm in die Augen.

»Schluss jetzt, Boelter!« Der Mann packte ihn am Kinn. »Was verschweigen Sie mir?«

»Ehrlich, ick …«

Krack! Heini hatte das Gefühl, als würde es ihm den Kopf wegsprengen. Jetzt lag er rücklings im Matsch. Boelter schloss entsagungsvoll die Augen und wimmerte drauflos:

»Ick hab doch allet jemacht! War doch allet korrekt. Sie haben Ihre Scheißakten doch bekommen …«

»Richtig, und Sie haben dafür kassiert, nicht wahr?« Der Borsalinohut ging zum Wagen zurück. »Wissen Sie, Heinrich, ich mag es nicht, wenn man mir etwas vorenthält. Sie lügen mich an.«

»Niemals«, beteuerte Boelter, und er hätte die Hand zum Schwur gehoben, wenn er sie hätte zücken können. So aber blinzelte er nur seinen Peiniger mit flackernden Lidern an.

Der öffnete den Kofferraum des Plymouth und zog den schweren Wagenheber heraus.

Auweia, jetzt erschlägt er mich, dachte Boelter entsetzt, der schlägt mich hier in diesem finsteren Wald einfach tot, und dann fressen mich die Wildschweine …

Und tatsächlich holte der Borsalinohut aus zum Schlag. Schnell versuchte sich Boelter wegzurollen, doch schon krachte es entsetzlich. Glassplitter flogen herum, rote vor allem und gelbe.

Es dauerte einen Moment, bis Boelter verstand: Nicht ihm hatte der Schlag mit dem Wagenheber gegolten, sondern dem Plymouth. Eine der herrlichen verchromten Heckflossen mit den sorgsam geputzten Rückleuchten war zertrümmert worden.

Nicht auch noch das, dachte Boelter fassungslos, was für ein Alptraum! Nicht auch noch die Zerstörung meines automobilen Traumes!

»Bleiben Sie immer noch dabei?«, fragte der Borsalinohut. »Verschweigen Sie mir immer noch nichts?« Wieder hob er den Wagenheber, um die andere Heckflosse zu Schrott zu schlagen, da schrie Boelter gellend:

»Nicht! Lassense! – Ick jestehe allet!«

Der Mann mit dem Borsalinohut ließ den Wagenheber sinken und wandte sich vom Plymouth ab.

»Schön«, sagte er, »ich wusste, dass Sie ein vernünftiger Mann sind. Ein richtig cleverer Bursche, nicht war?« Er hockte sich wieder vor Boelter hin. »Soll ich raten? Sie wollten zweimal kassieren. Sie sind nicht dumm, haben die Brisanz der Akten entdeckt und sich Kopien gemacht, richtig?«

»Nich icke!« Boelter schüttelte heftig den Kopf. »Det war 'n anderer.«

»Ach? – Und wer?«

»Woher soll ick det wissen?« Boelter sah erbärmlich aus. »Da war plötzlich so 'n Kerl! Bedroht mich mit 'ner Knarre und nimmt mir die Akten ab.«

»Und dann?«

»Schiebt er sie in so 'n Teil.« Boelter schüttelte die zusammengebrochene Elvistolle. »Mensch, ick wusste doch damals jar nich, wat det war. Heute is klar, det war 'n Fotokopierer. Aba damals? Ick meine, rein technologisch lebten wir im Osten ja so ziemlich uff 'm Mond, wa?«

»Okay, der Mann macht sich Kopien. Und dann?«

»Jibt er mir die Originale zurück.« Boelter seufzt. »Ick musste schwören, niemandem wat zu sagen, ehrlich!«

»Würden Sie den Mann wiedererkennen?«

»Nie im Leben«, Boelter wollte den Kopf schütteln, bekam aber jetzt einen Tritt in die Magengrube, dass ihm sekundenlang die Luft wegblieb.

»Würden Sie ihn wiedererkennen?«, wiederholte der Mann mit dem Borsalinohut.

»Okay, okay«, japste Boelter, »ick versuch's …«

»Gut.« Der Mann packte ihn und zog ihn hoch. »Dann müssen

die Wildschweine noch ein bisschen warten«, er stieß Boelter zum Wagen zurück, »vorwärts, Sie fahren!«

»Ja, wie denn?« Boelter ruckelte an seinen Fesseln.

»Schon gut.« Der Mann schnitt ihm die Stricke durch. »Besser?«

»Viel besser.« Boelter straffte sich. »Aba die Rückleuchte ersetzen Sie!«

»Vergessen Sie's!« Der Mann setzte sich in den Fond. »Abfahrt!«

»Kann ick hier irgendwo wenden?« Boelter fuhr vorsichtig rückwärts den Waldweg entlang. »Wo wollnse überhaupt hin?«

»Ein Stückchen weiter führt rechts ein Weg ab, den fahren Sie lang. Von dort kommen wir auf den Hüttenweg, und dann sage ich Ihnen, wie's weitergeht.«

Boelter tat, wie ihm geheißen, und fuhr auf den Hüttenweg. Eine schmale asphaltierte Straße durch den Grunewald.

Er spürte, wie seine Hände am Steuer zitterten. Mann, ick sitz voll in der Scheiße, dachte er mit düsteren Vorahnungen. Denn was würde weiter passieren? Der Mann mit dem Borsalinohut ließ nicht locker, das war eindeutig. Der würde ihn so lange schikanieren, bis sie den Typen aus dem Stasikeller gefunden hatten. Und dann? Heini Boelter zwischen verfeindeten Agenten? Das musste Mord und Totschlag geben, und am Ende würde er selbst sterben, egal, wer den Kampf gewann. Zeugen müssen immer sterben, dieses Gesetz wurde noch nicht mal in den schlechtesten B-Movies ignoriert.

Nee, dachte Heini Boelter, ick muss irgendwie aus dieser fiesen Nummer raus – und zwar endgültig.

Vorn tauchten ein paar schwache Lichter auf. Gaslaternen und rechts die Zufahrt zum vornehmen Reitclub Grunewald. Jetzt wusste Heini Boelter Bescheid. Als Nächstes querten sie die Königsallee, und der Borsalinohut wollte augenscheinlich geradeaus weiter zur AVUS.

Boelter gab Gas. Um hier lebend wieder herauszukommen, musste er handeln, bevor sie auf der Autobahn waren.

Der Plymouth beschleunigte sanft, der Fünfzylinder schnurrte wie ein Uhrwerk. Vierzig Meilen. Sechzig.

»Rasen Sie nicht so«, mahnte der Mann im Borsalinohut, und Boelter reagierte prompt.

Er trat die Bremse durch bis zum Anschlag und steuerte gegen, damit der schwere Wagen nicht aus der Spur geriet. Die Reifen kreischten markerschütternd auf, und Boelter duckte sich weg, damit der Körper des Mannes auf der Rückbank freie Flugbahn hatte. Mit dem Borsalinohut voran krachte er gegen die Windschutzscheibe. Aber sie brach nicht. Amerikanische Autofenster sind für die Ewigkeit gemacht. Stattdessen zerplatzte der Kopf des Mannes beim Aufprall wie eine Melone. Ein warmer Schwall klebrigen Blutes und weißlicher Hirnmasse klatschte über Frontscheibe und Armaturenbrett.

»Iih!«, schrie Boelter entsetzt und voller Ekel. »Gott, was für eine verfluchte Scheiße!«

Hastig riss er die Fahrertür auf, stürzte aus dem Plymouth, rappelte sich wieder auf und stolperte zum Waldrand.

Dort fiel er auf die Knie und erbrach sich.

Wahnsinn, so viel Blut! So viel ekelhaftes, warmes, stinkendes Agentenblut!

Immer wieder stülpte sich ihm der Magen um.

Holy shit, was hatte er getan! Was hatte er nur getan?!

Mit fahrigen Händen wischte sich Boelter über den Mund und sah sich keuchend um.

Der Plymouth stand grummelnd auf der Straße. Rührte sich im Wagen etwas? – War der Kerl tot? Vermutlich, ein platzendes Hirn überlebt keine Sau …

»Janz ruhig, Heini, janz ruhig …« Du hast getan, was du tun musstest. Es ist nicht deine Schuld.

Schwankend kam Boelter wieder auf die Beine und ging vorsichtig und am ganzen Leibe schlotternd zum Wagen zurück.

Der Plymouth sah schrecklich aus. Die Heckflosse bekam man mit etwas Geschick wieder hin, aber was war mit dem Innenraum? Alles voller Blut, und es stank wie auf einem Schlachthof.

Das schöne Armaturenbrett! Es erinnerte an eine Jukebox aus den fünfziger Jahren. Jetzt klebten die Reste eines Agentenhirns dran, blutig tropfte es in Lüfteröffnungen und von Schiebereglern herab. Hoffentlich hatten die Instrumente keinen Schaden erlitten. Was für eine Sauerei! Irre! Jetzt konnte Boelter alles auseinanderbauen, jedes Teil musste einzeln gereinigt, Fußmatten und Lederpolster ersetzt werden. Da würden Wochen vergehen, bis der Wagen wieder einigermaßen nutzbar war …

Aber dafür war er den verdammten Kerl mit dem Borsalinohut los. Das geschah diesem Arschloch ganz recht! Es heißt ja immer, die Geister, die man ruft, wird man nicht wieder los.

Heini Boelter war es trotzdem gelungen. Er hatte den bösen Geist besiegt.

Jetzt musste er nur noch dessen Leiche loswerden.

14 SCHON MONIKAS entsetzter Blick machte klar, dass es nicht einfach werden würde.

Natürlich sahen wir erbärmlich aus: erschöpft, völlig verdreckt und durchweicht vom Dauerregen. Hinzu kam Melanies unsteter, merkwürdig entrückter Blick. Auf der Fahrt nach Hause hatte sie abwechselnd grundlos Lachanfälle und Heulkrämpfe bekommen. Ein eindeutiges Signal, dass die Wirkung der gerauchten Drogen keineswegs nachgelassen hatte.

»Melanie! Um Himmels willen!«, rief Monika aus und kümmerte sich umgehend um das Mädchen. Und natürlich wollte sie wissen, was passiert sei.

»Ein Unfall«, sagte ich, wohl wissend, dass jede weitere Erklärung zu dieser fortgeschrittenen Stunde den Rahmen sprengen würde, weshalb ich ein beruhigendes »halb so wild, wir reden morgen darüber« hinzufügte.

»Halb so wild«, regte sich Monika auf, »meine Tochter hatte einen Unfall, und du sagst halb so wild?«

Da es meist schiefgeht, wenn sich drei total übernächtigte Personen nachts um halb vier noch auf überflüssige Diskussionen einlassen, lenkte ich rasch ein: »Ich wollte damit nur sagen, dass sie nicht verletzt ist.«

»Woher willst du das wissen?« Monika zog ihrer Tochter die feuchte Lederjacke aus. »Hast du sie untersuchen lassen?«

»Mama, ich bin nicht krank«, ließ sich Melanie genervt vernehmen, doch Monika ließ den Einwand nicht gelten.

»Vielleicht hat sie einen Schock? Innere Verletzungen? Vielleicht ist es besser, wir rufen einen Notarzt.«

»Nein, bloß nicht!« Ich hob die Hände. »Melanie hat was geraucht, das muss ja nun wirklich nicht sein, dass das irgendwelche Ärzte mitbekommen, oder?«

»Gerade weil sie was geraucht hat!« Schon hatte Monika ein Telefonbuch in der Hand. »Wer weiß, was sie für ein Zeug zu sich genommen hat!«

»Mensch Mama, komm wieder runter«, regte sich nun auch Melanie auf, und ich spürte, wie mir die Situation unweigerlich aus den Händen glitt.

»Du bist high, nicht ich!« Monika blätterte hektisch die Seiten des Telefonverzeichnisses durch. »Ich muss nicht runterkommen – ah, hier haben wir es ja: Drogennotdienst, Unfallambulanz …«

»Ich brauche keinen Arzt«, rief Melanie und versuchte, ihrer Mutter das Telefonbuch wieder abzunehmen.

Doch Monika verteidigte es standhaft. »Und ich sage, du brauchst einen.«

»Vergiss es!«

Beide zerrten am Telefonbuch herum wie zwei junge Hunde an einem Stück Fleisch und wurden immer aggressiver.

»Wirst du wohl loslassen!«

»Ach, leck mich!«

»Sag das noch mal!«

»Leck mich am Arsch!«

»Ich bin deine Mutter, verdammt noch mal!«

»Du bist vor allem 'ne olle Nervbacke! Und jetzt lass endlich das Scheißtelefonbuch los. Ich geh nicht zum Arzt!«

»Das entscheide immer noch ich. Dieter, hilf doch mal!«

Ja, aber wie?

Hilflos stand ich da und sah dem Gerangel zu.

Am Ende war das Telefonbuch zerfetzt, Monika zweifelte an meiner väterlichen Kompetenz und brach in Tränen aus, während sich Melanie ebenfalls heulend im Bad verbarrikadierte – mit anderen Worten: Das Chaos war perfekt. Halleluja!

Glücklicherweise war noch Wodka im Kühlschrank. Den Rest der Nacht verbrachte ich auf einem harten Küchenstuhl …

… und entsprechend gerädert komme ich am Sonntagmorgen ins Büro. »Einen Wunderschönen!«

»Sardsch«, ruft Hünerbein, ohne auf meinen Gruß zu reagieren,

»wir müssen gleich rüber zum Rapport.« Er drückt mir ein paar Akten in die Hand und schiebt mich wieder hinaus in den Flur. »Ich hab Beylich gesagt, dass er für jede Menge frischen Kaffee sorgen soll, weil wir 'ne lange Nacht hatten.«

»Ist da gestern noch irgendwas rausgekommen?«

»Na ja.« Hünerbein watschelt vor mir her. »Unser lieber Professor Graber hat zusammen mit dem Kurzen – wie hieß er noch? – Überstunden gemacht ...«

»Kurzweil.«

»Wie bitte?«

»Der Kurze hieß Kurzweil«, präzisiere ich.

»Ah ja. Jedenfalls haben die herausgefunden, dass die Leiche – also der Bauer, dieser Arndt – gestern zwischen achtzehn und einundzwanzig Uhr ihr Leben ausgehaucht hat. Vorher hat er noch mindestens fünfzehn Minuten lang mit dem Tod gerungen. So lange hat er versucht ...« Hünerbein packt im Laufen nach einem imaginären Seil über seinem Kopf, »... sich am Strick festzuhalten, um den Druck ...«, er greift sich an den Hals, »... aus der Schlinge zu nehmen. Ein verzweifelter Kampf! Fünfzehn Minuten lang! Ist das nicht grausam?« Er öffnet die Tür zu »unserem Klassenzimmer« und lässt mich vortreten: »Deshalb die Abschürfungen an den Händen. Der wollte sich nicht umbringen, glaub mir!«

»Ein Reflex«, erwidere ich gähnend, »der normale Selbsterhaltungstrieb des Menschen. Auch Selbstmörder, die ins Wasser springen, schreien noch um Hilfe, bevor sie ersaufen.« Das hatte ich irgendwo gelesen.

»Morgen, die Herren«, lässt sich Egon Beylich vernehmen, der schon mit seinem Rapport angefangen hat. Er steht vorn am Pult, neben sich Klaus Sicken, ein Krauskopf, der mit Vorliebe braune Kunstlederjacken trägt und irgendwie an die Monty-Python-Filme der sechziger und siebziger Jahre erinnert.

Die übrigen Ermittler hocken interessiert an ihren Resopal- beziehungsweise Sprelacart-Tischen und tackern gewichtig mit Kugelschreibern herum.

»Morgen, Kollegen!« Hünerbein klopft mit den Knöcheln seiner Faust auf den ihm am nächsten stehenden Tisch und sieht grüßend in die Runde.

»Schön, dass unsere Westberliner Kollegen auch den Weg zu uns gefunden haben.« Beylich deutet zur rückwärtigen Wand, wo auf einem Tisch Plastikbecher und Thermoskannen stehen. »Bedienen Sie sich!«

»Merci«, knurre ich und laufe nach hinten, um mir einzuschenken.

Durch die geöffneten Fenster zum Hof hin hört man rhythmisches Stampfen wie von Stiefeln. Als würde dort eine Kompanie Soldaten herummarschieren.

Merkwürdig. Ich lehne mich mit meinem Kaffeebecher an die Wand, um den Ausführungen des Kriminalrats zu folgen.

»Wollen Sie sich nicht setzen?« Offenbar würde mich Beylich auch gern mal wie einen Pennäler die Schulbank drücken sehen, aber den Gefallen tue ich ihm nicht.

»Ich habe die ganze Nacht gesessen, danke«, sage ich und rühre Zucker in meinen Kaffee. »Machen Sie nur weiter!«

»Fahren Sie fort, Sicken!« Beylich nickt dem Krauskopf zu. »Was haben die Brandermittlungen gebracht?«

»Ja, äh ... die Kollegen von der Feuerwehr gehen jetzt von einem Brandanschlag aus.« Sicken wendet sich zur Wandtafel und malt einen groben Wohnungsumriss auf. »Hier in der kleinen Abstellkammer hinter der Küche in Wohnung eins – also erster Stock rechts – fanden sich Rückstände von Kupfer, Gummi und Zinn ...«

»Aaab-tei-luuung«, brüllt es markerschütternd vom Hof herein, »Halt!«

»... sowie Spuren von Zink-Kohle-Verbindungen und einer acetonhaltigen Flüssigkeit«, beendet Sicken seinen Satz.

»Still-gestanden!«, echot es auf dem Hof, »die Au-geeen links!« Gleichzeitig scheppert eine Blaskapelle drauflos und spielt so laut den Radetzkymarsch, dass wir uns kaum mehr verständigen können.

»Um Gottes willen«, entfährt es Hünerbein. »Was ist denn da draußen los?«

»Die Bepo übt den Nationalfeiertag, Genosse Hauptkommissar«, meldet Matuschka stramm und mit stolzgeschwellter Brust, wird aber sogleich von Beylich zusammengestaucht.

»Merken Sie sich das endlich, Matuschka: keine Genossen mehr!« Er schließt das Fenster und sieht uns entschuldigend an. »Die Bereitschaftspolizei probt für den Großen Zapfenstreich zum Tag der Deutschen Einheit.«

»Aha«, mache ich und überlege, ob in der Keithstraße inzwischen auch schon marschiert wird. Skurrile Zeiten sind das.

»Aceton bildet mit Luft ein explosives Gemisch«, erklärt Sicken weiter, »da reicht ein kleiner Funke und bumm! Die Ermittler der Feuerwehr untersuchen das noch genauer.«

»Also ein Brandsatz.« Beylich runzelt die Stirn. »Dachte ich's mir doch.«

»Gezündet vermutlich mit einem mechanischen Wecker der Marke Blessing«, setzt Sicken hinzu.

»Blessing?«, merkt Beylich auf.

»Ein Uhrenfabrikant im Schwarzwald«, erklärt Sicken, »wir haben das recherchiert.«

Beylich nickt düster. »Danke, Sicken. – Wir haben es also mit einem Verbrechen zu tun«, wendet er sich an seine Mannschaft, »und es gibt eine Leiche. Haben wir da schon Erkenntnisse?«

»Nach wie vor drei Vermisste!«, meldet Matuschka und zählt sie auf: »Bäuerle, Ernst; Droyßig, Melanie und Darkmann, Leander.«

»Melanie Droyßig können Sie streichen«, mische ich mich ein. »Die ist wieder aufgetaucht. Und dieser Darkmann lebt wahrscheinlich auch.«

»Ja, was heißt wahrscheinlich«, ruft Beylich ungehalten. »Lebt er oder lebt er nicht?«

»Melanie lebt ganz sicher«, lächle ich erleichtert, »die habe ich gestern eingesammelt.«

»Supi, dann kann ich die streichen.« Matuschka tut's. »Und der andere? Leander Darkmann?«

»Ist vermutlich auch nicht unser Brandopfer«, bekräftige ich, »Melanie war gestern mit einem Typen zusammen, der sich Dark nennt.«

»Dann ist das der Darkmann«, nickt Matuschka zufrieden, »die Punker nennen den Dark.«

Beylich will wissen, woher ich das mit Melanie und Darkmann weiß. »Was heißt überhaupt, die haben sie eingesammelt?«

»Melanie ist seine Tochter«, erklärt Hünerbein und gießt sich Kaffee nach. »Sie ahnen ja nicht, wie er sich gestern vor Sorge fast verzehrt hat.«

»Dann haben Sie also einen erstklassigen Kontakt zur autonomen Szene?« Beylich kommt interessiert näher und sieht mich an. »War mir schon immer klar, dass die alle aus dem Westen kommen.«

Melanie nicht, könnte ich jetzt sagen. Ich lasse es, weil ich mir längere Erklärungen zu meinen komplizierten Familienverhältnissen ersparen will.

»Ich glaube nicht, dass sie da tiefer involviert ist«, gebe ich stattdessen zu bedenken, »sie ist erst sechzehn.«

»Na und? Das sind doch alles Jugendliche«, entgegnet Beylich und mustert mich prüfend. »Außerdem habe ich Sie gestern noch mit diesem«, er deutet einen Irokesenschnitt an, »Winnetou sprechen sehen.«

»Der Indianerhäuptling«, nicke ich, »ja, ich hab ihn gefragt, ob er weiß, wo meine Tochter ist.«

»Und? Wusste er's?«

Ich schüttele den Kopf. »Aber egal, ich hab das Kind ja wieder.«

»Mhm.« Beylich kratzt sich am Kinn. »Quetschen Sie's aus. Vielleicht weiß Ihre Tochter ja was. Etwa über Rivalitäten unter den Besetzern.«

»Sie vermuten eine interne Sache?«, fragt Hünerbein. »Würden die so was in ihren Häusern austragen?«

»Weiß nicht.« Beylich zuckt mit den Schultern. »Wir dürfen nichts ausschließen. Es gibt immerhin einen Toten!«

»Bäuerle?« Matuschka sieht von seiner Liste auf.

»Möglich«, knurrt Beylich. »Was wissen wir von dem?«

»Nichts.«

»Dann ran an den Speck, Matuschka. Und nehmen Sie Krause mit.«

»Zu Befehl, Genosse Major!«

»Matuschka!« Beylich sieht mahnend auf.

»K-Kriminalrat, natürlich.« Matuschka errötet und verlässt eilig den Raum.

»Irgendwann hat er's«, meint Beylich und sieht seufzend in die Runde. »Nächster Punkt: Tatumfeld – was haben Sie dazu, Grothe?«

»Ja, wir haben uns in der Nachbarschaft ein wenig umgesehen.« Grothe, ein fülliger, weißbärtiger Kahlkopf, stets mit erkalteter Pfeife im Mund, erhebt sich. Er wirkt in seinem Tweedanzug wie ein gemütlicher Studienrat und redet auch so.

»Nun, wir kennen das demografische Umfeld, vorwiegend Arbeiter und Angestellte mit Familien, aber auch Studenten, Rentner und sogenannte Freiberufler. Bei den Berufstätigen besteht zunehmend das Problem der Existenzangst. Viele haben von ihren Betrieben die Kündigung erhalten oder sehen der Gefahr einer solchen entgegen.« Er räuspert sich gedankenvoll und saugt an seiner Pfeife, bevor er fortfährt. »Allen gemein ist, dass sie über die Besetzungen am Helmholtzplatz nicht glücklich sind, von einigen Bürgerrechtlern und jüngeren Semestern einmal abgesehen. Viele Bürger fürchten eine Ghettoisierung des Kiezes und beschwerten sich in der Vergangenheit häufig über Lärmbelästigungen und Müllverschmutzung. Studenten dagegen zeigen sich den autonomen Gruppierungen gegenüber eher solidarisch – wohnen doch viele selbst in besetzten Wohnungen.«

»Gab es Ärger, Grothe? Irgendwelche Vorkommisse in der Vergangenheit?«

»Fast täglich«, nickt Grothe und schlägt eine schmale Aktenmappe auf, »Stein- und Eierwürfe gegen die besetzen Häuser. Einem Kraftfahrzeug, das den Besetzern zuzurechnen ist, wurden jüngst die Reifen zerschnitten. In der folgenden Nacht dann hatten sämtliche in der näheren Umgebung geparkten Fahrzeuge einen Platten – und man geht davon aus, dass es die Vergeltung der Besetzer gegen die unbekannten Reifenschlitzer war.« Er sieht auf. »Zudem wurden einmal Gasleitungen in den besetzten Häusern beschädigt – in dem Fall hatte seinerzeit die zuständige Wache ermittelt, allerdings ohne Ergebnis. Zusammenfassend kann man sagen, dass die Stimmung in dem Viertel den Besetzern gegenüber gereizt bis aggressiv ist.«

»Also könnte der Brandanschlag von der unmittelbaren Nachbarschaft verübt worden sein?«

»Durchaus«, stimmt Grothe zu, »mehrfach wurde uns aus Kreisen der Bevölkerung signalisiert, dass man ruhig auch noch die verbliebenen zwei Häuser brandschatzen solle – dann wäre wenigstens Ruhe. Der Kollege Schwartz hat entsprechende Verdächtige hierzu auf einer gesonderten Liste zusammengefasst, die zügig abgearbeitet werden sollte.«

»Wir sind mit Hochdruck dabei«, bekräftigt Schwartz, »erste Ergebnisse dazu morgen.«

»Danke.« Beylich sieht uns an. »Fragen?«

»Keine.« Hünerbein schüttelt das Haupt und schiebt sich einen Marsriegel in den Mund.

»Eine«, melde ich an, weiß ich doch jetzt dank Monika, was im Einheitsvertrag steht. »Mit dem Tag der Wiedervereinigung am dritten Oktober werden die staatlichen Enteignungen in der SBZ und der DDR rückgängig gemacht. Die Frage ist: Hatte das Haus einen oder mehrere Vorbesitzer, die nach 45 enteignet wurden? Wenn ja, wer war das? Leben die noch, oder gibt es vielleicht Erben? Ist da schon was ermittelt worden?«

»Das waren jetzt aber mindestens vier Fragen«, stellt Beylich fest und nickt erneut einem seiner Leute zu. »Ullrich!«

»Die besetzten Häuser gehörten laut Grundbuch bis 1949 einem einzigen Eigentümer«, meldet der und präzisiert nach Blick in seinen Aktenordner: »Von Lahn, Franz Albrecht, Bankier und Industrieller in der Vorkriegszeit. Interessant in diesem Zusammenhang ist sein Sohn und Erbe«, Ullrich steht auf und pinnt einen Zeitungsausschnitt an die Wandtafel, »Werner von Lahn, konservativer Politiker in Berlin-West.« Ullrich tippt auf das grobstichige Foto im Zeitungsausschnitt und fügt mit sarkastischem Unterton hinzu: »Der Mann war wesentlich an der Formulierung der Gesetzentwürfe zur Restitution im Einheitsvertrag beteiligt.«

»Tja«, nickt Beylich bitter und sieht mich vorwurfsvoll an. »Soll noch mal einer sagen, dass sich das Rad der Geschichte nicht zurückdrehen lässt, was?«

»Das habe ich so nie gesagt«, wiegele ich ab.

»Nee!« Beylich atmet tief durch und fügt enttäuscht hinzu: »Sie nicht. Das waren unsere eigenen unfehlbaren Parteiführer. Und wir haben dran geglaubt.«

»Beschissen und belogen haben sie uns«, ruft einer von den Ostermittlern wütend, doch Beylich unterbricht ihn sofort:

»Hab ich Sie um Ihre Meinung gefragt, Branner?«

»Ist doch wahr«, knurrt der und sieht mürrisch auf den Boden.

»Wenn's der Westpolitiker war«, winkt Klaus Sicken ab, »haben wir sowieso keine Chance.«

»Wieso nicht?«, frage ich.

»Solche Typen kriegste nicht dran.« Davon ist Sicken überzeugt. »Die haben Anonymität.«

»Immunität«, korrigiere ich, »und die kann man richterlich aufheben lassen. Allerdings glaube ich nicht, dass ein Mann wie Werner von Lahn in besetzte Häuser einbricht und Brandsätze legt.«

»Nee!« Beylich ballt die Faust. »Für so was hat der seine Leute!«

»Wenn Sie wollen, kann ich in diese Richtung ermitteln«, schlage ich vor, »bei uns haben die Beamten in der Regel keine Angst vor Politikern.«

»Die haben wir auch nicht mehr«, knurrt Beylich, »im Gegenteil: Wir sollten diesen sauberen Herrn Lahn mal ordentlich in die Mangel nehmen.«

»Ich merke schon, der passt in Ihr Feindbild.«

»Ist doch wahr: Der nennt sich Volksvertreter«, regt sich Beylich auf, »und macht doch nur eigene Klientelpolitik!«

»Das ist der Preis der Demokratie«, erkläre ich ihm, »auch Hauseigentümer sind Wähler.«

»Wie auch immer.« Beylich fasst zusammen: »Wir können davon ausgehen, dass die Brandstifter im Westen zu suchen sind, gehen Sie mit mir konform?«

»Ganz und gar nicht«, erwidere ich, »wie kommen Sie darauf?«

»Das ist doch eindeutig! Da will wer die Besetzer raushaben!«

»Zum Beispiel die freundlichen Nachbarn in der Umgebung.« Hünerbein reicht die Tüte mit den Marsriegeln rum. »Will jemand?«

»Das sind in der Regel anständige Leute«, widerspricht Beylich, »die mögen die Besetzer vielleicht nicht, aber Brandstiftung – nee.«

»Was macht Sie so sicher?«

»Allein die Uhr aus dem Schwarzwald …«

»Herrgott, Beylich«, manchmal zweifle ich an seinem Verstand, »diese Uhren gibt's doch inzwischen auch hier!«

»Ein DDR-Bürger«, klärt mich Beylich auf, »würde nie so eine gute Westuhr als Zeitzünder in einen Brandsatz einbauen. Der hätte dann einen Russenwecker genommen. Oder Ruhla, oder so. Hab ich recht?«

Seine Ermittler nicken einträchtig.

»Zumal die KWV Ähnliches vermutet«, setzt Branner bekräftigend hinzu.

Hünerbein und ich verstehen nicht. »KWV?«

»Kommunale Wohnungsverwaltung«, erklärt Beylich, »die sind, wie der Name schon sagt, für die Verwaltung kommunalen, das heißt städtischen Eigentums …«

»Ich weiß, was kommunal heißt«, füge ich ein, doch Beylich redet einfach weiter.

»... und somit auch für die Häuser am Helmholtzplatz zuständig.«

»Interessant.« Hünerbein kaut. »Und die ermitteln ebenfalls in der Sache?«

»Ermitteln nicht«, antwortet Branner schnell, »da haben die ja keine Handhabe für. Aber sie wollen wohl die Rechte der Besetzer vertraglich stärken, es gibt entsprechende Verhandlungen und – wie der Herr Bentzsch sich ausdrückte – Widerstand von kapitalistischer Seite ...«

»Wer ist Herr Bentzsch?«

»Der für den Helmholtzplatz zuständige Mann bei der KWV.« Branner sieht in seinen Unterlagen nach. »Hauptabteilungsleiter Bentzsch, Rüdiger, fünfundvierzig Jahre alt und wohnhaft in ...«

»Uninteressant«, schnarrt Beylich streng. »Nur die fallrelevanten Fakten, bitte! Kann er sich den Brand erklären? Wirkte er irgendwie selbst tatverdächtig? Lieferte er irgendwelche Hinweise?«

»Wie gesagt«, Branner kratzt sich im Nacken, »er vermutet die westdeutsche Immobilienmafia hinter dem Anschlag. Die wollten wohl irgendwelche Tatsachen schaffen.«

»Nannte er Namen? Irgendwas Konkretes?«

»Nein.« Branner schüttelt den Kopf. »Er sprach nur von heißer Sanierung.«

Beylich und seine Leute verstehen kein Wort.

»Versicherungsbetrug«, wird Branner deutlicher, »die Immobilie ist alt, eine Renovierung kostet viel Geld. Mehr Geld, als sie haben, und mehr auch als ein Neubau. Also wird gezündelt, und man schlägt so zwei Fliegen mit einer Klappe: Man kassiert die Versicherungssumme und damit auch das Geld für einen preiswerteren Neubau.« Branner klappt seine Kladde zu und sieht seufzend in die Runde. »Ja, so läuft das: willkommen im Westen!«

»Wahnsinn«, murmelt Grothe und nuckelt an der Pfeife. »Passiert so was häufiger bei Ihnen«, wendet er sich an mich, »ist das sozusagen im Westen gang und gäbe?«

»Nein«, beruhige ich ihn und winke ab, »ganz und gar nicht ...«

»Das kommt recht häufig vor«, betont dagegen Hünerbein und setzt noch einen drauf, »viel öfter, als uns das lieb ist!«

Beylich seufzt. »Na, dann stehen uns ja herrliche Zeiten bevor!«

»Und die Mieter?« Grothe nimmt entsetzt die Pfeife aus dem Mund. »Was passiert mit denen?«

»Werden von der Feuerwehr gerettet«, feixt Hünerbein, »wenn sie Glück haben.«

»Also«, besänftige ich den zunehmend fassungslosen Grothe, »ich bin schon seit Jahren Mieter im Westen, und bei uns hat's noch nie gebrannt.«

»Na ja, aber ...«

»Sollte so ein Fall doch mal eintreten, werden meist leer stehende Häuser brandsaniert«, lege ich beruhigend nach, »die schon lange alt und kaputt sind. Zudem erfüllt ein solches Vorgehen in jedem Fall den Tatbestand der Brandstiftung und ist somit ein Vergehen, das gerichtlich geahndet wird.«

»Geht jetzt der Unterricht wieder los?«, fragt Beylich misstrauisch. »Nur zur Information, Hauptkommissar, auch bei uns ist Brandstiftung eine Straftat.«

»Der Kollege wollte damit nur sagen, dass sich Hausbesitzer im Allgemeinen vorher genau überlegen, ob sie straffällig werden oder nicht.« Hünerbein reicht noch mal die Tüte mit den Schokoriegeln herum. »Greifen Sie zu, meine Herren: Nahrung fürs Hirn. Beruhigt die aufgewühlten Sinne.«

Ratzfatz ist die Tüte leer.

Hünerbein grinst. »Macht nix. Hab noch eine.«

15

»UND?« SIEGBERT MEYER hatte Monika über einen extra Fahrstuhl, der von der Tiefgarage direkt hoch ins riesige Wohnzimmer glitt, in sein exklusives Penthouse geführt. Es war mit edelsten Designermöbeln eingerichtet und sehr modern. Viel Chromstahl und schwarzweiße Ledersitzgruppen, Reproduktionen von Roy Lichtenstein an den Wänden und Zebrafelle auf den Parkettböden aus dunklem Tropenholz. »Gefällt's dir?«

»Sehr.« Monika ging zu den riesigen Fensterfronten, von denen aus man einen grandiosen Blick auf die Kaiser-Wilhelm-Gedächtniskirche und das Europa-Center, auf Tauentzien und Ku'damm hatte. Die Westberliner City breitete sich unter ihr aus wie auf einem Panoramaposter. »Tolle Aussicht.«

»Quasi im Mittelpunkt des Geschehens.« Siggi kam mit zwei gekühlten Martini heran. »Wir sitzen hier wie die Spinne in ihrem Netz. Der Westen will von uns erobert werden.« Er reichte ihr ein Glas. »Zum Wohle! Auf gute Zusammenarbeit!«

»Prost, Siggi!«

Sie stießen an, das Eis in ihren Gläsern klirrte leise, und tranken.

»So!« Siggi stellte sein Glas ab. »Jetzt aber ran die Buletten!« Er führte Monika in ein separates, mit modernstem Schnickschnack ausgerüstetes Büro. Sogar einen Computer gab es hier, Kopierer, Faxgerät und Telefonanlage. »Das ist ab sofort dein neuer Arbeitsplatz!«

»Schön«, sagte Monika und betrachtete verunsichert den Computer. »Mit so was kenne ich mich aber überhaupt nicht aus.«

»Das bringe ich dir noch heute bei«, lächelte Siggi. »Im Prinzip ist es ganz einfach. Wichtig ist, jede Eingabe mit ENTER zu bestätigen. Sonst versteht er das nicht. Siehst du?« Er rief ein paar Programme auf. »Anklicken, entern, anklicken, entern. Hier werden all unsere Aktivitäten dokumentiert und gespeichert. – Ich zeig dir das mal auf der Karte.«

Er ging zu einem großen Stadtplan an der Wand und deutete auf mit roten, blauen und grünen Stecknadeln markierte Stellen. »Wir konzentrieren uns vor allem – das hatte ich dir ja schon erklärt – auf Immobilien und Grundstücke im sogenannten Beitrittsgebiet. Die Blauen sind so weit paraphiert, dass sie uns praktisch schon nach dem Dritten gehören. Es wird dann deine Aufgabe sein, zusammen mit unserem Rechtsbeistand Heribert Naumann die Grundbuchämter abzuklappern und das umschreiben zu lassen. – Die Grünen …« Er zeigte auf die grünen Stecknadeln. »… grün wie die Hoffnung, sozusagen – bezeichnen Grundstücke, die wir noch unter Dach und Fach bringen müssen.« Er seufzte und setzte hinzu: »Was angesichts der wenigen Tage bis zur Einheit bei einzelnen Objekten recht hektisch werden kann.«

Monika deutete auf drei rote Nadelpunkte am Helmholtzplatz. »Und was ist mit denen?«

»Rot ist akut. Sie bezeichnen vor allem Objekte in der Innenstadt«, erklärte Siggi, »große Mehrfamilienhäuser, Fabrikanlagen, Grundstücke …«

»Verstehe«, nickte Monika, »akut deshalb, weil man sie nicht so einfach auf die jetzigen Nutzer übertragen kann.«

»Was den Helmholtzplatz angeht«, erwiderte Siggi, »fahren wir zweigleisig. Einerseits versuchen wir, mit den Bewohnern etwas auszuhandeln. Die Häuser sind besetzt, so eine Art alternatives Wohnprojekt. Gleichzeitig sind wir am Alteigentümer dran und versuchen, ihm die Restitutionsansprüche günstig abzukaufen. Kein ganz einfaches Procedere, aber ...«, Siggi winkte ab, »... den Herrn klopfe ich uns schon noch weich.«

»Wie?«, wollte Monika wissen.

»Ich habe noch einen Joker in der Tasche.« Siggi lächelte abgeklärt. »Es kommt immer darauf an, wer am längeren Hebel sitzt.«

Es klingelte an der Tür.

»Kundschaft«, meinte Siggi.

»Heute? Am Sonntag?«

»Natürlich. Wir haben keine Zeit zu verlieren.« Er zeigte ihr die Sprechanlage. »Das Ehepaar Wachowiak ebenfalls nicht. Die haben den Termin schon vor Wochen gemacht. Wir sollten sie nicht warten lassen.«

Lutz und Erika Wachowiak waren Anfang fünfzig und ziemlich aufgeregt. Sie bewohnten ein kleines Einfamilienhaus im Ostberliner Stadtteil Köpenick und hatten schon mehrmals Besuch von einem Wolfsburger gehabt, der ihnen unmissverständlich klargemacht hatte, dass ihm das Haus gehöre.

Nun wollten die Wachowiaks, die in den vergangenen Jahrzehnten viel in das Haus investiert und angebaut hatten, klare Verhältnisse schaffen und das Haus kaufen, solange noch Zeit dafür war. Von der Kommunalen Wohnungsverwaltung wurde ihnen die Immobilie zwar günstig für fünfundfünfzigtausend Mark angeboten, und sie würden auch Kredit von der Bank bekommen, doch Lutz Wachowiak war ein genauer Rechner. Er hatte die Anzeige der DOMIZIL Immobiliengesellschaft gelesen und hoffte auf ein besseres Angebot.

»Was machen Sie beruflich, Herr Wachowiak?«, erkundigte sich Siggi und schlug die Beine übereinander, während Monika dem Ehepaar Kaffee und Plätzchen servierte, um sich anschließend Notizen von dem Gespräch zu machen.

»Ich bin Setzer«, erklärte Lutz Wachowiak stolz, »seit über dreißig Jahren beim Berliner Verlag.«

»Setzer in einer Druckerei«, nickte Siggi verständig und rieb sich nachdenklich das Kinn. »Und Sie, Frau Wachowiak? Arbeiten Sie auch?«

»Nicht mehr«, erwiderte die bekümmert, »leider.«

»Sie war in der Gewerkschaftsleitung im Kabelwerk Oberspree«, erklärte ihr Mann, »galt als systemnah und wurde deshalb ...«

»Ich war nicht systemnäher als alle anderen auch!« Frau Wachowiak begann zu weinen. Eingesetzt habe sie sich für die Kollegen, Planvorgaben nach unten korrigiert, sich immer wieder mit Partei und Plankommission deswegen angelegt. »Aber die sitzen alle noch auf ihren Posten ...«

»Gegen den Protest der Mitarbeiter«, ergänzte ihr Mann, »Erika war beliebt, wissen Sie: Wie die sich die Nächte um die Ohren geschlagen hat, damit jeder im Betrieb mal Urlaub an der Ostsee machen durfte ...«

»Mhm«, machte Siggi mitfühlend, »das wird natürlich schwierig, in Ihrem Alter noch einen neuen Job zu bekommen.«

»Deshalb wollen wir ja kaufen.« Lutz Wachowiak beugte sich vor. »Wir haben das mal ausgerechnet. Die Miete wird steigen, so oder so. Wenn die an den Westen angepasst wird, können wir einpacken. Die festen Kreditraten aber, die uns die Bank vorgeschlagen hat, wären von mir allein zu deckeln. Allerdings nur, wenn wir uns stark einschränken ...«

»... und Sie, Herr Wachowiak, Ihre Arbeit behalten«, setzte Siggi mit Bedenkenträgermiene hinzu, »was nicht sehr wahrscheinlich ist.«

»Meinen Sie?« Lutz Wachowiak sah sein Gegenüber ungläubig an. »Zeitungen werden doch immer gebraucht.«

»Aber keine Setzer in den Druckereien.« Siggi drehte ihm den Computermonitor zu. »Diese Arbeit wird bei uns schon lange mit diesem Kollegen hier erledigt. Glauben Sie mir, bei BILD, Morgenpost und Tagesspiegel setzt niemand mehr die Vorlagen von Hand. Und auch der Berliner Verlag wird sich dieser Technik nicht entziehen können, wenn er überleben will.« Er beugte sich vor. »Hat man Ihnen schon eine Umschulung angeboten, Herr Wachowiak?«

Der schüttelte den Kopf.

»Sehen Sie!« Siggi lehnte sich zurück. »Was wird also passieren: Sie nehmen einen Kredit für Ihr Häuschen auf, können aber bald die Raten nicht mehr zahlen, weil Sie bei der nächsten Rationalisierungsmaßnahme Ihre Arbeit als Drucksetzer verlieren. Die Bank kann dabei nur gewinnen, sie hat ja Ihr Haus. Nur deshalb gewährt sie Ihnen den Kredit. Aber Sie, Herr und Frau Wachowiak, werden darin nicht wohnen bleiben dürfen. – So oder so«, Siggi schüttelte den Kopf, »sieht es schlecht aus für Sie.«

Die Wachowiaks waren am Boden zerstört. Sah so ihre Zukunft in einem geeinten Deutschland aus? Ohne ihr Haus, zwei arbeitslose Fünfzigjährige, die niemand mehr braucht?

»So sieht die Zukunft für viele DDR-Bürger aus«, gab Siggi noch einen drauf, »denn sie alle sind nicht qualifiziert genug für die Herausforderungen der neuen Zeit. – Tja, Sie hätten halt weniger laut ›Die Mauer muss weg‹ schreien sollen.«

»Das haben wir nie«, versicherte Frau Wachowiak eilig, »wir haben da nie mitgemacht, ehrlich!«

»Von uns aus könnte die Mauer noch stehen«, pflichtete ihr Gatte traurig bei, »uns hat es an nichts gefehlt in der DDR. Wenn wir reisen wollten, sind wir in den Thüringer Wald zelten gefahren.«

»Oder in die Tschechei«, sagte Erika, »manchmal an den Balaton nach Ungarn, obwohl es da viel zu teuer war.«

»Selbst das werden Sie sich nun bald nicht mehr leisten können.« Siggi seufzte und deutete auf die Plätzchen. »Greifen Sie zu!«

»Aber ...« Die Wachowiaks sahen verzweifelt aus. »Wir haben zwanzigtausend Mark gespart ...«

»Was glauben Sie, wie weit Sie damit kommen?« Siggi erhob sich und lief langsam im Raum auf und ab. »In der westlichen Welt? Hier wird einem nichts geschenkt! Der Fehler in der DDR war, dass das Volk immer im Glauben gelassen wurde, man würde schon für es sorgen. Solange es die DDR gab, mag das richtig gewesen sein, doch nun? Jetzt heißt es, für sich selbst sorgen.«

»Aber wie?« Lutz Wachowiak sprang ebenfalls auf und hob hilflos die Arme. »Wir wollen ja für uns sorgen, aber wie? Deshalb sind wir doch hergekommen!«

»Und das war eine gute Entscheidung«, lobte Siggi und drückte Lutz Wachowiak wieder in seinen Sitz. »Vielleicht die beste Ihres

Lebens.« Er setzte sich ebenfalls und lächelte beruhigend. »Noch ist ja nichts verloren, nicht wahr? Noch haben Sie Ihre Arbeit und auch etwas gespart. Nun gilt es vorzusorgen. Deshalb sind Sie hier, und das ist gut so.«

»Was sollen wir tun?« Beide sahen Siggi erwartungsvoll an.

»Das werden wir jetzt gemeinsam überlegen«, sagte Siggi und nickte Monika zu. »Zunächst vergessen Sie alles, was mit Krediten zu tun hat. Natürlich könnten wir Ihnen ebenfalls so etwas anbieten, vermutlich weit günstiger, aber damit machen Sie sich nur abhängig – und das wäre in Ihrer Situation das Falscheste.« Siggi nahm zwei bereitliegende Prospekte zur Hand und reichte je einen dem Ehepaar. »Nein, Sie sollten Ihr Geld zusammenhalten und sehen, dass Sie in Ihre berufliche Zukunft investieren. Vermutlich möchten Sie, Herr Wachowiak, bis zur Rente in Ihrer Druckerei bleiben, daher sollten Sie sich weiterbilden.« Er deutete wieder auf den Computer. »Damit dieser hier nicht Konkurrenz, sondern Arbeitsgerät wird, wie jetzt Ihre Setzmaschine, richtig?«

Lutz Wachowiak nickte.

»Wir können Ihnen diese Ausbildung sogar finanzieren«, schlug Siggi vor, »und wir können Ihnen Ihr Haus finanzieren – doch es wird Ihnen dann nicht gehören, sondern uns. Aber Sie werden darin wohnen bleiben können – zur Miete, wie bisher, und ohne dass Sie ungebetenen Besuch aus Wolfsburg bekommen. Das garantiere ich Ihnen.« Er lehnte sich wieder zurück und sah die Wachowiaks offen an. »Das ist mein Vorschlag an Sie: eine faire Partnerschaft. Der Vorteil für Sie wäre, Sie bleiben in Ihrem Haus, könnten relativ entspannt in die Zukunft sehen, sich in Ruhe weiterbilden und ab und zu mal in den Urlaub fahren.«

»Das würden Sie für uns tun?« Die Wachowiaks sahen sich an.

»Es ist die beste Lösung«, nickte Siggi nachdrücklich. »Wissen Sie, ich komme selbst aus der DDR und«, er wies mit ausholender Geste in den weiten Raum, »all das hier könnte ich mir nie leisten, wenn ich nicht selbst Hilfe von Partnern in Anspruch genommen hätte. Gerade in der komplexen Geschäfts- und Finanzwelt der westlichen Marktwirtschaft ist es überlebenswichtig, dass man sich auf starke Partner verlassen kann. Damit man eben nicht untergeht, damit man weiterkommt. Damit man eine Zukunft hat.« Er lächelte. »Nur zusammen sind wir stark. Mit uns, der DOMIZIL, hätten

Sie Ihr Zuhause gesichert und einen verlässlichen Partner für all das, was noch kommen mag in diesen unsicheren Zeiten.« Er hielt ihnen die Hand hin. »Ich werde doch meine alten Landsleute nicht im Stich lassen.«

Lutz Wachowiak schlug ergriffen ein, und so wurde wenig später wieder eine grüne Stecknadel auf dem Stadtplan an der Wand durch eine blaue ausgetauscht.

Die DOMIZIL war um eine Immobilie reicher.

16 »WAS HÄLTST DU VON der Sache?«, fragt mich Hünerbein, als wir nach dem Rapport über die langen Flure des Volkspolizeipräsidiums laufen.

»Ich glaube nicht an eine heiße Sanierung.« Ich schüttele den Kopf. »Beylich schießt sich jetzt darauf ein, aber ...«

»Macht keinen Sinn, was?« Hünerbein haut die leere Schokoriegeltüte im Vorbeigehen in einen Abfalleimer. »Noch gehören die Häuser dem Staat.«

Eben, denke ich, Restitution hin oder her, aber dass etwaige Alteigentümer jetzt schon so dreist sind, das Gelände für künftige Investitionen vorzuplanieren – nee! Erstens würde die Versicherungssumme an die KWV gehen, mithin die Stadt profitieren, und zweitens würden sie bei erfolgreicher Aufklärung nur ihre durchaus berechtigten Ansprüche gefährden. Kurz: Ein Brandsatz nützt den Alteigentümern nichts. Es muss etwas anderes dahinterstecken.

»Vielleicht gibt's einen Zusammenhang.« Hünerbein sieht mich nachdenklich an. »Überleg mal: Helmholtzplatz, ein Brand ein Toter. Und gestern, der Bauernhof? Ebenfalls ein Brand und ein Toter. In beiden Fällen geht es um teure Grundstücke. Spekulationsobjekte sozusagen. Und in beiden Fällen war Melanie in der Nähe.«

»Spinnst du?« Was will der Kollege damit andeuten? Dass Melanie hinter den Fällen steckt? – Absurd!

»Nur so 'ne Überlegung«, meint Hünerbein. »Ich meine, das mit Melanie war vielleicht Zufall, aber ...«

»Natürlich war das Zufall, Harry!«

»Und der Rest?«

Woher soll ich das wissen? Er hat ja recht, das sind merkwürdige Parallelen. Die 'Ndrangheta, denke ich. Ist dieser Clan aus San Luca vielleicht auch in den Brand am Helmholtzplatz verwickelt?

»Wir müssen herausfinden, wer der Tote in dem besetzten Haus ist. Da stimmt was nicht.« Hünerbein sieht mich an. »Also ich hab Hunger, du nicht?«

Ich schaue auf die Uhr. Kurz vor zehn, noch ein bisschen früh fürs Mittagessen.

»Zeit für ein zweites Frühstück«, lockt Hünerbein.

»Nee«, erwidere ich. »Zeit für ein italienisches Frühstück.«

In der »Trattoria L'Emigrante« bin ich seit Jahren Stammgast. Als Kriminalbeamter kann ich hier kostenlos essen und trinken, und ich schätze den umfassenden Service. Vincenzo D'Annunzio, ein etwa siebzigjähriger, stadtbekannter Mafiapate und der Wirt des Ladens, kümmert sich immer höchstpersönlich um mich und achtet penibel darauf, dass es mir an nichts fehlt. Wir kennen uns seit Jahren. Im Gegenzug erhofft er sich ein gewisses Entgegenkommen der Polizei bei seinen nicht immer sehr sauberen Geschäften. Er vergisst dabei, dass ich bei der Mordkommission bin und nicht in der organisierten Kriminalität ermittle. Das ist eine völlig andere Dienststelle. Nicht mein Metier. Und so kann ich es mir im »L'Emigrante« richtig gut gehen lassen, ohne mich korrupt zu fühlen. Denn das bin ich natürlich, wie alle deutschen Beamten, nicht.

»Commissario!« Strahlend eilt mir D'Annunzio entgegen. »Was für eine Freude!«

»Grüß dich, Enzo!« Wir umarmen uns wie Brüder, die sich jahrzehntelang verloren glaubten und nun unverhofft wiederfinden, aber das ist bei Enzo normal. Italiener eben: *la grande emozione!*

»Meinen Partner kennste ja.«

»Naturalmente!« Enzo strahlt und holt zur nächsten Umarmung aus. »*Buon giorno*, Signor Commissario Hünerbein.«

»Dito«, duckt sich Hünerbein weg und flüchtet zu einem Tisch im hinteren Teil des Raumes, »ditoditodito, Enzo, bin auch sehr erfreut. Hat die Küche schon auf?«

»*Convinzione*, Signor Commissario«, Enzo hebt die Arme und lächelt breit, »wer lässt schon hungern seine besten Freunde? – Ich mache eine schöne Omelette, *d'accordo*?«

»*Va bene*«, nicke ich, doch Hünerbein verzieht enttäuscht das Gesicht.

»Enzo, sehe ich aus wie Omelette? *Scaloppa*, aber *tutto completti* – und nicht zu klein!«

»Wird sofort erledigt, Signor Commissario.« Enzo verbeugt sich tief. *»E due caffè?«*

»Nicht doch, Kaffee«, winkt Hünerbein entschieden ab, »Espresso! Schwarz, stark, mit etwas Zucker!«

»Espresso, *si*, Signore.« Enzo nickt servil und spurtet hurtig zurück in Richtung Tresen.

»Und bring dir 'n Tässchen mit«, rufe ich ihm nach, »wir haben was zu bereden!«

»Es ...« Enzo stoppt abrupt und fährt mit besorgter Miene herum. »... gibt doch nicht etwa Probleme?«

»Aber nein, Enzo«, ich lächle ihm zu, »nur ein paar Fragen.«

»Fragen«, nickt Enzo und tapert, nicht wirklich beruhigt, hinter seinen Tresen. »Fragen, die ich muss beantworten?«

»Das wäre nett«, finde ich, »sofern du sie beantworten kannst.«

»Nun, ich weiß eigentlich nicht viel«, beteuert Enzo D'Annunzio, während er die Espressomaschine bedient, »woher auch? Den ganzen Tag bin ich hier. Das Leben draußen ...«, er deutet mit sehnsuchtsvoller Geste zum Fenster, »... es findet statt ohne mich!«

»Und trotzdem hinterlässt es Spuren«, ich seufze bekümmert, »die an uns allen nicht vorübergehen, nicht wahr Enzo? Wie geht es deiner Hüfte?«

»Oh, besser, viel besser!« Enzo ist sichtlich froh, dass ich ein harmloses Thema anschneide. »Manchmal knackt noch so komisch, aber das ist nicht schlimm.« Er kommt mit drei kleinen Espressotassen wieder heran und starrt verblüfft auf den versiegelten Kaufvertrag, den Hünerbein auf den Tisch gelegt hat. »Was ... ähm ... ist das?«

»Sieht aus wie ein Kaufvertrag«, schnauft Hünerbein.

»Den deine Söhne abgeschlossen haben.« Ich tippe auf die Namen von Giuseppe und Francesco und das Datum. »Gestern.«

»Lass sehen ...« Enzo stellt die Tassen ab, setzt sich und blättert nachdenklich in dem Vertrag.

»Und?« Hünerbein zückt seine Schachtel Roth-Händle. »Klingelt's?«

»Ah, *il terreno fabbricabile*, gutes Bauland«, nickt Enzo und lächelt milde, »ein Projekt meiner Söhne schon lange. Sie wollen investieren im Osten. Wo ist das Problem?«

»Der Verkäufer ist tot«, erkläre ich. »Man fand ihn gestern Abend in seiner Scheune.«

»Tot?« Enzo starrt mich mit kreisrunden Augen an.

»Tot«, wiederhole ich. »Vermutlich Mord.«

»Ihr ...«, Enzo schöpft Hoffnung, »... wisst es nicht genau?«

»Doch.« Hünerbein besteht darauf. »Es war eindeutig Mord.«

Enzo D'Annunzio hebt betroffen die Arme. »Ich bin tief betroffen. Wohin soll ich schicken meine Blumen?«

»Es geht hier nicht um deine Blumen, Enzo«, stellt Hünerbein klar. »Sondern darum, was du mit dieser Sache zu tun hast. Du und deine Söhne?«

»Wo stecken die überhaupt?«, erkundige ich mich.

»Francesco!«, ruft Enzo, springt auf und klatscht laut in die Hände. »Giuseppe, *pronto, pronto*!«

Sekunden später fliegt eine Tür zum Hinterzimmer auf, und die Jungs spazieren herein. Smart und adrett wie immer, in weißen Poloshirts und schwarzen Jeans.

»Sie müssen viel lernen«, erklärt Enzo mit zerfurchter Stirn, »das Studium ist sehr hart für sie.«

»Tut mir leid, wenn wir Sie stören.« Ich erhebe mich und wende mich den jungen Männern zu. »Sie haben gestern einen Kaufvertrag mit Jan Fridolin Arndt abgeschlossen?«

»*Si*, Signore«, die Jungs sehen sich kurz an, »für zehn Hektar Land am Flughafen.«

»Kostenpunkt?«

»Zehn Mill...« Giuseppe stockt und bekommt einen vernichtenden Blick vom Vater.

»Achthunderttausend Mark«, erklärt Francesco rasch.

»Das war der offizielle Preis«, nicke ich, »und der inoffizielle?«

Schweigen.

»Jungs, ich bin nicht von der Steuerfahndung. Also raus mit der Sprache.«

»Zehn Millionen«, lässt sich Enzo D'Annunzio genervt vom Tisch vernehmen. »Wie oft habe ich gesagt, ihr dürft nicht belügen den Signor Commissario. Er ist ein Freund und will nur helfen.«

»Also zehn Millionen.« Ich setze mich wieder. »Und wo ist das Geld jetzt?«

»Wir haben es dem Arndt gegeben«, erklärt Francesco. »Neun Millionen und zweihunderttausend Mark in bar. Fragen Sie den Notar, der war dabei. Die restlichen achthunderttausend wurden überwiesen.«

»Alles ganz legal.« Giuseppe guckt, wie ein braver Sohn im Hause D'Annunzio vermutlich gucken muss.

»Aha!« Hünerbein lehnt sich zurück, dass sein Stuhl knackt. »Sie haben ihn also mit neun Komma zwo Millionen Mark nach Hause geschickt? In bar?«

Die Brüder nicken einträchtig. »In einem Koffer. Und eine Flasche Champagner haben wir ihm auch gegeben. Wir wollten anstoßen auf den Vertrag, aber Signor Arndt musste noch fahren. Da haben wir ihm die Flasche ...«

»Die Flasche interessiert uns nicht«, unterbreche ich rasch. Mensch, neun Komma zwo Millionen! Es sind schon Leute für viel weniger Geld umgebracht worden. Lag da das Motiv für Arndts Tod? Ich sehe Hünerbein an. »Habt ihr letzte Nacht noch einen Koffer mit Geld gefunden?«

»Nö.« Hünerbein schüttelt entschieden den Kopf. »Vielleicht ist es verbrannt?«

»Verbrannt?« Francesco und sein Bruder Giuseppe stehen unbeweglich. Vincenzo D'Annunzio atmet hörbar aus.

»Nachdem man den Arndt ermordete, hat man sein Haus angezündet«, erkläre ich. »Vermutlich, um Spuren zu verwischen.«

»Besitzen Sie zufällig ein Motorrad?«, fragt Hünerbein.

»Zwei«, erklärt Giuseppe. »Enduromaschinen.« Er zeigt auf Francesco, dann auf sich. »Er hat eine, und ich auch.«

»Wieso fragen Sie?«, will Francesco wissen.

»Am Tatort wurden Motorradspuren gefunden.« Hünerbein zündet sich endlich seine Zigarette an. »Zudem müssen wir Sie bitten, uns Ihre Schuhgrößen anzuzeigen.«

»Commissario!« Enzo starrt mich betroffen an. »Was soll das heißen? Verdächtigst du meine Söhne? Mein eigen Fleisch und Blut?«

»Enzo, ich muss«, bedauere ich, »wir ermitteln auf Hochtouren und müssen jede Möglichkeit prüfen.«

»Und im Augenblick sieht es so aus«, tönt Hünerbein unerschütterlich, »als hätten sich Ihre Jungs das Geld wieder zurückgeholt.« Er beobachtet die Brüder und hüllt sich in eine Wolke aus Zigarettenrauch. »Was ist eigentlich am Helmholtzplatz gelaufen?«

»Wovon redet dieser …«, regt sich Enzo auf und starrt mich hilflos an, »… dieser Mensch? Was ist Hellmolzplatz?«

»Helmholtzplatz«, verbessere ich ihn. »Das ist im Osten, Prenzlauer Berg. Auch dort hat ein Haus gebrannt.« Ich beobachte Enzo genau. »Und auch dort gab es einen Toten.«

»Wir haben damit nichts zu tun«, betont Francesco.

»Mag sein«, grinst Hünerbein, »aber wenn doch, krieg ich euch am Arsch. – Wo bleibt eigentlich mein *Scaloppa*?«

Als wir nach einem ausgiebigen zweiten Frühstück, das sich bis in die Mittagsstunden zieht, die Trattoria wieder verlassen, habe ich meine Zweifel. Wenn die Italiener offene Rechnungen haben, regeln sie das in der Regel diskreter. Unter sich. Und niemals hätten sie Spuren hinterlassen. Nicht mal ein Opfer wäre zu finden gewesen. Oder wie Enzo es mal in einer weinseligen Nacht bekannte: »Wir aus Kalabrien morden nicht. Wir lassen verschwinden.«

»Tatsache ist«, Hünerbein rülpst vernehmlich, »wir haben keine weiteren Verdächtigen.«

»Das kann sich ändern«, entgegne ich. »Noch sind wir ganz am Anfang.« Ich spüre förmlich die Blicke von Enzo und seinen Söhnen in meinem Rücken. Wahrscheinlich stehen sie direkt hinter den Scheiben ihres Restaurants und beobachten uns.

»Sie konnten nicht ahnen, dass wir auch im Osten ermitteln.« Hünerbein schließt die Fahrertür seines Mercedes auf. »Sie haben geschlampt, dachten, dumme Vopos nehmen den Fall auf.«

»Das wäre aber grob fahrlässig.«

»Ist es immer, wenn man den Gegner unterschätzt. Aber diese Burschen sind jung und arrogant«, meint Hünerbein, »die haben alle Fehler noch vor sich. Ich wette, der Alte macht ihnen heute noch die Hölle heiß.«

Er wird vor allem wissen wollen, wo das Geld ist, denke ich. Denn wenn es die D'Annunzios nicht mehr haben, muss es bei jemand anderem sein. Und so wie ich Enzo kenne, wird er alle Hebel in Bewegung setzen, um herauszufinden, bei wem.

»Ich kann ja noch mal mit Friedrichs reden.« Hünerbein gähnt wie ein Walross. Die Nacht steckt auch ihm noch in den Knochen. Sicher ist es besser, wenn wir uns heute zeitig aufs Ohr legen. Dann sind wir morgen wieder fit.

»Schlaf gut«, verabschiede ich mich.

»Wo denkst du hin?«, ruft der und fährt gasgebend davon.

17 ZU HAUSE TREFFE ICH Melanie im Nachthemd an. Sie hockt in der Küche, trinkt Kaffee und stopft Nutellabrötchen in sich rein.

»Willst du auch was?«, fragt sie mich kauend, »ist noch genug da.«

»Kaffee wäre gut.« Ich sehe auf die Uhr: vierzehn Uhr dreißig. So gehen die Sonntage dahin. »Was ist mit Monika?«

»Hat sich wieder beruhigt, hoffe ich.« Melanie stellt mir eine Tasse auf den Tisch und schenkt Kaffee ein. »Auf der Kommode liegt ‘n Zettel für dich.«

»Was steht denn drauf?«

»Weiß ich nicht.« Melanie sieht mich groß an. »Hat mich zu interessieren, was Mutti dir schreibt? – Nee!«

Ich stehe wieder auf, gehe in den Flur und hole mir den Zettel auf der Kommode.

»Lieber Dieter, wir müssen reden, denke ich. Gelegenheit wäre dazu heute in der Akazienstraße 28, so ab 17.00 Uhr. Da kommen meine spartanischen Möbel aus Görlitz und müssen in den vierten Stock getragen werden. Grüße, Monika.«

Typisch Frau. Oben steht groß »wir müssen reden«, dabei wird nur ein Umzugshelfer gebraucht.

»Wusstest du, dass sie nach Berlin zieht?«, erkundigt sich Melanie.

Ich schüttele den Kopf. »War wohl ein spontaner Entschluss.«

»War klar, dass sie irgendwann kommt.« Melanie schmiert sich das nächste Brötchen. »Muss ich jetzt wieder zu ihr?«

»Willst du zu ihr?« Ich sehe sie abwartend an.

Melanie zuckt mit den Schultern. »Warum zieht ihr eigentlich nicht zusammen?«

»Weil sie nicht will«, erkläre ich. »Außerdem wäre die Wohnung zu klein für uns drei.«

»Die Bude in der Akazienstraße soll größer sein«, erklärt Melanie kauend. »Immerhin drei Zimmer. Könnt ihr sogar getrennt schlafen und habt trotzdem noch ein Wohnzimmer.«

»Und du?«

»Ich bleibe hier.« Melanie sieht mich flehend an. »Das wär so toll, Vati, bitte! Endlich 'ne eigene Wohnung!«

»Das könnte dir so passen!« Ich winke ab und lege mich im Wohnzimmer auf die Couch. Gott, bin ich fertig. Aber Melanie lässt nicht locker.

»Wenn Mutti mitmacht, bist du dann auch dafür?«

»Mutti macht nicht mit«, erkläre ich.

»Und wenn doch?«

»Du kannst dir die Wohnung gar nicht leisten, Spatz.« Ich schließe die Augen. »Verdien erst mal Geld!«

»Ja klar.« Melanie klingt bitter. »Geld, Geld, Geld. Darum dreht sich alles. Schon mal daran gedacht, dass das ziemlich einseitig ist?«

»Mhm«, mache ich schon im Halbschlaf. »Ist übrigens ganz gut, das Lied.«

»Welches Lied?«

»Na«, ich summe, *»tell me why-hy-hy-hy.«*

»Du hast es gehört?« Melanie fällt mir begeistert um den Hals. »Oh, Vati, ich wusste, dass es dir gefällt! Die Orgel ist doch total geil, oder? Und wie findest du meine Stimme? Dark sagt, sie klingt wie Suzanne Vega, aber ich find das blöd! Ich würde viel lieber wie Siouxsie Sioux singen.«

»Ist der Kerl eigentlich wieder aufgetaucht?«, frage ich schläfrig.

»Wer?«

»Na, dieser Dark?«

»Keine Ahnung«, Melanie zuckt mit den Schultern, »werd ich ja gleich sehen.«

»Was wirst du gleich sehen?« Schlagartig bin ich wieder wach.

»Na, ob er wieder da ist?« Melanie springt auf und rennt in ihr Zimmer, um sich anzuziehen. »Ich meine, jetzt wo die Gefahr vorbei ist.« Sie lacht hell.

»Willst du damit sagen«, ich komme wieder hoch, »dass du heute wieder zum Helmholtzplatz willst?«

»Klar, wohin sonst?« Melanies Kopf erscheint bittend in der Tür. »Du musst es mir erlauben, Vati! Ich bin zur Brandwache eingeteilt.«

»Was? Wann?«

»Na, heute Nacht! Polzin hat vorhin angerufen.« Sie hockt sich wieder neben mich auf die Couch und sieht mich bekümmert an. »Diese Schweine haben eins von unseren Häusern abgefackelt. Da solltest du mal ermitteln!«

»Das tue ich.«

»Ja, und?« Melanie regt sich auf. »Und warum verhaftest du diese Arschlöcher nicht? Es gab sogar einen Toten«, setzt sie düster hinzu, »die schrecken vor nichts mehr zurück.«

»Wer?«

»Na, die Immobilienhaie. 'ne ganze Mafia ist das, die nur dick Kohle scheffeln will. Dafür gehen die über Leichen! Und ihr Bullen schaut zu.«

»Nee, wir ermitteln«, widerspreche ich, doch Melanie ist schon wieder in ihr Zimmer gerannt. »Dieser Dark hat dich gestern Nacht im Stich gelassen«, rufe ich ihr nach, »schon vergessen?«

»Na ja, er hat fett Dope im geklauten Auto, und ich rufe meinen Vater an. Einen Kripobullen.« Sie guckt durch die Tür und grinst. »Das wird ihm zu stressig gewesen sein.«

»Zu Recht«, erwidere ich, »oder denkst du, das lasse ich auf sich beruhen? Dafür wird sich der Knabe schon noch verantworten müssen.«

Melanie stemmt die Hände in die Seiten und legt den Kopf schief. »Ach ja? Bist du etwa bei der Drogenfahndung? Ermittelst du in geklauten Autos? Noch dazu im Osten? – Nee! Du bist nicht zuständig, also halte dich da raus.«

»Das kann ich nicht, denn *ich* habe jetzt das ganze illegale Zeug im Wagen.« Und ich werde es da rausholen müssen, denke ich.

»Ein Grund mehr, sich rauszuhalten«, meint Melanie und zieht sich weiter an, »du steckst mit drin!«

Na prima, das hat sie ja clever eingefädelt. Jetzt macht sie mich zum Mittäter, großartig! Aber ohne mich.

»Gerade deshalb nehme ich mir den Kerl persönlich vor, Spatz! Verlass dich drauf.« Ich bemühe mich um einen harten, drohenden Unterton in der Stimme – aber er misslingt mir im Angesicht meiner Tochter immer. Ich kann mit dem Mädchen einfach nicht streng sein. Geht einfach nicht, unmöglich.

»Der Kerl ist eine Gefahr für dich«, versuche ich es trotzdem. »Ich war lange Drogenfahnder, ich weiß, wie das läuft. Diese Typen sind tough organisiert. Die machen dich mit weichen Drogen süchtig, und wenn du richtig drauf bist, gibt's das harte Zeug, bis du ohne nicht mehr leben kannst. Derart angefixt machst du dann alles, um an den Stoff zu kommen – und Typen wie dieser Dark machen das dicke Geschäft. Da werden Millionen verdient, in diesem Business herrscht der wahre Krieg, da sind deine Immobilienhaie Klosterschüler dagegen.«

»Vati!« Melanie kommt heran und setzt sich zu mir auf die Sofakante. »Dark ist einfach nur panne, klar?« Sie wedelt sich vor der Stirn herum. »Irre, ein bisschen plemplem, was du willst. Aber mit Drogengeschäften hat der nichts zu tun. Der will einfach nur kiffen, mehr nicht.«

»Und du? Willst du auch nur kiffen?«

»Also, ehrlich gesagt ...«, Melanie erhebt sich wieder, »erwarte ich mehr vom Leben.«

»Häuser besetzen zum Beispiel?« Ich schüttele den Kopf. »Das ist auch illegal.«

»Legal, illegal, scheißegal.« Melanie fährt wieder herum. »Mann, Vati, hier geht's ums Prinzip! Die Leute im Osten sind nicht auf die Straße gegangen, um nach den Kommunisten nun von Kapitalisten über den Tisch gezogen zu werden.«

Wie ernst sie das meint, denke ich bewundernd, mit welcher Leidenschaft sie spricht ... Meine Tochter!

»Wir zeigen, wie es anders geht. Wie man auch ohne Profitstreben glücklich werden kann! Mit Freiheit, Eigenverantwortung und Engagement. Es geht eben nicht immer nur ums Geld, alles klar?«

»Warum gründet ihr keinen gemeinnützigen Verein?«

»Ha-ha«, macht Melanie bitter, obwohl ich das durchaus ernst gemeint habe, »du kannst so unglaublich witzig sein.«

»Spatz, ihr kommt damit nicht durch!« Ich verstehe sie ja, aber es ist alles so entsetzlich naiv.

»Warum nicht?« Melanie dreht sich wieder um und sieht mich herausfordernd an. »Wir versuchen es wenigstens. Polzin sagt:

Wir haben eine Vision, für die sich zu kämpfen lohnt. Und er hat recht!«

»So, hat er das. Wer, zum Teufel, ist eigentlich dieser Polzin?«

»Ein echt irrer Typ!« Melanie verdreht verliebt die Augen und wirft sich in einen der Sessel. »Und sooo süß!« Sie macht ein langes Gesicht. »Aber er bemerkt mich gar nicht. Wahrscheinlich ist er schwul.«

»Immerhin hat er hier angerufen«, stelle ich fest und beuge mich vor. Ein letzter Versuch, das Mädchen zum Einlenken zu zwingen. »Hör mal, Spatz: Morgen ist Montag, und du hast Schule. Vergiss die Brandwache!«

»Das kann ich nicht«, ruft Melanie empört. »Ich hab's versprochen!«

»Du hast mir ein anständiges Abitur versprochen! Das finde ich wichtiger.«

»Ich hab heute den ganzen Tag gepennt. Ich bin total fit! Erst Brandwache und anschließend zur Schule, okay?«

Ich schüttele den Kopf, denn ich bin insgesamt gegen Melanies Kontakte zu den Hausbesetzern. »Du ahnst nicht, was ich mir gestern für Sorgen um dich gemacht habe.«

»Um mich?«

»Ja, um dich.«

»Weil ich mit ...!« Sie deutet mit den Händen Anführungszeichen an. »... Hausbesetzern verkehre?« Sie regt sich auf. »Wie antiquiert ist das denn?! Seit wann liest du die Springerpresse: BILD warnt vor bösen Punks und autonomen Chaoten – gefährlich, gefährlich –, Scheiße, worüber reden wir hier eigentlich die ganze Zeit?!«

»Über eine Mordermittlung, Melanie! In eurem so ehrenwert besetzten Haus ist ein Mensch umgekommen, verbrannt bis zur Unkenntlichkeit.« Auch ich komme wieder in Fahrt. »Das hättest du sein können!«

»Ich war's aber nicht!« Melanie sieht mich wütend an. »Mensch, Vati, darum geht's doch! Die wollen uns einschüchtern. Die wollen uns aus den Häusern raushaben, damit sie die teuer vermieten können.«

»Diese Bruchbuden?« Ich lache auf.

»Du hättest die vorher sehen sollen. Wir ...«, und bei »wir« tippt sie sich auf die Brust, »... wir haben die Häuser doch erst wieder bewohnbar gemacht. Die standen jahrelang leer. Besser Leerstand als billiger Wohnraum, findest du das etwa gerecht?«

Wer hat je behauptet, dass das Leben gerecht sei, denke ich.

»Eine Sauerei ist das«, bekräftigt Melanie, »'ne totale Sauerei.«

»Und du willst dagegen kämpfen?« Ich fasse es nicht. »Mein Spatz allein auf den Barrikaden?«

»Ich bin nicht allein, Vati.« Melanie sieht mich ernst an. »Und wir werden immer mehr. Jede Revolution hat mal klein angefangen, sonst wäre Honecker ja auch noch an der Macht. Wir haben so viel erreicht, und diese Freiheit lassen wir uns nicht mehr nehmen.«

Bei ihren Worten wird mir angst und bange. Das fehlte noch: Melanie als Tricoteuse der Sansculotten. Vielleicht ziehe ich doch zu Monika, damit sie diese Bude hier für sich hat. Alles besser, als bei den Hausbesetzern abzuhängen.

»Ich kann Polzin jetzt nicht hängen lassen«, sagt Melanie entschieden, »diese Brandwachen sind ungeheuer wichtig!«

Ich ahne, dass ich sie nicht abhalten kann. Wenn ich es ihr verbiete, geht sie trotzdem. Leidenschaft und Träumerei ist ein Privileg der Jugend. Das kann man ihr nicht nehmen.

»Keine Drogen«, lenke ich ein.

»Keine Drogen«, verspricht Melanie.

»Und kein Alkohol.«

»Na, ein Bier wird wohl drin sein, oder?« Melanie lächelt mich an.

»Okay«, nicke ich hilflos. »Aber nur eins. Halte mich auf dem Laufenden, ja? Ich will wissen, wo du bist und was du tust. Und morgen früh bist du pünktlich in der Schule. Egal wie übernächtigt du bist.« Gesellschaftliches Engagement in allen Ehren, aber die Pflichten dürfen nicht zu kurz kommen.

»Versprochen!« Sie umarmt mich. »Bist echt der Größte, Vati. – Ciao!«

Sie zieht sich einen Anorak über – die ANORAK ZONE lässt grüßen – und verlässt das Haus.

Mist, denke ich und falle wieder rücklings auf die Couch zurück.

Es ist schon komisch. Im letzten Jahr noch wollte Melanie unbedingt nach Westberlin. Nichts war ihr wichtiger, sie hat ihre Mutter verlassen, um bei mir einzuziehen, nur weil ich im schönen Westen wohne, wo alles glitzert, bunt und teuer ist. Und nun, wo sie sieht, was sich hinter den schillernden Fassaden verbirgt, geht sie wieder in den Osten zurück. *Tell me why-hy-hy-hy?* Vielleicht, weil sich bei uns wirklich alles immer nur ums Geld dreht. *Money makes the world go round*, und spätestens nach dem Scheitern der sozialistischen Utopie ist klar, dass es bis auf Weiteres keine Alternative geben wird. Die »Autonome Republik Helmholtzplatz« ist auch nur so ein Experiment. Spätestens nach dem dritten Oktober gilt auch im Prenzlauer Berg die Berliner Linie, und dann ist Schluss mit lustig. Die Brachen im Osten sind harte Westmark wert, da ist kein Platz mehr für die Träumereien einiger Punks.

Wir werden uns das nicht mehr nehmen lassen, hat Melanie gesagt, und bei ihren Worten wird mir ganz kalt.

Wie weit wollt ihr gehen, denke ich und schließe die Augen. Glaubt ihr wirklich, ihr habt eine Chance? Hier geht es nicht um euch. Niemand interessiert sich für eure romantischen Phantasien. Hier geht es um sehr viel Geld. Macht und Einfluss. Die untergehende DDR ist wie ein großer Kuchen, der neu aufgeteilt wird. Alle wollen ein Stück davon haben. Wie bei einer gigantischen Tortenschlacht. Nur wird hier nicht mit Sahne geschmissen, sondern mit harten Bandagen gekämpft.

Und meine kleine Tochter mittendrin …

18 »GUT, DASS SIE GLEICH kommen konnten.« Jochen Friedrichs erwartete ihn direkt an der Absperrung zum Arndtschen Bauernhof und lächelte. »Jetzt, wo sich der allgemeine Pulverdampf verzogen hat.«

»Gibt's was Neues?« Hünerbein schloss seinen Wagen ab und erwiderte Friedrichs' Händedruck. »Irgendwelche Erkenntnisse?«

»Durchaus.« Friedrichs holte aus seinem Trabi ein paar Klarsichthüllen. »Aber sie werden uns das Leben nicht gerade leichter machen.«

Das ist mit neuen Erkenntnissen meistens so, dachte Hünerbein. Je mehr Spuren, umso schwieriger die Aufklärung – das ist eine alte Erkenntnis kriminalistischer Arbeit.

»Unser Opfer hat offensichtlich eine Menge Feinde gehabt«, erklärte der alte Volkspolizist und reichte ihm die Klarsichthüllen. »Leute, die um jeden Preis verhindern wollten, dass er seinen Hof verkauft. Sehen Sie sich das an!«

In den Hüllen befanden sich angekokelte Schmähbriefe und anonyme Drohungen. »Wir kriegen dich, du Ratte«, »Verräter!«.

»Woher kommt das?«

»Aus einer Kommode gleich neben der Eingangstür, die vom Feuer leider nur halbwegs verschont geblieben ist«, antwortete Friedrichs. »Ich hab mich schon mal umgehört. Es gibt hier eine Bürgerinitiative gegen die Pläne des Flughafenausbaus in Schönefeld.«

»Da ist doch noch nichts entschieden.« Hünerbein gab ihm die Hüllen zurück.

»Dann wäre es auch zu spät.« Friedrichs lächelte. »Ich habe vorsorglich Fingerabdrücke von den charmanten Schreiben machen lassen. Sie werden gerade analysiert.«

»Gut.« Hünerbein nickte. »Dann ermitteln wir auch in diese Richtung.«

»Es gibt leider noch eine Dritte.« Friedrichs hob bedauernd die Hände. »Und die haben wir meiner Leidenschaft für ausgedehnte Spaziergänge zu verdanken. Ich kann dann besser nachdenken.« Er sah prüfend auf Hünerbeins Körperfülle. »Sie mögen Spaziergänge wohl nicht so sehr?«

»Doch, doch«, grinste Hünerbein, »der äußere Eindruck täuscht, ich bin fit wie Schwarzenegger.«

»Schön. Dann lassen Sie uns gehen, bevor es dunkel wird.« Friedrichs hob die Polizeiabsperrung an, duckte sich drunter durch und ging voran. »Die Tage sind ja schon merklich kürzer jetzt.«

»Ja, das hat der Herbst so an sich.«

Das Bauernhaus war nicht mehr zu retten. Nur die Grundmauern standen noch, ansonsten war alles in Schutt und Asche. Da half nur noch der Abriss. Stattdessen konnte man die Scheune ausbauen, das würde sich lohnen, dachte Hünerbein. Wenn man sich die Ruine wegdachte, war es hier richtig idyllisch. Dichte Haselnusssträucher überwucherten den Zaun, an der Scheune wuchsen Fliederbüsche und ein herrlicher alter Lindenbaum. Alles schön nah an der Stadt und doch inmitten der Natur. Der ideale Rückzugsort fürs Wochenende. Wenn nicht der Flugverkehr wäre – gerade eben schwebte tief eine Iljuschin der AEROFLOT über das Gehöft.

Friedrichs öffnete eine windschiefe hölzerne Pforte hinter dem runtergebrannten Haus, die in einen kleinen Obstgarten führte. Hier standen knorrige Bäume mit Äpfeln, so schwer, dass die Äste mit Pfählen abgestützt werden mussten, um nicht zu brechen. Außerdem gab es diverse Pflaumensorten, süß und reif und beliebt bei den Staren. Als die Männer näher kamen, erhoben sie sich scharenweise flatternd in die Luft.

»Mein Vater hat die Viecher immer mit 'ner Schrotflinte verjagt«, sagte Friedrichs, »die fressen einem sonst die ganze Ernte weg.«

»Hier wird wohl niemand mehr ernten.« Hünerbein nahm sich eine Stachelbeere von einem der dornigen Büsche und schob sie sich in den Mund. »Hat der Arndt eigentlich Verwandte? Eine Familie? Kinder oder so?«

»Nein.« Friedrichs schüttelte den Kopf. »Er war Witwer, seine Frau ist 88 gestorben. Krebs.«

»Ich sehe, Sie haben Ihre Hausaufgaben gemacht.«

»Ich muss«, erwiderte Friedrichs. »Mittwoch quittiere ich den Dienst. Bis dahin will ich den Fall gelöst haben.«

»Haben Sie Ihre Fälle eigentlich immer gelöst?«

»Na«, Friedrichs lächelte, »wenn man mich gelassen hat.«

Hünerbein sah ihn fragend an.

»Manchmal waren die Täter die falschen Leute«, setzte Friedrichs hinzu, »hohe Parteigänger, ein Minister. Ich hätte ihm den Mord an seiner Frau nachweisen können, aber mir wurde sehr deutlich klargemacht, dass ich das besser lassen solle.«

»Das sollte Sie motivieren, Friedrichs.« Sie querten eine zweite Pforte, liefen jetzt über einen schmalen Feldweg auf den Waldrand zu. »Heute schützt den Minister sicher niemand mehr.«

»Er hat sich umgebracht«, erklärte Friedrichs. »Gleich nach dem Mauerfall. Da haben sich viele das Leben genommen.«

»Ganz im Gegenteil zum armen Arndt.« Hünerbein holte ein Taschentuch hervor und schnäuzte sich. Auf irgendwas hier reagierte er allergisch, dabei war die Zeit der schlimmsten Blütenpollen längst vorbei. Außerdem hatte es tagelang geregnet. Ganze Teile des Feldes waren noch überschwemmt, und der Rest war so matschig, dass Hünerbein in seinen Halbschuhen nasse Füße bekam. Vielleicht holte er sich auch nur einen Schnupfen.

»Glauben Sie, dass eine Bürgerinitiative dazu in der Lage wäre?« Er steckte das Taschentuch wieder ein. »Kaltblütiger Mord?«

»Warum nicht?« Friedrichs stapfte weiter auf den Wald zu. »Haben Sie sich mal überlegt, was hier los ist, wenn Schönefeld zum internationalen Luftkreuz wird? – Die Leute fürchten um Haus und Hof.«

»Sie könnten verkaufen. Wie Arndt.«

Friedrichs schüttelte den Kopf. »Arndt hatte Bauland. Der konnte teuer verkaufen. Aber die Leute in Selchow kriegen nichts mehr für ihre Häuser, wenn die Pläne vom Großflughafen Wirklichkeit werden.«

»Das Geld ist übrigens weg.«

»Welches Geld?«

»Neun Komma zwo Millionen«, antwortete Hünerbein, »so viel hat Arndt von den D'Annunzios als Kaufpreis bekommen. Die Achthunderttausend waren nur die offizielle Steuersumme, den großen Rest gab's bar in einem Koffer.«

»Schön, dass ich das auch mal erfahre.« Inzwischen bahnten sie sich einen Weg durch dichten Kiefernwald, der allmählich in Mischwald überging.

»Tut mir leid, Kollege«, Hünerbein schob sich ächzend zwischen wilden Holunderbüschen durch, »aber die Erkenntnis hab ich auch erst seit 'ner knappen Stunde.«

»Glauben Sie, dass das Geld hier noch irgendwo ist?«, fragte Friedrichs.

»Kaum. Vielleicht ist es im Haus verbrannt. Wahrscheinlicher aber wurde es ihm abgenommen. Vor oder nach dem Mord.« Nasse Zweige klatschten den Männern ins Gesicht, und Hünerbein sah sich schnaufend um. »Verraten Sie mir, wo sie hinwollen?«

»Wir sind gleich da.« Friedrichs ging unverdrossen weiter. »Meinen Sie, da liegt das Motiv?«

»Davon bin ich überzeugt«, erwiderte Hünerbein, »ein Koffer voller Geld ist immer ein Motiv. Die Frage ist, wer ihn jetzt hat.«

»Und Rauschgift?« Friedrichs stoppte und sah Hünerbein fragend an. »Wäre Rauschgift auch ein Motiv?«

»Wie kommen Sie darauf?«

Friedrichs deutete zwischen den Bäumen hindurch auf eine Lichtung. »Da entlang!«

Sie bahnten sich einen Weg durch hohe, schon gelblich verfärbte Farne und zwischen dicken, moosigen Buchenstämmen hindurch und standen schließlich am Rande eines kleinen, kürzlich abgeernteten Feldes, in dem schlammige Pfützen standen.

Hünerbein nieste herzerweichend und holte sein Taschentuch wieder hervor. Lag hier der Grund für seine Allergie? Aber hier war doch nichts mehr? Interessiert bückte er sich und hob etwas auf, das einer Hanfpflanze zum Verwechseln ähnlich sah …

»Das gibt's doch nicht«, murmelte Hünerbein.

»Cannabis«, nickte Friedrichs, und es klang in seinem thüringischen Dialekt wie »Gonnopiss«. Er streckte die Arme. »Muss eine reiche Ernte gewesen sein.«

»Ich bin allergisch gegen Hanfpollen«, murmelte Hünerbein. »das war schon in meiner Studentenzeit immer einen Lacher wert.«

»So viel ist sicher«, sagte Friedrichs, »zu SED-Zeiten hätte es so was nicht gegeben.«

»Was sicher ein Fehler war«, entgegnete Hünerbein, »damit hätten Sie Ihren notorisch klammen Staatshaushalt sanieren können. Das Zeug ist harte Devisen wert.«

Friedrichs lachte. »Und wer saniert sich heute damit?«

»Das ist die Frage.« Hünerbein steckte die Hanfpflanze vorsichtig ein.

»Deshalb wollte ich Sie allein sprechen.« Friedrichs holte etwas aus seiner Anoraktasche. »Das fanden wir in dem Wagen, mit dem die Tochter Ihres Kollegen verunfallt ist.«

»In dem gestohlenen Ford Transit?« Hünerbein erkannte sofort, was der Kollege von der Volkspolizei ihm entgegenhielt. »Dope?«

Friedrichs nickte. »Der Wagen war total verdreckt, und so wäre es uns fast nicht aufgefallen. Aber als wir ihn genauer untersuchten …«

»Und Sie schließen jetzt daraus, dass die Anwesenheit meines Kollegen und seiner Tochter hier nicht zufällig war?«

»Ich zähle nur Fakten zusammen«, sagte Friedrichs. »Hier ein Hanffeld, im Wagen Rauschgift, das aus Hanfblüten gewonnen wird. Ein toter Bauer und ein Kollege, der vermutlich seine Tochter schützen will.«

»Ich kenne den Knoop seit über zehn Jahren«, winkte Hünerbein ab, »er war lange bei der Drogenfahndung.«

»Dann kennt er sich ja aus«, erwiderte Friedrichs trocken.

»Gehört das Feld Arndt?«

Friedrichs bejahte. »Laut seinen Unterlagen hat er es an einen Mahlower Kaninchenzüchter verpachtet.«

»Dann sollten wir uns den Herrn mal anschauen.« Hünerbein stiefelte los. »Bevor Sie meinen Kollegen weiter verdächtigen.« Er fluchte. »Diese Ossis lernen verdammt schnell!«

»Oder sie haben es nie verlernt«, widersprach Friedrichs. »In Thüringen haben wir früher auch Hanf angebaut. Gleich nach dem Krieg. Sie können sich nicht vorstellen, wie scharf die amerikanischen GIs darauf waren. Aber dann übernahmen die Russen das Land, und die schöne Tradition ging verloren ...«

»Das ist die Tragik unseres Seins, Friedrichs.« Hünerbein folgte seinem Ostkollegen zurück zum Arndtschen Hof. »Nichts währt ewig.«

19 NACH EINER DEBATTE darüber, welchen Wagen sie nehmen sollten – Friedrichs hatte seinen Trabant 601 Universal dabei, Hünerbein seinen 250er Mercedes –, einigten sich die west-östlichen Kommissare schließlich auf die Marke mit dem Stern, denn Friedrichs glaubte, »in einem fetten Benz« bei einem potenziellen Drogenhändler weniger Argwohn zu wecken als in einem Trabi.

Sie erreichten das nur wenige Kilometer entfernte Mahlow über eine melancholisch herbstliche Allee. Laub bedeckte den Asphalt und wurde in der Windschleppe des zügig durch die Dämmerung fahrenden Wagens durcheinandergewirbelt. Links und rechts säumten villenartige Häuser die Straßen, etwas heruntergekommen und grau wie nasse Scheuerlappen.

Früher, so erzählte Friedrichs, gehörte Mahlow zu den vornehmen Vororten Berlins. Die nahe gelegenen Henschel-Flugzeugwerke sorgten für Wohlstand, begüterte Städter hatten hier ihre Sommerhäuser oder zogen ganz hierher. Es gab gute Anbindungen an die Stadt, in weniger als einer halben Stunde war man im Zentrum.

Nach dem Krieg verwaiste der Ort zusehends. Die Flugzeugwerke wurden liquidiert, die Anlagen als Reparationsleistung nach Russland verbracht. Durch den Mauerbau wurde Mahlow von Berlin regelrecht abgeschnitten und fiel in einen Dornröschenschlaf, der bis heute anhielt.

»So!« Friedrichs deutete auf ein etwas zurückgesetzt in einem sorgsam gepflegten Garten stehendes Einfamilienhaus mit einem hölzernen, grün gestrichenen Windfang und ebensolchen Fensterläden. »Das müsste es sein.«

Hünerbein stoppte den Wagen und stieg aus. Ein wild gewordener Foxterrier wetzte kläffend am Jägerzaun des Grundstücks auf und ab und überschlug sich fast vor Aufregung.

»Ruhig«, sprach Hünerbein auf den Hund ein, ohne gehört zu werden, »ganz ruhig, wir wollen nur spielen.«

»AUS!«, brüllte Friedrichs mit der ganzen Autorität eines gestandenen Volkspolizisten. Und siehe da: Das Tier verstummte augenblicklich und setzte sich eingeschüchtert hin.

»Sie sind der geborene Leithund«, bemerkte Hünerbein bewundernd, doch Friedrichs winkte ab.

»Diese Köter funktionieren alle gleich«, sagte er, »man muss Ihnen zeigen, wer Herr im Hause ist.«

»Und wer ist hier der Herr im Haus?«

»Das werden wir gleich sehen.« Friedrichs drückte einen neben der Pforte im Zaun angebrachten Klingelknopf und wartete ab.

Es dauerte einen Augenblick, bis sich die Haustür öffnete und ein hemdsärmeliger, etwa fünfzigjähriger Mann fragend zu den Kommissaren herübersah.

»Ja?«

»Friedrichs, Deutsche Volkspolizei. Wir hätten ein paar Fragen an Sie.«

»So?« Der Mann kam langsam näher. Hinter ihm, im Windfang, wurde eine Frau mit Lockenwicklern im Haar sichtbar. »Hat der Bengel wieder Unsinn gemacht?«

Welcher Bengel, wollte Hünerbein fragen, doch Friedrichs kam ihm zuvor.

»Sie sind Herr Pawlak, Lutz?«

»Exactement«, erwiderte der Mann und versenkte abwartend die Hände in den Taschen seiner weiten Cordhose. »Worum geht's?«

»Sie haben ein Stück Wiese gepachtet von einem Bauern aus Selchow, richtig?«

»Für meine Widder, ja.«

Friedrichs und Hünerbein wechselten einen vielsagenden Blick.

»Widder?« Hünerbein lächelte. »Unserer Information nach handelt es sich um Kaninchen.«

»Richtig«, antwortete Pawlak.

»Falsch«, widersprach Hünerbein. »Widder sind Schafe. Da bin ich mir ganz sicher.«

»Wollen Sie sie sehen?« Pawlak öffnete die Gartentür.

»Unbedingt. Vielen Dank!« Hünerbein zwängte sich durch die Gartentür und folgte dem Mann hinter das Haus zu einem lang gestreckten Holzverschlag. Auf mehreren Etagen waren hier in zwei Dutzend Boxen mindestens fünfzig Karnickel untergebracht – manche davon größer als ausgewachsene Wildhasen – aber kein einziges Schaf.

»Und wo sind jetzt die Widder?«, fragte Hünerbein.

»Das sind Widder. Deutsche Widder.« Pawlak holte stolz einen prachtvollen Rammler aus seiner Box. »Sehen Sie sich Jackson an. Mit dem bin ich im Sommer Landesmeister geworden.«

»Landesmeister«, wiederholte Hünerbein perplex, und ihm war anzusehen, dass er darüber sinnierte, was die jahrzehntelange Teilung mit dem deutschen Volk wohl angerichtet hatte. Das sind die wahren Opfer des Kalten Kriegs, dachte er, wenn sie noch nicht einmal mehr Kaninchen von Schafen unterscheiden können. Und weil er ein höflicher Mensch war, lobte er den Rammler und kraulte ihn hinterm Ohr. »Was für ein schönes Tier. Gibt er auch ordentlich Wolle?«

»Wieso Wolle?«, fragte Pawlak.

»Dafür hält man sich doch Schafe, oder?« Hünerbein begann zu ahnen, dass er sich auf schwieriges Terrain gewagt hatte, denn Pawlak erklärte ihm nun nachsichtig, dass Jackson kein Schaf, sondern ein Kaninchen sei. »Die werden nicht geschoren. Den ziehen wir höchstens das Fell über die Ohren.«

»Der Westberliner Kollege macht gern mal einen Witz«, mischte sich nun Friedrichs ein, »denn natürlich weiß er, dass der Deutsche Widder eine berühmte Zuchtkaninchenrasse ist.«

»Das wusste ich nicht«, entfuhr es Hünerbein. »Für mich gibt's Widder nur als Sternzeichen oder als Schaf.«

»Sehen Sie, das erschüttert mich an unseren Brüdern und Schwestern im Westen«, seufzte Friedrichs. »Immer eine große Klappe, aber Allgemeinwissen gleich null.«

»Na ja, warum brauchen sie im Westen dreizehn Jahre zum Abitur?« Pawlak sah Hünerbein an und grinste. »Da ist ein Jahr Schauspielunterricht dabei!«

Friedrichs lachte.

»Warum gibt's im Westen sechs Schulnoten?« Pawlak hatte noch einen. »Weil fünf nicht ausgereicht haben!«

Großes Feixen bei Friedrichs und Pawlak.

»Und warum dürfen Westdeutsche nicht auf den Eiffelturm?«, wieherten sie einträchtig. »Weil die immer die Hubschrauber füttern!«

Jetzt reichte es Hünerbein. »Warum haben Ostdeutsche dreiundfünfzig Knochen mehr als Westdeutsche?«, rief er ins Gelächter hinein.

Pawlak und Friedrichs sahen ihn ratlos an.

»Weil ihr Gehirn noch mechanisch arbeitet.« Hünerbein grinste breit. »Klapperdiklapp, klapperdiklapp. – Können wir jetzt wieder zum Thema kommen, Herr Pawlak?«

»Ja, wenn Sie meinen ...« Pawlak guckte ernüchtert.

»Womit füttern Sie denn Ihre Karnickel?«

»Was, ähm ... ja, mit Pellets.« Pawlak öffnete einen Verschlag und zeigte auf mehrere Papiersäcke bundesdeutschen Trockenfutters. »Das Zeug ist unschlagbar. Dazu Möhren, und die Tiere entwickeln sich prächtig.«

»Mhmhm«, machte Hünerbein und betrachtete sich die Kaninchen, »und wozu haben Sie dann die Wiese gepachtet?«

»Früher kam man ja an die Pellets nicht ran«, erklärte der Züchter, »da haben uns die Westdeutschen auf internationalen Meisterschaften regelmäßig die Nase gezeigt. Aber jetzt mit der D-Mark ...«

»... herrscht Chancengleichheit«, stellte Friedrichs fest.

»Sozusagen«, pflichtete Pawlak bei.

»Dann nutzen Sie die Wiese gar nicht mehr?« Hünerbein schrieb unverdrossen mit.

»Nein.«

»Aber Sie zahlen doch Pacht.«

»Gezwungenermaßen.« Pawlak strich seinem Jackson liebevoll

über den Nacken. »Ich habe die Wiese jährlich gepachtet, und Arndt hat immer im Voraus kassiert. Anfang des Jahres wusste ich ja noch nicht, dass wir die Westmark kriegen.«

»Und damit die Pellets«, präzisierte Hünerbein und sah auf, »richtig?«

»Genau«, machte Pawlak und setzte seinen Rammler wieder in den Stall zurück. »Und was ist jetzt mit meinem Sohn?«

Hünerbein verstand nicht. »Mit Ihrem Sohn? Wieso, was soll mit dem sein?«

»Der hat doch wieder irgendeinen Scheiß verzapft«, rief Pawlak, »deshalb sind Sie doch hier!«

Nö, wollte Hünerbein antworten, doch wieder kam ihm Friedrichs zuvor: »Wo ist denn Ihr Sohn jetzt?«

Pawlak zuckte mit den Schultern. »Der Bengel taucht hier nur noch zum Wäsche waschen auf.«

Von hinten kam Pawlaks Frau heran. »Ist was mit Sascha?«

»Vermutlich hat er die Karre geklaut«, knurrte Pawlak, »ich hab mir gleich gedacht, dass mit dieser Geschichte was nicht stimmt.«

»Mit welcher Geschichte?«, fragte Friedrichs.

»Ach, er fuhr hier mit einer nagelneuen Yamaha vor, die er sich angeblich gekauft hat.« Pawlak winkte ab. »Tausenddreihundert Kubik. Wie geht das? Der Junge hat doch gar kein Geld.«

»Er sagte«, mischte sich Frau Pawlak ein, »dass er ein lukratives Geschäft aufgemacht hat. In Westberlin.«

»Du glaubst natürlich diesen Quatsch!« Pawlak schüttelte den Kopf. »Der Bengel hat nur Blödsinn im Kopp. Noch nicht mal seine Lehre konnte er vernünftig abschließen, stinkend faul wie er ist. Der und Geschäfte – ich lach mich tot! Womit denn?«

»Ich denke, wir wissen, womit der Junge Geschäfte macht, Herr Pawlak.« Hünerbein sah von seinem Notizblock auf. »Sascha hieß er, sagten Sie?«

»Alexander. Aber alle nennen ihn Sascha.«

»Hat er was verbrochen?«, bangte Frau Pawlak.

»Sagen wir mal so …« Hünerbein schnaufte gedehnt. »Er hat offenkundig verborgene Talente in der Landwirtschaft entwickelt.«

»Wollen Sie mich auf den Arm nehmen?« Pawlak sah Hünerbein finster an.

»Ganz und gar nicht.« Hünerbein holte die geknickte Hanfpflanze aus seinem Trenchcoat hervor und zeigte sie den Pawlaks. »Wissen Sie, was das ist?«

Die Eheleute schüttelten einträchtig die Köpfe.

»Eine der ältesten Kulturpflanzen der Welt«, erklärte Hünerbein. »Hanf. Man kann daraus Seile und Textilien herstellen.« Er klappte seinen Notizblock zusammen. »Die größte Gewinnspanne lässt sich allerdings mit den aus den weiblichen Hanfpflanzen gewonnenen Drogen erzielen.« Er lächelte. »Wundern Sie sich also nicht, wenn Ihr Sohn demnächst in einem Porsche auftaucht. – Kennen Sie seine Schuhgröße?«

»Früher hatte er zweiundvierzigeinhalb«, stammelte Frau Pawlak und sah Hünerbein ängstlich an. »Heute wird er mindestens fünfundvierzig haben, so wie der Junge gewachsen ist. Ist Sascha in irgendwelche kriminellen Machenschaften verwickelt?«

»Davon können Sie ausgehen.« Hünerbein setzte eine amtliche Miene auf und fügte hinzu: »Also, wenn er hier mit der Wäsche auftaucht, halten Sie ihn fest, verstanden? Wir müssen ein paar Worte mit ihm reden.«

»Vorher werde ich ihm den Hintern versohlen.« Pawlak brachte die Kommissare zurück zur Gartenpforte. »Aber tüchtig.«

»Tun Sie das!« Die Kommissare wandten sich dem Wagen zu und öffneten die Türen. Doch bevor Friedrichs einstieg, fiel ihm etwas ein.

»Eins noch, Herr Pawlak!« Er richtete sich wieder auf, sah den Kaninchenzüchter übers Autodach hinweg an. »Es gibt hier eine Bürgerinitiative gegen den geplanten Ausbau des Flughafens Schönefeld. Wissen Sie etwas davon?«

»Eine?« Pawlak lachte. »Da gibt's mindestens drei Bürgerinitiativen. Bohnsdorf, Selchow, Waltersdorf – die sind da alle nicht begeistert von.«

»Und Sie?«

»Ich halte mich da raus.« Pawlak winkte ab. »Ich lasse mich nicht mehr agitieren, verstehen Sie? Von keiner Seite mehr.«

»Wer versucht denn, Sie in dieser Hinsicht zu agitieren?«

»Alle möglichen Leute.« Pawlak schloss die Gartenpforte. »Jeden Tag eine neue Unterschriftenliste. Fahren Sie zum Gravenstein in Selchow, der ist in der Sache mächtig aktiv. Aber planen Sie Zeit ein, wenn der ins Propagieren kommt, hört er nicht mehr auf.«

»Gravenstein.« Hünerbein holte wieder seinen Notizblock hervor und notierte es eifrig. »Vielen Dank.«

»Keine Ursache.« Pawlak hob die Hand zum Abschied und ging wieder ins Haus zurück.

Sein wachsamer Foxterrier saß noch immer brav am selben Platz und wedelte unterwürfig mit dem Schwanz.

»Na, lauf!«, machte Friedrichs.

Darauf hatte der Hund gewartet. Wie von einer Schlange gebissen sprang er auf, am Zaun hoch und rannte laut kläffend hin und her.

Friedrichs lächelte nachsichtig, stieg in den Mercedes und schnallte sich an. »Und jetzt?«

»Zu Gravenstein«, antwortete Hünerbein und startete den Wagen. »Ihr könnt übrigens nicht vom Affen abstammen.«

»Bitte?« Friedrichs sah irritiert auf.

»Die hätten es nie vierzig Jahre ohne Bananen ausgehalten«, feixte Hünerbein und fuhr mit quietschenden Reifen davon.

20

ALS ICH AUFWACHE, ist es draußen dunkel.

Erschrocken sehe ich auf die Uhr. Kurz vor acht! Und dabei wollte ich doch schon nachmittags um fünf bei Monika sein.

Hastig ziehe ich mir Schuhe und Joppe an und stürze aus dem Haus. Ich würde das Fahrrad nehmen, das ich mir vor drei Monaten gekauft habe, um mich mehr zu bewegen. Leider hat man mir schon kurz nach dem Kauf das Vorderrad gestohlen, und nun steht das teure Rad traurig an einen Laternenpfahl gekettet und wird immer weniger. Inzwischen fehlen auch Klingel und Lampen. Auch die teure Shimano-Gangschaltung wurde abgebaut.

So geht alles dahin, denke ich melancholisch, da nutzt selbst das teuerste Fahrradschloss nichts. Ich hätte es gleich in den Keller stellen sollen. Nur wäre es da nie wieder herausgekommen, so gut kenne ich mich.

Ich stecke mir eine Zigarette an und gehe zügigen Schrittes die Belziger hinunter, kaufe am Spätkauf Ecke Eisenacher noch einen Roten zum Anstoßen auf die neue Wohnung und biege Viertel nach acht in die Akazienstraße ein. Vor der Hausnummer achtundzwanzig ist kein Möbelwagen mehr zu sehen. Vermutlich hat die Ärmste jetzt alles selbst hochgeschleppt.

Ich bewundere noch die sehr elegante Jaguar-Limousine, die völlig verkehrswidrig in der Einfahrt geparkt ist, und sehe mir die Klingelschilder an. Natürlich hat sie ihren Namen noch nicht angebracht. Ich drücke blind irgendeinen Knopf, dann noch einen und noch einen – irgendwer wird schon aufmachen.

»Ja, hallo?«, kommt es durcheinander aus der Sprechanlage, »wer begehret Einlass« und »ist da wer?« Dann fangen die Stimmen an, sich zu zanken. »Nun gehen Sie doch mal aus der Leitung?« – »Ja, hat's bei mir geklingelt oder bei Ihnen?« – »War bestimmt wieder ein Streich von den Sawatzki-Gören!« – »Unterstehen Sie sich, meine Kinder essen gerade Abendbrot!«

Grinsend trete ich ins Haus und trage statt irgendwelcher Möbel meine Rotweinflasche in den vierten Stock.

Oben sind drei Türen, ich nehme die in der Mitte und liege falsch, denn es öffnet niemand. Dann sehe ich, dass links an der Tür ein Zettelchen klebt. »Umzug Droyßig« – na bitte, da haben wir es doch.

Ich klingle erneut, höre im Flur schwere, für Monika zu schwere Schritte und stehe, als die Tür geöffnet wird, ihrem beknackten Exmann gegenüber. Super! Der hat mir gerade noch gefehlt.

»Dieter!« Siggi strahlt und will mich umarmen. Aber er ist weder Italiener, noch bin ich sein Freund.

»Ist Moni da?« Ich weiche etwas zurück.

»Klar. Komm rein!« Siggi tritt zur Seite und macht eine einladende Handbewegung. Er hat sich verändert. Sorgsam gestutzter Dreitagebart, das früher militärisch kurz geschnittene Haar ist länger geworden. Er trägt eine randlose Brille und ist gekleidet wie ein existenzialistischer Bohemien, der es zu was gebracht hat. Schwarzer Rollkragenpullover und Bundfaltenhosen, dazu ein edles anthrazitfarbenes Sakko und teure italienische Slipper. Mit lässiger Eleganz führt er mich durch abgebeizte Flügeltüren in zwei aneinandergrenzende Zimmer, selbstsicher und locker wie ein zu Wohlstand und Ansehen gekommener Altachtundsechziger, der sich mit den Verhältnissen arrangiert hat.

»Monika, sieh mal, wer hier ist!«

»Bist spät«, stellt sie fest und gibt mir einen flüchtigen Kuss auf die Wange. In Jeans und T-Shirt sieht sie entschieden jünger aus als im Thierry-Mugler-Kostüm. »Wie gefällt's dir?«

»Gut«, nicke ich und sehe mich um. Tatsächlich ist die Wohnung sehr schön, mit Stuck an der Decke, Fischgrätparkett, Balkon und Erker. Links geht's durch das Berliner Zimmer vermutlich in die Küche. Monika hat ihr schönes altes Sofa und den Schaukelstuhl aus Görlitz mitgebracht sowie eine alte hölzerne Truhe mit Eisenbeschlägen und mehrere Sitzkissen. Ansonsten stehen Kisten herum, die noch ausgepackt werden müssen.

»Ich hätte mich ja völlig neu eingerichtet«, erklärt Siggi, »aber unser sensibles Mädchen liebt nun mal ihren alten Kram.«

Bei »unser sensibles Mädchen« legt er ihr den Arm um die Schulter, und es gibt mir einen Stich ins Herz. Überhaupt komme ich mir vor wie ein alter Schulfreund, der nach langen Jahren mal bei seiner Jugendliebe und deren spießigem Ehemann vorbeischaut.

»Tja, also …« Unschlüssig reiche ich die Rotweinflasche rüber. »Alles Gute zur neuen Wohnung.«

»Mhm, ein Rioja«, stellt Siggi mit Kennermiene fest, »den köpfen wir gleich. Zuvor aber …« Er lässt Monika los und deutet auf eine bereits geöffnete Flasche auf der Truhe. »… trinken wir den.« Er sieht sich suchend um. »Wo sind die Gläser?«

»Hier!« Monika kommt mit drei Weingläsern heran.

»Perfekt«, findet Siggi das und schenkt mit großer Geste ein. »Dieser Barolo ist wie die Musik von Verdi«, gurrt er, ganz feingeistiger Gourmet, »man nennt ihn den Wein der Könige: voller zarter Aromen, die sich erst allmählich auf der Zunge entfalten, bevor sie im Abgang geradezu furios über die bacchantischen Sinne herfallen. Fast wie ein Orgasmus …« Er grinst mich über seine Brille hinweg an. »… und mithin genau das Richtige für zwei Männer, die dieselbe Frau begehren.« Er hält mir lachend das Glas hin, und Monika protestiert.

»Hey, und ich krieg nichts?«

»Du bist der Grund unseres Leidens«, ruft er, reicht ihr aber trotzdem ein Glas, »dennoch will ich dir diesen großartigen Tropfen nicht vorenthalten. Ich habe ihn aus einem kleinen und sehr alten Weingut in der Nähe von Castiglione, wo ich den Sommer verbracht habe.«

»Ach«, spotte ich, »gehört die Stasi jetzt auch zur Toskanafraktion?«

»Piemont«, korrigiert mich Siggi gelassen und gießt sich selbst ein, »der Barolo kommt aus dem Piemont. Das solltest du als eingefleischter Wessi eigentlich wissen.«

»Ich bin zur Hälfte Amerikaner«, erinnere ich ihn, »und die haben ja bekanntlich keine Kultur.«

»Habe ich das je behauptet?« Siggi sieht mich spöttisch an. »Woran arbeitest du gerade?«

Komische Frage, denke ich. So reden Künstler, die sich nach ihren Projekten erkundigen. »Geht dich das was an?«

»Sicher nicht.« Siggi setzt sich auf das Sofa und schlägt die Beine übereinander. »Aber die Arbeit der Kripo hat mich schon als kleiner Junge fasziniert. Komplizierter Fall?«

»Ein Toter bei Hausbrand«, erkläre ich kühl, »ein Selbstmord. Reine Routine.«

»Dafür siehst du ziemlich müde aus«, stellt Siggi fest.

»Der Eindruck täuscht.«

»Na, denn!« Siggi hebt sein Glas und prostet mir zu. »Santé, mein Lieber!«

»Auf die Stasi im Piemont«, erwidere ich.

»Herrgott, nun reite doch nicht dauernd auf meiner Vergangenheit im Ministerium herum.« Siggi stellt sein Weinglas, ohne daraus zu trinken, wieder ab. »Du warst schließlich auch mal beim Verfassungsschutz. Wir waren im selben Metier, nur auf verschiedenen Seiten der Mauer.«

»Nur dass ich meinen Dienst beim VS schon 1973 quittiert habe«, stelle ich klar.

»Quittieren musstest«, widerspricht Siggi, »wegen Unfähigkeit. Weil dir jeder Weiberarsch wichtiger war als dein Auftrag!«

»Wollten wir nicht anstoßen?«, fragt Monika, doch niemand achtet auf sie.

»Na und?«, rufe ich. »Ich war eben jung. Jung, verliebt und leichtsinnig. Wie das so ist mit Mitte zwanzig.«

»Du machst es dir einfach«, knurrt Siggi. »Dein Leichtsinn hat Monika für Monate ins Gefängnis gebracht. Schon vergessen?«

»Nicht ich, sondern ihr habt Moni eingesperrt.« Schon sind wir wieder beim Thema. »Das war euer neurotisches System.«

»Hey«, ruft Monika, »auf mein neues Leben in Berlin, okay?« Sie stößt mit ihrem Glas erst an meines, dann an Siggis. »Prost!«

Die Gläser klirren harmonisch, und ich trinke einen Schluck. Tatsächlich ist der Wein ausgezeichnet, aber ich lasse es mir nicht anmerken.

Auch Siggi trinkt. »Wie geht es eigentlich Melanie?«, erkundigt er sich dann.

Nächstes Reizthema, denke ich.

»Prima«, meint Monika sarkastisch, »heute Nacht um drei kamen sie beide total bekifft und verdreckt von einem Punkkonzert zurück.«

»Ich war nicht bekifft«, entgegne ich und sehe Monika verärgert an. »Hältst du es für klug, das im Beisein deines Exmannes zu besprechen?«

»Na hör mal!« Siggi hebt die Arme. »Ich bin schließlich der Vater dieses Kindes.«

Na klar, denke ich, jetzt kommt das wieder: Siggi, der Oberpapi. »Hast du sie gezeugt?«

»Das leider nicht.« Siggi erhebt sich vom Sofa und schlendert nachdenklich im Raum herum. »Aber ich habe mich um sie gekümmert. Sie gewindelt, in den Kindergarten gebracht, ihr die erste Schultüte gekauft … Wir waren eine glückliche Familie damals, nicht wahr, Monika?«

»Kaum«, erwidert die. »Sonst hätte ich mich nicht von dir getrennt.«

»Das verstehe ich bis heute nicht!« Siggi starrt auf sein Weinglas. Plötzlich sieht er sehr traurig aus, wie ein Kind, das gleich losheult. »Ich habe doch nur immer das Beste gewollt«, sagt er leise, »für dich und auch für das Kind. Melanie hat mich Papa genannt, sie war wie meine eigene Tochter. Ich habe alles für euch getan, immer. Ihr wart meine Familie, ich wäre gestorben für euch. Stattdessen …«

»… haben wir dich verlassen«, lächelt Monika und streicht ihm in einer Mischung aus Trost und spöttischer Zuneigung über den Rücken. »Armer Kerl.«

»Warum?« In Siggis Augen schimmern jetzt Tränen. »Was hab ich falsch gemacht?«

»Wollen wir das wirklich wieder aufwärmen?« Monika schüttelt den Kopf. »Was vergangen ist, ist vergangen. Wir sollten in die Zukunft schauen.«

Ja, macht mal, denke ich und stelle mein Glas ab. »Also, ich gehe dann wieder.«

»Was, schon?« Monika sieht mich fragend an. »Du hast noch nicht mal deinen Wein getrunken!«

»Nichts für ungut, ihr zwei«, erkläre ich, »aber ich will bei eurer Zukunftsplanung nicht stören.«

»Er ist eifersüchtig«, höhnt Siggi bitter, »nicht zu glauben, aber wahr: Der Kerl hat meine Familie zerstört, und jetzt ist er auch noch eifersüchtig!«

»Dieter hat unsere Familie nicht zerstört«, widerspricht Monika scharf, »das warst ganz allein du selbst, Siggi, sieh das endlich ein.«

»Ohne mich hättest du Moni doch damals gar nicht kennengelernt«, spotte ich, »und unsere Tochter nicht versorgen können.«

»Schon gut …« Siggi atmet tief durch und hält sein Weinglas mit beiden Händen umklammert, dass die Fingergelenke weiß hervortreten. Vermutlich stellt er sich vor, das Glas wäre mein Hals und er könne mich so erwürgen. »Schon gut«, wiederholt er langsam und setzt sich wieder. »Ich gebe mich geschlagen.«

»Fein.« Ich will zur Tür. »Dann kann ich ja gehen.«

»Du bleibst hier!« Monika zerrt mich entschieden am Arm zurück. »Verdammt noch mal, reiß dich zusammen und setz dich!« Sie deutet auf die Couch.

»Neben den?« Niemals! Ich setze mich nicht neben Siggi, sondern in den Schaukelstuhl.

»Meine Güte, ihr benehmt euch wie Kinder«, ruft Monika vorwurfsvoll und setzt sich kopfschüttelnd neben ihren Exgatten, was mir auch nicht gefällt.

»Wir sollten aufhören, uns das Leben schwer zu machen«, lässt sich Siggi vernehmen, »Monika braucht uns beide.«

»Erzähl du mir nicht«, unterbricht sie ihn barsch, »was ich brauche!«

»Mit Siggi kann es keine Zukunft geben«, erkläre ich und gieße mir Wein nach. »Der ist ein Auslaufmodell.«

»Das sehe ich völlig anders«, meint Siggi.

»Ruhe!« Monika ist außer sich. »Ihr benehmt euch wie zwei Chauvinisten, ist euch das eigentlich klar?«

»Wir sind Chauvinisten«, grinst Siggi und zwinkert mir verschwörerisch zu.

Idiot, denke ich.

»Herrgott, ihr gehört beide zu meinem Leben.« Monika sieht uns abwechselnd an. »Und es ist mir wirklich nicht leichtgefallen, das zu akzeptieren. Deshalb bin ich in Görlitz geblieben, obwohl mich meine Tochter dafür gehasst hat und zu Dieter gezogen ist.« Auch sie schenkt sich Wein nach. »Aber jetzt bin ich hier. In Berlin.« Sie lächelt versöhnlich. »Bei meinen kindischen Männern. Und bei meiner Tochter.«

»Sollen wir eine Kommune aufmachen?«, frage ich genervt. Gott, was will sie bloß von uns?

»Das Wichtigste ist Melanie.« Siggi setzt seine Besorgter-Vater-Miene auf. »Da tragen wir schließlich alle die Verantwortung. Und wenn das Mädchen Drogenprobleme hat, könnte das mit unserer verworrenen Familiensituation zusammenhängen.«

Hört, hört! Siggi der Kinderpsychologe. Vom Schnüffler zu Professor Freud. Ein echter Verwandlungskünstler.

»Zu deiner Beruhigung«, sage ich, »Melanie ist nicht drogenabhängig.«

»Vom Drogenkonsum zur Drogensucht«, doziert Siggi, »ist es bekanntlich nur ein kleiner Schritt.«

»Mann, wir haben doch alle mal gekifft«, rufe ich und bin so Melanies Argumentation ziemlich nah.

»Ich nicht«, sagt Dieter.

»Ich auch nicht«, sagt Monika.

Beide sehen mich fragend an.

»Was jetzt?« Spinnen die? »Bin ich jetzt der Süchtige hier, oder was?«

»Aber nein, Dieter.« Siggi legt die Stirn in bekümmerte Falten. »Ich fürchte nur, dass du das Problem auf die allzu leichte Schulter nimmst.«

»Ich war in der Rauschgiftfahndung, Siggi. Und ich bin der Letzte, der die Gefährlichkeit von Drogen unterschätzt!«

»Dieter, das behauptet auch keiner.« Monika macht ein Gesicht wie eine Krankenschwester. »Aber könnte es nicht sein, dass du mit der Erziehung unserer Tochter etwas überfordert bist?«

»Könnte es sein, dass ihr beide ziemlich einen an der Waffel habt?« Das ist, ich gebe es zu, nicht sonderlich konstruktiv, aber allmählich beginne ich, mir Sorgen über den weiteren Verlauf des Gesprächs zu machen. »Was wollt ihr? Melanie wieder in eure Obhut nehmen?« Wütend springe ich auf. »Bitte, gern geschehen! Ich muss das Kind nicht erziehen!« Im Gegenteil! Ich bin jahrzehntelang ohne Tochter bestens ausgekommen, und ich sehe nicht ein, warum ich mein Leben ab sofort mit diesem Siggi teilen muss. Das ist doch zum Kotzen!

»Wir wollen doch nur gemeinsam überlegen, wie wir die Karre wieder aus dem Dreck ziehen können«, erklärt Siggi mit großväterlicher Miene. »Noch ist nichts verloren, Dieter.«

Hat der sie noch alle? Keine Minute werde ich mit diesem Irren noch in einem Raum verbringen, keine Hundertstelsekunde! Das halte ich nicht aus.

»Na, dann macht mal«, knurre ich und eile schnurstracks aus der Wohnung. Die spinnen doch.

Die spinnen völlig, denke ich noch, als ich wieder auf der Akazienstraße stehe, die haben so ein Rad ab, das ist echt nicht auszuhalten!

Wütend starre ich auf den verkehrswidrig in der Einfahrt abgestellten Jaguar.

Ob das Siggis Wagen ist?

Zuzutrauen wär's dem Angeber. Macht jetzt auf hedonistischen Intellektuellen – diesen Wein hab ich aus einem Gut in Castiweißichwas, hohoho, Piemont, da verbringe ich meine Sommer!

Und dann lutscht er wahrscheinlich den ganzen Tag auf Oliven rum, weil er denkt, es seien Kirschen. Oder hatten die im Osten etwa Oliven? Bestimmt nicht. Aber die Mon-Chérie-Reklame wird er kennen, die hat er heimlich im Westfernsehen geguckt. Und jetzt wundert er sich, warum die Piemontkirschen so bitter sind. Wahrscheinlich sind sie noch nicht reif, igitt, Chérie, guck mal, die sind ja noch ganz grün …

Mann, regt mich der Kerl auf! Und so was fährt Jaguar!

Gegenüber lockt der »Felsenkeller«, da könnte ich zur Beruhigung ein Bier trinken.

Ich könnte da aber auch was ganz anderes tun – telefonieren zum Beispiel …

… um die Karre aus dem Dreck zu ziehen?

Ja, der Gedanke gefällt mir gut, und meine Laune wird schlagartig besser.

Wart's ab, Siggi, denke ich. Der böse Westen schlägt zurück!

21 HERBERT GRAVENSTEIN lebte in einer kleinen, zum Wohnhaus ausgebauten mittelalterlichen Backsteinkirche. Alte Kirchenmöbel bildeten auch die Einrichtung: Madonnenstatuen und Messbecher standen dekorativ auf Simsen herum, es gab uralte, sorgsam restaurierte Truhen, und am Esstisch nahm man auf Kirchenbänken Platz. Auf dem gebrannten Ziegelboden lagen Schaffelle als Teppiche, überall verbreiteten Altarkerzen ein anheimelndes Licht. Die Küche ging offen ins Wohnzimmer über. Der gewaltige Herd, befeuert von Buchenholz, sorgte für Wärme im ganzen Haus. Eine urige Treppe führte ins Obergeschoss. Es war mit massiven, unbehandelten Holzbalken ins Kirchenschiff eingezogen worden, um Platz für Schlaf- und Kinderzimmer zu haben. Alles wirkte sehr gemütlich, war voller Individualität und Geschmack.

Die Gravensteins hatten mindestens fünf Kinder, die lärmend durchs Haus tobten, und wirkten auf Hünerbein irgendwie alternativ. Im Westen hätte er sie in der Ökobewegung verortet. Friedrichs dagegen wusste, dass sie eng mit der DDR-Bürgerrechtsbewegung zu tun und zu Honeckers Zeiten Hauptstadtverbot hatten. Das war damals ein probates Mittel, um Regimegegner von Berlin fernzuhalten. Man ließ sie nicht rein. Und deshalb hatten sich die Gravensteins hier niedergelassen, vor den Toren der Stadt, in einer von den Kommunisten entweihten und dem Verfall preisgegebenen alten Dorfkirche.

Herbert Gravenstein, ein früh ergrauter Mann mit Vollbart und schulterlangen Locken, bat die Kommissare zum Essen. Seine Frau, eine mädchenhafte Enddreißigerin mit fast knielangen Haaren, wartete mit einer Kürbiscremesuppe auf, und natürlich stammten alle Zutaten dafür aus eigenem Anbau.

»Lecker«, lobte Hünerbein und langte ordentlich zu. Es gab auch selbst gebrautes Bier, aber da die Kommissare noch fahren mussten, hielten sie sich schweren Herzens zurück.

Gravenstein berichtete von den Schwierigkeiten beim Aufbau der Bürgerinitiative. Man befinde sich »im Land der Hundertfünfzigprozentigen«, die Mehrzahl der Leute hier seien stramme Parteigänger der SED. Leute wie die Gravensteins oder auch Arndt galten als Nestbeschmutzer, Dissidenten und Feinde.

»Arndt auch?« Hünerbein sah von seinem Teller auf.

Gravenstein nickte. »Die Arndts waren hier mit ihrem Hof sozusagen das gallische Dorf. Als Einzige hatten sie sich Anfang der Sechziger gegen die Zwangskollektivierung in der Landwirtschaft gewehrt. Mit Erfolg, doch der Preis dafür war hoch. Der alte Arndt starb im Zuchthaus Bautzen. Sein Sohn Jan Frido und Schwiegertochter Traudl hielten den Hof bis zuletzt, obwohl auch sie von der Staatsgewalt schikaniert und zermürbt wurden.«

»Diese Schwiegertochter, die Traudl …« Hünerbein nahm sich ordentlich Suppe nach. »… ist das die, die an Krebs gestorben ist?«

»Ja«, nickte Gravenstein traurig, »und vermutlich war's auch der Kummer. Denen wurde hier übel mitgespielt, wissen Sie?«

»Nein«, meinte Hünerbein und grinste, »weiß ich nicht. Ganz im Gegensatz zu Ihnen, vermutlich.«

»Wie war Ihr Verhältnis zu den Arndts?«, erkundigte sich Friedrichs.

»Sie kannte ich kaum«, erwiderte Gravenstein, »wir kamen erst 85 hierher, da war sie schon sehr depressiv und Fremden gegenüber nicht mehr aufgeschlossen.«

»Und ihn? Kannten Sie ihn besser.«

»Ja.« Gravenstein seufzte. »Wir haben hier sozusagen eine kleine Zelle der DDR-Opposition aufgebaut. Wir waren so was wie Freunde. Bis …« Er sprach nicht weiter, atmete stattdessen tief durch und schüttelte unmerklich den Kopf.

»Ja?« Hünerbein war ganz Ohr. »Bis …? Was wollten Sie sagen?«

»Sie haben sich zerstritten«, sagte Gravensteins Frau vom Herd her und ohne von ihrem Strickzeug aufzusehen, »wegen diesem verdammten Flughafenbau.« Offenkundig arbeitete sie an einem neuen Wollpullover für ihren Mann. Der, den er jetzt trug, war an manchen Stellen schon ziemlich fadenscheinig.

»Ach«, machte Hünerbein und löffelte weiter seine Suppe. »Wie darf ich das verstehen? Waren Sie dagegen und er dafür, oder wie?«

»Zuerst war er auch dagegen«, erklärte Gravenstein ruhig, »die ersten Gerüchte darüber haben ja hier alle mächtig in Aufregung versetzt. Ein Großflughafen in unserer Gegend – das gefällt niemandem. Na ja, und dann haben wir eine Bürgerinitiative gegründet.«

»Wer? Sie und Arndt? Gegen den Flughafenausbau?«

Gravenstein nickte. »Wir waren die Ersten, die etwas organisierten. Die anderen kamen später.«

»Die anderen?«

Gravenstein schob seinen Teller von sich. »Alle sind untereinander zerstritten, und deshalb gibt es auch mehrere Bürgerinitiativen. Die der alten Parteigänger, die der wenigen Oppositionellen, und die der Leute, die von beiden Gruppen nicht viel halten, aber trotzdem gegen einen Ausbau des Flughafens sind.«

»Verstehe«, sagte Friedrichs in seinem gedehnten Thüringisch, »die alten Gräben.«

»Sie haben also ...« Hünerbein nahm jetzt doch den Krug mit dem selbst gebrauten Bier und schenkte sich ein. »... mit Jan Fridolin Arndt eine Bürgerinitiative gegen den Flughafenausbau gegründet. Sozusagen als Freunde. Und dann haben Sie sich zerstritten, weil Arndt plötzlich der Flughafen egal war? Weil er sein Land ohnehin verkaufen wollte?«

»Das waren Spekulanten«, regte sich Gravenstein auf, »wie oft haben wir darüber diskutiert. Ich verstehe ja, dass er den Hof allein nicht halten konnte – aber es hätte ihm ja jemand helfen können.«

»Sie zum Beispiel?« Hünerbein nahm einen Schluck Bier. »Holla, das ist aber gut!«

»Nicht wahr?« Gravenstein lächelte schwach. »Zusammen hätten wir so viel machen können, aber Arndt wollte nicht. Er wollte niemanden mehr auf seinem Hof haben. Es war, als sei er nach all den Kämpfen darum müde geworden. Die Italiener hatten leichtes Spiel. Und sie haben ihm unvorstellbar viel Geld geboten.« Gravenstein stand auf und stellte sich ans Fenster. »Wie man es auch dreht und wendet: Arndt hat seine Ideale verkauft.«

Friedrichs sah auf. »Und dafür hassen Sie ihn?«

»Hassen nicht. Aber ich bin enttäuscht.«

»Na, hören Sie mal!« Hünerbein wischte sich den Schaum vom

Mund. »Wenn Ihnen jemand für Ihr Haus hier zehn Millionen anbieten würde – wäre Ihnen dann der Flughafen nicht auch egal? Es gibt so viele schöne Plätze auf der Welt.«

»Haben Sie zufällig ein Motorrad«, erkundigte sich Friedrichs.

»Fahrräder«, sagte Gravenstein entschieden, »wir lehnen die automobile Nutzung von Verbrennungsmotoren ab. Wir haben Fahrräder.«

»Trotzdem muss ich Sie das fragen«, insistierte Friedrichs, »wo waren Sie gestern Nachmittag so ab achtzehn Uhr?«

»Warum fragen Sie das?« Gravenstein fuhr herum.

»Jan Fridolin Arndt wurde in seiner Scheune grausam ermordet«, erklärte Friedrichs.

»Was?« Gravenstein schluckte betroffen.

»In seinem Hause wurden Drohbriefe gefunden«, setzte Hünerbein hinzu. »Jetzt versuchen wir herauszufinden, wer ihm gedroht hat. Und in diesem Zusammenhang dachten wir, dass ein Verkauf seines Landes den Interessen der Flughafengegner enorm schadet. Es geht ja hier schließlich um Ihr aller Zuhause, nicht wahr?«

»Verzeihen Sie, aber ...« Gravenstein stützte sich entsetzt an einer Anrichte ab.

Seine Frau sah starr auf die Kommissare. Tränen liefen ihr über die Wangen.

»Ich wusste, dass es so kommen würde«, flüsterte sie.

»Ja?« Hünerbein wandte sich ihr zu. »Was wussten Sie?«

»Irgendwann, habe ich immer gedacht, gibt es noch einen Toten.« Sie fing jetzt an zu weinen. »Sie sind alle so verbittert hier, so fanatische Rechthaber ...« Sie konnte nicht weitersprechen. Schluchzend sprang sie auf und lief über die knarzende Stiege hinauf ins Obergeschoss.

Friedrichs beobachtete Herbert Gravenstein aus den Augenwinkeln. »Sind Sie ein auch so ein ... Rechthaber?«

»Vielleicht«, antwortete Gravenstein leise. »Aber ... ich hätte den nie ...« Er schüttelte den Kopf. »Ich könnte so was gar nicht.«

»Ist Mami traurig?«, fragte ein kleines Mädchen und ließ sich vom Papa in den Arm nehmen.

»Ja, Kleines«, antwortete Gravenstein und wiegte das Kind, »es ist jemand gestorben.«

»Wer denn?«

»Du kennst ihn nicht«, antwortete Gravenstein und hatte nun selbst feuchte Augen, »aber Mami hat ihn sehr gemocht …«

Friedrichs legte eine Karte auf den Tisch und erhob sich. »Wenn Ihnen noch was einfällt. Das ist die Nummer vom VPKA in Königs Wusterhausen. Vielen Dank erst mal.«

»Sie sollten sich im Dorf umhören«, sagte Gravenstein, »da gibt es einige, die den Arndt gern ans Messer geliefert hätten. Schon seit Langem.«

»Wir kümmern uns drum«, nickte Hünerbein und verabschiedete sich.

»Ich will alles über diese Bürgerinitiativen wissen«, sagte er, als sie wieder draußen standen, und bot Friedrichs eine von seinen Roth-Händle an, »langjährige Gegner von Arndt et cetera, et cetera.«

»Ich lasse die Archive prüfen«, nickte Arndt und ließ sich Feuer geben, »vielleicht haben wir den einen oder anderen in der Vergangenheit schon mal erkennungsdienstlich behandelt.«

»Und ich lasse bei uns eine Fahndung nach diesem Alexander Pawlak raus.« Hünerbein steckte sich seine Zigarette an und inhalierte tief. »Der Junge hat wenigstens ein Motorrad.«

22 AUF DIE BERLINER Polizei ist Verlass. Kaum fünfzehn Minuten nachdem ich vom »Felsenkeller« aus angerufen hatte, war der Streifenbulli da. Kurz darauf kam von der Hauptstraße her ein Abschleppwagen mit gelb rotierenden Rundumleuchten – und Siggis fetter Jaguar Daimler Double Six wurde unter lautem Protest der Alarmanlage abtransportiert.

Bravo!

Beunruhigend war allerdings, dass Siggi oben im Haus offenbar mit Monika so beschäftigt war, dass er das Getröte seines Wagens nicht hörte. Ich hatte erwartet, dass er in null Komma nix auf der Straße gewesen wäre, um sich aufzuregen und sofort die Geldbörse zu zücken – aber nichts da: Der Kerl blieb einfach oben bei Monika.

Nun hocke ich schon seit gut drei Stunden am Tresen nah am Fenster des »Felsenkellers« und habe mein sechstes Bier geleert. Immer wieder sehe ich hoch zum erleuchteten Erkerzimmer von Monikas Wohnung auf der anderen Straßenseite. Was machen die da so lange? Gleich Mitternacht, will der Kerl sich nicht langsam mal verabschieden?

»Observation«, erkundigt sich der Barmann gläserspülend, »oder Obsession?«

»Beides«, erwidere ich und sehe ihn an. Berliner Barkeeper sind weise Menschen, und deshalb frage ich ihn: »Was tust du, wenn der Exmann deiner Frau plötzlich wieder auftaucht?«

»Das Feld räumen«, erwidert der Barmann, »und zwar schnell.« Er lächelt mich mitleidig an. »Noch 'n Bier, Chef?«

»Okay«, nicke ich. »Warum abhauen?«

»Ganz einfach: Wenn der Ex die Alte nicht vergessen kann, muss sie was haben, was ihn nicht loslässt. Wenn sie ihren Ex dann auch noch empfängt, muss er was haben, was sie nicht loslässt. Kurz: Du bist überflüssig und solltest rasch abtreten. Alles klaro?«

»Deprimierend«, finde ich das.

»Unsinn«, der Barkeeper stellt mir ein frisches Bier hin. »Frauen lohnen den emotionalen Stress nicht. Dafür gibt es zu viele davon, und das Leben ist zu kurz.« Er schnippt mit den Fingern und ruft: »Daisy, dein Trost wird gebraucht.«

»Ach Jottchen.« Aus dem hinteren Teil des lang gestreckten Gastraumes löst sich eine mittelalterliche Dame, die unzweifelhaft dem ältesten Gewerbe der Welt zuzurechnen ist: weiß blondiertes Haar, Lackmantel und Hotpants, dazu durchaus ansehnliche Beine und ein gutmütiges, mütterliches Gesicht.

»Wo drückt denn der Schuh, junger Mann?« Sie schiebt sich auf den Barhocker neben mich und sieht mich prüfend an. »Doch nicht etwa Liebeskummer, mhm?«

»Sie heißen nicht wirklich Daisy, oder?«

»Wo denkste hin?« Die Blonde lacht. »Heißt du etwa Donald? Oder Dagobert? – Nee, ick bin Dagmar.«

»Dieter«, sage ich.

»Siehste, det passt: Ab sofort sind wir D.D.« Sie lächelt den Barmann an, »machste mir noch 'n Sektchen?«, und wendet sich sofort wieder mir zu. »Also, was hat denn nu der Patient? Freundin abgehauen, Job verloren, Oma tot?«

»Alles gleichzeitig«, antworte ich, »außerdem ist meine Wohnung abgebrannt.«

»Au Backe«, ruft Daisy, »dann müssen wa zu mir!«

»Muss ich Miete zahlen?«

»Nee«, lacht Daisy schallend und nimmt ihren Sekt in Empfang. »Aber putzen. Nackt! Wir wollen doch schließlich beide unseren Spaß haben, oder?« Sie hebt ihr Glas. »Prösterchen! Auf die Dramen des Lebens!«

»Scheiße«, entfährt es mir. Denn oben in Monikas Wohnung ist das Licht ausgegangen. Und kein Siggi in Sicht.

»Was ist denn?«, erkundigt sich Dagmar.

»Der Kerl muss noch oben sein.«

»Wo?« Sie drängt sich neben mich und versucht, meinem Blick zu folgen.

»Erkerzimmer, vierter Stock«, flüstere ich, »und das Licht ist aus.«

»Gibt's da 'n Hinterausgang?«

»Nicht, dass ich wüsste.«

»Dann sieht's schlecht aus«, meint Dagmar, »dann isser wirklich noch oben.«

»Mensch, Dagmar!« Mir zerreißt es das Herz. »Was soll ich denn machen?«

Dagmar ballt die Faust. »Hau ihm eins auf die Nase!«

»Geht's mir dann besser?«

»Nee«, Dagmar schüttelt den Kopf. »Aber du hast dich wenigstens gewehrt.«

»Rechtzeitig das Feld räumen«, wiederholt der Barmann, »ist wirklich das Beste.«

Ich starre hilflos zum gegenüberliegenden Haus.

»Auweia«, macht Dagmar, »den hat's wirklich erwischt.«

»Eben«, nickt der Barmann mit tragischer Miene. »Bring ihn nach Hause, Daisy. Sing ihm ein La-le-lu!«

»Nee, lasst mal, Freunde.« Ich winke ab und lege einen Hunderter auf den Tisch. »Nichts für ungut, Dagmar. Der Rest ist für dich!«

»Nobler Abgang, Didi!« Sie gibt mir einen Kuss. »Hast was gut bei mir, okay?«

»Nacht«, sage ich und trete auf die Straße.

Eine Weile noch stehe ich vor Monikas Haus und starre nach oben. Soll ich raufgehen, Siggi aus der Wohnung schmeißen? Ihn so vertrimmen, dass er sich nicht mal mehr in die Nähe meines Kiezes wagt? Andererseits ist es Monikas Entscheidung, da kann ich nicht eingreifen, oder? Mann, Mann, Mann, was war mein Schöneberg früher für eine friedvolle Gegend. Und jetzt, wo die Mauer auf ist? Nur unruhestiftende Ossis. Puh. Ich lehne an einer Straßenlampe und stecke mir eine Zigarette an.

»An der Taverne vor dem großen Tor«, singt jemand in Abwandlung des Lale-Andersen-Klassikers, »steht eine Laterne und steht sie noch davor …«

Es ist Oleg, ein weißbärtiger Stoff- und Tuchhändler, der schon seit Jahrzehnten seinen berühmten Laden in der Akazienstraße hat. Mit den Händen in den Taschen schlendert er heran und lächelt.

»Heimweh?«

Ich schüttele den Kopf.

Oleg stellt sich neben mich und sieht an der Laterne hoch. »Komisch. Oben brennt noch Licht.«

Wir lachen beide. Seine Anspielung geht auf einen Witz zurück, den er mir vor Jahren erzählte: Eine Blondine sieht an einem Laternenpfahl einen Zettel. Vermiete große Dreizimmerwohnung, steht drauf, sehr günstig. Klar, denkt die Blondine, eine neue Wohnung wär ja mal nicht schlecht. Klopf ich doch mal und guck mir die Bude an. Und schon klopft sie an den Laternenpfahl. Macht aber keiner auf. Wie ärgerlich! Kommt eine Politesse vorbei und erkundigt sich bei der Blondine freundlich, ob es Probleme gebe. Na ja, sagt die Blondine, ich lese den Zettel hier am Laternenpfahl wegen der Wohnung und wollte mal gucken. Scheint aber keiner da zu sein. Ist doch seltsam, oder? Mhm. Die Politesse klopft ebenfalls an den Laternenpfahl und horcht. Absolute Stille. Kann doch nicht sein, denkt die Politesse und klopft noch mal an den Laternenpfahl. Ohne Erfolg. Komisch, dass keiner da ist, sagt die Politesse und schaut an der Laterne hoch, da oben brennt doch Licht!

»Besser?«, erkundigt sich Oleg.

»Viel besser«, nicke ich dankbar, »Nacht, Oleg.«

»Schlaf gut«, ruft er mir nach.

Davon kann keine Rede sein, denn ich habe wilde Träume: Melanie zwischen Punks auf brennenden Hausdächern. Leichen schaukeln an Stricken herum, und das Schlimmste ist Siggi, der sich voller Leidenschaft über Monika hermacht. Fatalerweise scheint es ihr zu gefallen, lüstern bäumt sie sich auf und keucht und schreit, ihr Atem rasselt, scheppert, klingelt immer lauter: Kingelingeling! Klingelingeling!

Schweißgebadet schrecke ich hoch. Was für eine furchtbare Nacht! Immerhin scheint sie vorbei zu sein, denn draußen dämmert es bereits. Und noch immer klingelt mein Telefon. Ich sehe auf die Uhr: sechs Uhr dreiunddreißig. Ist das Melanie? Hoffentlich ist ihr nichts passiert! Ruckartig stehe ich auf, doch mein Code-A-Phone ist schon angesprungen. »Hans Dieter Knoop missioniert im wilden Osten. Nachrichten nach dem Piep.«

Pieeep!

»Sardsch?« Es ist Hünerbein. »Sardsch, es gibt Arbeit, und da wird ein fähiger Beamter gebraucht …«

Vergiss es! Montage sind Schontage, denke ich und nehme den Hörer ab. »Was ist?«

»Guten Morgen, Partner!« Weiß der Teufel, wieso Hünerbein schon so gut drauf ist. »Draußen scheint zur Abwechslung mal die Sonne, es sind milde fünfzehn Grad und …«

»Ich fragte, was ist?«

»Leichenfund im Grunewald«, meldet Hünerbein. »Wir treffen uns in zwanzig Minuten am Hüttenweg kurz hinter der AVUS-Auffahrt, schaffste das?«

»Muss wohl«, sage ich und lege auf.

Merkwürdig. Manchmal kann das Leben eines Kriminalbeamten so langweilig sein. Da verbringt man wochen- und monatelang seine tägliche Dienstzeit im Büro, ohne dass etwas Bemerkenswertes passiert und arbeitet uralte ungeklärte Mordfälle ab, die ohnehin niemand mehr zu lösen vermag. Oder man schult Ostkollegen zu Demokraten um, was auch nicht spannender ist. Und dann gibt's Wochen wie diese, und jeden Tag 'ne neue Leiche. Ich weiß nicht, was mir lieber ist.

Hastig springe ich in meine Jeans, ziehe mir T-Shirt und Jacke an und steige in meine alten Krokodillederstiefel, da es in den Grunewald geht und ich mir nicht die guten Coyote-Western-Wax-Boots aus Pythonschlangenhaut versauen will.

Dann renne ich aus dem Haus, putze mir im Laufen die Zähne, finde meinen Wagen noch dort, wo ich ihn gestern geparkt habe, und brettere Richtung Stadtring.

Erst dort fällt mir Monika wieder ein, doch ich versuche, die eifersüchtigen Gedanken zu verdrängen, so gut es eben geht. Und was Melanie angeht, rufe ich nachher das Gymnasium an. Mal sehen, ob sie ihr Versprechen wahr macht und pünktlich in die Schule kommt. Gott, ich bin wirklich umstellt vom weiblichen Geschlecht! Unter emotionalem Stress sozusagen. Der Barmann aus dem Felsenkeller hat schon recht, wenn er sagt, es gibt einfach zu viele!

So, und jetzt sollte ich mich auf meinen Job konzentrieren. Wir haben den dritten Toten, da ist die ermittelnde Fachkraft gefordert.

Quietschend stoppe ich den Wagen unter der Autobahnbrücke am Hüttenweg. Neben der AVUS-Zufahrt flattern Absperrbänder, ich sehe die Kollegen von der Kriminaltechnik, zwei Streifenwagen, Hünerbeins Mercedes, einen grauschwarzen Leichenwagen und den Saab des Totengräbers. Alles wie immer.

»Morgen, Kollegen.« Ich schiebe mich unter der Absperrung durch und laufe vorsichtig ins Unterholz, durch das schon Damaschke mit seinen Spurensicherern stapft, Fotos macht und Nummernschildchen aufstellt. Hünerbein steht im Graben direkt unterhalb der Autobahn und sieht dem Rechtsmediziner zu.

»Was gibt's?«

»Könnte ein Unfallopfer sein«, knurrt Hünerbein und reicht mir die Hand.

»Seit wann liegt der hier?«

»Keine Ahnung.« Hünerbein deutet auf eine junge Frau, die, in eine Wolldecke gehüllt, mit einem Hund etwas abseits steht. »Das Mädchen da hat ihn gefunden.«

»Kann ich jetzt endlich gehen?« Die junge Frau sieht mich frierend an. »Ich warte jetzt hier schon über eine Stunde.«

»Darf ich fragen, was Sie hier so früh gemacht haben?«

»Ich war joggen mit dem Hund.«

Ich sehe hoch zum brüllenden Verkehr auf der AVUS. »Gibt sicher schönere Strecken.«

»Ich muss nur unter der Brücke durch.« Die Frau schüttelt sich. »Dann ist es wieder ruhig.«

»Der Hund hat ihn gefunden?« Ich überlege, was es für eine Rasse ist. »Bernhardiner?«

»Berner Sennenhund«, erklärt die junge Frau. »Plötzlich war er weg und bellte. Schrecklich, was?«

»Mhm«, nicke ich. »Wurden Ihre Personalien schon aufgenommen?«

Die junge Frau nickt. »Ich hab auch die Visitenkarte von dem Dicken.«

»Hünerbein«, erkläre ich, »das ist Hauptkommissar Hünerbein.«

»Und Sie? Wer sind Sie?«

»Knoop, Hans Dieter«, lächle ich. »Tut mir wirklich leid, dass Sie so lange warten mussten.« Ich hebe entschuldigend die Hände. »Sie können jetzt gehen. Wenn was ist, melden wir uns.«

»Gern«, lächelt die junge Frau zurück, reicht mir die Wolldecke und trabt mit ihrem Hund davon.

Ich gehe wieder zu Hünerbein, der inzwischen mit unserem Totengräber spricht.

»Morgen, Professor Graber. Wo haben Sie denn Ihren Kurzen gelassen?«

»Kurzweil?« Der Totengräber zieht sich die Handschuhe aus. »Ja, der kann ja nicht überall dabei sein. Schade eigentlich, ist wirklich ein fähiger Kollege. Aber der gehört ja bald zu unserem Team.« Er grinst mich an. »Und, Knoop? Was macht das Töchterchen?«

Brandwache, denke ich. Obgleich die ja inzwischen vorbei sein und das Kind sich auf den Weg in die Schule machen müsste.

»Grämen Sie sich nicht, Knoop! Egal, was passiert«, der Totengräber hebt den Zeigefinger, »die Summe aller Sorgen bleibt immer gleich. Das ist ein Naturgesetz.«

Ich deute auf den Toten. »Dann hat er's ja hinter sich. Todesursache?«

»Schädelbasisbruch. Der Kopf ist total Matsch, da war nichts mehr zu machen. Der ist mit mindestens achtzig Sachen gegen irgendwas geknallt. Betonwand, Frontscheibe, so was in der Art.«

»Also ein Autounfall?«

»Nicht hier.« Der Rechtsmediziner schüttelt den Kopf. »Erstens fehlt das Auto, zweitens jede Menge Blut. So wie der zugerichtet ist, hätte er in einer Lache liegen müssen, aber Sie sehen ja. Da ist kaum was. Stattdessen gibt's Blutspuren von der Straße bis hierher.«

»Das heißt, die Leiche wurde hier rübergezogen und abgelegt«, stellt Hünerbein fest und sieht mich an: »Ist dir kalt?«

»Nee«, mache ich, »wieso?«

»Weil du 'ne Wolldecke mit dir rumschleppst.«

»Damit habt ihr doch die Zeugin eingepackt«, erwidere ich, doch Hünerbein weist das entschieden von sich.

»Ich habe niemanden eingepackt.«

»Keine Papiere«, meldet sich der Totengräber wieder zu Wort. »Falls Sie interessiert, wer der Tote ist, und Sie der Witwe Ihre Aufwartung machen wollen, müssen Sie damit noch etwas warten. Den muss ich mir erst zusammenflicken und schauen, ob man das Gesicht einigermaßen rekonstruieren kann.«

»Vielleicht gibt's ja schon eine Vermisstenmeldung«, meint Hünerbein und wendet sich Damaschke zu. »Na, Jürgen, Leben noch frisch?«

»Geht so«, erwidert der und zeigt in Richtung Hüttenweg. »Da vorn haben wir Reifenspuren gesichert. Ziemlich auffälliges Profil, breiter Radstand. Muss irgendwas Großes gewesen sein.«

»Ein Lkw?«

»Nein«, Damaschke packt seine Fotokamera ein, »eher eine schwere Limousine oder ein Geländewagen – irgendein fetter Schlitten halt. Wir untersuchen das noch.«

»Gut«, ich wende mich ab, »alle Erkenntnisse unverzüglich auf unseren Tisch!«

»Die Frage ist«, Graber kratzt sich das Haupt, »welchen Tisch meinen Sie?«

»Keith oder Keibel?«, setzt Damaschke fragend hinzu.

Sie wollen so erfahren, ob sie ihre Untersuchungsergebnisse in unsere reguläre Dienststelle bei der M 1 in die Keithstraße schicken sollen oder zu »unserem Lehrstuhl« ins Vopo-Präsidium in der Ostberliner Keibelstraße.

»Keibel«, antworte ich deshalb, denn noch können wir uns nicht zerteilen.

»Wir brauchen mehr Struktur und Planung«, ahnt Hünerbein und reibt sich den umfangreichen Bauch. »So langsam kriege ich Hunger.«

Das ist auch nichts Neues, denke ich und überlege, wem wohl die Wolldecke gehört, die ich noch immer in der Hand halte. »Ist das eure?«, frage ich Damaschke.

Der schüttelt den Kopf. »Die hatte die Zeugin um.«

Das weiß ich, aber wer hat sie ihr gegeben? Egal, ich kann die Decke ja erst mal mitnehmen, irgendwer wird sie schon noch vermissen.

»Was hältst du von einem vernünftigen Frühstück?«, wird Hünerbein deutlicher, »mein Magen knurrt mächtig.«

»Geht in Ordnung«, antworte ich, obgleich ich nichts höre, »wenn du zahlst.«

»Ich hab das letzte Mal schon gezahlt«, protestiert Hünerbein, aber da liegt er dezidiert falsch.

»Gestern im ›L'Emigrante‹ hab ich bezahlt.«

»Da hast du nicht bezahlt«, widerspricht Hünerbein, »du zahlst nie bei Enzo.«

»Ja, weil ich sein bester Freund bin. Aber das habe ich mir lange erarbeiten müssen und insofern …« Es bleibt dabei. »Ich habe bezahlt.«

»Warum hab ich nicht solche Freunde?«

»Weil du jeden in die Pleite fressen würdest.« Wir gehen langsam zu unseren Wagen zurück. »Was hältst du vom ›Alabama‹?«

»Dem Westernschuppen in der Clayallee?«

»Richtig«, nicke ich, »da gibt's das beste American Breakfast von ganz Berlin. Und es ist dort gar nicht so teuer.«

»Klingt gut«, findet Hünerbein, und seine Äuglein glänzen. Sicher stellt er sich Berge gebackener Bohnen mit Spiegeleiern und Speck vor, Unmengen zu vertilgender Muffins und Donuts, Burger, Wings und Fries. Dazu literweise Coke zum Nachspülen, Kaffee zum Wachwerden und süße Sahneshakes als Nervennahrung. Er wird nicht enttäuscht werden.

Ich öffne die Heckklappe meines Passat, um die Wolldecke hineinzulegen, und erstarre: Denn noch immer steht in meinem Kofferraum die Plastikkiste voller Dope: kiloweise eingeschweißte Pieces.

»Sa-hardsch …« Hünerbein macht große Augen und niest. »Siehst du, was ich sehe?«

»Ich kann's dir erklären, Hünerbein«, versuche ich das Problem herunterzuspielen, doch so einfach macht es mir der Kollege nicht.

»Das sind mindestens drei Jahre Knast.«

»Anderthalb«, erwidere ich, »ich bin nicht vorbestraft, da wird der Richter gnädig sein. Im Übrigen habe ich das Zeug sozusagen beschlagnahmt.«

»Und hast du die Beschlagnahme«, Hünerbein grinst listig, »auch vorschriftsmäßig protokollieren lassen? Wurde die Annahme quittiert? Gibt es Belege und den Vermerk bei der entsprechenden Dienststelle?«

»Harry!« Ich schlage genervt die Heckklappe zu. »Was willst du?«

»Genau!« Der Kollege zielt mit seinem fetten Zeigefinger auf mich. »Du zahlst!«

23 NOCH STAND »Magistrat von Berlin, Hauptstadt der DDR« auf dem Hinweisschild am Eingang des Verwaltungsgebäudes auf dem ehemaligen GASAG-Gelände an der Prenzlauer Allee. Doch neben dem Pförtner in der muffigen Eingangshalle warteten schon die neuen Bezeichnungen. Bescheiden silbrig glänzende Metallplatten mit dem Berliner Bären drauf. Vorboten des Senats. Nur wenige Tage noch, dann würde aus dem »Rat des Stadtbezirks« das »Bezirksamt« von Berlin-Prenzlauer Berg.

Polzin musste sich hier nicht orientieren. Er kannte den Weg zur Abteilung Genehmigungen. Meist wurden sie ihm abgelehnt. Dennoch versuchte er es immer wieder, schließlich strebte die »Autonome Republik Helmholtzplatz« eine friedliche Kooperation mit den sich so rasant wandelnden staatlichen Behörden an. Diesmal ging es um das »Autonome Hardcore-Festival« auf dem Helmholtzplatz.

Der Beamte sah verdutzt auf. »Ein was?«

»Au-to-no-mes«, begann Polzin zu buchstabieren, wurde aber sofort unterbrochen.

»Ich weiß, wie man das schreibt, Herr …« Der Beamte sah auf den Personalausweis, den er vor sich liegen hatte. »… Polzin. Mich interessiert, was Sie unter autonom verstehen, denn dieses Adjektiv scheint ja wesentlich auf den Charakter der zu genehmigenden Veranstaltung hinzuweisen. Also: Was bitte bedeutet für Sie autonom?«

»Eigenständig«, antwortete Polzin, »in sich geschlossen, unabhängig.«
»Von wem?«
»Bitte?«
»Unabhängig von wem«, wollte der Beamte wissen und tackerte ungeduldig mit seinem Kugelschreiber, »beziehungsweise: Von wem ist dieses Festival nicht abhängig?«
»Vom Kommerz«, erwiderte Polzin, »da stecken keine fetten Labels dahinter, die nur Kohle machen wollen.«
»Mhm …«, machte der Beamte nachdenklich. »Wollen Sie damit sagen, dass Sie mit diesem Festival keine Gewinnabsichten hegen? Im profitablen Sinne?«
»Korrekt«, nickte Polzin.
»Dann ist das also keine gewerbliche Veranstaltung?«
»Richtig.«
»Gut, dann halte ich das so fest.« Der Beamte schrieb es in ein Formular. »Nichtgewerbliches Festival … Der Begriff ›autonom‹ ist zu negativ besetzt, wissen Sie? Damit würden Sie nicht durchkommen, wegen der Signalwirkung auf bestimmte gewaltbereite Gruppen aus dem Westen, die sich ja auch als autonom bezeichnen.« Er stockte, sah fragend auf. »Oder wollen Sie die etwa ansprechen?«
»Wir wollen eigentlich alle ansprechen«, sagte Polzin, »die sich für Punk und Hardcore interessieren.«
Der Beamte schien nicht ganz bei der Sache zu sein. »Hardcore«, wiederholte er und kaute nachdenklich auf seinem Kugelschreiber, »ach ja, was, bitte, ist Hardcore?«
»Eine schnellere Form des Punk«, antwortete Polzin.
»Ach!«
»Musik«, wurde Polzin deutlicher, »sie entstand aus dem Punk Ende der siebziger Jahre in den Großstädten Amerikas und Englands, wenn Sie so wollen.«
»Ich will nicht, Sie wollen«, stellte der Beamte klar und schüttelte ratlos den Kopf. »Was es so alles gibt!« Er sah unschlüssig auf sein Formular. »Also kann man zusammenfassend sagen, dass auf dem Helmholtzplatz ein nicht gewerblich orientiertes Musikfestival stattfinden soll?«
»Das haben Sie voll erfasst«, freute sich Polzin. »Bingo!«

»Laute Musik«, erkundigte sich der Beamte skeptisch, »Rockmusik? – Remmidemmi?«

»Hardcore eben«, seufzte Polzin.

Der Beamte machte eine angespannte Miene. Plötzlich war ihm klar, dass seine Entscheidung eine gewisse Verantwortlichkeit nach sich ziehen könnte. Eine Verantwortlichkeit, die er keineswegs zu tragen gewillt war, da sich sowohl die gesellschaftlichen als auch die staatlichen Verhältnisse in der Stadt dramatisch änderten und er als Staatsdiener auch ins wiedervereinigte Deutschland übernommen werden wollte.

»Wissen Sie was?« Der Beamte erhob sich. »Wir machen das anders.« Er zerriss sein Formular und holte ein anderes aus dem Aktenschrank. »Sie füllen am besten dieses Formblatt aus und geben darin an, welchem Zwecke die Veranstaltung dient, wie lange sie voraussichtlich dauert, wo, wann und wie die Veranstaltung ablaufen soll. Das reichen Sie dann bei oben angegebener Stelle ein, auf dass sie darüber entscheide.« Und schon war er sein Problem los.

»Wie lange wird das dauern?«

»Zwei, drei Wochen müssen Sie schon rechnen«, sagte der Beamte.

»Aber das Hardcore-Festival soll schon in der Nacht vom Zweiten zum Dritten stattfinden!«

»Am dritten Oktober?« Der Beamte guckte erschrocken. »Dem Tag der Deutschen Einheit?«

Polzin grinste. »Punk statt deutsche Hymnen.«

»Aber das wäre ja schon am Mittwoch beziehungsweise Donnerstag.« Der Beamte schüttelte den Kopf. »Ich fürchte … Nein, ganz im Ernst: So kurzfristig wird das nichts, der Antrag muss geprüft werden, und die Bearbeitungswege …«

»Deshalb bin ich ja direkt zu Ihnen gekommen«, erwiderte Polzin, »damit Sie das gleich hier an Ort und Stelle entscheiden können.«

»Ich?« Der Beamte lachte etwas hysterisch auf. »Wo denken Sie hin, Herr Polzin? Wir wissen doch alle noch gar nicht, wo die Reise langgehen soll. Ich meine, wenn's eine kleine Kundgebung wär, die sich ihm Rahmen hält – aber ein Rockkonzert … Die ganze Nacht durch, sagten Sie?«

»Keine Ahnung«, Polzin hob die Schultern, »so bis drei, vier etwa.«

»Du lieber Herr Gesangsverein«, machte der Beamte und hob die Hände. »Sie sind mitten in einem Wohngebiet, da müssen Sie ohnehin um zweiundzwanzig Uhr Schluss machen.« Er sank erschöpft wieder hinter seinen Schreibtisch. »Wer ist denn da der Veranstalter?«

»Ich«, sagt Polzin.

»Was? Sie?« Der Beamte fing wieder an zu lachen. »Dachte ich's mir doch. – Vorschlag: Warum machen Sie Ihre Party nicht irgendwo im Grünen, im Garten der Eltern vielleicht, da können Sie Krach machen, so laut und autonom Sie wollen.«

»Hörnse mal!« Polzin fühlte sich nicht ernst genommen und beugte sich daher eindringlich vor. »Da findet keine private Geburtstagsfeier statt, sondern ein Hardcore-Festival. Da trifft sich die Punkkultur, da kommen jede Menge Menschen, da wird gerade 'ne Bühne aufgebaut! Da treten dann die Bands auf, verstehnse: *It's a concert!* Live! Mit Verstärkern, Bassboxen, elektrischen Gitarren. – Remmidemmi, wenn Sie so wollen ...«

»Eben nicht.« Der Beamte schüttelte den Kopf. »Ohne Genehmigung kein Krach.« Er schob Polzin das Antragsformular hin. »Füllen Sie's aus, und reichen Sie's ein. Ihr Fest müssen Sie allerdings verschieben. Mindestens um eine Woche, wenn wir einen Eilvermerk dazusetzen.« Der Beamte lächelte unverbindlich. »Versprechen kann ich allerdings nichts.«

»Verstehe ...« Polzin atmete hörbar aus. »Bis später dann«, setzte er hinzu und verließ den Raum.

Das Antragsformular ließ er demonstrativ liegen. Er hatte es ja versucht. Wenn diese Typen hier nicht mal in der Lage waren, einfach »okay« zu sagen, war das ihr Problem. War'n halt Beamte. Schreibtischwichser.

Egal. Es würde auch ohne ihre Genehmigung ein »Autonomes Hardcore-Festival« geben.

24 *»COUNTRY ROADS, take me home«*, quäkt der alte John-Denver-Hit aus der betagten Musicbox, *»to the place I belong«*, und Hünerbein nickt summend mit dem Kopf im Takt, *»West Virginia,* *mountain momma«*, während er seinen dritten Big-Size-Chili-Burger vertilgt, *»take me home, Country Roads …«*

Wir sitzen auf Büffellederhockern in einem lang gestreckten, holzvertäfelten Saloon an der Truman Plaza zwischen dem Outpost Cinema und der Nicolson Library. Um uns herum drahtige schwarze Marines in engen T-Shirts, übernächtigte Schwule in Lederklamotten, die auf eben diese Marines scharf sind, und ein paar Freizeitcowboys aus dem Allgäu, die, soweit ich das verstanden habe, mit einer bayerischen Rodeoshow nach Polen unterwegs sind. Draußen cruisen die ersten morgendlichen Straßenkreuzer über die Clayallee, als wären sie auf dem Hollywood Drive, und überhaupt kommt man sich vor wie in einer in den märkischen Sand versetzten Garnisonsstadt der US-Army. Ein Eindruck, der so falsch nicht ist, tatsächlich befindet sich hier das Headquarter der amerikanischen Truppen in Berlin – das hier ist Zehlendorf und Amiland zugleich.

»Wirste das nicht vermissen?«, fragt Hünerbein kauend, während ihm das Fett am Kinn herunterläuft, »ich meine, wenn die Alliierten nun bald abziehen aus Berlin?«

»Wieso?«

»Na, wegen deiner amerikanischen Wurzeln.«

»Ich hab auch deutsche Wurzeln«, erwidere ich und trinke meinen Kaffee aus.

»Hat's den Laden 1947 schon gegeben?«, erkundigt sich Hünerbein, aber woher soll ich das wissen. »Ich meine, vielleicht hat dein Vater hier auch schon Burger gegessen. Die sind ja wirklich lecker hier!« Er schmatzt und spült mit Cola nach. »Vielleicht hat er ja hier sogar deine Mutter kennengelernt. War die nicht auch Kellnerin?«

»Ja, aber in einem Münchner Biergarten«, erwidere ich, »und meinen Vater hat sie im Zug getroffen.«

»Nach Berlin«, vermutet Hünerbein.

»Nee, nach Paris.«

»Oh«, macht Hünerbein, »schon klar, die Stadt der Liebe.« Er ordert bei der studentischen Kellnerin, die hier fürs Kaffeenachschenken zuständig ist, noch ein paar Cranberry-Muffins. »Aber wie sind die dann nach Berlin gekommen?«

»Gar nicht«, erwidere ich. »Sergeant Waxman war in Heidelberg stationiert. Mutter ist nach Berlin geflüchtet, weil sie von ihm schwanger war – einem amerikanischen Besatzungssoldaten – skandalös war das damals, eine Schande. Vor allem in München.«

»Scheißkatholiken«, meint Hünerbein und schiebt mir ein paar Muffins rüber, »hier, schlag zu, zahlst schließlich alles du.«

Ich winke ab, bin pappsatt. Unglaublich, wie viel der Kollege essen kann.

»Und dich hat nie interessiert, wo dieser Waxman heute ist? Ich meine, er ist dein Vater – irgendwas musst du ja von ihm haben.«

Vermutlich zu viel, denke ich. Aber der Kerl kann mir gestohlen bleiben. Es war schlimm genug, dass Mutter ihm zeit ihres Lebens nachgetrauert hat – der flotte texanische Mark Allister Waxman war ihre erste und einzige Liebe. Sogar auf dem Totenbett hat sie noch auf seine Rückkehr gehofft – vergebens.

»Deine Mutter«, manchmal kann Hünerbein Gedanken lesen, »hat ihn nie gesucht?«

»Warum?« Ich zucke mit den Schultern. »Er hat sie verlassen.« Und vermutlich war es der Kummer darüber, der sie viel zu früh sterben ließ. »Wollten wir uns nicht über unseren Fall unterhalten?«

»Stimmt.« Hünerbein stochert sich ausgiebig in den Zähnen herum. »Das Dope kannst du jedenfalls nicht im Wagen behalten.«

»Vielleicht verticke ich es. Schon allein um deine Rechnung hier zu bezahlen.«

»Du musst deiner frechen Melanie mal ordentlich den Hintern versohlen.« Hünerbein, der Erziehungsberater. »Sonst kommt die noch auf die schiefe Bahn.« Er sieht auf die Armbanduhr. »In knapp zwei Stunden hast du übrigens einen Termin bei Beylich.«

»Der und seine Rapporte!«

»Ich finde, er arbeitet höchst effizient.«

Unsinn, denke ich, der Mann beschäftigt einen Haufen Leute und kommt selbst nie aus dem Büro. Was soll daran effizient sein?

»Wirst sehen«, meint Hünerbein, »irgendwann arbeiten wir genauso. Das ist die Zukunft!«

Das möge der Herr verhüten.

»Entschuldigst du mich bei ihm?«

»Ach!« Ich sehe Hünerbein an. »Du willst schwänzen.«

»Ich hab einen Termin bei Friedrichs.« Hünerbein schnippt ein paar Krümel über den Tisch. »In Königs Wusterhausen.«

»Dein neuer Freund?«

»Eifersüchtig?« Hünerbein grinst. »Ein guter Mann. Hat den richtigen Riecher. Und dich auf dem Kieker.«

»Ach!«

»Nun sag doch nicht immer ach!« Hünerbein bestellt noch zwei Vanilleshakes. »Ihr wart eben nicht gründlich genug. Im Transit war noch Dope. Ein Feld vom Arndt wurde zum Cannabisanbau missbraucht, und da zieht Kollege Friedrichs eben seine Schlüsse.«

»Ja, Arndt wollte mich um die Ernte bringen. Also bringe ich ihn um, stecke aus nicht nachvollziehbaren Gründen sein Haus an, und verunglücke mit dem zum Zwecke des Legens falscher Spuren geklauten Wagen auf der Flucht im Bach.« Ich strecke meine Hände vor. »Einmal festnehmen, bitte.«

»Passt nicht«, meint Hünerbein und lehnt sich zurück, »den Cannabisbauern kennen wir bereits: Alexander Pawlak, genannt Sascha, einundzwanzig Jahre alt und gemeldet bei seinen Eltern in Mahlow bei Berlin. Aufenthaltsort unbekannt.« Hünerbein greift zum Shake, nuckelt am Strohhalm und setzt das Glas wieder ab. »Der Junge besitzt sogar ein Motorrad und hat die passende Schuhgröße – das hab ich mit Damaschke schon abgeklärt.«

»Dann haben wir ja einen richtig guten Verdächtigen«, finde ich, »ist die Fahnung schon raus?«

Hünerbein nickt. »Seit gestern Abend.«

»Vielleicht ist er mit Arndts Geldkoffer abgehauen und längst über alle Berge?«

»Hab ich mir auch schon gedacht«, nickt Hünerbein nachdenklich. »Aber warum steckt er vorher noch das Haus an? Um Spuren zu verwischen? Was für Spuren? Der Mord geschah doch, nach allem, was wir bisher wissen, in der Scheune.«

»Vielleicht hat er den Geldkoffer suchen müssen«, überlege ich. »Angenommen Arndt hatte ihn versteckt. Unter irgendwelchen Dielen, im Dachboden ... So ein altes Bauernhaus hat doch überall Verstecke. Unser Täter durchwühlt also das ganze Haus, muss das Unterste nach oben kehren, um den Geldkoffer zu finden. Am Ende herrscht Chaos in der Bude. Nichts sieht mehr nach Selbstmord aus. Und überall kann er Spuren hinterlassen haben. Also fackelt er die Hütte einfach ab.«

»Hass wäre auch noch eine Möglichkeit«, gibt Hünerbein zu bedenken, »ohnmächtige Wut. Es haben sich nämlich Drohbriefe gegen Arndt angefunden, die aus einer ganz anderen Richtung kommen.«

»Nämlich?«

»Flughafengegner sahen sich von ihm getäuscht. Arndt war ihr Trumpf. Wenn er sich geweigert hätte, wären alle Ausbaupläne obsolet. Stattdessen verkauft er an Grundstücksspekulanten. Da kann durchaus jemand Rache geübt haben.«

»Ich weiß nicht«, zweifle ich. »Niemand weiß, ob es je zu diesem Flughafenausbau kommt.«

»Mag sein«, nickt Hünerbein, »aber es gibt erste Planungen, und wer früh dagegen demonstriert, wird auch früh gehört. Die Ostdeutschen haben ihr Regime wegdemonstriert, die glauben jetzt, dass man mit Protesten alles erreichen kann. Ich hab mit einem dieser Bürgerbewegten gesprochen, ein hartnäckiger Bursche.«

»Tatverdächtig?«

»Nur bedingt.« Hünerbein zückt seine Schachtel Roth-Händle. »Aber mir ist seine Frau aufgefallen. Die scheint was mit dem Arndt gehabt zu haben. Friedrichs will das mal diskret recherchieren.« Er starrt auf die Nichtraucherschilder an den Wänden. »Diese Amis haben sie nicht mehr alle! Nach dem Essen muss man doch rauchen, oder?«

»Gehen wir raus!« Ich erhebe mich. »Ich brauche auch Nikotin.«

Wir gehen vor die Tür, setzten uns an die Tische auf dem Trottoir und stecken uns unsere Zigaretten an.

»Ah, das ist schön!« Hünerbein streckt sich und setzt sich seine Sonnenbrille auf. »Nach dem langen Regen wie Urlaub!«

Auch ich ziehe meine Ray-Ban-Brille aus der Innentasche meiner Jacke und schiebe sie mir auf die Nase.

Wir rauchen und genießen. Es ist sehr mild, fast sommerlich warm.

Indian Summer in Zehlendorf: Die Bäume am Straßenrand schimmern in ihrem goldenen Laub, Offiziersfrauen bringen ihre im schönsten Californiaslang maulenden Kinder zur Schule, gegenüber macht der Zeitungsladen auf und präsentiert amerikanische Presse, vom Los Angeles Inquire bis zur Washington Post, vom Hollywood Reporter bis zum TIME Magazine.

Ein Donutverkäufer wartet auf Kundschaft, aus einem Radio wünscht der Soldatensender AFN »Good Morning, Berlin«, und ein Pontiac Trans Am grummelt vorbei. Mehrere schwarze GIs hocken drin, aus den Boxen dröhnt Hip-Hop von Public Enemy. Wahrscheinlich haben sie die Nacht in Berlins Diskotheken durchgemacht.

Hünerbein hat völlig recht, ich werde die Amis vermissen. Kann mir die Stadt ohne sie gar nicht vorstellen. Die Amerikaner haben Westberlin geprägt wie kein anderer der Alliierten, mit ihnen kamen die Freiheit, der Witz und das Leben in die zerbombte Stadt zurück.

Yes, guys, I will miss you all.

»Hast du's schon probiert?«, fragt Hünerbein unvermittelt.

»Was?«

»Das Zeug aus deinem Kofferraum.«

»Spinnst du?« Ich schüttele den Kopf.

»Könnte man doch 'n bisschen was abzweigen«, Hünerbein sieht mich an, »ich mein, das wird eh vernichtet. Wär echt schade drum.«

»Nee«, bleibe ich hart.

»Es kann jedenfalls nicht in deinem Auto bleiben.« Hünerbein lehnt sich wieder zurück. »Stell dir vor, du kommst in eine Verkehrskontrolle.«

»Willst du's für mich aufbewahren?«

»Ich weiß nicht.« Man sieht, wie Hünerbein mit sich ringt. »Ist ziemlich heiß. Ich bin immerhin Beamter. Warum hebst du's nicht auf?«

»Ich bin auch Beamter.«

»Aber weggeschmissen hast du's auch noch nicht«, stellt Hünerbein fest.

»Wenn, dann musst du's verbrennen.«

»Bist du wahnsinnig?« Hünerbein kommt wieder hoch. »Das Zeug ist mehrere hunderttausend wert.«

»Eben«, nicke ich.

»Meine Herren«, macht Hünerbein, »da sind wir wohl in einen handfesten Gewissenskonflikt geraten.«

»Richtig«, pflichte ich bei, »und das haben wir vor allem diesem bescheuerten Dark zu verdanken – wie hieß er noch?«

»Leander Darkmann«, antwortet Hünerbein.

»Genau! Den grille ich mir!«

»Ist er denn wieder aufgetaucht?

»Woher soll ich das wissen?«

»Irgendwo muss er ja stecken«, vermutet der Kollege und hat wie immer völlig recht.

Die Frage ist nur, wo?

25 DAS LEBEN ALS MILLIONÄR im Hotel INTERCONTINENTAL war sehr süß. Zwar wurde es durch ein Rollkommando der Berliner Polizei gleich anfänglich gestört. Brutal hatten sie die Tür eingetreten und den halb nackten Dark, der sich gerade ein paar geile Videos hatte liefern lassen, unsanft auf das nahe Polizeirevier am Bahnhof Zoo geschleift. Sie hatten ihn mit einem kürzlich geschehenen Banküberfall in der Wilmersdorfer Straße in Verbindung gebracht. Doch die Bank hatte nur registrierte Scheine ausgegeben – und die Nummern stimmten mit Darks Geld nicht überein. So mussten ihn die Bullen unverrichteter Dinge wieder laufen lassen.

Im Hotel hatte Dark erst mal für Ordnung gesorgt und den korrupten Portier vor versammelter Mannschaft regelrecht zusammengeschissen. Der Mann war sofort fristlos entlassen worden. Gerechtigkeit muss sein. Auch sonst besserte sich der Service schlagartig. Dark wurde endlich ernst genommen. Die Zimmerkellner dienerten servil, jeder Wunsch wurde umfassend und zügig erfüllt.

Und die drei süßen Mädchen, die er sich kommen ließ, eine wunderbar exotische Brasilianerin, eine sanfte thailändische Masseuse und eine feurige, rothaarige Ungarin, machten das Leben im wohltemperierten Whirlpool bei Champagner und Kaviar perfekt.

Sogar die Tür zur Lake-Side-Suite war ausgetauscht und gegen eine stabilere, stahlverstärkte ersetzt worden, sodass die beiden kahlköpfigen, sehr muskulösen Herren in den zu knapp sitzenden Anzügen zu drastischen Mitteln greifen mussten. Sie sprengten die Tür mit einem lauten Knall einfach auf.

Die Mädchen kreischten erschrocken und flüchteten in Schränke und unter das Bett.

Dark, der zunächst überhaupt nicht begriff, was geschah, wurde erst mal im Pool unter Wasser gesetzt. Lediglich die munter aufsprudelnden Luftblasen verhinderten, dass er ersoff.

Als man ihn endlich wieder auftauchen ließ, hatten die ungebetenen Besucher die Lage in der Suite voll unter Kontrolle. Die Mädchen waren gefesselt und geknebelt in die geräumige, aber fensterlose Umkleide gesperrt worden, und ein eifrig herbeigeeilter Zimmerkellner wurde mit einer mit Schalldämpfer aufgerüsteten Beretta in Schach gehalten, damit man in Ruhe arbeiten konnte.

»Das Geld! Wo ist das Geld?«

Dark konnte vor Angst kaum sprechen, was schlecht war, denn seine Besucher hassten Ineffektivität. So wurde er kurzerhand an den Füßen gepackt, sein Körper rutschte wieder unter Wasser. Dark zappelte minutenlang panisch, glaubte schon, sein letztes Stündlein sei gekommen – als man ihn wieder an die Oberfläche ließ.

»Schließfach im Zoo«, stammelte er, Wasser rotzend und ohne dass es einer weiteren Nachfrage bedurfte, »Schlüssel ist im Jackenfutter.«

Die Männer zerrissen die Jacke, bis der Schlüssel herausfiel, zerrten Dark – »du kommst mit« – aus der Wanne und drückten dem bislang per Beretta bedrohten Kellner fünfhundert Mark in die Hand. Schweigegeld sozusagen. Dann führten sie den armen Dark gefesselt über stählerne Hintertreppen hinunter ins Parkhaus, wo er mit verbundenen Augen in den Fond einer großen Limousine gestoßen wurde, die kurz darauf mit durchdrehenden Rädern davonschoss.

In rasanter Fahrt ging es durch die Stadt in eine andere Tiefgarage, Dark wurde wieder aus dem Auto gezogen und in einen muffigen kleinen Keller verbracht, der, wie es schien, hunderte von Metern unter der Erde war. Kein Laut war hier zu hören, kein einziges Geräusch. Absolute Stille. Und es war kalt, er fror erbärmlich, denn noch immer war er splitternackt.

Hatten sie ihn hier lebendig begraben? Was geschah mit ihm?

Und dann fing er verzweifelt an zu weinen. Er bereute, dass er das Geld genommen hatte, er bereute den Unfall, seinen Charakter und sein ganzes Sein.

Nie wieder würde er sich was zuschulden kommen lassen, er schwor, seine Mutter nie mehr zu belügen und eine ganz seriöse Handwerkslehre zu machen, so wie es sein Vater immer verlangt hatte. Ja, er würde ein ganz zurückgezogenes, normal spießiges Leben führen, wenn man ihm nur noch mal die Chance dazu gäbe.

Alles war besser, als langsam in diesem Loch zu vermodern.

Aber es war niemand da, den er bitten konnte, niemand hörte ihn um Gnade flehen, weinen, schluchzen, betteln …

Er war mutterseelenallein. Völlig hilflos. Tief unter der Erde verschwunden und ohne jede Chance.

Denn kein Mensch da draußen interessierte sich für sein erbärmliches Schicksal.

26 »DIESE DINGE HIER«, der Brandermittler hat mehrere undefinierbare, rußgeschwärzte und geschmolzene Gegenstände auf dem Tisch vor sich, »fanden sich direkt am Brandherd und waren offenbar in einer flachen Kiste versteckt.« Er stellt eine flache Holzkiste dazu und schüttet aus einem Sack Späne hinein. »Unter einem Haufen Holz- oder Sägespreu …«

»Sieht aus wie 'n Katzenklo.« Zwar mache ich mir nichts aus diesen Viechern, aber eine Freundin von mir – lang ist's her – war ganz vernarrt in ihren fetten, verwöhnten Kater. Und der hatte auch so eine Kiste mit Sägespreu. Sie stand in der kleinen Kammer neben dem Bad, und das Katertier schiss durchaus verlässlich hinein. Zum Urinieren aber bevorzugte er andere Ecken. Vornehmlich hinter dem Sofa oder auf dem Bettvorleger. Die ganze Wohnung stank danach, weshalb ich mir damals schwor, auf Haustiere für den Rest meines Lebens zu verzichten.

»Wenn Sie wollen«, erwidert der Brandermittler, »können Sie das gern auch als Katzenklo oder sonst wie bezeichnen.« Er reicht die Kiste mit den Spänen einem Kollegen, der damit hinausgeht, und hält nun einen geschmolzenen Klumpen hoch. »Die Reste einer Flachbatterie«, er legt den Klumpen wieder weg und nimmt mit einer Pinzette vorsichtig ein winziges Stückchen schwarze Faser auf, »ein Drahtrest.« Auch der Draht wird wieder beiseitegelegt, denn nun widmet sich der Brandermittler einem Gegenstand, der mit viel Phantasie als Tischuhr durchgehen mag. »Ein mechanischer Glockenwecker aus Metall.«

Ah, jetzt erkenne ich es: zwei Schellen oben, dazwischen ein Teil, das beim Wecken dagegen schlägt – diese Dinger machen einen höllischen Lärm.

»Der diente als Zeitzünder«, erklärt der Brandermittler. Er öffnet seine Tasche und holt einen nagelneuen Glockenwecker hervor. »Wir haben uns für unsere Untersuchungen gleich mehrere davon besorgt, um die Sache besser rekonstruieren zu können: massives Metall, recht schwer, oben zwei Schellen, dazwischen der Schlagschwengel, der mit diesem kleinen Riegel hier fest zu stellen ist.« Er zeigt uns die Rückseite. »Das sind die Drehschrauben für die Federlaufwerke. Eines für die Uhr, eines für die Weckfunktion, sowie zwei Drehknöpfe zum Einstellen von Uhr- und Weckzeit. Eine Besonderheit ist der schmale Verstellschieber, mit dem die Laufgeschwindigkeit des Federwerks angepasst werden kann.

»Ich denke, wir kennen alle solche Wecker«, unterbreche ich den Brandermittler, »erklären Sie uns lieber, wie das Ding Ihrer Ansicht nach zum Zeitzünder umgebaut worden ist.«

»Ganz einfach. Die beiden Glocken werden voneinander und dem Gehäuse des Weckers isoliert und unter Spannung gesetzt. Schlägt der Klöppel dann zwischen beiden Schellen hin und her, entstehen Funken. Wie bei einem Feuerzeug.« Er deutet zum Fenster. »Wir haben draußen etwas vorbereitet. Kommen Sie!«

Wir gehen zum Fenster. Unten auf dem Hof steht das Katzenklo. Ein zweiter Ermittler präpariert soeben einen dieser Glockenwecker mit Isolierband und schließt ihn mit Kupferdrähten an eine handelsübliche Flachbatterie an. Dann zieht er den Wecker auf.

»Der Zünder wird für die Weckfunktion auf eine Minute nach Zeit gestellt.«

Der Brandermittler dreht einen kleinen Knopf auf der Rückseite des Weckers. Auf dem Zifferblatt rutscht der kleine Zeiger für die Weckzeit auf die Vier. Der große Minutenzeiger steht eine Minute davor auf der Drei.

»Jetzt ist der Zeitzünder scharf.«

»Aha«, Beylich, der den Vorgängen ungeduldig zugesehen hat, starrt den Brandermittler an, »und was zündet er?«

»Aceton.« Der Brandermittler deutet wieder hinunter in den Hof, wo sein Kollege eben ein Fläschchen Nagellackentferner in der Spreu des Katzenklos vergräbt. Dann legt er den präparierten Wecker vorsichtig so auf die Spreu, dass der Klöppel zwischen den Schellen genau über der aufgeschraubten Öffnung des Fläschchens zu liegen kommt.

»Achtung«, macht der Brandermittler, »jetzt geht's gleich los!« Sein Kollege auf dem Hof geht etwas in Deckung.

»Das Aceton aus dem Nagellackentferner vermischt sich mit Luft«, erklärt der Brandermittler, »und wird durch Funken …«

Schon passiert's: Der Wecker beginnt zu klingeln, im selben Moment pufft es dumpf, und das Katzenklo steht in lodernden Flammen.

»… zur Explosion gebracht«, beendet der Ermittler seinen Satz und nickt anerkennend. »Wenn man bedenkt, dass das nur hundertfünfundzwanzig Milliliter Aceton waren, ist das eine enorme Wirkung.«

In der Tat. Ich bin beeindruckt. So eine einfache Konstruktion und doch fast die Wirkung einer Bombe. Wahnsinn.

Beylich tritt neben mich. »Tja, Hauptkommissar, das waren Leute mit Köpfchen und Verstand.«

»Man sollte Nagellackentferner verbieten«, ich bin einigermaßen erschüttert, »das Zeug scheint lebensgefährlich zu sein.«

»Stellt sich die Frage«, Beylich atmet tief durch, »wer könnte Interesse an einem derartigen Anschlag auf die Hausbesetzer haben?«

Womit wir wieder beim Thema wären. So ein Brandbömbchen kann jeder bauen, der auch nur halbwegs technisch versiert ist, und nach wie vor tippe ich auf Nachbarn aus der unmittelbaren Umgebung der Hausbesetzer.

Auch Beylich hat seine Meinung nicht geändert: DDR-Bürger hätten für so was keinen Westwecker benutzt.

Einig sind wir uns darin, dass durchaus die Hausbesetzer selbst den Brandsatz gelegt haben könnten. Vielleicht um auf sich aufmerksam zu machen oder wegen etwaiger Rivalitäten untereinander.

»Haben Sie mit Ihrer Tochter schon gesprochen?«

»Ja und nein«, erwidere ich.

»Das heißt?«

»Das heißt, dass Sie mir nichts über irgendwelche Feindschaften und Streits unter den Hausbesetzern erzählt hat«, antworte ich und gebe zu, »ich habe sie aber auch nicht dezidiert danach gefragt.«

»Aber warum denn nicht!« Beylich begreift es nicht. »Da haben wir einen erstklassigen Kontakt in der Szene, und Sie nutzen ihn nicht!«

»Es ist immerhin meine Tochter«, stelle ich klar, »die kann ich nicht ins Verhör nehmen.«

»Nicht?« Beylich hebt verständnislos die Hände. »Mit Verlaub, Hauptkommissar, ich habe selbst zwei Söhne, und die werden von mir durchaus mit allen Mitteln ins Gebet genommen, wenn es was zu klären gibt. Wenn Sie Ihr Töchterchen immer nur mit Samthandschuhen anfassen, wird sie bald mit Eisenkrallen zurückschlagen.«

Schon wieder ein Erziehungsexperte.

»Diese Gören wissen ganz schnell, wo die Schwachstellen von uns Erwachsenen sind«, setzt Beylich hinzu, »die versuchen, uns auszutricksen, wo sie nur können. Aber nicht mit mir: Ich regiere mit harter Hand, sonst spuren die nicht. Die müssen genau wissen, was Fakt ist. Wo die Grenzen sind. Alles andere hat Konsequenzen. Und die sind beileibe nicht angenehm.«

Ich sehe ihn an. »Sind Sie sicher, dass Sie von Ihren Kindern sprechen? Nicht von irgendwelchen Feinden?«

»Sie sind zu weich, Knoop.« Beylich sieht mich kopfschüttelnd an. »Und Sie werden Ihrer Tochter das Leben damit nicht leichter machen.«

Wir hätten die Debatte sicher noch fortgesetzt, wenn es nicht an der Tür geklopft hätte und Armin Kurzweil eingetreten wäre: der kleine Rechtsmediziner von der Charité.

»Herr Doktor«, ruft Beylich, »was treibt Sie denn hierher?«

»Nun, diese neuen Faxgeräte funktionieren nicht«, Kurzweil marschiert durch den Raum und stellt geschäftig seine Tasche auf dem Pult ab, »ich weiß nicht, ob's nun an den ollen Leitungen liegt oder an der empfindlichen Westtechnik – jedenfalls dachte ich mir, Sie brauchen die Ergebnisse gleich«, er holt eine Mappe aus der Tasche und pinnt mit Klebestreifen kleine Röntgenbilder an die Wand, »und da sind sie: zwo, viere, sechse – womit die Identität unseres Feuertoten wohl ein für alle Mal geklärt wäre.«

Wir starren auf die kleinen Bildchen. Es sind Unter- und Oberkieferaufnahmen ein und desselben Gebisses.

»Die Zähnchen des Opfers?« Beylich setzt sich eine Brille auf und betrachtete die Bilder genauer.

»Anders war das nicht zu händeln.« Kurzweil hebt die kurzen Arme und setzt sich auf einen freien Stuhl. »Wir haben Blutproben genommen, Knochenmuster und Gewebeproben – aber nichts, was Klarheit über die Identität gibt. Bis auf die Zähne. Die sind noch recht gut intakt.«

»Und?«

»Wir haben sie mit den Befunden des Vermissten abgeglichen – wie hieß er noch – Bäuerlich?«

»Bäuerle«, meldet Matuschka, »Ernst Bäuerle, fünfzehn Jahre alt, aus Reutlingen in Baden-Württemberg, mehrfach von zu Hause abgehauen, kleine Delikte wie Ladendiebstahl ...«

»Reutlingen im Schwabenländle«, unterbricht ihn Kurzweil, »genau! – Ja, wir haben die Röntgenbilder dort hingeschickt, zum Zwecke des Abgleichs bei den dort ansässigen Zahnärzten, und hatten einen Treffer.«

Er springt wieder auf und deutet auf die Vergleichsaufnahmen aus Reutlingen. »Sehen Sie? Es gibt keinen Zweifel: Ernst Bäuerle ist unser Toter.«

»Mensch ...« Beylich schüttelt fassungslos den Kopf. »Der hatte das ganze Leben noch vor sich!«

»Hat schon jemand die Angehörigen verständigt?«, frage ich.

»Ja, das haben die Beamten vor Ort übernommen«, nickt Kurzweil, »ich dachte, es ist besser, wenn die das gleich mit erledigen. – Na ja, ich muss wieder.« Er nimmt seine Tasche und verabschiedet sich mit seinem weichen Sächsisch: »Hoffe, geholfen zu haben. Bis die Tage!«

»Sehr«, rufe ich ihm nach, »vielen Dank!«

»Mist!« Beylich wirkt betroffen. »Der arme Junge. Und wir haben keine verwertbaren Spuren, nichts!« Er läuft wieder zum Tisch und sieht sich die geschmolzenen Reste des Brandsatzes an. »Gut, wir können gucken, ob wir rausfinden, wo dieser Wecker gekauft wurde, oder die Flachbatterie – aber das Zeug gibt's doch überall! Wo anfangen?«

»Zunächst sollten wir uns auf die Leute in der Umgebung des

Jungen konzentrieren«, erwidere ich und nehme den rußschwarzen, durchgeglühten Wecker in die Hand, »und herausfiltern, wer das Know-how hat, solche Brandsätze zu bauen.« Ich sehe mir die Rückseite des Weckers genauer an und das Zifferblatt. Vielleicht gibt's ja eine Registriernummer, anhand der man feststellen kann, wo das gute Stück gekauft wurde …

Plötzlich werde ich stutzig. »Beylich?«

Der verharrt in der Bewegung. »Was ist?«

»Kommen Sie mal!« Ich gebe ihm den Wecker. »Sehen Sie sich das Zifferblatt an!«

Beylich tut's. »Was ist damit?«

Ich trete neben ihn und wische mit den Fingern etwas Ruß beiseite. »Fällt's Ihnen auf? Sehen Sie genau hin!«

»Steht Blessing drauf«, meint Beylich, »wie bei dem anderen Wecker.«

»Ja, ich weiß, für Sie ist wichtig, dass es ein Westwecker ist. Aber achten Sie mal auf die Zeigerstellung.«

Tatsächlich sind die Zeiger kaum noch zu erkennen und mit dem Zifferblatt in der Hitze des Feuers fest zusammengebacken.

»Stehen auf kurz vor Mitternacht«, konstatiert Beylich.

Auch die beiden Brandermittler der Feuerwehr kommen heran. »Das deckt sich mit unseren Ermittlungen.«

»Eben«, nicke ich. Denn genau da liegt der Hase im Pfeffer, wie man so schön sagt. Mein Gott, merkt denn hier keiner was?

»Die Weckzeit!« Ich deute auf den dritten, kürzeren Zeiger. Nur noch ein Stumpf ist von ihm übrig, der Rest ist verglüht. Und dennoch ist eindeutig zu erkennen, auf welche Zahl er zeigt.

»Neun Uhr«, meldet Beylich.

»Seltsam, nicht wahr?« Ich sehe Beylich und die Brandermittler abwechselnd an. »Wenn dieser Wecker tatsächlich als Zeitzünder diente, war er auf neun Uhr eingestellt. Der Brandsatz aber ist erst gegen Mitternacht explodiert.«

»Das kann nicht sein«, meint Beylich.

»Eben«, sage ich.

Die Brandermittler starren mich an. »Was wollen Sie damit sagen?«

»Nichts«, antworte ich und gebe ihnen den Wecker zurück. »Ich stelle lediglich fest, dass dieser Wecker unmöglich das Feuer verursacht haben kann. Nicht, wenn es erst um Mitternacht brannte.«

»Also kein Zeitzünder?« Beylich ist fassungslos.

»Und kein Brandsatz«, setze ich hinzu.

»Moment mal«, widerspricht einer der Brandermittler, »was ist mit den Acetonspuren?«

»Nagellackentferner«, antworte ich, »kommt in jedem weiblichen Haushalt vor.«

»Und Batterien ebenfalls«, nickt Beylich langsam, »genau wie Draht.«

»Unglaublich!« Die Brandermittler machen lange Gesichter. »Wie konnten wir das übersehen?«

»Vermutlich sind Sie im Schutt nur auf die Reste einer Abstellkammer gestoßen«, gebe ich ihnen den Rest, »und dazu würde ja dann auch das Katzenklo passen.«

»Aber genau da war der Brandherd!« Die Feuerwehrleute sind völlig vor den Kopf gestoßen. »Wir konnten wir nur so danebenliegen!«

»Tja, manchmal ist das Leben wie die Werbung im Westfernsehen«, tröste ich sie: »Nicht überall, wo Nougatcreme draufsteht, ist auch Nutella drin.«

Oder anders ausgedrückt: Irren ist menschlich, sagte der Hahn und stieg von der Ente.

27 FÜR EINEN KLEINEN Beamten wie mich sind Politiker schwer zu fassen. Nicht nur wegen der undurchschaubaren Winkelzüge, mit denen sie permanent ihr eigenes Volk übers Ohr hauen, um irgendwie die nächsten Wahlen zu gewinnen, nein, auch sonst sind sie schwer greifbar. Selbst wenn sie in der Opposition sind.

Werner von Lahn jedenfalls scheint vor mir zu flüchten. Seine Privatsekretärin in Wannsee schickt mich zur Fraktion, doch die ist einer Einladung des MagiSenats gefolgt, wo parteiübergreifende Gespräche wegen den bevorstehenden Einheitsfeiern abgehalten werden. Also fahre ich zum Senat im Schöneberger Rathaus, doch die Gespräche finden beim Magistrat im Roten Rathaus statt. Städte mit Doppelregierungen können ganz schön anstrengend sein.

Als ich am Alexanderplatz ankomme, darf ich zwar noch einen flüchtigen Blick auf den Regierenden Bürgermeister Walter Momper und sein Pendant im Osten, den Oberbürgermeister Tino Schwierzina, werfen – doch Werner von Lahn treffe ich auch hier nicht. Offenbar hat er die Arbeitsgespräche geschwänzt.

Dann eben nicht. Müßig schlendere ich über den Alexanderplatz. Viele Menschen sind unterwegs, es gibt Hütchenspieler, südamerikanische Straßenmusiker mit Panflöten, shoppende Familien und gelangweilte Jugendliche am zentralen Springbrunnen. Die üblichen Ladenketten machen sich breit, und man kommt sich bereits vor wie in unseren Fußgängerzonen. Nur die Bebauung ist anders: Die Straßen sind breiter, die Häuser höher. Plattenbauten zumeist, die wenigsten schön. Bausünden gibt es in der ganzen Welt, auch westliche Innenstädte sehen oft grauenhaft aus, und man muss sich fragen, was in Architekten vorgeht, wenn sie unsere Städte derart verschandeln.

Interessiert sehe ich mir die Auslagen der Geschäfte an, suche das Exotische und finde Imbissbuden mit Burgern, die hier »Grilletten« heißen, und Hotdogs mit der noch seltsameren Bezeichnung »Ketwurst«. Immerhin ist der Begriff »Grillette« zweimal rot durchgestrichen und durch *»Not Ham-, but Berlinburgers«* ersetzt worden, was genauso drollig ist.

Inzwischen ist es warm geworden, fast sommerlich, und die Luft flimmert über dem heißen Beton. Obwohl ich mich der Jacke schon entledigt habe, bin ich immer noch viel zu warm angezogen und flüchte in den Untergrund. In den unübersichtlichen, von schmutzigen Neonröhren nur spärlich erhellten, grün und blau gefliesten Verbindungsgängen zwischen diversen U-Bahn-Linien ist es angenehm kühl. Auch Geschäfte findet man hier unten. Vor allem ein Laden, der sich »Ellenbergers Schmuckkästchen« nennt, fällt auf. Vielleicht finde ich hier ja etwas für Monika? Etwas, womit ich mich vom protzigen Stasi-Siggi abheben kann, womit ich charmant und beiläufig verlorenes Terrain zurückerobern kann?

Ich habe den Laden kaum betreten, da federt ein kleiner, etwas untersetzter Herr in Dreiteiler und Fliege heran und fragt geschäftstüchtig nach meinem Begehr.

Tja«, überlege ich gedehnt, »wenn ich das wüsste ...?«

»Na, wenn ich Sie mir so ansehe«, redet der Verkäufer mit nasaler, etwas an Theo Lingen erinnernder Stimme drauflos und zupft nachdenklich an seiner Fliege, »suchen Sie was fürs weibliche Geschlecht! Geben Sie's zu: Sie wollen erobern«, jovial nimmt er mich am Arm und führt mich tiefer in seinen engen, mit Regalen, Vitrinen und allerlei Tand gefüllten Laden hinein, »ich sehe es an Ihrem hungrigen Blick.« Er lacht keckernd, öffnet tänzelnd ein paar Schuber mit billigen Ringen, Ohrhängern und Armbanduhren und schließt sie gleich wieder.

»Nein, warten Sie! Der Herr sucht etwas Besonderes, stimmt's?« Er deutet wissend mit dem Zeigefinger auf mich. »Die Dame ist nicht leicht zu händeln, vermute ich – und anspruchsvoll?«

»Das kann man so sagen«, erwidere ich, nicht ganz überzeugt, denn ist sie das wirklich? Monika liebt das Besondere, möglich, aber muss es deshalb teuer sein?

»Vergessen Sie alles, was Sie über Frauen wissen«, näselt der Verkäufer und federt auf seinem Absatz herum, »die Wahrheit ist, dass wir die Geheimnisse der holden Weiblichkeit nie wirklich zu lösen vermögen, und ich bin immerhin seit über zwanzig Jahren verheiratet.« Schon kramt er in diversen Schubern, Kistchen und Kartons herum. »Aber bis ich die Dame meines Lebens vor den Altar bekam, war es ein ewiger Kampf, mit der Eroberung Babylons nicht zu vergleichen, da half kein Werben und kein Flehen, nicht Nathans des Weisen Ring und auch nicht Schillers Handschuh. Es war alles verlorene Liebesmüh.«

Mir fallen die Wecker auf, Blessing-Uhren wie der völlig zu Unrecht als Zeitzünder verdächtigte Wecker vorhin. Harmlos stehen sie in den Regalen direkt hinter dem Ladentisch, säuberlich nebeneinander aufgereiht, mit zwei Glocken, Klöppel, Federwerk.

»Nur eines vermochte sie zu erweichen«, redet der kleine Mann weiter und kommt mit einer grauen Schachtel zurück, »eine kleine, bescheidene Preziose voller Stil, Charme und Anmut. Möchten Sie sie sehen?«

Bevor ich antworten kann, hat er schon die Schachtel geöffnet und eine runde, etwa fünfzehn Zentimeter hohe Spieldose herausgeholt. Silbrig und golden schimmernd, mit kleinen Blumen und Arabesken verziert: ein wahres Wunderwerk des Kitsches, denn eben klappt sich der Deckel auf, und eine kleine Figur aus lackierter Emaille, in Frack und Monokel an Richard Tauber erinnernd, dreht sich im Kreis, schwenkt absurd die Arme und plärrt mit dürrer Schellackstimme:

Kein Feuer, keine Kohle kann bren-ne-hen soho ha-heiß,
Als heim-li-hi-che-he Lie-hi-be, von der nie-hie-mand nicht weiß.

»Ist das nicht ein großartiger kleiner Kerl«, näselt der Verkäufer begeistert, als handle es sich bei der Emaillefigur um ein Lebewesen, »hören Sie nur!«

Keine Rose, keine Wolke kann blühü-hen soho schö-hön
Als wenn zwei verliebte See-he-len bei-eina-han-der tun stehn.

»Eine echte Antiquität aus der Kaiserzeit«, wirbt der Verkäufer, »hat wie ein Wunder unbeschadet den Weltenlauf überlebt.«

Setz du einen Spiegel ins He-herz mir hin-nei-hein
Damit du-hu ka-hannst se-hen, wi-hie treu-heu ich es mein'.
Damit du-hu ka-hannst se-hen, wi-hie treu-heu ich es mein'.

Der Deckel klappt automatisch zu, Richard Tauber verschwindet, die Musik stoppt abrupt.

»Köstlich, nicht wahr?« Der Verkäufer strahlt mich an. »Eine ausgefallenere Überraschung finden Sie nirgends, und ich kann Ihnen garantieren, damit liegt Ihnen der stolzeste Engel zu Füßen, damit fällen Sie auch die deutscheste Eiche. Soll ich es Ihnen hübsch verpacken?«

»Nein, ich glaube, ich nehme einen von diesen Weckern da.«

»Treffliche Idee!« Der Mann wirbelt herum, lässt die Spieldose verschwinden und holt umgehend einen Blessing-Wecker aus dem Regal. »Immer wieder gern genommen, immer wieder gern gekauft. Dieser Wecker holt die verschlafenste Mutti wieder aus dem Koma, damit kommen Sie durch die längste Nacht, der klingelt Sie aus jedem Liebesnest. Für Ihre Angebetete hätte ich auch einen in leidenschaftlichem Rot. Und von den silbernen lässt sich sogar Königin Margarethe aus dem Schlaf holen, drei Stück habe ich ans dänische Königshaus verkauft – ja, wer damit geweckt werden will, beweist klassischen Geschmack, Eleganz und Stil …«

»Sie brauchen ihn nicht einzupacken«, unterbreche ich den Redefluss des Verkäufers, »vielen Dank!«

»Macht zwölfneunundneunzig«, sagt der Verkäufer und schiebt mir perplex den Wecker über den Tresen.

»Schönen Tag noch«, lächle ich ihn an und gehe.

Was will ich eigentlich damit, überlege ich noch, als ich wenig später den Wagen in der Belziger Straße parke. Na ja, vielleicht schenk ich ihn wirklich Monika. Oder ich baue eine Bombe und jage Siggi mit tonnenweise Aceton in die Luft …

Die beiden muskelbepackten Männer in den zu engen Anzügen am Straßenrand bemerke ich erst, als sie mich schon gepackt und unmissverständlich auf die Rückbank einer großen Limousine genötigt haben.

»Hey«, protestiere ich und versuche, mich zu wehren, »lasst mich sofort wieder raus!«

Vergebens. Der Wagen brettert mit quietschenden Reifen los, nur um wenige hundert Meter weiter in der Eisenacher Straße vor dem »L'Emigrante« zu stoppen.

»Enzo will dich sehen«, sagt einer der Muskelmänner knapp.

Na toll! Wütend betrete ich das Lokal. Der kann was erleben!

»Commissario!« Mit zuckersüßer Miene und ausgebreiteten Armen kommt Enzo auf mich zu. »Tut mir leid, wenn ich dir Umstände bereite, aber …«

»Umstände?« Ich bin außer mir. »Du hast mich von deinen Gorillas regelrecht entführen lassen, Enzo!«

»Aber nein, es ist nur so: Die Sache duldet keinen Aufschub.«

»Was für eine Sache?«

»Lass uns erst etwas essen, ja?« Enzo spitzt den Mund und deutet eine Köstlichkeit an. »Ich habe bekommen wunderbar frische *conchiglia* …«

»WAS FÜR EINE SACHE?!«

»Nun …« Enzo macht ein betrübtes Gesicht. »… ich weiß, es ist nicht gut, wenn ich mich mische in deine *affari*, aber …« Er lächelt hoffungsvoll. »Ich habe deinen Mörder.«

»Du hast was?« Ich begreife nicht, wovon er spricht.

»*Il assassino*, der Signore Arndt«, Enzo macht eine Kopf-ab-Bewegung, »getötet hat, *il povero disgraziato*.«

Ich muss mich erst mal setzen. Enzo ist kein Spinner, der weiß in der Regel sehr genau, was er tut und sagt. Aber wie will er Arndts Mörder gefasst haben? Arbeitet das organisierte Verbrechen so effektiv? Haben die andere Informationen? Bessere?

»Lass mich raten, Enzo: Du warst hinter deinem Geld her, richtig?«

Enzo nickt.

»Und du hast es – gefunden?«

Enzo schnippt mit den Fingern, und seine Söhne Francesco und Giuseppe kommen mit dem Geldkoffer heran. Sie tragen Handschuhe, lassen den Koffer aufschnappen und zeigen mir den Inhalt.

Die Welt ist voller Moralisten und gescheiter Sprüche. Aber ich möchte den Menschen sehen, der beim Anblick so vieler nagelneuer Geldscheine keine glänzenden Augen bekommen hätte.

»Bitte nicht anfassen, Signor Commissario«, mahnt Enzo, »es ist Entlastung für uns. Es wird Fingerabdrücke geben von Arndt an diesem Koffer.«

Da hat er sicher recht. Um festzustellen, dass sie mir nicht nur irgendeinen Koffer mit Geldbündeln vorgesetzt haben, braucht es mehr. Zum Beispiel entsprechende Fingerabdrücke.

»Und wo ist Arndts mutmaßlicher Mörder jetzt?« Ich sehe mich um.

»In Sicherheit.« Enzo lächelt. »Etwas essen?«

»Nicht jetzt.« Dafür ist die Sache zu spannend. »Wie seid ihr auf ihn gekommen?«

»Nun, wir haben *informazione*.«

»Woher?«

Francesco stellt mir ein Glas Wein hin. »Prego, Signore.«

»Enzo«, mahne ich. Dass der Kerl sich immer so winden muss, wenn er konkret werden soll.

»Commissario, du weißt, wie es läuft!« Enzo hebt die Hände. »Wir haben Kontakte. Ein *sottotenente* vom Zoo rief an. Sie hätten festgenommen jungen Mann wegen Bankraub in der Wilmersdorfer.« Er reibt Daumen und Zeigefinger aneinander. »Viel Geld, verstehst du? Aber es war *registrato*, alle Scheine haben Nummern. Sie sehen also, junger Mann hat nicht das Geld aus Bankraub und rufen mich an: *Il vai a farti fottere* hat mein Geld!« Enzo verzieht grinsend das Gesicht und hebt sein Glas. »Salute!«

»Gut!« Ich stehe auf. »Bring mich zu ihm!«

»Was?« Enzo sieht mich enttäuscht an. »Jetzt gleich?«

»Hör zu, Enzo! Du hast mich herbringen lassen, richtig? Du hast gesagt, es sei dringend. Und du hast angeblich meinen Täter, also bitte, bring mich endlich zu ihm. Oder habt ihr ihn schon …« Ich mache dieselbe Kopf-ab-Bewegung wie Enzo vorhin.

»Ah, *no*«, versichert Enzo eilig und stellt sein Glas wieder ab, »wir haben ihm gekrümmt kein Haar.«

Er erhebt sich seufzend, ruft seinen Söhnen etwas auf Italienisch zu und schlurft mit mir in ein Hinterzimmer mit schlichten, weiß verputzten Wänden und einem langen unbehandelten Holztisch in der Mitte. Die Stühle drum herum haben Flechtwerk an Lehnen und Sitzen, außerdem gibt es noch ein üppig bestücktes Weinregal an der Wand. Alles sehr schlicht und rustikal. Vermutlich zieht sich Enzo hierher zu besonderen Geschäftsterminen zurück.

»Setzen wir uns«, schlägt Enzo vor und holt eine Flasche aus dem Regal, »trinken wir einen guten Rotwein zusammen. Auf den Erfolg, *va bene*?«

»Va bene«, nicke ich ergeben und hoffe, dass man mir nicht gleich einen total zusammengeschlagenen und furchtbar zugerichteten Täter anschleppt. Die 'Ndrangheta kann gnadenlos sein, wenn es um ihr Geld geht. Der Kerl kann froh sein, dass er noch lebt.

»Hier haben sie gesessen.« Enzo entkorkt eine Anderthalbliterflasche Chianti. »Signor Arndt, Francesco, Giuseppe … Und der Notar. Sie haben gemacht Vertrag. Hier«, er tippt auf den Tisch, »wo du jetzt sitzt. Und wenig später ist Signor Arndt tot.« Er macht ein bekümmertes Gesicht. »Aber wir haben ihn! Zu Hause in San Luca wir reden nicht, wir machen kurze Prozess.« Er gießt schwungvoll zwei Gläser voll. *»Alla salute!«*

Wir stoßen an, trinken.

Kurz darauf öffnet sich die Tür zum Hinterausgang, und die beiden Muskelmänner in den straff sitzenden Anzügen stoßen einen gefesselten jungen Mann herein, der mit angstvoll aufgerissenen Augen auf mich starrt. Er hat eine Schramme auf der Stirn und trägt einen billigen, aber neuen Trainingsanzug, der ihm viel zu weit ist. Die Jacke reicht fast bis zu den Knien, die Hose hängt, wie man bei uns in Berlin sagt, auf halb acht. Seine Haare sind schwarz gefärbt, strubbelig und stehen nach allen Seiten ab, als wäre er damit in einen Wäschetrockner geraten.

»Maledetto cretino«, zischt Enzo mit unverhohlener Wut in der Stimme und ballt die Fäuste. Einer seiner Muskelmänner wirft mir einen DDR-Ausweis hin.

»Der ist echt«, sagt er knapp, »ins INTERCONTI ist er noch mit einem gestohlenen britischen Pass eingezogen. Aber der wurde von der Polizei konfisziert.«

Ich schlage den Ausweis auf, traue meinen Augen nicht: Vor mir sitzt Leander Darkmann, achtzehn Jahre alt, wohnhaft in Fürstenwalde an der Spree – Melanies Dark!

»Was«, frage ich heiser, nachdem ich meine Sprache wiedergefunden habe, »habt ihr mit ihm angestellt?«

»Nichts«, versichert Enzo, »gar nichts.«

Ich starre den Jungen an. »Stimmt das?«

»Aber ja«, antwortet Enzo, obwohl ich den Jungen gefragt habe, »nichts. Er hat residiert im INTERCONTI wie ein König von meine Geld.« Er hebt die Hände und öffnet sie. »Deshalb haben wir bei Unterkunft und Essen gespart. Vermutlich hat *il stronzo* Hunger, sonst ist er intakt.«

»Dann hol ihm was zu essen«, sage ich ruhig.

»Ich?« Enzo ist empört. »Commissario, das kannst du nicht verlangen! Ich soll durchfüttern diese«, er sieht den Jungen verächtlich an und zischt, *»faccia come il culo? – No!«* Er schüttelt entschieden den Kopf. »Niemals!«

»Schon gut.« Ich erhebe mich, nehme den Jungen am Arm. »Komm! Ich bring dich hier raus.«

»Du willst ihn nicht verhören?« Enzo starrt mich verdattert an.

»Ich nehme ihn vorläufig fest«, antworte ich, »reicht das nicht?«

»Mach ihm die Hölle heiß«, barmt Enzo und ballt die Fäuste, »niemand verschwindet ungestraft mit meine Geld. *Nessuno*!«

»Du hast es ja wieder.« Ich sehe die Muskelmänner vor der Tür an. »Lasst ihr mich raus, oder soll ich euch auch festnehmen.«

»Andiamo«, knurrt Enzo, und seine Männer machen den Weg frei.

28 FRIEDRICHS' BÜRO in der Abteilung K des Volkspolizeikreisamtes in Königs Wusterhausen erinnerte Hünerbein an die Kulissen in einem alten Philip-Marlowe-Film: Abgegriffene Aktenschränke aus massivem Holz, in denen sich der Zigarettenrauch vergangener Jahrzehnte festgesetzt hatte, vergilbte Wände mit abblätternder Farbe, ein altes schwarzes Bakelit-Telefon mit Drehscheibe und ein vorsintflutlicher Fernschreiber versetzten einen in die vierziger Jahre zurück.

Friedrichs saß hinter einem Schreibtisch, dessen Platte mit grünem Lederol bezogen war, und verhörte einen hemdsärmligen Mann, der eine blaue Gartenschürze umgebunden hatte. Offenbar war er beim Unkrautjäten festgenommen worden.

Eine ältere Volkspolizistin in Uniform hockte hinter einer Schreibmaschine am Fenster und protokollierte mit klappernden Tasten und dem typischen »Pling«, wenn der Wagen zurück zum Anschlag geschoben wurde, eifrig mit.

»Sie haben also für den Samstagnachmittag kein Alibi?«

»Was soll das, Friedrichs?« Der Hemdsärmelige regte sich auf. »Sie sind Volkspolizist, wir sind doch auf derselben Seite! Wieso verdächtigen Sie mich?«

»Weil Ihre Fingerabdrücke auf anonymen Briefen sind, mit denen Sie Arndt gedroht haben, Herr Kowalski!«

»Na und?« Kowalski beugte sich vor. »Diskutieren konnte man mit dem Arndt nicht. Nie! Der hat doch hier immer nur Ärger gemacht!«

»Und damit, dachten Sie sich, machen Sie jetzt ein für alle Mal Schluss?«

»Ich hab ihm 'ne tote Katze ans Tor genagelt«, Kowalski sprang auf, »und diesen Wisch da geschrieben, richtig. Und ja, ich hätte ihn gern mal so richtig in den Schwitzkasten genommen! – Aber umgebracht«, setzte er mit Nachdruck hinzu, »umgebracht hab ich ihn nicht!«

»Das sagen alle«, knurrte Friedrichs, wartete, bis die Uniformierte die Tasten ruhen ließ, und nickte Hünerbein grüßend zu. »Bin gleich so weit, Kollege.« Er deutete auf einen Stuhl, und Hünerbein setzte sich schnaufend.

»Das war doch ein Individualist«, rief Kowalski vorwurfsvoll, als sei das was ganz Schlimmes, »dem war die Gemeinschaft doch völlig egal! Selchow hätte siebenundachtzig Sieger bei ›Mach mit‹ werden können! Und wissen Sie, warum wir's nicht geworden sind?«

Friedrichs sah auf und lächelte melancholisch. Auch er hatte Subbotniks zum Wettbewerb »Schöner unsere Städte und Gemeinden – Mach mit!« organisiert, bei denen die Bürger um die Goldene Hausnummer konkurrierten. Eifrig wurden an arbeitsfreien Samstagen gemeinsam Fenster geputzt und Türen gestrichen, Blumenbeete angelegt, Gehwege und Straßen ausgebessert. Alle waren dabei. Die DDR sollte schöner werden. Und sie wurde es auch, dank des unermüdlichen Einsatzes ihrer Bürger. So bunt wie der Westen wurde sie allerdings nie. Es hätte noch den einen oder anderen Subbotnik gebraucht bis zum Weltniveau. Und mehr Werbeflächen.

»Weil Arndt«, sagte er langsam, »eben nicht mitgemacht hat?«

»Richtig.« Kowalski winkte wütend ab. »Und wissen Sie was? Ich bin froh, dass dieser Nestbeschmutzer tot ist! Das wäre extrem ungerecht gewesen, wenn der von seinen Millionen noch was gehabt hätte. Ich hab mir immer gewünscht, ersticken soll er an dem Geld, einfach verrecken!«

»Und da haben Sie nicht ein bisschen nachgeholfen?«

Kowalski schüttelte den Kopf. »Vielleicht hätte ich's getan. Wenn jetzt der Flughafen ausgebaut wird und wir alle unsere Häuser verlieren – ja, dann hätte ich es vielleicht getan. Aber …« Er sah Friedrichs an. »… da ist mir wohl jemand zuvorgekommen.«

Die Schreibmaschine klackerte, machte »pling!«, klackerte weiter und verstummte schließlich. Fragend sah die Volkspolizistin auf.

»Machen wir Schluss«, sagte Friedrichs und erhob sich. »Herr Kowalski, Sie folgen bitte der Kollegin und bestätigen die Abschrift mit Ihrer Unterschrift. Danach können Sie gehen. Sie halten sich aber weiter zu unserer Verfügung, verstanden?«

Kowalski nickte. »Ich hab einen Garten. Ich kann nicht weg.«

»Gut.« Friedrichs öffnete die Tür. »Wiederschaun.«

Die Uniformierte zog ihre Papiere aus der Schreibmaschine und folgte Kowalski hinaus. Friedrichs schloss die Tür wieder und sah Hünerbein lächelnd an.

»Na? Wie gefällt Ihnen meine Dienststelle?«

»Urig«, antwortete Hünerbein und zeigte auf die Tür. »Wer war das?«

»Klaus Kowalski, der Bürgermeister von Selchow.« Friedrichs machte sich an einem Wasserkocher zu schaffen. »Schon seit über zwanzig Jahren. Die Bürger wählen ihn immer wieder.«

»Na ja«, nickte Hünerbein, »er kümmert sich, sorgt sich um die Gemeinschaft.«

»Es ist wie in einer Großfamilie«, bekräftigte Friedrichs, »die kennen sich hier alle seit Jahrzehnten. Es brodelt im Verborgenen, die Leute sind verstrickt in gegenseitige Beziehungen, es gibt Freund- und Feindschaften, Verrat und Liebe. Verrückte Drohungen.« Er zeigte auf den anonymen Brief auf einem Tisch. »Genug Motive für Mord und Brandstiftung.«

»Aber?« Hünerbein sah zu, wie Friedrichs zwei Tassen auf seinen Schreibtisch stellte und ein Teelicht anzündete.

»Es ist zu normal.« Friedrichs nahm den kochenden Wasserkocher und goss den Tee in einer kleinen Kanne auf. »Mordmotive haben wir alle. Wir werden geliebt oder betrogen, wir hassen und betrügen selbst. Wir sind eifersüchtig aufeinander, fühlen uns übervorteilt und belogen. Und trotzdem morden wir nicht drauflos, obwohl wir oft daran gedacht haben, es einfach zu tun. – Vorsicht, heiß!« Er schenkte Tee ein und stellte die Kanne dann auf dem Stövchen mit dem Teelicht ab. »Ich habe mir also gedacht, wenn ein Mord geschieht, muss etwas Besonderes sein, etwas, das über normale menschliche Zerwürfnisse hinausgeht. Und nach diesem Prinzip bin ich alte Akten durchgegangen. Immer weiter zurück. – Zucker?

»Zwei Stück«, nickte Hünerbein.

Friedrichs griff nach einer Zuckerdose und reichte sie ihm. »Nehmen Sie sich selbst?«

»Natürlich, danke.«

»Jetzt ist wieder die Zeit für Tee, wissen Sie?« Friedrichs sah aus dem Fenster. Die alten Buchen im Hof des Kreisamtes warfen bereits ihre dunkelroten Blätter ab. »Es wird Herbst – obgleich es ja heute wieder recht sommerlich warm draußen ist.«

»Ich kann immer Tee trinken«, sagte Hünerbein und rieb sich hungrig den umfangreichen Bauch, »ein paar Kekse wären nicht schlecht.«

»Warten Sie, ich hab irgendwo noch ein Päckchen Spekulatius gefunden.« Er stand wieder auf und suchte in seinen Schreibtischschubladen. »Ah, hier sind sie ja. Kennen Sie Spekulatius?«

»Natürlich.«

»So? Gab's das auch im Westen?« Friedrichs riss die Packung auf und schüttete den Inhalt in eine Schüssel. »Vielleicht weil Spekulatius älter ist als die Mauer. Zumindest sieht dieser hier danach aus. Probieren Sie mal?«

Er reichte Hünerbein die Schüssel, und der nahm sich einen der etwas zerbröselten Kekse und schob ihn sich in den Mund.

»In Ordnung«, nickte er kauend, »bisschen trocken, aber in der Not …«

»… frisst der Deibel Fliegen, wie wir zu Hause sagen.« Friedrichs lächelte und nahm sich ebenfalls einen Keks. »Sie müssen die so in den Tee tunken, dann werden sie weicher.«

»Meine Zähne sind noch okay«, nuschelte Hünerbein mampfend.

»Das schmeckt besser mit Tee«, insistierte Friedrichs.

»Ich spüle dann nach«, kaute Hünerbein, »mir sind die sonst zu matschig.«

»Sie sollen die Kekse ja nicht drin aufweichen, sondern nur tunken, sehen Sie?« Friedrichs tunkte vorsichtig seinen Keks in den Tee und schob ihn sich dann in den Mund. »Wo waren wir stehen geblieben?«

»Bei Ihrer Aktenreise in die Vergangenheit«, Hünerbein tunkte jetzt auch, »wie weit sind Sie denn gekommen?«

»Bis 1946«, Friedrichs seufzte, »da sind die Arndts als Flüchtlinge in Selchow eingetroffen. Haben von der Bodenreform profitiert. Junkerland in Bauernhand, hieß es. Die Ländereien der Großgrundbesitzer wurden parzelliert und an die Knechtschaft, an arme Bauern und Flüchtlinge verteilt. Jedem Landwirt ein Stück Land.«

»Bis die Russen kamen«, nickte Hünerbein.

»Na ja, die waren schon da«, erwiderte Friedrichs, »aber sicher waren die Erfahrungen, die man in Russland mit den Kolchosen gemacht hat, ausschlaggebend. Von der Sowjetunion Siegen lernen. Das war die Vorgabe. Und tatsächlich sind landwirtschaftliche Großbetriebe, wenn man es recht bedenkt und wenn sie richtig geführt werden, auch produktiver. Also wurde den Bauern mit viel Propaganda und Agitation das Land wieder abgenommen – oder auch nicht, wie es offiziell hieß: Die Bauern schließen sich freiwillig zu Genossenschaften zusammen.«

»Ja, das ist so eine Sache mit der Freiwilligkeit«, Hünerbein schenkte sich Tee nach, »meine Mutter hat immer gesagt: Freiheit ist die Einsicht in die Notwendigkeit.«

»Mit dem Leitsatz hätte sie bei uns in die Partei eintreten können«, lobte Friedrichs und lachte.

»Sie auch noch Tee?«

»Nur nichts umkommen lassen, was?« Friedrichs reichte seine Tasse rüber. »Vielen Dank. Ja, jedenfalls half bei den Arndts auch die schönste Propaganda nichts: Die wollten nicht in die Genossenschaft. Die machten einfach nicht mit bei der Kollektivierung, und damit begann der Ärger. Sie wurden wegen irgendwelcher Kleinigkeiten denunziert, als Verräter gebrandmarkt und wegen staatsfeindlicher Hetze verurteilt.«

»Aber was hat das mit einem Mord vierzig Jahre später zu tun?«, fragte Hünerbein.

»Vordergründig nichts. Aber immerhin kam Arndts Vater unter ungeklärten Umständen in DDR-Haft um. Seine Mutter starb vor Kummer, seine Frau an Depressionen und Krebs. Trotzdem blieb er standhaft bis zum Schluss. Das machte ihn zum Außenseiter, zum politischen Outlaw. Aber er behielt seinen Hof und sein Land.«

»Das er sich zum Schluss hat vergolden lassen«, seufzte Hünerbein.

»Er hat sich am Tage seines Todes noch ein Wohnmobil bestellt.« Friedrichs legte ein Schreiben eines Autohauses auf den Tisch. »Für einhundertdreißigtausend Mark. Das ist die Bestätigung. Kam heute mit der Post.«

»Damit scheidet Selbstmord endgültig aus.«

»Ja.« Friedrichs lehnte sich zurück und sah gedankenverloren aus dem Fenster. »Offenbar wollte er weg.«

»Gibt es außer Kowalski noch andere Verdächtige?«

»Ja. Ich hatte den ganzen Tag Vernehmungen hier. Die sind alle stinkesauer. Fühlen sich von Arndt im Stich gelassen und verraten.« Friedrichs erhob sich. »Sie haben gestritten, gedroht, vielleicht Arndts Hund vergiftet. Einmal wurde er auch zusammengeschlagen, es gibt eine Anzeige wegen Körperverletzung in den Akten.«

»Und?«

»Der Mann hat ein Alibi. Er sitzt wegen einer anderen Sache im Knast.«

»Bleibt noch dieser Junge: Sascha Pawlak.«

Friedrichs lehnte sich an den Aktenschrank. »Hat die Fahndung schon was gebracht?«

»Nee.« Hünerbein schüttelte den Kopf. »So was dauert in der Regel ein paar Tage.«

»Ich glaube nicht, dass er's war: Angenommen, Arndt hat gemerkt, was da auf seinem Feld angebaut wird, und sich den Jungen vorgeknöpft. Es kommt zum Streit, am Ende ist Arndt tot – würde er dann in seiner Scheune hängen? – Sicher nicht.«

»Das war keine Affekttat, richtig.« Auch Hünerbein stand auf. »Aber wenn der Junge vom alten Arndt unter Druck gesetzt wurde? Wenn er ihn erpresst hat und Sascha Pawlak um seine Geschäfte fürchten musste? Dann kann er ihn so beseitigt haben. Perfekt geplant. Er hat ein Motorrad, die Schuhgröße passt ...« Hünerbein nickte bekräftigend. »Das könnte unser Mann sein.«

»Vielleicht«, Friedrichs löste sich vom Aktenschrank und ging zum Schreibtisch zurück, »vielleicht auch nicht. Die Schuhgröße passt auch zu Kowalski.« Er öffnete seine Tasche, holte einen alten, zerfledderten Aktenordner heraus und gab ihn Hünerbein.

»Was ist das?« Hünerbein schlug den Ordner auf. »Eine alte Ermittlungsakte?«

Friedrichs nickte. »Die wichtigen Stellen habe ich Ihnen angestrichen.«

Ein Bild fiel aus der Akte. Hünerbein bückte sich und hob es auf. Eine Schwarzweißaufnahme: Sie zeigte den verdrehten Körper einer weiblichen Leiche. Eindeutig war im Hintergrund die Arndtsche Scheune zu erkennen. »Fundort Rosemarie Huth« stand auf der Rückseite des Fotos und ein Datum: »22. Juni 1961«.

»Eine Mordermittlung?« Hünerbein setzte sich mit der Akte wieder an den Tisch. »Arndt wurde des Mordes an diesem Mädchen verdächtigt?«

»Mord und Vergewaltigung.« Friedrichs machte noch einen Tee. »Sie wollten ihn unbedingt drankriegen.«

»Aber er war's nicht?«

»Jedenfalls konnte man es ihm nicht nachweisen.« Friedrichs lachte bitter auf. »Selbst bei uns nicht. Das will was heißen!« Er wartete, bis das Wasser kochte, und verschränkte die Arme über der Brust. »Rosemarie Huth war ein junges, hübsches Mädchen. Sie tauchte hier eines schönen Tages sozusagen aus dem Nichts auf und machte Arndt schöne Augen. Obwohl er verheiratet war. Und das alles in der Hochphase der Kollektivierung. Klickt da bei Ihnen was?«

»Sie meinen«, Hünerbein sah von der Akte auf, »dass dieses ›Mädchen Rosemarie‹ nicht zufällig hier auftauchte?«

»Im Ort wurde gemunkelt, dass man Arndts Widerstand sozusagen mit den Mitteln der Erotik aushöhlen wollte. Sexuelle Destruktion, wenn Sie so wollen.«

»Man«, fragte Hünerbein, »wer ist ›man‹?«

»Dreimal dürfen Sie raten.« Friedrichs nahm den brodelnden Wasserkocher von der Heizplatte und goss erneut Tee auf. »Für so was war bei uns nur eine Truppe zuständig. Aber hier ging die Sache wohl vollkommen in die Hose.« Er drehte sich wieder um und sah Hünerbein aus seinen unwirklich blauen Augen an. »An ihrem Todestag wollte Rosemarie wohl auspacken. Das wurde mit Erfolg verhindert. Dann hat man versucht, den Mord an ihr Arndt in die Schuhe zu schieben, aber das scheiterte.« Friedrichs schüttelte grinsend den Kopf. »Vielleicht hat die Stasi ja unerfahrene Lehrlinge mit dem Fall betraut. Jedenfalls wurde das Ding zum Bumerang. Die Ermittlungen führten immer weiter von Arndt weg in eine Richtung, die den Verantwortlichen wohl nicht gepasst hat.«

»Und dann?« Hünerbein ließ die Akte sinken.

»Nichts«, antwortete Friedrichs. »Die Sache wurde fallen gelassen, die Ermittlungen ergebnislos eingestellt.«

»Und Sie glauben jetzt, dass es zwischen dem Mord damals und dem Mord an Arndt eine Verbindung gibt?«

»Glauben tun religiöse Menschen«, erwiderte Friedrichs, »ich verlasse mich mehr auf meine Intuition.« Er zeigte auf die alte Akte in Hünerbeins Händen. »Das könnte ein Schlüssel sein. Fehlt nur noch das passende Schloss.«

Hünerbein verstand. »Kann ich die Akte mitnehmen?

»Deshalb habe ich sie Ihnen mitgebracht«, nickte Friedrichs.

29 AUF DER STRASSE rufe ich ein Taxi. Glücklicherweise kommt gleich eins vorbei. Ich zwänge diesen Leander Darkmann hinein und setze mich neben ihn auf die Rückbank. Der Taxifahrer glotzt skeptisch, als er den archaisch mit Stricken gefesselten Jungen sieht.

»Fahren Sie!« Ich halte dem Fahrer meinen Dienstausweis vor die Nase. »Das ist eine Polizeimaßnahme. Es geht in die Keithstraße.«

Der Taxifahrer gibt Gas. Ich ziehe ein Taschenmesser hervor und befreie den Jungen von den Fesseln.

»Haben sie dir was getan?«

Der Junge schweigt.

Total traumatisiert, denke ich. Weiß der Himmel, was Enzos Leute mit dem angestellt haben. Was das für Konsequenzen nach sich zieht. Wenn herauskommt, dass der Junge erst von der Mafia gefoltert und dann der Polizei übergeben wurde, ist er nicht mehr vernehmungsfähig. Dann steht alles, was er sagt, unter richterlichem Vorbehalt.

Ich sehe ihn mir an: Diese Rübe hat also meine Tochter zum Kiffen verführt und in geklauten Autos herumkutschiert. Um dann in einem Bewässerungsgraben zu landen. Mensch, was da hätte passieren können …

»Hör zu«, kläre ich ihn auf, »ich bin Hauptkommissar Knoop, Kripo Berlin. Ich kläre den Mordfall an Jan Fridolin Arndt auf. Die Typen, die dich festgesetzt haben, haben nichts mit mir oder meiner Dienststelle zu tun, klar?« Ich ziehe eine Schachtel Gauloises aus der Jackentasche und halte sie ihm hin. »Zigarette?«

Der Junge greift zu. Seine Hände zittern so, dass er kaum die Fluppe aus der Schachtel bekommt. Ich gebe ihm Feuer und stecke mir selbst eine an.

»Eigentlich ist das 'n Nichtrauchertaxi«, meldet sich der Fahrer zu Wort.

»Aber auch nur eigentlich«, erwidere ich und wende mich wieder dem Jungen zu. »Es ist wichtig, dass du mir alles erzählst. Was haben die Typen mit dir angestellt?«

Dark schweigt hartnäckig.

»Zufällig bin ich der Vater von dem Mädchen, mit dem du in Selchow verunglückt bist«, versuche ich, ihn aus der Reserve zu holen. »Es war nicht sehr sportlich, Melanie da draußen einfach allein zu lassen.«

Keine Reaktion. Der Junge zieht stumm an seiner Zigarette und sieht starr auf den Boden.

»Was ist da draußen passiert?«, frage ich weiter. »Wie bist du an das Geld gekommen?«

Nichts.

Ich atme tief durch und überlege. Vielleicht sollte ich Melanie dazuholen, denke ich, aber ist das korrekt? Da gibt's doch sicher wieder irgendwelche Dienstanweisungen, die eine derartige Vermischung von Privatem und Beruflichem untersagen. Wahrscheinlich bin ich als Ermittler befangen und muss den Fall abgeben.

»Hier?« Der Taxifahrer verlangsamt die Fahrt vor dem barocken Hauptportal unseres Dienstgebäudes.

»Ja, halten Sie hier.« Ich drücke ihm einen Zwanziger in die Hand und steige aus. Dann will ich dem Jungen aus dem Wagen helfen, kriege aber den buchstäblichen Tritt in die Eier und gehe jaulend in die Knie. Diese verdammte Mistsocke will abhauen!

Trotz des höllischen Schmerzes rapple ich mich hoch und wetze hinterher. Aua, tut das weh! Derart behindert hätte ich eigentlich keine Chance, den Jungen noch zu kriegen, doch der verheddert sich in seiner viel zu weiten Trainingshose und stürzt lang hin. Mit drei Sätzen bin ich bei ihm, ramme ihm das Knie ins Kreuz und drehe ihm die Arme im Polizeigriff auf den Rücken.

»So, Freundchen«, keuche ich mit Tränen in den Augen, »jetzt ist aber Schluss mit den Mätzchen. Hoch mit dir!«

Ich ziehe ihn wieder auf die Beine und schiebe ihn auf die Dienststelle zu. So ein Arschloch! Mit tut alles weh. Aber den nehme ich mir vor, dem wasche ich erst mal die Rübe.

Ich stoße ihn in den Vernehmungsraum und verriegle die Tür.

»Falls du es noch nicht begriffen hast, Dark. Du bist Hauptverdächtiger in einem Mordfall. Ich rate dir daher dringend zu kooperieren. Haben wir uns verstanden?«

Dark schweigt.

»Ob wir uns verstanden haben?«, werde ich lauter. Der bringt mich echt noch zur Weißglut. »Bis du dir überhaupt im Klaren, dass es hier für dich um Kopf und Kragen geht? Du wirst beschuldigt, Jan Fridolin Arndt umgebracht zu haben, um an seine zehn Millionen zu kommen. Du wurdest mit dem Geld erwischt und hast versucht, dich durch Flucht der Festnahme zu entziehen. Das reicht für 'n Haftrichter, verlass dich drauf!«

»Der hat sich doch selbst umjebracht«, mault Dark.

Großartig, er kann sprechen!

»Nee, hat er nicht«, gehe ich in die Offensive, »und stell dir vor, wir sind dahintergekommen. Wenn du also einen Selbstmord vortäuschen wolltest, um heil aus der Sache rauszukommen, hast du dich geschnitten.« Ich schiebe ihm ein Telefon hin. »Willst du lieber deine Mami oder einen Anwalt anrufen?«

»Wieso?« Dark starrt mich an. »Alter, ick hänge doch keene Typen uff!«

»Das soll ich dir glauben?« Ich winke ab. »Hier geht's um zehn Millionen! Es wurden schon Leute wegen weit weniger getötet.«

»Ick wusste doch janich, dass da so viel Jeld is!« Dark ist aufgesprungen. »Det war doch Zufall!« Er sinkt wieder auf seinen Stuhl und sieht mich gequält an. »Hamse vielleicht mal 'ne Stulle?«

»Ich hab keine Stulle.«

»Ick brauch echt wat zu beißen«, Dark sieht mich flehend an, »mir is schon janz schlecht vor Hunger.«

»Pech.«

»Aber vorhin hamse doch noch ...« Dark versteht es nicht. »Ick meine, det is doch 'n Menschenrecht, oder?«

»Menschenrecht!« Ich mache eine abwertende Handbewegung. »Wie kommst du denn darauf? Weißt du, wie viel Menschen täglich auf der Welt verhungern? Da kommt's auf dich nun nicht mehr drauf an.«

»Krieg ick wat zu essen, wenn ick wat sage?«

Sieh an, der Junge will verhandeln.

»Hast du denn was zu erzählen?« Ich beuge mich interessiert vor.

»Klar. Zum Beispiel, wie ick det Jeld jefunden habe.«

»Willst du nicht lieber gestehen?«

»Ick hab nüscht zu jestehen!« Dark hebt die Hände. »Okay, ick bin mit dem Jeld abgehauen. Aber wären Sie det nich? Bei so 'm Haufen Asche? – Da hätten Sie och Ihre Karriere an 'n Nagel gehängt.«

»Ich hätte aber niemanden getötet.« Mit verschränkten Arme lehne ich mich zurück. »Nicht mal wegen zehn Millionen.«

»Hab ick och nich.« Dark atmet hungrig durch. »Und ick kann's beweisen.«

»Ach ja?«

»Melly hat nämlich die Leiche jefunden.« Dark sieht mich triumphierend an. »Nich icke. Det wird sie Ihnen bestätigen.«

»Oh, Melanie ist stinkesauer auf dich«, erwidere ich und erhebe mich, »auf die würde ich mich nicht verlassen.« Ich gehe zur Tür,

»bin gleich zurück«, und verlasse den Raum, nicht ohne ihn anschließend wieder gründlich zu verriegeln.

Beim Italiener in der Kurfürstenstraße hole ich zwei Pizzas und sechs Dosen Cola sowie ein Päckchen Zigaretten. Dann frage ich den Mann am Tresen, ob ich mal telefonieren darf, und rufe zu Hause an. Melanie scheint mal wieder nicht da zu sein, denn mein Anrufbeantworter springt an.

Ich hole den Pieper aus der Jackentasche, gebe den Code ein und höre ab, ob sie vielleicht aufs Band gesprochen hat. Nein, hat sie nicht.

Dafür höre ich Monikas Stimme: »Hallo Dieter, ich wollte nur hören, ob du dich wieder beruhigt hast. Ich gebe ja zu, dass Siggi gestern ein bisschen unverschämt war, aber du kennst ihn ja. Ruf mal zurück, wenn du Zeit hast – ich hab ja jetzt Telefon.« Sie gibt ihre Nummer durch, verabschiedet sich mit »Küsschen!«.

Das war's. Zwar piept es noch recht häufig, ein deutliches Zeichen, dass es weitere Anrufe gab, Nachrichten wurden aber keine mehr hinterlassen.

Im Vernehmungsraum stürzt sich Dark auf die Pizza wie ein junger Wolf, der zu lange vegetarisch ernährt worden ist.

Tatsächlich wird er gesprächiger. Mit vollem Mund erzählt er mir, dass er nach dem Unfall neben dem Wagen an der Böschung aufgewacht sei und Melanie hat schreien hören. Er also hinterher auf den brennenden Bauernhof zu, doch zu spät: Melanie habe bereits mit mir telefoniert und er die Panik bekommen, weil ich ja Bulle bin. Um ihr nicht über den Weg zu laufen, versteckte er sich in Arndts altem Dreielfer Wartburg. Der Koffer lag hinter dem Beifahrersitz auf der Rückbank. Ein geiles Teil mit Zahlenschloss, nur deshalb habe er ihn mitgenommen – einfach weil es so 'n schickes Ding war und Dark »es ganz cool fand, als Punk mit so 'm Yuppiekoffer rumzulaufen.« Er sei dann rüber nach Schönefeld zur S-Bahn und habe erst im Zug versucht, das Zahlenschloss zu knacken. Vergebens, da half dann nur noch das Taschenmesser. Und dann das viele Geld! Dark dachte, hey, jetzt fängt das Leben an! Am Alexanderplatz habe er den Koffer in einem Schließfach deponiert und sei zum Helmholtzplatz gefahren. Aber auch da jede Menge

Bullen und die Bude abgebrannt. Also sei er wieder zurück und habe den Koffer abgeholt. Mit 'ner Taxe ging's dann zum Zoo, wo er sich im besten Haus am Platz einquartierte, »und den Rest kennense ja.«

»Mhm«, mache ich und sehe ihn streng an. »Und das Auto, das ihr gestohlen habt – und die Drogen darin? Willste das verschweigen?«

»Alter«, stöhnt Dark, »det is ja nun 'n janz anderet Thema, oder?«

»Finde ich nicht. Immerhin gab's auf den Feldern des toten Arndt auch Hanfanbau.«

»Wat?« Dark starrt mich an. »Wo?«

»Das werde ich gerade dir auf die Nase binden, du Schlunz!« Ich werfe ihm eine Coladose zu. »Also: Woher habt ihr das Auto und die Drogen? Ist Melanie da in irgendwas verwickelt?«

Zu einer Beantwortung dieser Frage kommt es nicht mehr, da plötzlich die Tür entriegelt wird und Kriminaloberrat Palitzsch atemlos hereingestürmt kommt.

»Knoop, na endlich! Vergessen Sie alles, was Sie zu tun gedachten, verehrter Herr Kollege, und kommen Sie mit!«

Verblüfft starre ich ihn an. Zwar ist der Leiter der Inspektion M 1 durchaus berüchtigt für seine zuweilen sehr ruppige Art, Ermittlungen, wie er es sagt, »von ihren tönernen Füßen zu nehmen« und dafür buchstäblich auf den Kopf zu stellen, aber in der Arndt-Sache haben wir uns noch nichts zuschulden kommen lassen. Oder etwa doch?

»Ich bin gerade in einer Vernehmung.«

»Das sehe ich. Entlassen, den Mann, und mitkommen.«

»Das kann ich nicht!«

»Det könnse wohl.« Freudig springt Dark auf und blickt Palitzsch als seinen Retter dankbar an.

Der nickt kurz zu Tür. »Raus mit Ihnen!«

Das lässt sich Dark nicht zweimal sagen, und schon ist er weg.

Ich fasse es nicht. »Das war ein Verdächtiger«, rege ich mich auf, »zumindest ein wichtiger Zeuge im Mordfall Arndt!«

»Die Prioritäten haben sich verändert.« Palitzsch schließt hinter sich die Tür und setzt sich mit ernster, verschwörerischer Miene mir gegenüber an den Tisch. »Denken Sie, ich sprenge Ihre Arbeit nur aus Daffke?«

»Was ist denn los?« So durchgeknetet habe ich Palitzsch noch nie gesehen.

»Uns sitzt die Politik im Nacken, Knoop«, sagt Palitzsch mit unheildräuender Stimme, »sozusagen ‘ne Staatsaffäre, ein politischer Anschlag, was weiß ich? Und das so kurz vor der Einheit.« Er senkt den Blick und sieht mich über die Ränder seiner Brille hinweg an. »Wir haben die Identität Ihrer Leiche am Hüttenweg. Sie ahnen es nicht!« Er verdreht die Augen zum Himmel.

»Der Papst«, frage ich, »Aga Khan? Der Bundeskanzler?«

»Nun bleiben Sie mal auf dem Teppich, Knoop«, raunzt Palitzsch ungehalten.

»Momper kann's nicht sein«, antworte ich, »den habe ich heute schon gesehen.«

»Werner von Lahn«, sagt Palitzsch betroffen, »der große Adelige der Berliner Opposition.«

Deshalb, denke ich entsetzt, deshalb habe ich heute zwar Momper gesehen, nicht aber den von Lahn.

»Ich habe den ganzen Vormittag versucht, ihn zu treffen.«

»Was?« Das findet Palitzsch ja höchst interessant. »Weshalb denn?«

Nicht weil ich mich für die Berliner Lokalpolitik sonderlich interessiere. Bislang war das nicht nötig, noch unterliegen wir alliierter Kontrolle. Das wirklich Wesentliche können unsere Abgeordneten also nicht falsch machen.

»Die Kollegen in Ostberlin hätten ihn gern zu einem Brandanschlag auf besetzte Häuser befragt.«

»Sind die verrückt?« Palitzsch ist außer sich. »Knoop, der Mann wurde als Wirtschaftssenator gehandelt!«

»Ja, und er ist Alteigentümer einiger Immobilien am Helmholtzplatz«, füge ich hinzu, »von denen eine Freitagnacht den Flammen zum Opfer fiel.«

»Meinen Sie, da gibt es einen Zusammenhang?« Palitzsch wartet meine Antwort nicht ab. »Hören Sie: Wir brauchen einen dringenden Fahndungserfolg! Wenn die Presse davon erfährt, und das wird sie, sind wir erst richtig unter Druck. Wir müssen schnell sein, verstehen Sie?« Er öffnet die Tür: »So, und jetzt gehen Sie in drei Teufels Namen! Graber erwartet Sie. Wir brauchen unverzüglich erste Ergebnisse. Danke!«

30 ICH BIN KEIN Freund des Leichenschauhauses der Berliner Rechtsmedizin in der Invalidenstraße. Leider muss man als Ermittler der Mordkommission viel zu oft dorthin. Und jedes Mal wird mir schlecht.

»Ah, Hauptkommissar Knoop«, ruft der Totengräber schon von Weitem, als er mich mit weichen Knien in den weiß gekachelten Raum wanken sieht, »schon wieder grün im Gesicht? Mensch, Haltung! Wir haben noch gar nicht angefangen!«

»Ich weiß schon, das ist Werner von Lahn«, murmele ich und hoffe, dass mir auch weiterhin die Pizza im Magen bleibt.

»Mehr noch: Der letzte Spross einer großen preußischen Familie!« Schwungvoll zieht der Rechtsmediziner eine seiner Kühlboxen auf. »Das Bankhaus von Lahn ist Ihnen doch ein Begriff?«

»Nee.« Ich bin bei der Sparkasse.

»Der Reichstag wurde von denen mitfinanziert. Auch ein beachtlicher Teil der Reparationen aus dem deutsch-französischen Krieg liefen über Konten des Lahnschen Bankhauses.« Der Totengräber beugt sich ehrfürchtig über die Leiche. »Ja, man kann sagen, hier liegt deutsche Geschichte. Sehen Sie nur: Habe ich ihn nicht wieder schön hinbekommen?«

Ich verzichte auf eine genauere Betrachtung der Leiche und stütze mich an einem Instrumentenwagen ab wie die Oma am Rollator.

»Ich dachte plötzlich, den Kerl kennste doch«, erzählt der Totengräber, »irgendein Empfang, oder war's im Fernsehen? Und plötzlich war klar«, Graber schnippt – heureka, ich hab's – mit den Fingern, »vor mir liegt Werner von Lahn. Ein Grandseigneur der Berliner Politik! Der Mann hatte Rückgrat, sage ich Ihnen. Und völlig gesund. Topfit für seine sechzig Jahre!«

»Das sehe ich anders«, murmele ich. Immerhin ist der Mann tot.

»So kleinlich, Knoop?« Der Totengräber zieht sich die Handschuhe aus, greift nach einer Kladde und sieht mich über seinen Brillenrand hinweg prüfend an. »Können wir? Oder brauchen Sie erst einen Kräuterbitter?«

»Bloß nicht!« Die Kräuterschnäpse des Prof. Dr. Hubertus Graber sind berüchtigt. Zwar räumen sie den Magen auf, dafür ist man drei Tage lang blau. Das kann ich mir nicht leisten. Nicht, wenn Palitzsch Ergebnisse braucht.

»Zur Sache, Professor!« Ich muss das hier zügig hinter mich bringen. »Seit wann ist er tot?«

»Mindestens zweiundvierzig Stunden«, antwortet der Totengräber, »Samstagnacht zwischen zwei und drei Uhr, und er hatte knapp ein Promille Alkohol im Blut. Der Mann war nach schwerer Schädelbasisfraktur augenblicklich hirntot. Der hat davon nicht viel mitbekommen ...«

»Aber?« Ich frage, weil in Grabers Stimme so etwas nachklingt.

»Na ja«, überlegt der, »mir ist einfach noch nicht klar, was mit ihm genau passiert ist: Die Verletzungen sind eindeutig, typisch bei Autounfällen, wenn die Opfer nicht angeschnallt sind. Er ist mit dem Kopf voran gegen etwas sehr Hartes geknallt.«

»Pfosten«, frage ich, »Windschutzscheibe?«

»Kein Verbundglas«, meint Graber kopfschüttelnd. »Muss ein sehr altes Auto gewesen sein. Mit sehr robusten Scheiben. Ich fand nirgendwo Glassplitter.«

Alte Autos haben Autonome auch, denke ich, und plötzlich wird mir ganz kalt. Was, wenn die Hausbesetzer das Gesetz in die eigene Hand genommen haben? Wenn sie sich mal eben bei einem dieser, wie sie glauben, Immobilienhaie gerächt haben? Verdammt, ich muss Melanie von denen fernhalten!

»Was fuhr Lahn denn für einen Wagen?«

Der Totengräber zuckt die Schultern. »Er wird nicht selbst gefahren sein, sonst wären Oberkörper und Kopf vom Lenkrad zusätzlich deformiert worden – zudem, das hatten wir schon, wurde die Leiche am Fundort abgelegt. Er muss irgendwo anders gestorben sein.«

»Vielleicht auf der Autobahn?«, überlege ich, und allmählich steigt mir die Magensäure in die Speiseröhre hoch. »Ein klarer Fall von Fahrerflucht.«

»Na, so klar nun auch wieder nicht.« Graber schüttelt den Kopf. »Werner von Lahn aber saß mit neunundneunzigprozentiger Wahrscheinlichkeit mit im Auto. Und dann schmeißt der Fahrer seinen toten Insassen raus und haut ab?«

»Wir sollten seinen Chauffeur befragen«, erwidere ich und versuche, meine Atmung ruhig zu halten.

»Tun Sie das. Aber ich halte das, mit Verlaub, für völlig abwegig.«

Ja, und genau das ist das Problem, denke ich und muss jetzt aber wirklich raus hier! »Danke, Professor.«

Ich renne würgend aus dem Raum, stürze durch Flure und Treppen und gelange endlich ins Freie.

Frische Luft, schnell durchatmen – doch zu spät. Es kommt, es kommt unweigerlich und ist nicht mehr aufzuhalten.

In letzter Minute erreiche ich den Papierkorb an der Bushaltestelle und entleere mich hinein.

»Mama, was macht der Mann da?«, fragt ein kleiner Junge, der mit seiner Mutter auf den Bus wartet.

»Guck da nicht hin«, zischt die Mutter, »das ist ein Besoffener!« Verächtlich sieht sie mich an. »Schämen Sie sich!«

»Mach ich«, versichere ich, obwohl ich völlig nüchtern bin. Ich nicke ihr entschuldigend zu, laufe zu meinem Wagen, steige ein und fahre davon.

Die Mutter starrt mir entsetzt nach.

Soll sie denken, was sie will, wichtig ist allein, dass ich mir nicht im Leichenschauhaus vor Prof. Dr. Graber die Blöße gegeben habe.

31 IN DER KRIMINALTECHNIK arbeiten sie auf Hochtouren. Kriminaloberrat Palitzsch macht telefonisch ordentlich Druck, und Damaschke ist entsprechend genervt.

»Du auch noch«, sagt er zu mir und guckt mich aus klagenden Augen vorwurfsvoll an, »findeste das gerecht? Wenn irgendeine Oma totgefahren worden wäre, würde kein Hahn danach krähen, aber so ‘n Politiker, hui, da ist vielleicht was los – da gibt’s dann kein Halten mehr! Was war denn das für ‘n Arschloch?«

»Hör, Jürgen, habt ihr irgendwas für mich? Ich bin etwas in Eile!«

»So, bläst dir Palitzsch auch den Marsch, ja?« Damaschke tippt sich an die Stirn. »Vor dem Gesetz sind alle gleich. Doch manche sind gleicher.«

»Die haben immerhin den Reichstag gebaut«, gebe ich mein Wissen von Graber weiter.

»Ach ja? Hat der Herr von Lahn da ‘ne Schippe geschwungen? –

Wohl eher nicht.« Damaschke stockt und sieht mich an. »Sagtest du Reichstag?«

»Mhm«, nicke ich. »Dem deutschen Volke.«

»Ich dachte, der wär älter.«

»Wer? Von Lahn?«

»Nee.« Damaschke schüttelt den Kopf. »Der Reichstag. Hat der nicht mal gebrannt?«

»Auch das«, sage ich, »dreiunddreißig.«

»Siehste«, meint Damaschke, »und da stand er wohl auch schon ein paar Jährchen.«

»So vierzig Jahre ungefähr«, vermute ich.

»Dann ist das Ding gut hundert Jahre alt?« Damaschke tippt sich erneut gegen die Stirn. »Und Großkotz Werner von Lahn will ihn gebaut haben? Halten uns diese Politiker inzwischen für total bekloppt?«

»Willst du, dass ich dir all diese Fragen beantworte?«

»Nee«, erwidert Damaschke, »aber du willst, dass ich dir ein paar Fragen beantworte. Deshalb bist du ja wohl hier, oder?«

»Jürgen, das hast du vollkommen korrekt erfasst«, nicke ich und wende mich einer großen Pinnwand zu, an der gut drei Dutzend Fotoabzüge vom Leichenfundort kleben, dazu Aufnahmen diverser Reifenabdrücke und Bremsspuren …

»Stopp«, sage ich und tippe auf eines der Fotos. »Wo habt ihr denn die gefunden?«

»Zwischen Königsallee und AVUS«, antwortet Damaschke, »sie passen hervorragend zu den Reifenspuren am Leichenfundort.«

»Du meinst, der Unfall war auf dem Hüttenweg?«

Damaschke nickt. »Wenn's ein Unfall war. Es gibt dort keine anderen Bremsspuren. Nur die eines einzelnen Fahrzeugs.« Er sieht auf. »Frage: Wenn's keinen Unfallgegner gab, weshalb wurde dann so heftig gebremst?«

»Vielleicht ein Reh«, hoffe ich.

»Oder ein Wildschwein«, mutmaßt Damaschke.

»Habt ihr mal den Wagen vom Lahn gecheckt?«

»Das würden wir, wenn wir wüssten, wo er ist.«

»Er ist verschwunden?«

»Jedenfalls nicht da, wo er sein sollte«, erwidert Damaschke.

»Na, dann haben wir es doch.«

»Eben nicht.« Damaschke schüttelt den Kopf. »Lahn fährt eine S-Klasse. Die Spurweite unserer Abdrücke deutet aber auf etwas anderes hin.« Er zeigt mir Bilder von diversen Chevrolets und Cadillacs. »Wir suchen wahrscheinlich so einen amerikanischen Straßenkreuzer. Eventuell das Yellow Cab, das Zeugen angeblich in der Nacht am Reitclub Grunewald gesehen haben wollen.«

»Ein Yellow Cab? Das ist doch absurd.«

»Vielleicht ein Event-Taxi oder so.« Damaschke grinst schwach. »Die Zeugenaussagen sind recht widersprüchlich, die waren alle betrunken und hatten eine Party wegen eines Siegs bei irgendeinem Pferderennen oder Derby. Wir überprüfen das noch.«

»Gut«, nicke ich. Immerhin könnte das die Autonomen entlasten. Die haben ganz sicher kein Yellow Cab. »Sonst noch bahnbrechende Erkenntnisse?«

»Null«, macht Damaschke, »nur noch diese kleine Visitenkarte hier.« Er reicht sie mir. »Steckte in der Brusttasche des Opfers. Sonst hatte er nichts dabei. Keine Papiere, kein Geld.«

»Vielleicht wurde es ihm geklaut.« Ich sehe mir die leicht blutverschmierte Visitenkarte an und erstarre: DOMIZIL Immobiliengesellschaft mbH? Das gibt's doch nicht! Dieselbe Karte, die Monika mir gegeben hat. Nur dass hier nicht ihr Name, sondern der von Siegbert Meyer aufgedruckt ist. Was, verdammt, hat Siggi mit diesem Politiker zu schaffen?

Damaschke sieht mich prüfend an. »Stimmt was nicht?«

Wenn ich das wüsste ... Ratlos erwidere ich seinen Blick.

»Kann ich mal telefonieren?«

Damaschke macht eine Bewegung hin zum Apparat an der Wand. »Null vorwählen, wenn du raus willst.«

»Danke.« Seufzend nehme ich den Hörer von der Gabel und wähle die Nummer von Siggis Visitenkarte an.

Nach dem dritten Rufton meldet sich – so ist das im Zeitalter der Anrufbeantworter – eine Maschine mit Monikas Stimme und weist auf die Sprechzeiten der DOMIZIL-Immobiliengesellschaft von acht bis achtzehn Uhr hin. Gern aber könne man eine Nachricht hinterlassen und so weiter und so fort ... Blablabla, wie Melanie sagen würde.

Ich tippe auf die Gabel, suche Monikas Visitenkarte. Aber da steht dieselbe Nummer wie auf der Karte von Siggi. Also rufe ich mal wieder meinen Code-A-Phone an, um mir noch einmal Monikas Nachricht anzuhören.

»Zettel«, zische ich zu Damaschke und suche in den Tiefen meiner Jacke nach einem Kugelschreiber – Fehlanzeige, »und Stift!«

»Sonst noch 'n Wunsch?« Damaschke drückt mir beides in die Hand. »Vielleicht noch 'ne Brille?« Er hält mir seine hin, aber an Sehschwäche leide ich (noch) nicht.

Ich nicke ihm dankend zu, spule den Anrufbeantworter per Fernabfrage vor und zurück, bis ich die Nummer vollständig notiert habe, lege auf und rufe endlich Monika an.

Die nimmt immerhin bereits nach dem dritten Klingeln ab. Ja, für unsere Brüder und Schwestern im Osten sind Telefone für jedermann eine wahre Attraktion. Die freuen sich noch, wenn mal jemand anruft, aber auch hier dürfte es nur eine Frage der Zeit sein, bis sich diese schrecklichen Anrufbeantworter durchsetzen.

»Ich bin's, Dieter«, melde ich mich, »du, wir müssen unbedingt reden. Es geht um Siggi.«

»Der ist hier«, freut sich Monika, »soll ich ihn dir geben?«

Ich fasse es nicht. Wohnt der jetzt bei ihr, oder was?

»Die hatten gestern Abend seinen Wagen abgeschleppt«, erklärt Monika, »weil er hier irgendwie falsch stand. Vermutlich irgend so ein neidischer Nachbar.«

Bingo, das hat geklappt. Wenn auch nicht ganz so, wie ich mir das vorgestellt hatte. Immerhin wurde das Auto schon gestern Abend abgeschleppt. Und fast vierundzwanzig Stunden später hockt Siggi immer noch bei Monika? Was treiben die nur? Ich will es mir lieber nicht vorstellen.

»Er fährt Jaguar«, setzt Monika mit stolzem Unterton hinzu. »Ein wahnsinnig elegantes Auto!«

Ja, das ist sicher eine ziemliche Umstellung, wenn man jahrzehntelang Trabi fahren musste.

»Können wir uns treffen?«, frage ich so gelassen wie möglich. »In einer halben Stunde?«

»Ich frag mal, ja?«

Herrgott, jetzt muss sie ihn schon um Erlaubnis fragen. Mir ist ganz schlecht vor Eifersucht. Ich kann es nicht glauben.

»Okay, Dieter«, Siggi ist plötzlich am Telefon, »wo wollen wir uns denn treffen?«

»›Kleisther‹«, sage ich.

»Was?«

Ja, ihr Neu-Schöneberger, denke ich gehässig, da blickt ihr nicht mehr durch. Es macht eben doch einen Unterschied, ob man geborener Kiezbewohner ist oder zugezogener Ossi.

»Am Kleistpark«, knurre ich, »Hauptstraße 5, schräg gegenüber von Bowies Bude.«

»Von wo?«

Hah, so ein Blödmann! »Schon mal was von David Bowie gehört?«

»Klar, Dieter, das war doch der mit den ›Heroes‹.«

»Genau«, nicke ich, »und die sind genau da entstanden. Gegenüber vom ›Kleisther‹. Die WG hat er sich mit Iggy Pop geteilt. Allerdings zu Zeiten, als ihr noch hübsch hinter der Mauer bleiben musstet.« Damals wurde in Schöneberg Musikgeschichte geschrieben. Aber die Zeiten sind wohl vorbei, jetzt läuft die radikale Verrostung. »In einer halben Stunde, okay?«

»Okay«, macht Dieter, »bis gleich.«

Ich lege auf und sehe Damaschke an.

»Kann das Unfallauto auch ein Jaguar gewesen sein?«

»Ich sagte doch: höchstwahrscheinlich ein Amischlitten.«

»Ein Jaguar ist ja auch recht groß!«

»Aber nicht so groß«, widerspricht Damaschke, »aber ich kann's trotzdem noch mal nachprüfen. Wie kommst du denn auf Jaguar?«

»Nur so 'ne Vermutung«, winke ich ab und gehe.

32

DAS »KLEISTHER« IST ein großes, modern eingerichtetes Café im Bistrostil mit großen Fenstern zur Schöneberger Hauptstraße hin. Man kann hier rund um die Uhr vorzüglich frühstücken, und tatsächlich findet man hier zu jeder Tages- und Nachtzeit Leute, die nichts anderes tun, als französische Buttercroissants mit Konfitüre oder ein English Breakfast mit Bohnen und Speck in sich hineinzustopfen.

Ich bevorzuge meist das Norwegische Lachsfrühstück oder die Deutsche Schinkenplatte, doch momentan habe ich statt Appetit

Siggi und Monika vor mir sitzen. Er bestellt ihr mit nonchalanter Geste ein »Hors d'œuvre«, woraufhin ihn die studentische Servierkraft recht ratlos anschaut und schließlich »Wäre Ihnen auch ein Veuve Clicquot recht?« fragt.

»Ein Mineralwasser reicht«, lächelt Siggi nachsichtig, »und was das Hors d'œuvre angeht, reicht ein kleiner Salat.« Er wendet sich Monika zu. »Das ist dir doch recht, Schatz?« Er lächelt mich aufmunternd an. »Dieter, was möchtest du? Ich lad dich ein.«

»Danke«, erwidere ich giftig, »ich pflege meine Rechnungen selbst zu zahlen.« Dann bestelle ich mir ein Bier, denn nüchtern ist das nicht mehr auszuhalten.

»Vermutlich willst du noch mal über gestern reden?«

»Nein«, rufe ich etwas zu laut aus, »wie kommst du denn darauf?«

»Nur so.« Siggi sieht mich bedauernd an. »Du bist ja ziemlich wütend abgerauscht.«

»Ich war nur müde.«

»Ich hatte übrigens auch Pech.« Siggi grinst. »Als ich gehen wollte, war mein Auto weg. Abgeschleppt.«

»So was kommt vor, wenn man nicht einparken kann.«

»Es war vollkommen aussichtslos, einen normalen Parkplatz zu finden.«

»Ich finde immer einen.«

»Du bist ja hier auch zu Hause«, lächelt Siggi, »da kennst du sicher ein paar gute Tricks.«

»Irgendwo wird immer etwas frei. Diese Stadt schläft nie.« Ich verschweige ihm, dass auch ich schon wahnsinnig geworden und eine Stunde lang durch Schöneberg geschlichen bin, nur weil in dieser »Weltstadt« kein Mensch mehr sein Auto bewegen wollte. Am Ende parkte ich irgendwo auf der Wexstraße. Parallel zur Autobahn und mithin genau da, wo auch die Polizei die abgeschleppten Autos hinzustellen pflegt. »Ich nehme an, du hast deinen Wagen inzwischen wieder?«

Siggi nickt. »Aber deshalb haben wir uns nicht getroffen, oder?«

»Nein«, antworte ich und schiebe die blutverschmierte Visitenkarte über den Tisch. »Das ist doch eure Firma, oder?«

Siggi wirft einen kurzen Blick auf die Karte. »Es steht mein Name drauf.«

»Wo hast du die her?« Monika besieht sich die Karte genauer. »Ist das Blut?«

»Das ist Blut«, nicke ich und füge hinzu: »Es gehört Werner von Lahn. Er wurde heute früh tot an der AVUS aufgefunden.«

Monika schaut entsetzt auf.

Interessanter ist aber Siggis Blick. Nur einen winzigen Moment lang blitzt dort etwas auf, bevor er sich wieder um scheinbar ehrliches Mitgefühl bemüht und ein bedauerndes »Tut mir leid« von sich gibt. Aber für mich ist er entlarvt. Es gibt etwas zwischen ihm und dem toten Werner von Lahn, und es ist gewichtiger als alles, was er mir gleich erzählen wird, weil es mit dem Tod des Politikers zu tun hat. Da bin ich mir (fast) sicher.

»Also?« Lauernd starre ich ihn an.

»Deshalb triffst du dich mit uns?« Siggi schiebt die Karte über den Tisch zurück.

»Freut dich das nicht? Immerhin hast du so für diese Nacht einen Informationsvorsprung.« Ich stecke mir eine Zigarette an. »Als alter Stasiagent solltest du das zu schätzen wissen. Spätestens morgen werden alle Zeitungen vom Tod des Politikers berichten.«

»War es ein Unfall?«, erkundigt sich Monika.

»Oder Mord«, erwidere ich und lasse Siggi nicht aus den Augen. »Also? – Was hattest du mit ihm zu tun?«

»Ein geschäftlicher Kontakt«, erwidert Siggi und starrt mich entsetzt an. »Du glaubst doch nicht im Ernst, dass ich ihn umgebracht habe?«

Ich nehme einen Schluck Bier und beuge mich vor. »Hör zu, Siggi: Der Mann hatte deine Visitenkarte in der Brusttasche, als er starb, und es ist nicht sehr wahrscheinlich, dass er sie gefunden hat. Ihr habt euch getroffen, und ich nehme an, das war kurz vor seinem Tod, sonst hätte er sicher noch mal den Anzug gewechselt.«

»Wir haben uns mehrmals getroffen«, erwidert Siggi, »wie gesagt, rein geschäftlich.«

»Wann das letzte Mal?«

»Samstagabend.«

Na eben. Wie recht ich habe, denke ich zufrieden und nicke Monika beruhigend zu. Wie empört sie mich anschaut. Als ob ich ihrem Siggi gleich etwas antun wollte. Schatz, iss deinen Salat, wer weiß, wann du wieder einen bekommst.

»Worum ging es? Und sag jetzt bitte nicht, es sei geschäftlich gewesen.«

»War es aber.«

»Ja, und? Was für Geschäfte habt ihr besprochen?«

»Dieter, ich will dir doch gar nichts vorenthalten.« Siggi hebt beschwichtigend die Hände. »Es ist nur so, dass ich von Lahns Tod erst mal verarbeiten muss. Das hat ja schließlich auch Konsequenzen für …«

»… deine Geschäfte, richtig«, nicke ich. »Ging es zufällig um Immobilien?«

»Natürlich«, antwortet Siggi, »die DOMIZIL ist eine Immobilienfirma. Wir waren an einigen Objekten von ihm interessiert.«

»Drei besetzte Häuser am Helmholtzplatz?« Plötzlich brennt in meinem Hirn eine Glühlampe. »Auf die Werner von Lahn Restitutionsansprüche hat?«

»Genau.« Siggi sieht mich verblüfft an. »Woher weißt du das?«

»Eines der besetzten Häuser ist Freitagnacht in Flammen aufgegangen«, erwidere ich, »auch da gab es einen Toten.«

»Ist das wahr?« Monika sieht Siggi von der Seite her an, und in ihrer Stimme schwingt Misstrauen mit. »Verdammt noch mal, in was für einer Sache steckst du wieder drin?«

Sieh an, sieh an, die Liebe bröckelt schon. Tja, ich habe dich gewarnt, Moni. Wer mit dem Teufel paktiert …

»Gibt's da womöglich einen Zusammenhang?«, treibe ich Siggi weiter in die Enge. »Ist irgendwer wem in die Quere gekommen, mhm?«

»Genau diese Frage habe ich mir auch schon gestellt, Dieter.« Siggi seufzt und schüttelt den Kopf. »Ich will ganz offen zu dir sein: Ich bin durch Zufall im Januar auf eine alte Akte über Lahn in unserem Ministerium gestoßen. In den sechziger Jahren war er mal für uns aktiv.«

»Werner von Lahn? Für die Stasi?«

»Ja. Ein Hammer, was?« Siggi lächelt. »Damit hätte man ihn mächtig unter Druck setzen können.«

»Siggi, du bist und bleibst ein Arschloch«, stellt Monika fest.

Dann trenn dich von ihm, denke ich. Noch bist du sauber, vergiss BMW und fette Kohle und komm nach Hause zu deiner Tochter und ihrem leiblichen Vater.

»Alles, wofür ich immer gekämpft habe, ist zusammengebrochen«, verteidigt sich Siggi, »tagtäglich werden alte Rechnungen beglichen. Ich wollte mich mit der Akte absichern. Lahn ist Westpolitiker. Nicht ganz ohne Einfluss. Deshalb habe ich mir eine Kopie gemacht.«

Um ihn damit zu erpressen. So weit, so klar. »Und weiter?«

»Nichts.« Siggi winkt ab.

»Du hast die Akte noch?«

»Wie gesagt, es ist nur eine Kopie.« Siggi schlägt die Augen nieder. »Für alle Fälle.«

»Oh Mann«, macht Monika, doch ihre Stimme klingt keineswegs verächtlich oder vorwurfsvoll. Ganz im Gegenteil, sie nimmt sogar Siggis Hand und sieht ihn mit fast schmachtender Bewunderung an. »Immer noch die alten Stasimethoden, was?«

Unglaublich: Was ist nur aus ihr geworden?

»Okay«, rekapituliere ich und konzentriere mich wieder auf Siggi. »Du triffst dich also geschäftlich mit Lahn, weil du an einigen seiner Immobilien interessiert bist. Gleichzeitig besitzt du die Kopie einer Stasiakte, die ihn als Politiker Kopf und Kragen kosten kann.« Ich lehne mich zurück. »Kann es vielleicht sein, dass du ihn in eurem letzten Gespräch darauf hingewiesen hast? Vielleicht um das Geschäft etwas zu ... beschleunigen?«

»Manchmal muss man die Leute zu ihrem Glück zwingen, Dieter.« Siggi hebt die Schultern. »Von Lahn war in finanziellen Schwierigkeiten. Wir haben ihm angeboten, seine Restitutionsansprüche zu kaufen. Eins Komma acht Millionen. Damit hätte er sich sanieren können.«

»Aber er wollte nicht?«

»Er kann nun nicht mehr«, seufzt Siggi, »und das ist wirklich tragisch.«

Ja, das ist es, denke ich. Siggis Chuzpe möchte ich auch mal haben.

»Also, das war das Thema eures Treffens am Samstagabend«, fasse ich zusammen, »du erpresst ihn mit der Akte, weil er nicht verkaufen will ...«

»Er wollte verkaufen«, beteuert Siggi, »nur nicht zu meinem Preis. Und erpresst hat er mich zuerst. Er war dahintergekommen, dass ich beim MfS war, und glaubte wohl, dass mir damit irgendein Strick zu drehen sei. Aber im Gegensatz zu ihm war ich immer hauptamtlich. Ich muss mich nicht verstecken, Dieter. Vor niemandem.«

»Und du hast ihm dann klargemacht, dass er mehr zu verlieren hat?«

»Ich hab nur die Fronten klargestellt«, erklärt Siggi, »wir haben uns da beide nichts geschenkt.« Er lächelt schwach. »Wer austeilt, muss eben auch einstecken können, nicht wahr?«

»Und dann?«

»Dann bin ich gegangen«, antwortet Siggi. »Das war's.«

»Um wie viel Uhr?«

»Das muss so …« Siggi überlegt. »… um Mitternacht gewesen sein.«

Gut. Ich notiere es mir, trinke mein Bier und erhebe mich. »Wir werden das überprüfen, Siggi.«

»Klar«, nickt der, »macht mal.«

»Bis bald«, verabschiede ich mich, »mach's gut, Moni!«

»Grüß Melanie von mir!« Sie hält noch immer Siggis Hand. »Ich komm die Woche mal vorbei.«

»Wenn du ihn loslassen kannst.« Ich marschiere zur Tür und mache, dass ich wegkomme.

33

ICH FAHRE ÜBER den Tempelhofer Damm auf den Stadtring und am Kreuz Funkturm auf die AVUS. Ich will in Richtung Wannsee, zur Witwe des Werner von Lahn, fahre aber am Hüttenweg noch mal ab und stoppe kurz vor der Königsallee.

Inzwischen ist es fast zehn Uhr am Abend, aber der Himmel ist sternenklar, und der Mond scheint silbrig durch die hohen Kiefern. Trotzdem nehme ich mir eine Taschenlampe mit und laufe langsam den Hüttenweg zurück Richtung Autobahn.

Nicht, weil ich glaube, noch irgendwelche Spuren zu finden, die Damaschke nicht schon hätte. Es ist eher das Bedürfnis, selbst einmal den Ort des Geschehens in Augenschein zu nehmen. Manchmal gibt es eine Aura des Verbrechens, die am Tatort noch zu spüren ist. Und dann kommen einem Ideen, die nicht immer schlecht sind. – Oder? Werde ich auf meine alten Tage etwa esoterisch?

Da! Das sind die Bremsspuren auf dem Asphalt. Hier war's also. Hier ist es passiert. Ich sehe im Geiste einen Jaguar den Hüttenweg heranrasen, am Steuer ein finsterer Stasisiggi, auf der Rückbank ein todgeweihter Werner von Lahn. Aber aus welchem Grund? Was kann an dem Abend zwischen den beiden schiefgegangen sein?

Vielleicht waren es doch welche von Melanies wackeren Hausbesetzern, Typen wie dieser Dark, die mal eben einem Kapitalisten zeigen wollten, was 'ne Harke ist? Und dann ist die Situation außer Kontrolle geraten?

Klar ist, plötzlich geht der Fahrer des Wagens voll in die Eisen. Vielleicht war's wirklich ein Tier, das die Vollbremsung verursachte. Und Superpoliticus Lahn zertrümmert sich das ach so geschichtsträchtige Haupt. Aber müsste dann nicht Blut auf der Straße sein? Das hält doch keine Windschutzscheibe aus. Der wäre doch glatt durchgeflogen. Und dann hätte der Totengräber auch Glassplitter finden müssen. Stattdessen: Muss ein altes Auto gewesen sein. Mit sehr robusten Scheiben.

Und warum ist der Fahrer einfach weitergefahren? Um Lahns Leiche ein paar Meter weiter in die Autobahnböschung zu kippen. Wieso? Weil der Fahrer unter Schock stand und nicht mehr wusste, was er tat?

Plötzlich ein Geräusch, links von mir im Wald. Es klingt wie ein Husten. Durchaus menschlich. Unruhig leuchte ich mit der Taschenlampe herum. Gleich neben der Straße beginnt dichter Wald. Hohe Kiefern, dazwischen ein paar Laubbäume und dichtes Gebüsch, dessen Laub allmählich herbstlich gelb wird. Ist da etwas? Vorsichtig trete ich näher.

»Hallo«, rufe ich, »ist da wer?«

Meine Stimme hallt unheimlich durch die Nacht. Ich spüre die Angst in mir hochkriechen. Aber warum? Fürchte ich mich vor dem Waldschrat? Ich bin doch kein Kind mehr. Und trotzdem gruselt's mir, als lauerten im Dickicht blutrünstige Monster. Vermutlich habe ich zu viele schlechte Filme gesehen. Oder es ist die Erinnerung an einen männlichen Kopf, der vor zwei Jahren am Wannseebadweg gefunden worden war. Sauber abgetrennt und halb von Ameisen zerfressen. Bis heute ist seine Identität nicht geklärt, der restliche Körper wurde nie gefunden.

Was war das? Hastig fahre ich herum. Hat es da nicht eben geknackst? Als ob jemand auf einen Ast getreten ist?

»Ist da jemand?«, rufe ich noch mal. Meine Stimme zittert, und nur mühsam kann ich das Verlangen bezwingen, panisch zum Auto zurückzurennen und abzufahren.

Beruhige dich, Knoop, denke ich, bislang ist noch kein Kriminalkommissar im Grunewald abhandengekommen. Wer oder was soll hier schon groß sein? – Nichts. Vielleicht ein Tier, das sich da im Dickicht versteckt. Wenn ich mich ihm weiter nähere, müsste es bald die Nerven verlieren, aufschrecken und flüchten. Dann wüsste ich es genau.

Vorsichtig bahne ich mir einen Weg durchs Unterholz, schiebe ein paar Zweige beiseite, taste mich langsam vor.

Kein Tier!

Im Gegenteil: Zwei höchst menschliche Augen, die mich aus dem Dickicht heraus mit großem Schrecken anstarren.

Mir stockt das Herz.

Schon schießen die fremden Augen auf mich zu. Ich bin viel zu entsetzt, um mich zu wehren, und dann ist es zu spät: Ein mörderischer Schlag wirft mich zu Boden.

Aua, denke ich noch und lande zwischen Sträuchern und welken Heidelbeerbüschen. Blut läuft mir über das Gesicht, aber ich fühle keinen Schmerz. Ich höre auch nichts mehr, kann mich nicht mehr bewegen, bin wie gelähmt …

Jemand packt mich an den Füßen und schleift mich über den Waldboden davon. An meinen Augen ziehen kleine Kiefernzapfen, Blaubeergestrüpp und welkes Laub vorüber. Mein Körper holpert über trockene Äste und moosbewachsene Steine. Das war's. Ich kann nichts machen. Ich kann weder schreien, noch mich rühren, und werde durch den Wald gezerrt wie erlegtes Wild.

34 DER DIENSTAGMORGEN begann für Hünerbein ungemütlich. Dabei war der Abend gestern recht angenehm verlaufen. Der älteste Sohn war aus Göttingen zu Besuch und hatte vom Fortgang des Studiums erzählt. Wenn alles gut liefe, würde er im nächsten Jahr sein Diplom haben. Es war mild draußen, Uschi hatte einen sehr leckeren Auflauf mit Hackfleisch gemacht, man hatte zusammen auf der Terrasse gesessen, Rotwein getrunken und war erst spät zu Bett gegangen.

Das sollte sich rächen, denn schon um fünf Uhr dreißig klingelte das Telefon, und ein extrem mies gelaunter Kriminaloberrat Palitzsch war dran. Er wollte wissen, wo Knoop sei, warum er über den Fortgang im Fall Lahn nicht informiert werde und wieso von der Mordkommission noch niemand der Witwe kondoliert habe?

Hünerbein hatte keinen Schimmer, wovon der Chef sprach, und das machte er ihm auch sehr deutlich. Im Übrigen sei er offiziell nach Ostberlin versetzt – Palitzsch könne ihn mal! Damit hatte er aufgelegt.

Das war ein Fehler! Denn statt weiterschlafen zu können, wurde er erneut wachgeklingelt – und jetzt war es Palitzsch, der Hünerbein klarmachte, dass er, sollte er nicht in null Komma nix in der Keithstraße auftauchen, mit einer sofortigen Versetzung ins Archiv zu rechnen habe.

Hurtig sprang Hünerbein aus dem Bett – denn das Archiv war die Antwort der Berliner Polizei auf den russischen Gulag – und verstauchte sich erst mal den Knöchel. Humpelnd lief er ins Bad, wusch sich halbherzig, putzte sich die Zähne und zog sich hastig an. Nicht mal mehr frühstücken konnte er – für einen Menschen wie Hünerbein war das die reine Folter.

Punkt sechs Uhr stand er hungrig vor seinem völlig aufgelösten Chef und wurde ins Bild gesetzt: Die Leiche am Hüttenweg sei als Werner von Lahn identifiziert worden, ein Mitglied des Berliner Abgeordnetenhauses, was an sich schon Skandal genug sei. Hauptkommissar Hans Dieter Knoop sei mit den Ermittlungen betraut worden, aber plötzlich spurlos von der Bildfläche verschwunden und seit gestern Abend nicht mehr zu erreichen. Eine Pressemitteilung müsse dringend raus, aber was solle man denen erzählen? Und das alles so kurz vor der Einheit. Nun liege es an ihm, Hünerbein. Bewähre er sich, sei Palitzsch ausnahmsweise bereit, den kleinen Ausrutscher vorhin am Telefon zu vergessen. Scheitere er dagegen, drohe ihm für den Rest seines Lebens ein jämmerliches Dasein als Archivar.

Hünerbein fand das extrem ungerecht. Schließlich hatte er angenommen, die drohende Versetzung schon durch seinen Verzicht aufs Frühstück abgewendet zu haben. Immerhin war er wie gefordert in null Komma nix beim Chef, oder? Aber so sind Tyrannen, sie drohen trotzdem mit dem Tod.

Er rief ein paarmal bei seinem Partner an, erreichte aber immer nur den Anrufbeantworter und machte sich schließlich allein auf den Weg zur Witwe von Lahn.

Prächtige Villen links und rechts, uralter Baumbestand und herrliche Wasserlage. Hier hatten früher UFA-Stars wie Heinz Rühmann gewohnt, Industrielle, reiche Kaufleute und Bankiers, und noch heute war die Straße Am Kleinen Wannsee eine der teuersten Lagen Berlins.

Hünerbein stoppte seinen Mercedes vor den kunstvoll verzierten schmiedeeisernen Toren zum Lahnschen Anwesen und stieg schwerfällig aus. Die Vögel zwitscherten, alles schien ruhig, kein Mensch war auf der Straße zu sehen. Hünerbein suchte nach einem Klingelknopf, fand aber keinen. Er rüttelte am Tor, rief. Vergebens. Beim Versuch, seine drei Zentner kletternd über den circa zwei Meter hohen Zaun zu wuchten, trat er versehentlich auf die Klinke des Tores, und es schwang auf. Verblüffend, es war gar nicht abgeschlossen. Manchmal sind die Dinge eben doch ganz einfach.

Über eine unter den Füßen knirschende, von Säulenholundern, Rosenbeeten und Buchsbäumen gesäumte Kiesauffahrt näherte er sich einem prachtvollen Palais. Heiliger Strohsack, dachte er, unsere Volksvertreter verstehen es zu leben.

Zwei große Kandelaber, dazwischen eine imposante Eingangstür. Das Holz war alt und grau, und wieder suchte Hünerbein eine Klingel. Nichts. Er klopfte, wartete, denn das Haus war groß, klopfte noch mal und drückte auch hier die Klinke. Diese Tür aber war verschlossen.

Nach einer Weile hörte er endlich Schritte. Kurz darauf öffnete ihm eine kleine, elegant gekleidete ältere Dame mit übergroßer Sonnenbrille. Offenbar hatte sie geweint, denn sie tupfte sich mit einem großen Stofftaschentuch die Tränen aus dem Gesicht.

»Guten Abend«, stellte sich Hünerbein vor, »ich bin Hauptkommissar Harald Hünerbein, Inspektion M 1. Ich ermittle in dem …« Er stockte, überlegte: Sollte er Mordfall sagen, oder …

»... in der Sache«, entschied er sich schließlich. Das klang einigermaßen neutral.

Vielleicht zu neutral, denn die Dame starrte ihn durch ihre Sonnenbrille sekundenlang wortlos an. Ihm fielen die Ohrringe auf, riesige Klunkern in derselben Farbe wie ihr türkises Kostüm. Darunter trug sie eine gestärkte Bluse, deren Kragen von den vielen Tränen ganz feucht war.

»Es tut mir sehr leid, was mit Ihrem Mann passiert ist«, setzte er hinzu. »Aber wir werden das aufklären, Frau von Lahn.«

»Ich ...« Die Dame schüttelte schluchzend den Kopf und tupfte sich wieder die Tränen aus dem Gesicht. »Ich bin nicht die Ehefrau, ich ...« Sie trat etwas zur Seite. »Ach, kommen Sie erst mal rein.«

Hünerbein folgte ihr in ein großzügiges Entree. Mannomann, was für 'ne Hütte, dachte er. Marmorne Treppen schwangen sich zu einer Galerie hinauf wie in einem Opernhaus, und von der stuckverzierten, mit allerlei Putten und Engeln versehenen Decke hing ein riesiger Kristallleuchter herab.

»Luise Becher«, sagte die Dame schließlich und reichte ihm die Hand, »ich bin ...« Sie fing erneut an zu weinen. »... ich war die Privatsekretärin Werner von Lahns.« Sie tupfte sich hektisch die Tränen aus dem Gesicht, »verzeihen Sie, ich sollte mich mehr unter Kontrolle haben«, und deutete ein entschuldigendes Lächeln an. »Nehmen Sie einen Moment Platz, ich werde Sie gleich anmelden.«

Und schon tippelte sie davon.

Hünerbein zog eine zerknüllte Packung Roth-Händle aus der Tasche seines Trenchcoats und steckte sich erst mal eine an. Dann lief er ein wenig in der Eingangshalle auf und ab und sann darüber nach, wo er am besten etwas zu essen herbekommen könnte.

Herrgott, dachte er, schenk mir auch ein bisschen mehr von dem schnöden Mammon – dann müsste ich nicht mehr dauernd im Leben unsanft zu Tode Gekommener herumstochern, und niemand könnte mir das Frühstück verbieten.

»Frau von Lahn erwartet Sie in der Bibliothek.«

»Oh, vielen Dank.« Hünerbein drückte die Kippe in der einladenden Hand eines marmornen Engels am Treppenabsatz aus und folgte der Sekretärin durch zwei Flügeltüren in einen dunklen, weiten Raum mit hohen Fenstern zum Park hinaus. An den Wänden standen Bücherregale aus mit feinen Schnitzereien verziertem Ebenholz, die bis unter die Decke reichten. Edle Folianten darin, Lederrücken an Lederrücken, Originalausgaben der deutschen Klassiker, Humboldts wissenschaftliche Abhandlungen, The British Encyclopedia, die Werke bekannter Ökonomen wie Keynes, Ricardo und Hayek. Auf dem dunklen Parkett lagen orientalische Teppiche, den gewaltigen Schreibtisch zierten die Marmorbüste des Unternehmensgründers Franz Albrecht von Lahn sowie eine schwere Messinglampe mit grünem Schirm, eine sogenannte Bankers Lamp aus den dreißiger Jahren.

Am Fenster ruhte in einem massiven, polierten Holzgestell ein großer, alter Globus, sodass man sich wie in einem viktorianischen Herrenclub des Empires fühlen konnte: *very british*. Ein Eindruck, der durch die tiefen Chesterfieldsessel vor dem Kamin noch verstärkt wurde – und deshalb verhielt sich Hünerbein entsprechend, nahm eine Körperhaltung an wie der alte Churchill und schlug zackig die Hacken zusammen.

»Good morning, Ma'am! My name is Hünerbein.« Natürlich sprach er es englisch aus – »Junerbeyn«.

Johanna von Lahn war eine hochgewachsene, strenge Frau mit grauem Dutt und sehr wachen, grün gesprenkelten Augen. Früher musste sie eine Schönheit gewesen sein, doch der Lauf der Zeit hatte kleine verbitterte Falten um ihren Mund wachsen lassen, die sie älter machten, als sie vermutlich war. Zudem wirkte sie sehr abweisend, kühl und unnahbar, was vielleicht ein Zeichen ihrer Trauer war. Aufrecht stand sie am Schreibtisch ihres Mannes und starrte Hünerbein an.

»Sind Sie der Kommissar?«

»Yes«, nickte der und stellte sich erneut vor, »mein herzliches Beileid, Frau von Lahn.«

»Sparen Sie sich das«, sie deutete auf die Sitzgruppe am Kamin, »und setzen Sie sich.«

»Danke.« Folgsam fügte sich Hünerbein und sank in einen der tiefen Sessel. Sein Magen meldete sich. Ungeduldig und laut vernehmlich.

»Wurde er ermordet?« Johanna von Lahn stand unbewegt. Wie eine Säule aus Stein.

»Das ist nicht klar«, erwiderte Hünerbein und wollte zu einer längeren Erklärung ausholen, wurde aber unterbrochen.

»Und warum werde ich dann von der Polizei geweckt?«

»Weil, wenn nicht genau klar ist, woran ein an sich gesunder Mensch stirbt, die Polizei ermitteln muss.« Wieder knurrte der Magen, und Hünerbein lächelte entschuldigend: »Verzeihen Sie, aber ich habe noch nicht gefrüh…«

»Kann ich ihn sehen?«, unterbrach ihn Johanna von Lahn erneut.

»Sie müssen ihn sogar«, nickte Hünerbein, »noch zweifelsfrei identifizieren. Eine reine Formalität. Wir können gleich anschließend in die Invalidenstraße fahren, um …«

»Bemühen Sie sich nicht«, winkte die Frau ab, »ich finde da allein hin.«

»Sie wissen, wo sich das zentrale Leichenschauhaus der Berliner Rechtsmedizin befindet?«

»Ich hatte bereits einmal das Vergnügen«, antwortete Johanna von Lahn mit bitterer Stimme. »Vor zehn Jahren musste ich dort meinen Sohn identifizieren.«

»Oh«, machte Hünerbein, »das tut mir leid.«

»Das muss es nicht.« Johanna von Lahn bewegte sich zum ersten Mal und griff nach einer schmalen Ledermappe auf dem Schreibtisch. »Er starb an einer Überdosis Heroin. Damals ermittelte ein Herr Palitzsch in dem Fall.«

Deshalb wollte der Chef nicht selbst hierher, stellte Hünerbein fest und beugte sich etwas vor, damit das Knurren seines Magens nicht so gut hörbar war.

»Hatte er Feinde?«

»Wer?« Johanna von Lahn hob die schmalen Augenbrauen.

»Ihr Mann«, antwortete Hünerbein.

»Ich bitte Sie!« Sie sah ihn vorwurfsvoll an. »Jeder Mensch hat Feinde. Sie etwa nicht?«

Nee, dachte er, ich wüsste nicht, warum ich Feinde haben sollte.

»Mein Mann wurde erpresst.« Johanna von Lahn kam langsam näher und reichte ihm die schmale Ledermappe vom Schreibtisch. »Ich vertraue auf Ihre Diskretion.«

Hünerbein schlug die Mappe auf und stutzte. Auf mehreren Schreibmaschinenbögen war jeweils immer nur ein Satz getippt, immer derselbe:

Erinnerst du dich an Rosemarie?

Ingesamt vier Mal. Nur auf dem fünften Blatt stand etwas anderes: *Dafür wirst du büßen müssen!*

Mit einer Büroklammer war ein Bild angeheftet worden, das Hünerbein bereits kannte. Es war die Kopie des Polizeifotos aus dem Aktenordner, den er am Vortag von Friedrichs bekommen hatte: Rosemarie Huth, 22. Juni 1961. Jener Mord, den man vor fast dreißig Jahren vergeblich Arndt in die Schuhe hatte schieben wollen.

Interessant, dachte Hünerbein, wie sich die Dinge manchmal fügen.

»Woher haben Sie das?«

»Aus seinem Schreibtisch«, antwortete Johanna von Lahn, »ich habe geschäftliche Unterlagen gesucht, für wichtige Termine, die unbedingt eingehalten werden müssen.«

»Und die Sie jetzt wahrnehmen wollen?«

»Die ich wahrnehmen muss«, entgegnete Johanna von Lahn mit Bitterkeit in der Stimme, »sonst geht hier alles vor die Hunde.« Sie setzte sich in den Sessel gegenüber, ganz vorn auf die Kante und ohne sich anzulehnen. »Diese Rosemarie Huth? Glauben Sie, dass es seine Geliebte war?«

»Ich weiß nicht«, antwortete Hünerbein, »was glauben denn Sie?«

»Mich irritiert das Foto«, sie sah ihn starr an, »dieses Mädchen dort ist allem Anschein nach tot.«

»Das ist es«, nickte Hünerbein und wartete ab.

»Offenbar ist Werner damit unter Druck gesetzt worden!« Ihre Stimme wurde jetzt höher. »Es kann doch unmöglich sein, dass er jemanden … dass er eine junge Frau getötet hat, oder?«

Fragend sah sie ihn an, so als könne Hünerbein das sofort unzweifelhaft beantworten.

»Der Fall ist immerhin dreißig Jahre her«, gab er zu bedenken. »Hat Ihr Mann sich denn mal in so eine Richtung geäußert?«

»Nein!« Johanna von Lahn stand wieder auf, ging ein paar Schritte und blieb dann unvermittelt stehen. »Mein Mann war immer überaus korrekt. Es gab nie etwas …« Sie drehte sich zu Hünerbein um. »Schon gar nicht so etwas. Das ist absolut unmöglich!« Sie wandte sich wieder ab, ging langsam zum Fenster und sah nachdenklich hinaus. »Er muss mir etwas verschwiegen haben …«

Vermutlich, dachte Hünerbein. Er erhob sich ebenfalls und trat neben sie ans Fenster. Hinter lichter werdenden Baumkronen spiegelte sich das Wasser des Kleinen Wannsees.

»Und dass Ihr Mann diese Bögen getippt hat«, setzte er nach einer Weile hinzu, »um seinerseits jemanden unter Druck zu setzen, schließen Sie aus?«

»Natürlich!«

»Wer sagt Ihnen denn, dass er das nicht selbst geschrieben hat?«

»Das wird sich feststellen lassen!« Johanna von Lahn holte tief Luft. »Werner ist kein Erpresser!«

»Gut«, nickte Hünerbein langsam und sah sie von der Seite her an. »Wissen Sie, wo er am Samstagabend war? In der Nacht, als er starb?«

»Nein.« Johanna von Lahn schüttelte den Kopf. »Luise sagte mir, er habe noch einen späten Termin gehabt.«

»Wo?«

»Hier, in diesem Raum.« Johanna drehte sich zu Hünerbein um und hob die Hände. »Mit einem Herrn Meyer von einer Immobilienfirma.«

»Name, Adresse?

»Bitte?«

»Von dieser Immobilienfirma«, wurde Hünerbein deutlicher, »haben Sie da eine Adresse? Oder eine Telefonnummer?«

»Die suche ich ja die ganze Zeit«, rief Johanna von Lahn verzweifelt, »deshalb bin ich ja überhaupt an den Schreibtisch meines Mannes gegangen. Aber ich finde sie nicht. Ich weiß nur noch den Namen – DOMIZIL, glaube ich.«

»Macht Sinn«, nickte Hünerbein, holte Kugelschreiber und Notizblock aus den Taschen seines Trenchcoats und notierte es. »Worum ging es bei diesem Treffen?«

»Nun, vermutlich um unsere Besitzungen im Osten.« Johanna von Lahn ging wieder an den Schreibtisch. »Dieser Meyer schien sich dafür zu interessieren. Es gab noch ein paar Unstimmigkeiten bezüglich des Kaufpreises, die an diesem Abend wohl ausgeräumt werden sollten.«

»Und? Wurden sie ausgeräumt?«

»Das weiß ich nicht.« Ihre Hände klammerten sich an der Lehne des Schreibtischstuhles fest. »Ich habe Werner danach nicht mehr gesehen. Er ist noch mal weggefahren.«

»Wohin?«

»Ich weiß es nicht.« Sie hob die Schultern. »Es kam vor, dass er spätabends noch mal weg ist. Manchmal traf er sich im ›Wannseeblick‹ mit Zehlendorfer Parteifreunden, oder er fuhr noch mal in die Fraktion ... Ich habe mir nichts dabei gedacht.«

»Worum ging es bei dem Immobiliengeschäft genau?«

»Meyer hat angeboten, uns die Restitutionsansprüche abzukaufen«, antwortete Johanna von Lahn. »Wie Sie vielleicht wissen, bekommen alle, die damals von den Russen enteignet worden sind ...«

»... ihre Häuser und Grundstücke zurück, ich weiß«, nickte Hünerbein ungeduldig. »Und dieser Meyer hat Ihnen ein Angebot gemacht? Allein für die Ansprüche?«

»Soweit ich das mitbekommen habe, ja«, antwortete sie, »Werner hat sich da recht viel Hoffnungen gemacht, wir sind finanziell etwas in Schwierigkeiten ...«

Tatsächlich? So sieht die Bude hier aber gar nicht aus, dachte Hünerbein. »Inwiefern?«

»Wir sind praktisch ruiniert.«

»So schlimm?« Er machte eine ungläubige Miene. »Immerhin haben Sie doch noch dieses schöne Haus ...«

»Das gehört längst den Banken.«

»... und eine rührige Privatsekretärin.«

»Luise Becher lebt mietfrei in unserer Remise. Dafür hat sie für meinen Mann Termine und Post gemacht.«

»Und womit verdient sie ihren Lebensunterhalt?

»Externe Schreibarbeit«, antwortete Johanna von Lahn, »Luise betreibt eine Art Büro- und Telefonservice und macht die Buchhaltung für kleinere Firmen, soweit ich weiß.«

»Verstehe«, nickte Hünerbein. »Lief der Kontakt mit diesem Meyer beziehungsweise dieser Immobilienfirma DOMIZIL auch über sie?«

»Nein.« Johanna von Lahn schüttelte den Kopf. »Der Meyer hat sich von selbst gemeldet.« Sie seufzte. »Leider war sein erstes Angebot nicht akzeptabel. Werner hat ihn um Nachbesserungen gebeten.«

»Und das wurde hier am Samstagabend verhandelt?«

»Ja.« Johanna von Lahn erhob sich wieder. »Wie gesagt, ich kenne den Ausgang des Gespräches nicht.« Sie hob hilflos die Arme. »Wenn ich nur diese verdammte Nummer finden könnte ...«

Hünerbein stand ebenfalls auf und ging zum Telefon. »Darf ich mal?«

»Bitte!«

Hünerbein wählte und wartete einen Augenblick. »Eine Gesellschaft DOMIZIL. – Ja, Immobilien hier in Berlin.« Er schrieb etwas in seinen Notizblock. »Danke, hab's notiert.« Er notierte die Nummer ein weiteres Mal, riss dann den Zettel heraus und gab ihn Johanna von Lahn. »Hier! Die Nummer von der DOMIZIL.«

Die sah ihn verblüfft an. »Wie haben Sie das jetzt so schnell herausgefunden?«

»Über die Auskunft«, Hünerbein tippte auf den Telefonhörer, »die Telefonauskunft. Ganz einfach.«

»Ach.« Das Gesicht der Witwe erhellte sich merklich. »Da hätte ich auch drauf kommen können, was?«

Hünerbein lächelte und zückte seine Visitenkarte. »Wenn Ihnen noch was einfällt, rufen Sie hier an! Wiedersehen!«

35 WAS HAT EIN Westberliner Politiker mit einem mysteriösen Mord vor fast dreißig Jahren in der brandenburgischen Pampa zu tun?, überlegte Hünerbein, als er sich wenig später in einem kleinen Bistro am S-Bahnhof Wannsee stärkte. Er aß sein drittes Putenbrustbaguette und blätterte die alte Ermittlungsakte aus Königs Wusterhausen durch. *Erinnerst du dich an Rosemarie?* – Merkwürdig.

Friedrichs war wirklich ein guter Mann und schien die richtige Nase zu haben, aber wie war der mysteriöse Mord an Rosemarie Huth vor fast dreißig Jahren mit dem gewaltsamen Tod von Jan Fridolin Arndt zu verbinden? Und wie passte Werner von Lahn da rein? Immerhin hatten die Ermittlungen der Volkspolizei damals ergeben, dass diese Rosemarie Huth ebenfalls in Westberlin wohnte, Zehlendorf, Conradstraße – also ganz in der Nähe. Das passte. Ursprünglich aber musste sie aus dem süddeutschen Raum gekommen sein, da sie eine in Zeugenaussagen mal als Schwäbisch, mal als Badenserisch bezeichnete Mundart sprach. Woher sie genau gekommen war, war nicht auszumachen.

Was aber wollte dieses Mädchen auf Arndts ostdeutschem Hof? Wer hatte sie geschickt? War das wirklich eine Agentin, wie Friedrichs vermutete? Geschickt von der Staatssicherheit, um Arndt den Hof für die Zwangskollektivierung abzuluchsen?

Mehrere Wochen lang war Rosemarie Huth in Selchow aufgefallen, wegen ihrer teuren Kleidung, ihres extravaganten Stils und wegen der Vehemenz, mit der sie um die Gunst von Bauer Jan Frido Arndt buhlte. Die Leute redeten, lästerten. Dann der Mord, aber nicht Arndts Hof war der Tatort, sondern ein etwas abgelegener Weiher, in dem das Mädchen ertränkt worden war. Die Volkspolizei ermittelte zunächst sehr anständig, sprach mit Zeugen und Anwohnern, und alles deutete auf eine Affekttat hin. Es gab Kampfspuren, aber keine Anzeichen einer Vergewaltigung. Einige Male war ein Mercedes mit Westberliner Kennzeichen gesehen worden. Auch wurden Fingerabdrücke gesichert, aber nie verwertet. An mehreren Stellen dann waren die Unterlagen geschwärzt worden und lückenhaft. Der leitende Volkspolizeibeamte hatte gewechselt, ab dann wurde ausschließlich in Arndts Richtung weiterermittelt – ohne Erfolg. Denn bis auf den Fundort der Leiche gab es nichts Belastendes gegen ihn, obwohl drei Jahre lang und offensichtlich auf Anordnung von oben verzweifelt danach gesucht worden war. Ansonsten fanden sich keinerlei Namen von weiteren Verdächtigen in der Akte …

Hünerbein lehnte sich zurück und trank nachdenklich von seinem Kaffee. Ein Mädchen aus vornehmster Wannseelage sucht eine Affäre mit einem ostdeutschen Bauern, der sich der Zwangskollektivierung verweigert und allgemein als widerspenstiger Nestbeschmutzer gilt. War so etwas möglich? Und wem gehörte der mysteriöse Mercedes mit dem Westberliner Kennzeichen? – Werner von Lahn?

Was war da abgelaufen?

Oder war der Westmercedes nur ein Trick der Stasi, um vom tatsächlichen Tathergang abzulenken? Gab es vielleicht eine Verbindung zu im Westen operierenden Stasileuten? Es war ja kein Geheimnis, dass die ostdeutschen Geheimdienste viel erfolgreicher die Gegenseite unterwanderten als es zum Beispiel der Bundesnachrichtendienst im Osten vermochte. Günter Guillaume war bis in Brandts Kanzleramt vorgedrungen, und in Berlin hatte der Fall Kathryn und Heinrich Burger Furore gemacht. Ein Agentenehepaar, das es bis in die Spitze der Landes-SPD geschafft hatte und nur deshalb aufflog, weil die eifersüchtige Kathryn ihren Gatten verriet, ohne zu bedenken, dass sie selbst für die andere Seite arbeitete. Am Ende wurde Heinrich Burger über die Glienicker Brücke ausgewechselt, während seine Exfrau ihre lange Freiheitsstrafe bis zum Ende im Moabiter Frauengefängnis absitzen musste. Enttäuschte Liebe kann ein wahrer Fallstrick sein, nicht nur im Milieu der Schlapphüte.

Aber wie verhielt es sich im Fall Rosemarie Huth? Ein fetter Westköder für einen Ostbauern? Und steckte Werner von Lahn dahinter? Aber wenn die Spur des Mörders wirklich nach Westberlin führte, warum war dann die Ermittlung durch übergeordnete Stellen in der DDR so nachhaltig behindert worden?

»Mhm«, machte Hünerbein nachdenklich. Die Akte könnte ein Schloss sein, hatte Friedrichs gesagt. Und wir suchen den Schlüssel dafür. War der hier im Westen zu finden? Am Wannsee? Womöglich im Hause von Lahn? Könnte der Tod des Westberliner Politikers eine Folge später Rache für den Mord an Rosemarie Huth gewesen sein?

Ich werde es überprüfen müssen, dachte Hünerbein und sah auf die Uhr. Zuvor aber musste er diesen Meyer von der DOMIZIL aufsuchen. Der hatte den Toten immerhin als Letzter lebend getroffen, und solche Leute waren für die Ermittler grundsätzlich besonders interessant.

36 MONIKA STAND NEBEN Siggi vor dem Stadtplan an der Wand in dessen Büro. Noch steckten die drei roten Stecknadeln am Helmholtzplatz.

»Die werden wir wohl abschreiben müssen.«

»Nicht unbedingt«, widersprach Siggi, »nicht, wenn wir die Verträge mit den Hausbesetzern haben. Ich werde Bentzsch noch mal Druck machen.«

»Ich verstehe das nicht.« Monika sah ihn mit großen Augen an. »Wie willst du noch an die Häuser kommen, wenn die Besetzungen erst legalisiert sind?«

»Über den Eberswalder Sozialfonds«, erklärte Siggi.

Das war eine Erfindung von Rudi Bentzsch. Zusammen mit einem alten Oberstleutnant der NVA hatten sie ein ehemaliges Ferienheim des Ministeriums zum sozialen Projekt umfunktioniert. Hier wurden arbeitslose und straffällig gewordene Jugendliche beschäftigt, und man unterstützte alternative Wohnprojekte, mit dem Ziel, diese später zu erwerben.

»Bevor die Alteigentümer am dritten Oktober zum Zuge kommen. Das funktioniert natürlich nur, wenn die Besetzer zustimmen.«

»Okay«, nickte Monika. »Sie stimmen zu. Und dann? Wie kriegst du sie wieder raus?«

Siggi lächelte. »Die Häuser sind alt und baufällig. Wir werden die Besetzer schon allein aus Sicherheitsgründen da rausholen müssen.«

»Schlawiner«, grinste Monika, »und was hab ich jetzt zu tun?«

»Du wirst mit deinem neuen BMW«, Siggi grinste zurück, »erst mal hier raus nach Schmöckwitz fahren.« Er tippte auf einen grünen Punkt am südöstlichen Stadtrand Berlins. »Ein wunderbares Grundstück direkt am Wasser. Der Besitzer hat einen Job in Karlsruhe bekommen und will so schnell wie möglich weg. Dein Job ist es, ihn bis spätestens morgen trotzdem zum Kauf des Hauses zu bewegen. Das Geld stellen wir, Umzug wird organisiert. Er muss nur endlich unterschreiben.«

»Das krieg ich hin«, nickte Monika.

»Davon bin ich überzeugt.« Siggi nahm sie in den Arm, und möglicherweise hätte er sie auch geküsst, wenn nicht das Telefon geläutet hätte.

Siggi seufzte, löste sich von Monika und sah sie an. »Geh du ran.«

»Ich?«

»Du arbeitest jetzt hier!« Er nahm den Telefonhörer ab und reichte ihn ihr.

»DOMIZIL Immobiliengesellschaft, Droyßig am Apparat, was kann ich für Sie tun?«

»Perfekt!« Siggi hielt lobend den Daumen hoch.

»Einen Moment, ich verbinde.« Monika hielt die Hand auf die Muschel. »Johanna von Lahn. Sagt, es sei dringend.«

»Aha?« Siggi hob die Augenbrauen und deutete zur Tür. »Mach dich auf den Weg nach Schmöckwitz, ja?«

»Bin schon weg!« Monika gab ihm einen Kuss auf die Wange und verschwand.

Siggi hielt sich den Hörer ans Ohr. »Frau von Lahn, Sie wollten mich sprechen?«

»Sind Sie Herr Meyer?«

»Höchstpersönlich«, nickte Siggi. »Was gibt es?«

»Sie hatten meinem Mann ein Angebot unterbreitet für unsere Immobilien in Ostberlin. Gilt das noch?«

»Selbstverständlich, Frau von Lahn. Warum fragen Sie?«

»Nun«, Johanna von Lahn suchte nach Worten, »ich bin gezwungen, die Geschäfte meines Mannes fortzuführen.«

»Tatsächlich?« Siggi tat ahnungslos. »Ist was mit Ihrem Gatten?«

»Er ist tot«, antwortete es aus dem Hörer knapp. »Hören Sie, Herr Meyer, ich will nicht lange drum herumreden. Ich würde den Handel gern perfekt machen. Und zwar noch heute.«

»Sind Sie denn dazu befugt?«

»Aber natürlich«, erwiderte Johanna von Lahn kühl, »mein Mann hat mir für den Fall, dass ihm was passiert, vollumfängliche Vollmachten gegeben.«

»Ich verstehe.« Siggi sah auf die Uhr. »Wann kann ich denn zu Ihnen kommen?«

»Von mir aus gleich.« Johanna von Lahn seufzte. »Und bringen Sie das Geld am besten auch gleich mit. In bar. Lässt sich das machen?«

»Ich denke schon«, erwiderte Siggi, und sein Herz jubilierte innerlich. »Ich bin in etwa zwei Stunden bei Ihnen, Frau von Lahn.«

»Ich erwarte Sie.«

Siggi legte auf. An der Tür klingelte es, und er lief zum Monitor, um zu schauen, wer unten stand. Aber der dicke Mann im Trenchcoat sagte ihm nichts, und deshalb öffnete er nicht. Johanna von Lahn war jetzt wichtiger.

Er griff wieder zum Telefon und wählte die Nummer der Julian-Brendler-Marketing-GmbH:

»Julian? Ich brauch dich, wir müssen eins Komma acht Millionen locker machen. Können wir uns in einer halben Stunde in der Otto-Suhr-Allee treffen? – Ich weiß, dass das viel Geld ist, aber die Investition wird sich lohnen. Werner von Lahn ist tot. Seine Frau will nun doch verkaufen. – Genau, das ist eine gute Nachricht. Bis gleich.« Wieder klingelte der Dicke an der Tür, doch Siggi ignorierte das, tippte auf die Telefongabel und wählte eine weitere Nummer. »Rudi! Vergiss die Hausbesetzer, stopp alles, was du mit denen ausgemacht hast. Keine Verträge mehr mit denen, klar? Jetzt läuft Plan B. Ich erklär's dir später. Bis dann.«

Er legte auf, biss sich auf die Lippen. Großartig, die Dinge liefen wie am Schnürchen.

Und während es wieder unten klingelte, nahm Siggi sein Sakko und verließ das Penthouse über den Lift zur Tiefgarage.

Hünerbein wollte gerade in seinen Mercedes steigen, als ihn eine junge Frau anhupte, die im knallroten dreier BMW-Coupé aus der Tiefgarage kam.

»Harry?« Die Seitenscheibe ging automatisch runter. »Das ist ja eine Überraschung!«

Hünerbein brauchte einen Moment, bis er in der Fahrerin Monika erkannte. Er war ihr nur einmal kurz von Dieter vorgestellt worden, ein weiteres Mal war man zusammen essen gewesen. Zudem hätte er Dieters alte Jugendliebe aus dem Osten nie in so einem flotten BMW vermutet. Und gekleidet war sie wie eine Bankerin.

»Das kann man wohl sagen«, brachte er schließlich hervor. »Was machst du denn in Berlin?«

»Arbeiten«, lächelte sie, »in Görlitz gab es nichts mehr zu tun für mich. Da wird alles abgewickelt.«

»Na, so was.« Hünerbein lächelte zurück und kratzte sich verlegen an der Wange. »Hat mir Dieter gar nicht erzählt.«

»Ist ja auch noch ganz frisch.« Sie sah ihn prüfend an. »Und was machst du hier?«

»Auch arbeiten.« Hünerbein grinste. »Ich wollte zu 'ner Zeugenbefragung. Aber der scheint nicht da zu sein.«

»Das ist Pech«, sagte Monika.

»Das ist in unserem Beruf die Regel«, erwiderte Hünerbein.

»Verstehe.« Sie winkte ihm zu. »Man sieht sich. Ciao!«

»Warte mal, Monika!« Hünerbein hielt sich am Türgriff fest, da sie schon anfuhr, und lief ein paar Schritte mit. »Hast du Dieter getroffen?«

Monika stoppte wieder und nickte. »Gestern Abend.« Sie strich sich eine lange Haarsträhne aus der Stirn. »Wieso?«

»Der ist seitdem nicht mehr erreichbar.« Hünerbein sah sie fragend an. »Du weißt nicht zufällig, wo er steckt?«

»Nein.« Monika lächelte. »Vielleicht hat er 'ne Freundin.«

»Das wäre auch mal was Neues«, murmelte Hünerbein. »Wenn du ihn triffst – er soll mich ...« Er machte die typische Handbewegung, die einen Telefonhörer anzeigen soll, und trat vom Wagen zurück.

»Alles klar«, Monika winkte ihm zu und fuhr davon.

Hünerbein sah ihr perplex nach.

Junge, Junge, die hat sich gemausert, dachte er und wandte sich ab.

Den Jaguar, der kurz darauf mit Siggi aus der Tiefgarageneinfahrt gefahren kam, bemerkte Hünerbein nicht, und so verpasste er seinen Zeugen.

37 AUF DEM HELMHOLTZPLATZ kamen immer mehr Rollheimer zusammen: junge Leute, die in ausrangierten Unimogs und bunt bemalten Bau- und Zirkuswagen wohnten, in alten Wohnmobilen und umgebauten Bussen. Sie wurden zu einer Wagenburg zusammengestellt, zu einem Solidaritätscamp für die »Autonome Republik Helmholtzplatz«. Überall flatterten Fahnen mit dem schwarzroten fünfzackigen Anarchostern, Plakate und Transparente forderten »Freiheit für Menschen statt fürs Kapital«, ein »Recht auf Chaos« und »Dope für alle!«. In der Mitte des Platzes stand eine kleine Bühne, an der eifrig gezimmert und gebastelt wurde, aus Lautsprechern schallte der alte Ton-Steine-Scherben-Hit »Keine Macht für niemand« über den Platz.

Kriminalrat Egon Beylich stand neben einem Kollegen von der Baupolizei und dem Brandermittler der Feuerwehr im Schutt der abgebrannten Besetzerruine.

Er musste sich selbst ein Bild machen, denn irgendetwas, da war er sicher, war übersehen worden, irgendein wichtiges Detail. Ein Jugendlicher war zu Tode gekommen, und er wollte nicht mehr Beylich heißen, wenn er diesen Fall nicht aufklären konnte. Allein schon, um es diesen arroganten Besserwessis zu zeigen, diesem Knoop und seinem fetten Kompagnon – *Wie in der Werbung, nicht überall wo Nougatcreme draufsteht, ist auch Nutella drin* – so ein selbstgerechter Angeber!

Aber so war der Westen: Hauptsache, ein cooler Spruch, egal, wie ehrverletzend der sein mochte. Man konnte von den Brandermittlern der Berliner Feuerwehr halten, was man wollte, von Ausbildung und technischem Know-how her waren sie absolutes Weltniveau. Als im August 1988 Lissabons Altstadt niederbrannte, waren es Feuerwehrleute aus der Hauptstadt der Deutschen Demokratischen Republik gewesen, die die Ursache dafür ausmachten. Gute Männer – mit solchen Genossen wäre die DDR nie untergegangen. Die meisterten ihre unlösbar scheinenden Aufgaben so gut es ging, allein wenn man bedachte, dass die Suche nach der Brandursache oft reiner Kaffeesatzleserei glich.

Auch hier gab es nichts, woran man sich orientieren konnte. Im Prinzip standen vom Haus Helmholtzplatz sechzehn nur noch Wände mit leeren Fensterhöhlen, das Treppenhaus war in sich zusammengebrochen, ebenso Teile der Decken und Böden – ein gigantischer Schutthaufen, aus dem ein paar verkohlte Balken und Brandmauern ragten. Dennoch war den Ermittlern der Feuerwehr die Panne mit dem Wecker äußerst peinlich, und sie hatten nochmals die ganze Ruine untersucht. Mit neuem Ergebnis.

»Also ein Verteiler«, sagte Beylich.

Der Brandermittler nickte. »Da oben. In einer Kammer im ersten Stock.«

»Wie kommen Sie darauf?« Beylich starrte durch verkohlte Dachbalken in den Himmel. »Da ist nichts mehr.«

»Nein«, nickte der Brandermittler und stocherte im Schutt, »aber man kann rekonstruieren, welche Trümmer zu welcher Etage gehörten. Wir versuchen es zumindest.«

»Verstehe«, Beylich sah sich nachdenklich um, »nach dem Motto: Was nach dem Feuer unten liegt, war vorher auch schon unten.«

»Wie im richtigen Leben.« Der Baupolizist grinste.

»Den Wecker fanden wir auch hier«, sagte der Brandermittler und scharrte in der Asche herum. »So sehr irrten wir uns nicht. Auch wenn es kein Brandsatz war, das Feuer brach im ersten Stock aus. Wir vermuten jetzt einen Kurzschluss im Elektroverteiler.« Er deutete auf einen Klumpen geschmolzenes Bakelit. »Das Ding muss noch von der Jahrhundertwende sein.«

»Mhm«, knurrte Beylich. »Gibt es in den anderen Häusern auch solche Verteiler?«

»Vermutlich.«

»Kommen Sie!« Beylich wandte sich ab. »Wir schauen uns das mal an.«

Er stiefelte voran aus der Ruine aufs Nebenhaus zu und stieß dort fast mit einem jugendlichen Pärchen zusammen, das gerade mit zwei großen Bassverstärkern hinauswollte. »'tschuldigung!«

»Erst kieken, dann loofen!« Dark starrte den drei Männern nach. »Wat war'n det denn für Typen?«

»Bullen«, antwortete Melanie, »die sind schon seit Tagen hier und versuchen rauszufinden, wer das Feuer gelegt hat.«

»Echt?« Er trug noch immer den zu großen Trainingsanzug. »Und die lasst ihr hier einfach so rumlatschen? Ick meine, is immerhin Staatsjewalt. Mithin der Feind, wa?«

»Mein Vater ist auch Bulle, vergiss das nicht!«

»Na, vielen Dank, mit dem hatte ick schon det Vergnügen.« Dark winkte ab. »Wollte mich doch glatt wejen Mordes verhaften. Aba sein Chef is 'n Netter. Der hat mich wenigstens jehn lassen. – Oh shit!« Er zuckte zusammen und verbarg sich hektisch hinter Melanie. »Bleib ma so!«

»Was ist denn?«

»Meine Alte! Wenn die mich hier findet, is Polen offen!«

Tatsächlich lief ein paar Meter weiter eine etwas rundliche Frau an ihnen vorbei und sah sich suchend um.

»Das ist deine Mutter?«

»Leider«, Dark machte sich hinter Melanie ganz klein, »die macht mich zur Schnecke, sag ick dir.«

»Ich denke, du bist volljährig?«

»Erzähl der det ma.« Dark spuckte wütend aus. »Die hält leider jarnüscht von meine Volljährigkeit.«

Die Frau verschwand in einem der beiden besetzten Häuser, und Dark kam wieder hinter Melanie hervor.

»Wetten, dass die jetzt Himmel und Hölle verrückt macht? – Wo ist mein Sohn?«, äffte er seine Mutter mit hoher Stimme nach, »geben Sie sofort meinen Sohn heraus, ich bin die Erziehungsberechtigte.«

Melanie lachte.

»Det is nich lustig, det ist extrem peinlich.« Dark nahm seine Verstärkerbox wieder hoch. »'n echt hartet Schicksal, wenn deine Olle so mit 'm Klammerbeutel jepudert is, det kann ick dir sagen.«

»Na ja«, sagte Melanie, »wenn mein Vater mitbekommt, dass ich seit zwei Tagen die Schule schwänze, kriege ich auch Ärger.«

Sie schleppten ihre Bassboxen auf die Bühne, wo Spinne das Schlagzeug bewunderte und mal trommeln wollte, aber Dark hielt ihn zurück. Immerhin sei das Schlagzeug nigelnagelneu und er habe es höchstpersönlich unter Einsatz seines Lebens von Mafiageldern gekauft, bevor ihm die Gangster die Kohle wieder abgenommen hätten.

Melanie tippte sich gegen den Kopf. Die ganze Nacht hindurch hatte Dark von seinem Kampf »Allein gegen die Mafia« erzählt, doch sie glaubte die Geschichte genauso wenig wie die übrigen Besetzer.

Unterdessen suchten Beylich, der Brandermittler und der Mann von der Baupolizei im besetzten Haus Helmholtzplatz Nummer fünfzehn nach dem Verteilerkasten.

»Normalerweise sind die im Keller, aber wenn der nebenan auch im ersten Stock war ...«

Sie stiegen die Treppe hinauf und liefen Polzin über den Weg, der sogleich fragte, wer sie seien.

»Beylich, Kripo«, stellte sich der Kriminalrat vor und bewunderte einmal mehr den Irokesenschnitt den jungen Mannes. »Sie wohnen hier?«

Polizin sah die Männer skeptisch an. »Können Sie sich ausweisen?«

Beylich war baff. Zeiten waren das. Früher hatte die Polizei solche Fragen gestellt, nicht irgendwelche Punks. Aber vorerst hatte die Revolution gesiegt, und deshalb holten die Beamten folgsam ihre Dienstausweise hervor und reichten sie Polzin.

Der studierte die Ausweise sehr gründlich, bevor er sie zurückgab.

»Wir untersuchen immer noch die Brandursache im Nachbarhaus«, erklärte Beylich.

»Und warum sind Sie dann hier und nicht nebenan?«

»Da waren wir gerade«, übernahm der Brandermittler das Wort,

»wir vermuten, dass das Feuer aufgrund eines Kurzschlusses im Hauptverteilerkasten ausgebrochen ist, der sich seltsamerweise nicht im Keller, sondern im ersten Obergeschoss befand.«

»Korrekt«, nickte Polzin, »im Keller war's zu feucht.«

»Dann haben Sie den ausgebaut und oben wieder eingebaut?«

»Nicht ich allein.« Polzin schüttelte den Kopf. »Wir renovieren die Häuser gemeinsam«, erklärte er dann. »Und weil der Verteiler unten im Keller immer Wasser aus undichten Rohrleitungen abbekommen hat, haben wir ihn ausgebaut, die Leitungen umverlegt und in der Kammer im ersten Stock wieder eingebaut. War ein ganzes Stück Arbeit.«

»Das glaube ich Ihnen.« Beylich atmete tief durch. »Haben Sie hier auch irgendwelche Veränderungen an den Elektroinstallationen vorgenommen?«

»Nein«, sagte Polzin, »hier ist der Keller trocken.«

Von draußen hörte man gedämpft eine elektrische Gitarre aufjaulen. Irgendjemand rief immer wieder mit heiserer Stimme »eins, zwo, einszwoeinszwo« in ein Mikrofon, sodass es über den Platz hallte. Dann setzte die Gitarre wieder ein und spielte ein herzerweichend kreischendes Solo. Offenbar machten sie den Soundcheck fürs Hardcore-Festival am nächsten Abend.

»Dürfen wir den Verteiler trotzdem mal sehen?«

»Klar!« Polzin wies den Weg. »Kommen Sie mit.«

Hier war die elektrische Anlage noch original. Um 1903 verlegte Leitungen, mechanische, teilweise schon arg mitgenommene Relaiskästen und mit Nägeln überbrückte Sicherungskästen. Ein Wunder, dass es hier nicht auch schon längst mal gebrannt hatte.

»Wer hat das abgenommen?« Der Mann von der Baupolizei war entsetzt. »Der Energieversorger dürfte so eine Anlage eigentlich gar nicht mehr beliefern.«

»Unsinn«, erwiderte Polzin, wohl ahnend, dass hier gerade etwas furchtbar schieflief. »Das funktioniert noch einwandfrei«, versicherte er eifrig. »Und wir zahlen die Stromrechnungen, wie alle anderen auch.«

Trotzdem konnte er nicht verhindern, dass die Baupolizei die elektrische Anlage des Hauses sperrte und weitere Untersuchungen ankündigte.

Eine Stunde später wurden die besetzten Häuser am Helmholtzplatz von der städtischen Stromversorgung abgeschnitten. Das Gitarrensolo auf der Bühne draußen brach mit einem missglückten Jauler ab.

Elektrisch funktionierte hier erst einmal gar nichts mehr.

38 »KÖNNTE ES SEIN«, tastete sich Hünerbein vorsichtig vor, »dass Ihr Mann in den sechziger Jahren geheimdienstlich gearbeitet hat? Zum Beispiel in Ostberlin?«

Johanna von Lahn sah ihn skeptisch an. Sie hatten sich in Bolles Bootshaus getroffen, einem kleinen Yachthafen mit Biergarten unter dem Flensburger Löwen am Wannsee. Es war fast sommerlich heiß, und Lahns Witwe hatte darauf bestanden, sich mit Hünerbein irgendwo draußen zu treffen, an der frischen Luft, um diese letzten Sommertage zu genießen.

»Worauf wollen Sie hinaus?«, fragte sie schließlich.

»Nun, ich habe mich noch einmal eingehend mit diesen Erpresserschreiben beschäftigt«, erklärte Hünerbein. »Und es sieht alles danach aus, dass das Mädchen, diese Rosemarie Huth, bei einer geheimdienstlichen Aktion ums Leben gekommen ist.«

Johanna von Lahn wartete ab und nippte an ihrer Weiße. Über den Wannsee tuckerte ein Musikdampfer. Auf dem Oberdeck schunkelten fröhliche Rentner, und eine Blaskapelle spielte scheppernd:

Mutta, der Mann mit dem Koks is da!
Junge, halt's Maul, denn ick weeß et ja.
Du hast keen Jeld. Ick hab keen Jeld.
Wer hat den Mann mit dem Koks bestellt?

»Eine Aktion«, setzte Hünerbein hinzu, »für die möglicherweise Ihr Gatte verantwortlich gewesen sein könnte. Zumindest scheint das der Verfasser dieser anonymen Schreiben zu vermuten, denn sonst wären sie ja nicht bei Ihnen beziehungsweise Ihrem Mann gelandet.«

»Selbst wenn Sie recht hätten mit Ihrer Vermutung«, erwiderte Johanna von Lahn, »und Werner mich eingeweiht hätte – dürfte ich dann darüber reden? Ist es nicht so, dass geheimdienstliche Arbeit, nun ja, geheim bleiben muss?«

»Die Sache ist dreißig Jahre her«, gab Hünerbein zu bedenken, »und Ihr Mann bedauerlicherweise tot. Wem würden Sie noch schaden, wenn Sie mir erzählten, was Sie wissen?«

Johanna von Lahn blieb unbewegt. »Vielleicht der Sicherheit unseres Staates?«

»Oder der«, wagte sich Hünerbein weiter vor, »ostdeutschen Staatssicherheit?«

Johanna von Lahn ging nicht auf das Bonmot ein. Vielleicht hatte sie es nicht bemerkt, oder aber sie ließ es sich nicht anmerken.

»Die DDR ist tot«, insistierte Hünerbein, »und der Kalte Krieg vorbei. Sie sollten reden.«

Johanna von Lahn sah nachdenklich aufs Wasser. »Werner war besessen von dem Gedanken, den Kommunisten zu schaden«, sagte sie nach einer Weile leise. »Er hasste die Teilung Berlins, diese ganze verdammte Nachkriegsordnung, die halb Europa gespalten hatte. Er war ganz vernarrt in die Idee, es ihnen heimzuzahlen.«

»Wem?« Hünerbein setzte sich gerade hin.

»Na, diesen Ulbrichts und Stophs im Osten.« Johanna von Lahn seufzte. »Anfang der sechziger Jahre hat er sich deshalb dem Verfassungsschutz angedient. Ich war immer dagegen.«

»Dem Verfassungsschutz?« Hünerbein war irritiert. »Hier in Berlin?«

»Ja.« Johanna von Lahn lachte bitter auf. »Sie wollten die Stasi unterwandern. Sozusagen als Agenten in der Höhle des Löwen hocken. Na ja, wenn sie Erfolg gehabt hätten, wäre es nie zu Guillaume oder der Affäre Burger gekommen.«

»Aber?«

»Sie hatten keinen Erfolg.« Johanna von Lahn hob die Hände. »Das ganze Vorhaben scheiterte schon im Ansatz.«

»Inwiefern?« Hünerbein steckte sich unruhig eine Zigarette an. Hatte er endlich das Schloss gefunden, in das Friedrichs' Schlüssel passte?

»Die Kommunisten waren extrem misstrauisch«, antwortete Johanna von Lahn, »gegenüber Leuten aus dem Westen. Werner stammte ja aus gutem Hause. Der Name ›von Lahn‹ war auch drüben ein Begriff. Er musste sich etwas einfallen lassen, um ihr Vertrauen zu gewinnen. Eine Aktion, die die Stasi überzeugte, dass er es ernst meinte.«

»Was für eine Aktion war das?«

»Ich weiß es nicht.« Johanna von Lahn schüttelte den Kopf. »Es ging wohl um irgendeinen Landwirt, der sich weigerte, Hof und Acker abzugeben, glaube ich. Da drüben lief ja die große Kollektivierung.«

Arndt, dachte Hünerbein, das war es also wirklich. Die Sache war nicht von der Stasi ausgeheckt worden, sondern von Werner von Lahn und den Leuten vom Verfassungsschutz. Um sich der Stasi so anzudienen.

»Wie gesagt, die Sache ging gründlich in die Hose.« Johanna von Lahn winkte dem Kellner. »Er sprach einmal davon, dass seine eigene Truppe von ostdeutschen Spitzeln durchsetzt worden war. Die waren einfach pfiffiger, die hatten ihn gleich durchschaut. Er hat nie wieder davon gesprochen.«

»Verstehe«, sagte Hünerbein. Immerhin war damals ein junges Mädchen zu Tode gekommen. »Aber wer hat ihn jetzt deswegen erpresst?«

»Woher soll ich das wissen?« Johanna von Lahn zahlte. »Vielleicht dieser Landwirt von damals?«

Mhm, dachte Hünerbein. Und dann hat Werner von Lahn ihn umgebracht? Oder umbringen lassen? Das wäre immerhin möglich, klärte aber nicht die Frage, wie Lahn am Ende selbst zu Tode gekommen war. Vertrackter Fall. Dennoch hatte Hünerbein das Gefühl, kurz vor der Lösung zu stehen. Er sah Johanna von Lahn an.

»Ich danke Ihnen. Sie haben mir sehr geholfen.«

»Keine Ursache«, erwiderte die und erhob sich, »Sie haben mir schließlich auch geholfen. Ohne Ihren Trick mit der Auskunft wäre ich nie an die Nummer von der DOMIZIL gekommen.«

»Und?« Hünerbein sah auf. »Hat es Ihnen genützt?«

»Ich denke schon.« Johanna von Lahn lächelte knapp. »Ich habe verkauft.«

»Was? Ihre Ansprüche auf Restitution?«

»Ja.« Johanna von Lahn verabschiedete sich. »So bin ich aus dem Gröbsten raus. Und kann sogar die Beerdigung meines Mannes bezahlen.«

Glückwunsch, dachte Hünerbein. Mal sehen, was dieser Meyer dazu zu sagen hat.

Diesmal meldete er sich telefonisch an und hatte Erfolg. In der DOMIZIL erwartete man ihn schon, auf sein Klingeln hin surrte wie von Geisterhand der Türöffner, ein Fahrstuhl öffnete sich und brachte ihn in ein exklusives Penthouse hoch über der Innenstadt. Immobiliengeschäfte schienen sich zu lohnen.

Verblüfft starrte er auf die elegante Frau, die ihn durch die weitläufigen Räume führte. »Monika! Schon wieder?«

»Wie gesagt, ich arbeite hier.« Sie lächelte ihn an. »Der Chef erwartet dich.« Sie öffnete die Tür zu einem großzügigen Büro mit grandiosem Blick über Berlin. Siegbert Meyer saß mit gelöster Krawatte und breiten Hosenträgern an seinem fetten Schreibtisch und wirkte wie Michael Douglas in ›Wall Street‹. Fand zumindest Hünerbein.

»Kommen Sie rein, Hauptkommissar!« Meyer schwang sich von seinem ledernen Chefsessel, stand schwungvoll auf und lief um seinen Schreibtisch herum, um Hünerbein die Hand zu geben.

»Meyer, mein Name! Ich bin der Geschäftsführer dieses Unternehmens. Was kann ich für Sie tun?«

»Ich ermittle im Fall Werner von Lahn«, antwortete Hünerbein, »und hätte ein paar Fragen an Sie.«

»Aber bitte!« Meyer bot ihm einen Platz in einem der drei schwarzen Clubsessel an, die um ein kleines, rundes Glastischchen am Fenster standen. »Nehmen Sie doch Platz. Wollen Sie was trinken?«

»Nein«, Hünerbein sank schnaufend in einen der Sessel und sah aus dem Fenster. »Schöne Aussicht.«

»Nicht wahr?« Meyer lächelte und setzte sich ebenfalls. »Wenn man in meiner Branche arbeitet, ist es ganz gut, wenn man einen Blick auf die Immobilien dieser Stadt hat.«

»Sicher.« Hünerbein zog sein Notizbüchlein hervor und kam umgehend zur Sache. »Sie kannten Werner von Lahn und haben ihn am Samstagabend das letzte Mal getroffen. Ist das richtig?«

»Ja«, nickte Meyer, »wir hatten geschäftlich zu tun.«

»Worum ging es in dem Gespräch?«

»Um seine Immobilien im Ostteil der Stadt. Wir hatten ihm angeboten, die Restitutionsansprüche zu übernehmen. Für eins Komma acht Millionen Mark.«

»Mhm.« Hünerbein nickte, denn das deckte sich mit den Angaben der Witwe.

»Werner von Lahn bat um Nachbesserungen bezüglich Ihres Angebots?«

»Unwesentlich«, winkte Meyer ab, »das übliche Gefeilsche unter Geschäftspartnern.«

»Aber er hat seine Wohnung unmittelbar nach dem Treffen mit Ihnen verlassen.« Hünerbein sah prüfend auf. »Haben Sie eine Ahnung, warum?«

»Nein.« Meyer schüttelte den Kopf und schlug die Beine übereinander. »Es hatte sicher nicht mit unserem Gespräch zu tun.«

»Wussten Sie, dass er erpresst wurde?«

»Nein!« Meyer wirkte überrascht. »Erpresst? Von wem?«

Jetzt beginnt er, die Unwahrheit zu sagen, dachte Hünerbein, das spüre ich mit jeder Zelle meines beleibten Wesens. Wer ist der Kerl? Ich hätte mich vorher über ihn informieren sollen. »Ist Ihnen der Name ›Rosemarie Huth‹ ein Begriff?«

»Lassen Sie mich überlegen ...« Meyer lehnte sich nachdenklich zurück und kniff versonnen die Augen zusammen. »Rosemarie ... Huth, sagten Sie?«

»Richtig.« Hünerbein lauerte.

»Nein«, bedauerte Meyer, »soweit ich das beurteilen kann, sagt mir der Name nichts. Wer soll das sein?«

»Eine junge Frau«, antwortete Hünerbein, »sie wurde im Juli 1961 ermordet. Der Fall ist nie aufgeklärt worden.«

»Aha«, machte Meyer verständig, »und Sie vermuten, dass der Tod dieser jungen Frau mit dem tragischen Tod von Werner von Lahn in Verbindung zu bringen ist?«

»Davon gehen wir aus.« Hünerbein beschloss, scharf zu schießen. »Es gab insgesamt vier Erpresserschreiben. Alle getippt auf einer Erika-Reiseschreibmaschine. Besitzen Sie so eine?«

»Nein.« Meyer wurde unruhig. »Warum fragen Sie? Ich sagte Ihnen doch, dass ich mit dieser Rosemarie ...«

»Huth«, half ihm Hünerbein auf die Sprünge.

»... Huth«, wiederholte Meyer, »nichts zu tun habe.« Er beugte sich vor. »Hören Sie mal: 1961 war ich gerade mal dreizehn Jahre alt. Wie kommen Sie darauf, mich mit so einem alten Mord in Verbindung zu bringen?«

»Ich bringe Sie nicht mit dem Mord vor dreißig Jahren in Verbindung«, erklärte Hünerbein und schrieb etwas in seinen Notizblock, »sondern mit dem überraschenden Ableben von Werner von Lahn.« Er sah auf. »Immerhin haben Sie ja von seinem Tod ordentlich profitiert, nicht wahr? Wie mir die Witwe mitteilte, haben Sie die Restitutionsansprüche von ihr übernommen.«

»Ja, aber das hatten wir schon lange verhandelt«, entgegnete Meyer, »die Sache war praktisch unterschriftsreif.«

»Nur dass Werner von Lahn am Samstag noch nicht unterschrieben hat«, stellte Hünerbein fest. »Sagen Sie mir warum?«

»Er wollte sich die Sache noch einmal überlegen.« Meyer wippte mit seinen Zehen auf und ab. »So ein Geschäft will gut durchdacht sein. Warum hätte ich ihn drängen sollen?«

»Zumal die Zeit ja für Sie gelaufen ist«, Hünerbein schnaufte, »denn wenig später war von Lahn tot.«

»Ihre versteckten Anschuldigungen sind absurd!« Meyer wirkte verärgert. »Woher hätte ich wissen sollen, dass die Witwe auch verkaufen will?«

»Hören Sie auf«, winkte Hünerbein ab und erhob sich ächzend, »Sie haben sich doch sicher kundig gemacht. Sie wussten um die prekäre finanzielle Lage der von Lahns. Nur deshalb konnten Sie ihnen ein derart günstiges Angebot machen. Günstig für Sie«, setzte er deutlicher hinzu.

»Mein Angebot war fair«, verteidigte sich Meyer, »immerhin ist die Restitution noch nicht durch. Das ist mein Risiko.«

»Fein«, sagte Hünerbein und reichte ihm eine Visitenkarte. »Wenn Ihnen noch was einfällt, rufen Sie mich an. Wiedersehen, Herr Meyer!«

»Wiedersehen.« Meyer brachte ihn zur Tür. »Sie irren sich.«

»Immer wieder gern«, nickte Hünerbein und ließ sich von Monika hinausbringen.

»Irgendwas Neues von Dieter?«

»Nee«, Hünerbein schüttelte den Kopf. »Keine Ahnung, wo der steckt!«

»Wenn du ihn triffst«, Monika ließ unauffällig etwas in die Manteltasche von Hünerbeins Trenchcoat fallen, »sag ihm, er soll das für mich aufbewahren.«

»Was ist das?«, wollte Hünerbein wissen, doch Monika lächelte nur geheimnisvoll, »Ciao, ciao«, und schloss die Tür.

Ratlos griff Hünerbein in die Manteltasche und zog eine Computerdiskette hervor. Seltsam. Kopfschüttelnd stieg er in den Fahrstuhl und fuhr wieder nach unten.

39 WAS FÜR BEYLICH in Ostberlin der Rapport war, nannte man im Westen »die Lage«. Entsprechend hatte Kriminaloberrat Edmund Palitzsch zur Lagesitzung gebeten. Pünktlich um fünfzehn Uhr dreißig bei einem beruhigenden Tässchen Tee ließ er sich Bericht erstatten.

»Fangen Sie an, Hünerbein!«

»Ich wollte als Erstes vorschlagen, die Volkspolizei enger in diesen Fall einzubinden«, sagte Hünerbein und wurde sofort unterbrochen.

»Die Volkspolizei?« Palitzsch war irritiert. »Wieso die Volkspolizei?! Werner von Lahn war einer von unseren Politikern! Das ist doch für die im Osten ein gefundenes Fressen. Wir sollten den Teufel tun, als …«

»Mit Verlaub, Herr Palitzsch, aber der Kalte Krieg ist vorbei«, sagte Hünerbein. »Wir sollten uns von unserem Frontstadtdenken lösen.« Sofort bereute er seine Worte. Sie waren zu hart, möglicherweise schickte ihn Palitzsch dafür ins Archiv.

»Die Leute drüben sind immer noch dieselben«, regte sich der Kriminaloberrat auf. »Volkspolizei, ich bitte Sie! Denken Sie im Ernst, die haben mal eben so die Gesinnung gewechselt wie wir das Hemd? Wenn Sie mich fragen, bin ich äußerst skeptisch, wie das nach dem dritten Oktober weitergehen soll, da werden noch ordentlich die Fetzen fliegen, verlassen Sie sich drauf.«

»Aber es gibt interessante Verbindungen im Fall Werner von Lahn nach Ostberlin«, entgegnete Hünerbein so bedacht wie möglich, »vielleicht könnten uns die Kollegen dort weiterhelfen.«

»Verbindungen? Was für Verbindungen?«

»Er wurde vermutlich erpresst.« Hünerbein pinnte die betreffenden Schreibmaschinenbögen an eine Magnetwand. »Rosemarie Huth wurde im Juni '61 tot auf einem Bauernhof in Selchow aufgefunden. Von Lahn muss in die Sache verwickelt gewesen sein, anders lassen sich diese Schreiben nicht erklären. Vor allem das letzte.« Hünerbein klebte es ebenfalls an die Magnetwand: *»Dafür wirst du büßen müssen!«*

»Wollen Sie damit sagen«, Palitzsch kam mit seiner Tasse Tee heran und besah sich die einzelnen Bögen durch seine Lesebrille genauer, »dass Werner von Lahn bedroht wurde?«

»Erpresst, wie gesagt«, antwortete Hünerbein. »Interessant ist in diesem Zusammenhang, dass der Landwirt, auf dessen Hof das Mädchen damals gefunden wurde, am Samstag ebenfalls ermordet wurde. Wir ermitteln in der Sache. Jan Fridolin Arndt ...«

»Dieser fingierte Selbstmord?« Sieh an, Palitzsch war im Bilde. »Ich dachte, damit hätte die kalabrische Mafia zu tun?«

»Beide Fälle hängen miteinander zusammen«, bekräftigte Hünerbein, »dessen bin ich mir sicher. Und noch etwas fällt auf: Werner von Lahn hat Restitutionsansprüche auf drei besetzte Häuser am Helmholtzplatz. Eines davon ist Freitagnacht bis auf die Grundmauern niedergebrannt. Und es gab ebenfalls einen Toten.«

»Hünerbein, Sie machen mich schwach.« Palitzsch seufzte vernehmlich und sank auf seinen Stuhl zurück. »Das klingt alles andere als nach schneller Aufklärung.«

»Das klingt ziemlich komplex«, gab Hünerbein zu, »aber ich denke, wir sind kurz davor, die Sache aufzulösen. Wenn wir die Ostberliner Kollegen dazuholen.«

»Von mir aus!« Palitzsch holte tief Luft. »Aber vertrauen Sie denen nicht zu sehr.« Er wandte sich dem Spurensicherer zu. »Damaschke, was haben Sie?«

»Vermutlich den Halter eines Plymouth Savoy«, Jürgen Damaschke blätterte in seinen Unterlagen, »der Samstagnacht in der Nähe des Reitclubs Grunewald gesehen worden ist. Ein sogenanntes Yellow Cab ...«

»Ein was?« Palitzsch hob fragend die Augenbrauen.

»Ein New Yorker Taxi«, antwortete Damaschke. »Die Spurweite unserer am Fundort der Leiche aufgefundenen Reifenspuren weist ebenfalls auf einen amerikanischen Wagen hin. Und tatsächlich gibt es ein Yellow Cab in Berlin.« Es sah triumphierend auf. »Es wird von einem Taxibetrieb Boelter in Alt-Stralau betrieben.«

»Ist das schon wieder Ostberlin?« Palitzsch schüttelte den Kopf.

»Die Stadt«, griente Hünerbein, »wächst unaufhaltsam zusammen.«

»Der hat sich vorsorglich auch bei uns in die Gelben Seiten eintragen lassen«, fügte Damaschke hinzu, »Checker-Service Heinrich Erwin Boelter.«

»Wir werden das überprüfen«, sagte Hünerbein in das Bellen des Telefons hinein.

Palitzsch nahm ab. »Was ist denn, Herrgott noch mal, wir haben eine Besprech... – Was? – Ja, und? – Wo? – Danke«, sagte er schließlich und legte den Hörer auf. »Merkwürdig.«

»Was gibt es denn?« Hünerbein bemühte sich um ein interessiertes Lächeln. Immerhin war ihm am Wohlwollen des Kriminaloberrates gelegen.

»Knoops Wagen wurde gefunden«, murmelte Palitzsch nachdenklich, »am Hüttenweg.«

»Am Hüttenweg?« Hünerbein verstand es nicht. »Sein roter Passat?«

Palitzsch nickte. »Was will er da?«

»Ermitteln vermutlich«, vermutete Damaschke, »da wurde ja auch die Leiche von von Lahn entdeckt ...«

»Ja, aber wo ist er?« Hünerbein lief eilig zur Tür. »Jürgen, pack deine Siebensachen. Ich will wissen, was da los ist!«

»Halten Sie mich auf dem neuesten Stand«, rief Palitzsch den Ermittlern nach und nippte kopfschüttelnd an seinem Tee.

Eine halbe Stunde später stoppten Hünerbeins Mercedes und der Bulli des Spurensicherers hinter Knoops rotem VW Passat. Er stand am Waldrand geparkt, kurz vor der Königsallee, und war nicht abgeschlossen.

Hünerbein öffnete vorsichtig die Heckklappe und schloss sie gleich wieder, damit Damaschke das Dope nicht sehen konnte. Es war immerhin noch da. Wo aber war Kollege Knoop?

»Verstehst du das?«

»Nee«, machte Hünerbein und rief: »Sardsch? – Bist du hier irgendwo? – DIETER!!!«

»Der Wagen steht hier seit gestern Abend«, sagte ein Rentner, der mit einem kleinen Hund herankam.

»Haben Sie die Polizei verständigt?«

»Nee, das war meine Frau«, der Rentner lachte heiser, »die macht sich immer gleich Sorgen, wissen Sie?«

»Mhm«, machte Hünerbein.

Der Rentner guckte neugierig. »Ist das Auto gestohlen?«

»Nein«, sagte Hünerbein und sah sich um. Was, verdammt, wollte der Sardsch hier? Und wo war er hin?

»Soll ich mit dem Wagen anfangen?« Jürgen Damaschke kam mit seinem Spurenkoffer heran.

»N-nein«, wiegelte Hünerbein hastig ab und deutete Richtung AVUS. »Mach erst mal den Hüttenweg runter. Ich vermute, er ist da lang, er muss ja hier irgendwas gesucht haben.«

»Ja«, nickte Damaschke ratlos. »Aber was? Und nach was soll ich suchen?«

»Geh einfach!« Hünerbein wedelte mit den Armen. »Irgendwas wirste schon finden!« Er wartete, bis Damaschke etwas weiter weg war, öffnete wieder die Heckklappe des Passats und holte eilig die Plastikkiste mit dem Dope heraus.

»Was ist das?«, fragte der Rentner.

»Blumenerde«, antwortete Hünerbein und öffnete den Kofferraum seines Mercedes. »Für meine Rosen, wissen Sie?«

»Aber ist die Zeit für Rosen nicht längst vorbei?« Der Rentner lächelte. »Ist doch schon Herbst.«

»Zimmerrosen.« Hünerbein packte die Kiste hinein und schloss den Kofferraum wieder. »Die blühen ganzjährig, brauchen aber viel Pflege.«

»Und gute Blumenerde«, spottete der Rentner, winkte heiser lachend ab und taperte mit seinem Hund davon.

Okay, das war's. Hünerbein atmete erst mal tief durch. Jetzt konnte ermittelt werden. Er besah sich den roten Passat genauer. Nichts Auffälliges auf den ersten Blick. Na, soll Damaschke den Wagen mal unter die Lupe nehmen.

Wo aber war der Spurensicherer hin? Auf dem Hüttenweg konnte ihn Hünerbein jedenfalls nicht mehr entdecken.

»Jürgen«, rief er »JÜRGEN!«

Herrgott, verschwanden hier jetzt alle? Das war doch nicht möglich! Hünerbein lief langsam den Hüttenweg Richtung AVUS hinunter, sah sich nach allen Seiten um.

»Jürgen?!«

Nichts. Nur sein Ruf hallte von den Bäumen im Wald unheimlich nach.

Vorsichtig lief Hünerbein weiter. Hier stimmte was nicht. Hier stimmte was ganz entschieden nicht.

Plötzlich sah er Bremsspuren auf dem Asphalt. Schwarzer Gummiabrieb, wie von einer Vollbremsung. Merkwürdig so mitten im Wald. Hatte das vielleicht mit den Seltsamkeiten hier zu tun?

Plötzlich ein Geräusch! Es kam von links aus dem Gebüsch. Hünerbein lauschte angespannt.

Nichts.

Vielleicht nur ein Tier, oder …

Nee, das hörte sich anders an, wie ein merkwürdiges leises Glucksen.

Vorsichtig ging er näher an den Waldrand heran, schob vorsichtig ein paar Zweige beiseite, um besser sehen zu können.

»Jürgen?«

Tatsächlich kniete Damaschke im Unterholz und rührte eifrig die Masse für einen Gipsabdruck an. »Komm mal her! Aber zertrample mir keine Spuren!«

»Mensch, wieso antwortest du mir denn nicht, wenn ich dich rufe.« Hünerbein schob sich vorsichtig heran.

»Weil ich es hasse, in der Natur wie ein Blödmann herumzubrüllen«, antwortete Damaschke, »ist doch krank: Wo der Mensch hinkommt, macht er Lärm.«

»Ich hab dich nicht gesehen.«

»Na, ich werd mich im Grunewald schon nicht verlaufen.« Damaschke deutete vor sich auf den Boden. »Schau mal.«

»Was ist das?«

»Eine Schleifspur«, sagte Damaschke, »hier wurde etwas Schweres durchs Unterholz gezogen. Eindeutig erkennbar an der Richtung der Gräser hier, siehst du?« Er erhob sich, folgte der Spur. »Hier sind kleine Äste zerbrochen, hier wurde Laub mitgeschleift und hier, ganz deutlich, die Heidelbeerbüsche.« Er seufzte. »Und dann gibt's Blut.« Er zupfte ein Blatt mit einem rötlich braunen Flecken ab und zeigte es Hünerbein. »Hier. Überall.«

»Vielleicht ein Jäger«, überlegte Hünerbein, »der seine Beute durch den Wald gezogen hat.«

»Oder unseren Hauptkommissar«, knurrte Damaschke und blieb stehen. Denn die Schleifspur endete. Stattdessen sah man zwei Reifenabdrücke im Laub des Waldes.

»Hier wurde dann umgeladen«, schlussfolgerte Hünerbein und folgte mit dem Blick den Spuren. »Wo geht's da hin?«

»Keine Ahnung. Vermutlich zurück auf irgendeine Straße.«

Die Männer liefen den Spuren nach und erreichten nach ein paar Minuten tatsächlich die Königsallee.

»Na also, ich hab's doch geahnt!« Damaschke bückte sich und machte einen Gipsabdruck von einer der beiden Reifenspuren, die hier, wo der Waldboden in Sand überging, recht brauchbar waren. »Motorrad«, überlegte er, nahm eine Schiebelehre aus seiner Tasche und vermaß die Spur. »Ich wette, das ist dieselbe Spur«, er notierte die Messdaten in einer kleinen Kladde, »wie die von Arndts Hof.«

»Was?« Hünerbein verstand kein Wort.

»Hinter der Scheune von Arndt«, erklärte ihm Damaschke, »haben wir auch Motorradspuren gefunden.«

»Aber das hier sind zwei Spuren«, entgegnete Hünerbein, »das kann kein Motorrad gewesen sein.«

»Wenn du genau hinguckst, sind es sogar drei Reifenspuren«, erwiderte Damaschke, »und das deutet ziemlich klar auf eine Beiwagenmaschine hin.« Er sah Hünerbein ernst an. »Wie auf Arndts Hof.«

»Du meinst, der Mann, der Arndt so wunderbar selbstmordverdächtig um die Ecke gebracht hat, war auch hier im Grunewald?«

»Das könnte sein«, nickte Damaschke, »genau kann ich das erst nach der Laboranalyse sagen.«

Hünerbein konnte es kaum glauben.

»Aber was wollte er hier?«

»Und was wollte unser Hauptkommissar hier?« Damaschke klopfte Hünerbein aufmunternd auf die Schultern. »Krieg's raus! Ist deine Quizrunde.«

40 AM HELMHOLTZPLATZ redeten sie sich die Köpfe heiß. Es gab kein Licht, keinen Strom und auch kein heißes Wasser, da im Laufe des Abends von der Kommunalen Wohnungsverwaltung auch noch die Gasversorgung gekappt worden war. Die besetzten Häuser seien ab sofort baupolizeilich gesperrt, hieß es, und müssten binnen vierundzwanzig Stunden geräumt werden.

Polzin war fassungslos.

Es sei nur zu ihrem eigenen Schutz, hatte das KWV-Männchen auf ihn eingeredet, ein weiterer Verbleib in den Häusern, das hätten die Untersuchungen von Polizei und Brandermittlern eindeutig festgestellt, sei für die Bewohner lebensgefährlich. Die KWV mache sich strafbar, wenn sie die Besetzer in ihren Häusern weiter dulde, sie hätte keine andere Handhabe, als die sofortige Räumung zu verlangen.

»Und was ist mit den versprochenen Verträgen?« Polzin war außer sich. »Sie haben doch gesagt, wir müssten nur unterschreiben!«

Das gehe nun leider nicht mehr, hatte Bentzsch abgewiegelt, unter diesen veränderten Umständen sei da gar nichts mehr zu machen.

»Schiebung!«, brüllten sie nun auf dem Besetzerplenum und »Verarsche!« Sie hockten in der Wagenburg um ein riesiges Lagerfeuer herum und debattierten seit Stunden, was zu tun sei, um die »Autonome Republik« zu retten. In den umliegenden Kirchen fanden Fürbittgottesdienste statt, Vertreter des »Neuen Forum« versprachen, sich beim MagiSenat für das Projekt Helmholtzplatz einzusetzen. Handwerksbetriebe boten an, kostenlos neue Elektro- und Gasleitungen zu verlegen, aber bei der KWV blieb man stur. Selbst wenn sofortige Umbaumaßnahmen eingeleitet würden, müssten die Besetzer bis zum Abschluss derselben die Häuser räumen.

Und natürlich war jedem klar: Rückkehr ausgeschlossen – sie hatten ja keine gültigen Verträge. Es galt also, den Status quo bis auf Weiteres aufrechtzuerhalten, komme was wolle. Ein gallisches Dorf inmitten der Römer. Man diskutierte Pläne, wie die zahlreichen Zufahrten zum Platz zügig verbarrikadiert werden konnten. Fahrradpatrouillen radelten die Straßen ab. Falls die Bullen Räumkommandos zusammenzögen, würde man alarmiert sein.

Studenten aus den umliegenden Häusern verlegten Stromkabel

von ihren Wohnungen bis zur Bühne auf dem Platz, damit morgen wenigstens das Hardcore-Festival stattfinden konnte. Ein großes Fest des Protests sollte es werden, ein Aufbegehren gegen die Ämterbürokratie. Bis dahin wurde getrommelt, auf Pauken und Steelbounds, auf Kochtöpfen, Congas und Kuchenblechen. Rhythmisch und laut sollte es sein, das ganze Stadtviertel sollte spüren, dass hier etwas absolut nicht in Ordnung war.

Und so erhob sich über dem Prenzlauer Berg ein unheilvolles Gewummer, kraftvoll und kämpferisch wie die Trommeln und Gesänge der Indianer am Little Bighorn, die sich zur letzten, zur entscheidenden Schlacht rüsteten.

Und inmitten der Trommler saß Melanie. Übermüdet sah sie aus und blass, aber ihr Gesicht strahlte Entschlossenheit aus. Wie alle anderen hier wollte sie kämpfen. Träume muss man verteidigen, hatte Vati immer gesagt. Und so schlug sie ihre Pauke wieder und wieder, obwohl ihr schon die Arme wehtaten. Aber sie machte nicht schlapp, nicht hier und nicht jetzt. Niemals!

»Da braut sich was zusammen«, meldete Matuschka düster, bevor er seinem Kriminalrat Beylich ein Schreiben der Volkspolizeidirektion Mitte vorlegte. »Wir sollen uns bereithalten.«

»Bereithalten?« Beylich nahm unwillig das Schreiben zur Hand. »Wofür?«

»Diesmal geht es gegen die Punker«, murmelte Matuschka blass, »und anschließend kriegen wir wieder eins auf die Mütze!«

Beylich las das Schreiben. In knappen Worten war dort angeführt, dass für die baupolizeilich gesperrten Häuser Helmholtzplatz fünf- und siebzehn einem von der Kommunalen Wohnungsverwaltung verfassten Eilantrag zur Räumung vom Gericht stattgegeben worden war. Die Räumung habe unverzüglich zu erfolgen, da erhebliche Gefahr für Leib und Seele der Bewohner gegeben sei. Sollten sich die Bewohner der Häuser widersetzen – immerhin seien die Häuser ja schon widerrechtlich besetzt worden – seien entsprechende kriminalpolizeiliche Maßnahmen einzuleiten …

»Dreck!« Wütend knallte Beylich das Papier auf den Tisch. Jetzt ging das wieder los! Schon vor Jahresfrist waren die Männer von der Kripo die Dummen gewesen, weil sie am vierzigsten Jahrestag der DDR protestierende Bürgerrechtler wegen Zusammenrottung und staatsfeindlicher Hetze festgenommen, erkennungsdienstlich behandelt und entsprechende Ermittlungen eingeleitet hatten. Doch plötzlich drehten sich die Uhren anders, und die Deutsche Volkspolizei war der Buhmann. Obwohl sie nur nach geltendem Recht und Gesetz gehandelt hatte. Ja, es hatte Übergriffe gegeben, zugegeben, aber wo gehobelt wird, fallen eben auch Späne, und die politische Lage damals war angespannt. Genau wie heute.

»Wieso wir?«, regte er sich auf. »Soll das doch die Bepo erledigen. Ich mache mir die Hände nicht mehr schmutzig!« So ein Mist! Und er, Beylich, hatte diese ganze unselige Sache auch noch angerührt, indem er sich bei den Ermittlungen zur Brandursache die Baupolizei dazugeholt hatte. »Warum überhaupt die Eile? Monatelang hat kein Hahn nach den Besetzern gekräht! Obwohl die KWV genau gewusst haben muss, in welchem Zustand diese Häuser sind! Und jetzt soll alles ganz schnell gehen? – Nee!« Beylich verschränkte entschieden die Arme. »Ohne mich.« Er würde nicht mehr für irgendwelche übergeordneten Interessen den Ausputzer spielen.

»Aber es hat einen Toten gegeben«, wagte Matuschka einen zarten Einspruch, »weil es gebrannt hat und die Häuser nicht sicher sind. Die Wohnungsverwaltung muss sich absichern, sonst steht sie in der Haftung, wenn noch mal was passiert! Im Übrigen habe sie gegen die Besetzer Anzeige erstattet.« Er legte einen weiteren Zettel vor.

»Anzeige wegen Hausfriedensbruch und Sachbeschädigung?« Beylich war außer sich. »Dass ich nicht lache! Die hätten sie schon vor Monaten erstatten können. Warum erst jetzt, Matuschka? Da will uns wer so kurz vor der Einheit noch an den Karren pissen – wer hat das überhaupt unterschrieben?« Er sah in der Anzeige nach, doch Matuschka sagte es ihm schon.

»Ein Herr Bentzsch, Rüdiger. Hauptabteilungsleiter bei der KWV …«

»Bentzsch?« Beylich stutzte. »Ist das nicht der, der vor Kurzem noch behauptet hat, die Kapitalisten aus dem Westen steckten hinter der Sache?« Er griff nach dem Telefonhörer. »Hat wohl jetzt auch gemerkt, dass sich die Machtverhältnisse ändern. Will sich schnell noch einschleimen bei den Herren Immobilienbesitzern. Na, dem werde ich mal ein paar Takte erzählen …«

Doch Matuschka nahm ihm entschieden den Hörer aus der Hand und legte auf. »Mit Verlaub, Genosse ...«

»ICH BIN KEIN GENOSSE MEHR!«

»Der Anzeige müssen wir nachgehen als Kripo«, beharrte Matuschka eingeschüchtert, »und wenn die Punker die Häuser nicht freiwillig räumen, sind wir auch gefordert. Das wird dann strafrechtlich relevant.«

Beylich schüttelte anhaltend den Kopf. Niemals mehr, das hatte er sich seit vergangenem Herbst geschworen, würde er gegen das eigene Volk vorgehen. Verbrechen aufklären, ja, aber das hier war etwas anderes.

Oder?

Sicherheitshalber griff er erneut zum Telefon und rief den arroganten Knoop zu Hause an. Sollte ihm doch dieser Besserwessi erklären, wie er zu verfahren hatte. Aber es meldete sich, »Hans Dieter Knoop missioniert im wilden Osten«, nur der Anrufbeantworter. Und auch bei Hünerbein war nur die Ehefrau zu Hause.

»Soll er sie zurückrufen?«

»Nein, danke!« Beylich legte wieder auf. Er würde selbst entscheiden. Einmal in seinem Leben wollte er sich vorwagen. Einen eigenen Entschluss fassen und dafür geradestehen. Komme, was wolle. Monatelang waren die Hausbesetzungen geduldet worden, als alternative Möglichkeit des menschlichen Zusammenlebens – das war eine politische Sache, da mischte sich das »Neue Forum« und wer sonst noch alles ein, und damit hatte die Kripo nichts zu tun. Basta!

»Wir halten uns da raus, Matuschka«, sagte er schließlich, und seine Stimme zitterte ein wenig. »Übermorgen haben wir die Einheit. Dann gilt die Berliner Linie. Sollen das die Kollegen aus dem Westen erledigen!«

41 HÜNERBEIN WAR VOM Hüttenweg unverzüglich nach Königs Wusterhausen gefahren, »um etwas loszuwerden« und um Friedrichs über die neuen Zusammenhänge im Arndt-Fall zu informieren. Alles scheine mit allem zusammenzuhängen, nur wisse Hünerbein nicht, wie. Zudem sei sein Partner seit gestern Abend wie vom Erdboden verschluckt, verschleppt womöglich sogar vom selben Mann, der auch den armen Landwirt auf dem Gewissen haben könnte.

»Da ist was faul«, sagte er immer wieder, »da ist was oberfaul.«

»Haben Sie ein Foto von diesem Werner von Lahn«, erkundigte sich Friedrichs.

Hünerbein hatte und zog einen zerknitterten Zeitungsausschnitt aus seiner Hosentasche. »Hier! Darauf ist er einigermaßen gut getroffen.«

»Mhm«, machte Friedrichs nachdenklich und steckte das Bild ein, »ich kann ja mal recherchieren, ob es bei uns dazu etwas in den Archiven gibt.«

»Das wäre nett«, sagte Hünerbein und holte tief Luft. Jetzt kam er zum eigentlichen Grund seines Hierseins. Wie sollte er es aber dem alten Volkspolizisten beibringen? »Ich hätte noch etwas für Sie«, sagte er schließlich, »sozusagen zur Aufbewahrung.«

»Zur Aufbewahrung?«

Hünerbein nickte und lächelte schwach. »Es ist sozusagen ein wenig heikel. Aber da Sie ja ab Donnerstag in Pension sind …«

»Frei und ungebunden«, nickte Friedrichs.

»Es handelt sich um eine größere Menge Rauschgift.« Hünerbein atmete durch. Jetzt war es raus. »Cannabis«, setzte er hinzu, »Haschisch, wenn Sie so wollen.«

Friedrichs funkelte ihn aus seinen tiefblauen Augen an. »Und was soll ich damit?«

»Nichts«, lächelte Hünerbein nervös, »einfach irgendwo gut versteckt und trocken aufbewahren. Damit es nicht in falsche Hände kommt, gewissermaßen.«

»Kollege Hünerbein«, fragte Friedrichs streng, »in was für eine verfluchte Sache verwickeln Sie mich auf meine alten Tage?«

»Sie kennen den juristischen Grundsatz, dass man seine eigenen Angehörigen in einer Strafsache nicht belasten muss?«

»Ja, das ist mir bekannt«, nickte Friedrichs, »man nennt das Zeugnisverweigerungsrecht.«

»Richtig.« Hünerbein hob die Hände. »Mein Kollege ist in einem solchen Dilemma. Eine enge Angehörige war im Besitz des Rauschgiftes und hat sich somit straffällig gemacht. Wenn mein Kollege nun das Rauschgift ordnungsgemäß hätte sicherstellen lassen, hätte er seine Angehörige damit belastet.«

»Und das wollte er nicht.«

»Das wollte er selbstverständlich nicht«, bekräftigte Hünerbein, »es handelt sich bei der Angehörigen immerhin um seine eigene Tochter.«

»Ah«, machte Friedrichs. »Darf ich raten?«

»Lassen Sie's«, winkte Hünerbein ab, »ich weiß, dass Sie längst drauf gekommen sind.«

»Warum verbrennen Sie das Rauschgift nicht einfach irgendwo?«

»Kollege Friedrichs!« Hünerbein sah ihn vorwurfsvoll an. »Das Zeug hat einen Schwarzmarktwert von mindestens dreihunderttausend Mark!«

»Da haben Sie recht, das ist entschieden zu viel«, gab Friedrichs zu, »dreihunderttausend zu verbrennen, wäre ausgesprochen dekadent.«

»Eben.« Hünerbein lächelte dankbar. »Und bei Ihnen ist es doch sicher.«

»Niemand kann sein Unwesen damit treiben«, nickte Friedrichs.

»Also? Bewahren Sie es auf?«

»Ich werde es im Garten vergraben«, versprach Friedrichs.

»Gott behüte«, mahnte Hünerbein, »trocken lagern, sagte ich.«

»Dann kommt es auf den Dachboden«, schlug Friedrichs vor, »ist Ihnen das recht?«

»Sehr.« Hünerbein war zufrieden und gab Friedrichs die Hand. »Auf Sie ist wirklich Verlass. Wir sollten Ihre Pension gebührend feiern.«

»Das werden wir.« Friedrichs schlug ein. »Wiedersehen.«

»Wiedersehen«, wiederholte Hünerbein und machte sich auf den Weg nach Hause.

In Siggis Penthouse an der Nürnberger Straße wurde währenddessen gefeiert. Die Witwe von Lahn hatte die Verträge unterschrieben und ihre Restitutionsansprüche an sämtlichen Ostberliner Immobilien für eins Komma acht Millionen Mark auf die DOMIZIL Immobiliengesellschaft mbH übertragen.

Monika hatte den Schmöckwitzer Umsiedler zum Kauf seines

Wassergrundstückes bewegen können und sich per Zusatzvereinbarung die Übertragung der Immobilie auf die DOMIZIL sichern lassen. Im Gegenzug gab's das Geld zum Kauf des Grundstücks und die Finanzierung des Umzugs nach Karlsruhe, und alle waren zufrieden.

Zu guter Letzt hatte Bentzsch die Räumung der Häuser am Helmholtzplatz binnen vierundzwanzig Stunden per Eilantrag durchgefochten, was den Wert der Immobilie schlagartig in die Höhe trieb – kurz: Für Siggi lief alles wie geschmiert, da konnte man sich schon mal ein Gläschen Champagner gönnen. Er hob sein Glas und prostete Monika zu. »Auf dich, Schönste aller Weiber!«

»Auf dich, mein Siggi im Glück«, lächelte Monika zurück, bevor die Gläser aneinanderklangen.

42 FRÜHER WAR STRALAU, auf einer Halbinsel zwischen dem Rummelsburger See und der Spree gelegen, wie Berlin und Cölln ein slawisches Fischerdorf gewesen. Dann wurde es Rittergut, und mit Beginn der Industrialisierung siedelten sich immer mehr Manufakturen und Fabriken an, die die verkehrsgünstige Lage am Wasser nahe der Innenstadt schätzten.

Nur an der Landspitze im Südosten der Insel hatte sich bis heute der alte dörfliche Charakter erhalten. Hier, unweit der alten Dorfkirche an der Tunnelstraße, befand sich der Taxibetrieb Heinrich Erwin Boelter mit einer großen, an den Coca-Cola-Schriftzug erinnernden Leuchtreklame über der Hofeinfahrt: »The Checker-Service«.

Hünerbein stoppte seinen Mercedes, stieg aus und besah sich nachdenklich das Gehöft. Es schien niemand da zu sein. Sämtliche Rollläden waren heruntergelassen, die Einfahrt mit einem massiven Stahltor verschlossen, dessen Rost von einem fetten Graffito verdeckt wurde, das die mächtige Motorhaube eines New Yorker Taxis zeigte. Irgendwo krähte ein Hahn. Eine getigerte Katze strich schnurrend um Hünerbeins Hosenbeine.

Kaum zu glauben, dass man hier noch mitten in Berlin ist, dachte Hünerbein, kaum zwei Autominuten vom quirligen Kreuzberg entfernt und knappe zehn von Reichstag und Brandenburger Tor. Na, mal sehen, was es mit dem geheimnisvollen Yellow Cab vom Hüttenweg so auf sich hatte.

Er ignorierte den auf die Mauer getünchten Pfeil, der mit dem Hinweis »HIER BITTE KLINGELN« auf einen eingelassenen Knopf neben dem Tor wies, und rollte stattdessen eine der osttypischen Mülltonnen aus Metall an die Begrenzungsmauer. Mit einer Gelenkigkeit, die man dem fetten Kerl nie zu getraut hätte, kletterte er hinauf und spähte vorsichtig ins Hofinnere. Auch hier war niemand zu sehen. Ein paar Hühner liefen gackernd herum, ein kleiner Hund lag träge in der Morgensonne und schlief.

Hünerbein schwang sich über die Mauer und plumpste wie ein schwerer Mehlsack in den Hof. Das war das Gute am Übergewicht. Dicke fallen immer weich. Er wartete, ob sich etwas rührte, aber bis auf die Hühner, die nach allen Seiten flügelschlagend und aufgeregt gackernd davongestoben waren, rührte sich nichts. Der kleine Hund hob nur kurz den Kopf und rollte sich dann auf die andere Seite, um weiterzuschlafen.

Hünerbein erhob sich schnaufend. Kein einziges Taxi war zu sehen.

Die werden alle in der Stadt unterwegs sein, dachte er, und ging langsam auf einen Schuppen zu, in dem er die Garage vermutete. Die Tür war nur angelehnt, und tatsächlich stand hier ein prächtiger amerikanischer Wagen aufgebockt, ein barock anmutender Plymouth Savoy, der wie eines dieser Taxis aussah, die man aus amerikanischen Filmen kennt: groß und gelb mit schwarz-weißen Karostreifen an den Seiten. »Taxe nach New York«, stand in blauroten Lettern auf beiden Seiten des Wagens und etwas kleiner darunter: »Via Berlin-Tegel.« Das Auto schien kürzlich einen Unfall gehabt zu haben, eine der verchromten Heckflossen war völlig zerstört. Zudem stank es erbärmlich, und es surrten unglaublich viele Fliegen herum.

Was war hier passiert? Mit der linken Hand hielt sich Hünerbein die Nase zu, mit der rechten öffnete er vorsichtig die Beifahrertür des Wagens und sah hinein. Der Innenraum war völlig verdreckt. Als hätte jemand verdorbenen Fleischeintopf über das Armaturenbrett gekippt. Fahrerseitig hatte jemand schon zu putzen angefangen, aber es musste noch viel getan werden. Und überall saßen hunderte von fetten Fliegen …

Plötzlich ahnte Hünerbein, was er hier sah, und augenblicklich wurde ihm übel. Rückwärts taumelte er aus der Garage und fiel dabei fast über ein Motorrad. Eine Maschine mit Beiwagen, deutlich erkannte Hünerbein Knoops Jacke darin. Sie war blutverschmiert!

Was für ein Alptraum, dachte Hünerbein entsetzt, wo war er hier bloß hingeraten?

Draußen quietschte plötzlich das alte Stahltor, und irgendwer kam, den »Jailhouse Rock« pfeifend, auf den Hof.

Hastig griff sich Hünerbein unter den Trenchcoat und zog seine Dienstwaffe hervor, eine Heckler-&-Koch-Pistole, Kaliber neun Millimeter. Dann linste er vorsichtig in den Hof und sah einen etwa fünfzig Jahre alten Typen mit poppiger Elvis-Presley-Frisur und Brötchentüte zum Wohnhaus schlendern.

Na warte, dachte Hünerbein grimmig und duckte sich vorsichtig weg, wenn du meinem alten Partner was angetan hast, wirst du heute nicht mehr zum Frühstück kommen! Ich brauche Verstärkung. Das wird 'ne größere Sache hier, ich brauche mindestens ein SEK.

Er wartete, bis der Elvisverschnitt im Haus verschwunden war, und schlich dann zügig zu seinem Mercedes zurück, um per Funk die Zentrale zu verständigen.

Der Himmel ist ein Ort, an dem es nichts gibt, was man nicht schon hätte. Hier gibt es weder Bedürfnisse noch Wünsche oder Verlangen, hier ruht das Sein, und der Mensch ist frei von Hektik, Angst und Kummer. Der Himmel ist klar und rein, ein Hort seliger Zufriedenheit und des ewigen Friedens. Der Himmel ist Vollkommenheit.

Ab und zu schaut Gott vorbei. Ich habe ihn mir anders vorgestellt, ohne diese verblüffende Ähnlichkeit zum King of Rock 'n' Roll. Auch summt er leise »Love me Tender«, während er mir behutsam die Stirn tupft und mich von meinen Wunden heilt.

»Na siehste«, berlinert Gott zuversichtlich, »ick wusste doch, det dich so leicht nüscht umhaut, wa? Mann, so 'n Bulle hätte mir noch jefehlt uff der Liste. Det jibt dann richtig Ärger. So aber …?«

So aber? Ich schrecke hoch, spüre ich doch plötzlich ein Bedürfnis. Einen Wunsch, der im christlichen Nirwana eigentlich nicht vorkommen dürfte. Es ist der Wunsch nach Antwort auf meine drängendste Frage: Was ist mit mir passiert? Und wenn es diesen Wunsch nach Aufklärung gibt, kann ich nicht im Himmel sein …

»Wo, verdammt, bin ich?«

»Janz ruhig!« Mein Gegenüber drückt mich sanft zurück aufs Kissen. »Bloß keene Aufregung. Die sollten wir tunlichst vermeiden.«

»Wer sind Sie?«

»Gestatten: Heinrich Boelter!« Er beugt sich lächelnd vor. »Meine Freunde sagen aber alle Heini zu mir – für dich also ...« Er hält mir seine Hand hin »... Heini, okay?«

»Okay, Heini.« Ich schlage matt ein. Soweit das auszumachen ist, liege ich in einem schmalen Bett unter dicken Federkissen, rechts von mir ist ein Nachtschränkchen und geradezu eine Tür. Links davon steht ein schmales Vertiko neben einem Spiegel und an der rechten Wand ein großer Kleiderschrank. Alles im Berliner Gründerzeitstil, gute alte Kaiserzeit. Nur Elvis beziehungsweise Heini passt nicht so recht hierher.

Und ich? Was mache ich hier?

»Jetzt trinkste erst mal was.« Heini hilft mir etwas hoch und hält mir vorsichtig eine Tasse an den Mund. »Yogitee«, erklärt er, »der hat och den ollen Gandhi wieder uff die Beene jebracht.«

Die Frage ist, wer mich von meinen runtergeholt hat. Verzweifelt versuche ich, mich zu erinnern. Aber an was? Okay, ich bin Hans Dieter Knoop, dreiundvierzig Jahre alt, geboren in Berlin. Wohnhaft Belziger Straße 75 in Schöneberg, Beruf Kriminalbeamter. Vater einer Tochter, Melanie, sechzehn Jahre, Bonhoeffer-Gymnasium. So weit, so klar. Und weiter?

»Mensch, nu kiek nich so verrätselt.« Heini stellt die Tasse wieder ab. »Ick helf dir schon wieder uff die Sprünge. Sowohl jeistig als och körperlich, versprochen.« Er beugt sich ganz dicht zu mir, sodass ich seinen Pfefferminzgeruch wahrnehme. Entweder ist Heini ein Freund der Mundspülung, oder er kaut Kaugummi. »Aba vorher musste mir wat versprechen, klar?«

»Klar«, nicke ich mühsam.

»Du bist nämlich mein einziger Trumpf in einem Meer von Nieten.«

Ein Lottogewinn, denke ich, so fühlt man sich als Lottogewinn. Spuck's aus, Heini, wie viel bin ich wert?

»Du musst mich aus der Scheiße rausholen«, sagt Heini eindringlich, »in die ick mich janz dicke verfahren habe. Vastehste?«

Ich nicke, verstehe aber trotzdem kein Wort.

»Ick bin keen schlechter Mensch«, versichert Heini Boelter, »ick will eigentlich och imma nur det Jute. Aber manchmal passieren so Sachen, da denkste echt, wat soll det? Warum imma icke? Isses Karma oder *bad vibrations*? Oder bin ick einfach nur naiv? Blöde, zu beknackt für diese Welt?«

Mir fällt mein Fall wieder ein: Helmholtzplatz, Hausbrand, ein Toter – falsch: Nicht mein Fall, Beylichs Fall, ich bin nur der Typ für die demokratische Resozialisierung gestandener Volkspolizisten. Aber was mache ich dann hier? Und wo ist eigentlich meine Tochter Melanie?

»Jedenfalls is die Kacke total am dampfen«, redet Heini Boelter weiter, »und ick, vastehste, steck bis zum Hals da drin und komm alleene nich mehr raus. Im Jejenteil: Allet, wat ick mache, lässt mich nur tiefer drin versinken.« Er sieht mich bittend an. »Det is wie im Sumpf. *Quicksand*, wie die Amis sagen. Ick brauch 'ne rettende Hand, an der ick ma festhalten kann.« Und schon greift er nach meiner Rechten und drückt sie fest.

Melanie, denke ich, genau. Da war der Hof mit dem erhängten Bauern. Arndt ... Und dann war das Geld weg und Enzo sauer. Aber was hatte dieser Glockenwecker mit all dem zu tun? Blessing, Ellenbergers Schmuckkästchen und Richard Tauber in der Spieldose ...? Mein Kopf dröhnt, als würden dort drei Opern gleichzeitig gespielt ...

»Kann ich noch ein bisschen«, mühsam hebe ich meinen Kopf, »von dem Tee?«

»Klaro, mein Juter!« Heini Boelter hilft mir wieder beim Trinken und redet wie eine besorgte Mutter auf mich ein. »Det wird allet wieder jut, wirst sehen. Ick hab ma bloß so erschreckt, als du da nachts plötzlich uffjetaucht bist. Mitten auf dem Hüttenweg ...«

Achja, der Hüttenweg, denke ich, was hab ich da nur gemacht?

»... dabei wollte ick nur mein Portemonnaie suchen.« Heini Boelter tupft mir den Mund ab, »det muss ick da verloren haben, als ick so furchtbar kotzen musste. Is mir aber erst montags aufjefall'n. Beim Bäcker. Ick steh da mit meine Schrippen und keen Jeld. Mist, denk ick, wo kann det sein? Zu Hause nüscht, und plötzlich läuftet mir eisekalt übern Rücken. *Holy shit*, womöglich liegt's noch da im Wald? Als ick den Borsalinohut übern Jordan schickte?«

Es hat keinen Sinn, denke ich, denn ich begreife nichts von dem, was der Kerl sagt.

»Also bin ick noch mal los. Mit der Karre, weil mein Plymouth ist momentan nicht so recht nutzbar, vastehste? Ick komme uff 'n Hüttenweg – da is da allet voll mit Bullen. Spurensicherung und so, ein Riesenbohei! Ick also wieda weg und denke, na ja fährste abends noch mal hin. Wenn allet dunkel is und die Bullen weg. Ick hab mein Portemonnaie jerade gefunden, da tauchst plötzlich du auf! Mit Taschenlampe latschste direktemang uff mich zu.« Heini Boelter hebt schuldbewusst die Schultern. »Da hab ick die Panik jekriegt und zujeschlagen. Mit meine jute Maglite.« Er zeigt sie mir. Eine schöne, schwarz glänzende Stabtaschenlampe, circa dreißig Zentimeter lang.

»Und dann fällste um«, sagt Heini Boelter und steckt die Lampe wieder weg, »und aus deiner Jacke rutscht so 'n Ausweis. Ick kieke und denke, meine Fresse, 'n Hauptkommissar vonne Kripo – det jibt jetzt wirklich Ärger. Det mögen die Bullen jarnich, wenn einer von ihren Kollegen druffjeht. Und deshalb war's mir echt wichtig, dass du mir nich von der Schippe hüpfst, vastehste?«

»Klar«, nicke ich schlapp, »besser ist's.«

»Noch 'n Tee?«

»Gern …«

»Jetzt is natürlich die Frage«, Heini Boelter setzt mir wieder die Tasse an die Lippen, »wie wir nu weiter verfahren. Ick bin keen Mörder, ehrlich! Det is allet die Schuld vom Borsalinohut …«

»Bitte, von wem?«, erkundige ich mich.

»So 'n Agent«, seufzt Heini, »Jeheimdienst, Mossad oder KGB. Ick bin den nich anders losjeworden. Der hat mich bedroht und so. Det war reinste Notwehr, weeßte?« Er stellt die Teetasse beiseite. »Ick werde dir im Laufe des Tages noch meine Sicht der Dinge verklickern …« Er macht ein trauriges Gesicht. »Und du musst mir versprechen, dass ick nich in 'n Knast muss! Ick bin nämlich ein echt freiheitsliebender Mensch, det wirste schon noch merken …«

Ich komme nicht mehr dazu, denn plötzlich fliegt die Tür auf, und die Hölle bricht los. Blendgranaten krachen in den Raum, alles wird grell, weißlicher Rauch vernebelt die Sicht, und ich höre martialisches Geschrei.

»Alles auf den Boden! Keine Bewegung! Das Haus ist umstellt! Widerstand zwecklos!«

Von wegen Himmel, denke ich, wie konnte ich nur so naiv sein?

Schwarze Gestalten wirbeln um mich herum, Höllenbrüder, Satane, schwer bewaffnete Teufel.

Natürlich habe ich gesündigt in meinem viel zu kurzen Leben, zu viel geraucht, zu viel gesoffen und grundsätzlich unehelich gevögelt. Das rächt sich jetzt.

Immerhin trifft man in der Hölle ein paar alte Bekannte wieder. Hünerbein zum Beispiel: Der fette Sack ist auch im finsteren Hades gelandet. Mit ängstlicher Miene starrt er mich an.

»Um Gotteswillen, Sardsch«, brüllt er gellend: »EINEN ARZT! WIR BRAUCHEN DRINGEND EINEN NOTARZT!«

43

DAS GEBÄUDE DES Berliner Tagesspiegel befindet sich in der Potsdamer Straße gegenüber dem Quartier Latin nahe dem Kulturforum am Tiergarten. Schon am Empfang wurde Monika von Andreas Quastenkötter, einem kleinen, quirligen Mann empfangen, der sehr beschäftigt wirkte und nervös an einer Zigarette zog.

»Frau Droyßig? Drolliger Name, tut aber nichts zur Sache, nehme ich an.« Er führte sie fast hüpfend zu den Liften. »Kommen Sie! Wir gehen in mein Büro, da sind wir ungestört, wenn Sie verstehen, was ich meine …«

Andreas Quastenkötter residierte in einem hellen, total chaotisch anmutenden Raum. Zwei Faxgeräte spuckten unablässig bedrucktes Papier heraus, der ganze Boden war schon voll davon. Überall lagen Aktenstapel herum, die Wände waren voll mit Notizzetteln, Ankündigungen, gerichtlichen Bescheiden und amtlichen Mitteilungen, zwei Computer surrten betriebsbereit, ein Fernseher lief, die Telefone klingelten um die Wette.

»Verzeihen Sie die Unordnung, aber die drohende Einheit wirft ihre Schatten voraus, verstehnse, nich wahr«, murmelte er entschuldigend und schob ein paar Papierstapel von einem der Stühle, damit Monika sich setzen konnte. »Nur der Unintelligente hält Ordnung, das Genie überblickt das Chaos.« Quastenkötter lachte, nahm einen der läutenden Hörer ab, murmelte etwas von »nicht gestört werden« und legte wieder auf. Seltsamerweise verstummte auch das andere Telefon.

»Setzen Sie sich doch!« Er lehnte am Schreibtisch, sog hastig an seiner Kippe und sah Monika erwartungsvoll an. »Haben Sie schon mal journalistisch gearbeitet?«

»Ich habe mal Anzeigen betreut«, erklärte Monika, »bei einem Lokalblatt in Görlitz.«

»Mhm, mhm«, machte Quastenkötter, drückte seine Kippe in einem übervollen Ascher aus und steckte sich sofort eine neue an. »Und sonst?«

»Ich kann schreiben, wenn Sie das meinen«, sagte Monika, »es war schon immer mein Wunsch, bei einer tagesaktuellen Zeitung zu arbeiten.«

»Hektischer Job, sage ich Ihnen.« Eines der Telefone hatte erneut zu läuten begonnen. Quastenkötter nahm ab, »jetzt nicht!«, und legte wieder auf.

»Keinerlei Erfahrung?«, fragte er Monika.

»Ich werde mich schneller einarbeiten, als Ihnen lieb ist«, erwiderte Monika lächelnd, »und ich habe eine Story, die Sie interessieren dürfte.«

»Meinen Sie Ihre Biografie in der DDR?« Quastenkötter nahm ein Blatt Papier zur Hand. »Spannend geschrieben, möchte ich aber nicht erleben, verstehnse, nicht wahr.«

»Ich bin froh, dass es vorbei ist«, pflichtete Monika bei, »obgleich es auch in Görlitz schöne Momente gab ...« Sie stockte, da sich wieder ein Telefon meldete. Diesmal war es einer dieser sündhaft teuren mobilen C-Netz-Apparate.

Quastenkötter fummelte ihn aus seiner Aktentasche heraus, »verzeihen Sie, da muss ich rangehen«, und hielt ihn sich ans Ohr wie ein Brikett. »Ja, Quaste hier? – Nein, wir haben unsere Leute vorm Reichstag, wie alle anderen auch. – Wohin? – Gut, kann ich machen. Danke.« Er legte wieder auf, nahm einen anderen Hörer zur Hand, wählte eine interne Nummer. »Quaste hier! Könnt ihr einen aus eurer Abteilung heute Abend nach Kreuzberg schicken? – Mariannenplatz, da soll es eine Gegenkundgebung zur Einheit geben. Siebzehn Uhr soll's losgehen. Und nehmt einen Fotografen mit. Danke.« Er legte auf und lächelte Monika entschuldigend an. »Wie gesagt, hektischer Job. Wo waren wir stehen geblieben?«

»Bei meiner Story.«

»Richtig«, nickte Quastenkotter, »tolle Bio, wie gesagt. Aber wir sind eine Tageszeitung. Lebensläufe drucken wir eher selten ab, verstehnse, nicht wahr.«

»Ich rede nicht von meiner Biografie«, entgegnete Monika, »sondern von einer Topstory für Ihr Blatt. Wie Sie aus meinem Anschreiben entnehmen können, arbeite ich derzeit für eine Immobilienfirma.«

»Ja, interessant, aber ...«

»Vielleicht vergessen Sie Ihr Aber«, unterbrach Monika, »wenn ich Ihnen erzähle, wie das DDR-Vermögen vor dem Zugriff der Bundesregierung verschoben wird?«

»Moment mal!« Quastenkötter flackerte mit den Augen. »Was sagen Sie da?«

»Niemand bestreitet, dass die DDR pleite ist«, sagte Monika, »dennoch gibt es Vermögen. Die Parteien verfügen über Devisenreserven, bestimmte Ministerien über Etats, die nie im Staatshaushalt verbucht worden sind. Die Beträge gehen in die Milliarden.« Monika steckte sich eine Zigarette an. »Milliarden, die mit der Einheit eigentlich der Bundesrepublik zustehen.«

»Und die jetzt«, Quastenkötter war plötzlich hellwach, »noch schnell auf die eine oder andere Seite gebracht werden?«

Monika nickte. »Die Firma, in der ich arbeite, beschäftigt sich genau damit: mit dem Beiseiteschaffen von Stasimillionen. – Interessiert?«

»Wenn an der Geschichte wirklich etwas dran ist«, erwiderte Quastenkötter, »unbedingt!«

»Ich kann es beweisen«, bekräftigte Monika. »Ich sitze praktisch direkt an der Quelle.«

»Wo sind denn die Beweise?« Quastenkötter lief unruhig im Raum herum. »Ich meine, natürlich müssen wir Ihre Story auf Glaubhaftigkeit prüfen, gegenrecherchieren et cetera, wir sind ja schließlich kein Käseblatt, verstehnse, nich wahr.«

Monika öffnete ihre Handtasche und zog eine Computerdiskette heraus. »Ich nehme an, das wird für den Anfang reichen. Das ganze Dossier bekommen Sie, wenn Sie die Story drucken.«

»Wie gesagt, wenn etwas dran ist an der Geschichte, werden wir das ...«

»Nicht die Geschichte«, unterbrach ihn Monika ein zweites Mal, »meine Geschichte!« Sie lehnte sich zurück. »Denn das ist die Bedingung. Wenn Sie die Story machen, werde ich sie schreiben. Einverstanden?«

»Das kann ich nicht allein entscheiden«, wiegelte Quastenkötter ab, »ich meine, wir beschäftigen an sich keine Laien, verstehnse, nich wahr. Bei uns sind Profis am Werk.«

»Lassen Sie mich einer werden«, erwiderte Monika und drückte ihm die Diskette in die Hand. »Sie werden es nicht bereuen.«

Sie erhob sich und wollte zur Tür, doch Quastenkötter hielt sie zurück. »Moment, Frau … äh, Droyßig. Wie kann ich Sie telefonisch erreichen?«

»Ich erreiche Sie«, erwiderte Monika und entschwand.

Quastenkötter sah ihr verblüfft nach. Dann legte er die Diskette in seinen Computer ein und begann zu lesen.

44 DAS AUGUSTE-VIKTORIA-KRANKENHAUS zu Berlin-Friedenau ist sozusagen die Hausklinik der Schöneberger, hier landen die Malaisen des Kiezes: die Versehrten, die körperlich Gebrechlichen, die Trinker und die Depressiven, Herzkranke und Hypertoniker, HIV- und sonst wie Infizierte, die Dementen, die Selbstmörder, die Verprügelten, die Unfallopfer und anderweitig Verletzte.

Bei mir haben die Ärzte eine mittelschwere Gehirnerschütterung festgestellt. Sie empfehlen eine mehrtägige Bettruhe, am besten unter Aufsicht des Klinikpersonals, aber das mache ich nicht mit. In der Tat geht es mir schon viel besser, von etwas Schwindelgefühl, einem leichten Dröhnen im Kopf und dem zeitweiligen bunten Flackern vor meinen Augen einmal abgesehen, und daher habe ich keineswegs vor, mich stationär einliefern zu lassen. Nicht heute, am zweiten Oktober 1990.

Das muss man sich mal vorstellen: Es ist nicht einmal ein Jahr her, da die Mauer fiel und der Kalte Krieg sein Ende fand. Heute nun um Mitternacht soll die deutsche Teilung auch offiziell beendet werden, Deutschland wird wieder ein Staat – und das ist ein wahrhaft historischer Moment, den ich nicht allein im Krankenhaus verbringen will.

Zudem will ich diesen Heini Boelter ordentlich verhören, doch das bleibt mir versagt. Als Opfer desselben zeige ich Befangenheit, und daher wird die Vernehmung von Hünerbein durchgeführt. Ich darf lediglich durch die einseitig blickdichte Scheibe zuschauen.

Immerhin macht Hünerbein seine Sache gut. Streng, aber einfühlsam befragt er den unschuldig dreinschauenden Taxifahrer, der so naiv von einer Misere in die andere geplumpst ist.

Immer wieder spricht er vom Mossad, dem FBI oder irgendeiner anderen finsteren Organisation, in deren Fänge er geraten ist und die ihn durch einen unheimlichen Mann mit Borsalinohut und Pilotenbrille kontrollierte und bedrohte. Dabei hatte im Januar zunächst alles ganz harmlos angefangen. Ein seltsamer Fahrgast habe sich mit einem ungewöhnlichen Anliegen an Heini Boelter gewandt und dabei eine recht genaue Orts- und Sachkenntnis bewiesen. Er habe sowohl vom bevorstehenden Sturm der Bevölkerung auf die Stasizentrale in der Normannenstraße gewusst, als auch wo die Unterlagen zu finden waren, die er so dringend benötigte.

Wenn man bedenkt, dass dieser so gut informierte Borsalinohut der Westberliner Politiker Werner von Lahn war, drängt sich der Verdacht auf, dass er doch mehr mit den Schlapphüten zu tun hatte, als seine Frau zugegeben hat. Inwieweit war er wirklich in den Verfassungsschutz involviert? Hatte er Zugang zu westlichen Spitzeln oder östlichen Überläufern, die genau um die Örtlichkeiten im Aktenkeller des Ministeriums wussten? Oder war da noch mehr?

Wie so vieles in der Welt der Geheimdienste werden diese Fragen ungeklärt bleiben. Das berührt die staatliche Sicherheit, wie es immer heißt, kleine Kripobeamte wie wir werden aus dieser undurchsichtigen Sphäre unmissverständlich herausgehalten. Ohnehin ist vieles in den Wirren der Wendezeit rätselhaft geblieben, und noch heute berichten die Zeitungen von Gerüchten, dass die Erstürmung der Stasizentrale von KGB und CIA initiiert worden sei, oder von der Stasi selbst. Man wollte Chaos schaffen, um in Ruhe wichtige Akten und Dokumente verschwinden zu lassen.

Und vielleicht hatte Werner von Lahn irgendwie davon Wind bekommen und sich das Wissen zunutze gemacht. Aber warum hat er dafür ausgerechnet auf einen Ostberliner Taxifahrer zurückgegriffen? Warum hat er keinen Profi engagiert? Um unerkannt zu bleiben?

Tatsache ist: Was kann unauffälliger sein als ein Taxifahrer? Und daran musste Werner von Lahn als Erstes interessiert sein: dass sein

Vorhaben absolut im Verborgenen erledigt wird. Von Leuten, die ahnungslos sind, die die größeren Zusammenhänge nicht kennen. Und damit war Boelter im Spiel.

Von Lahn hatte seine kompromittierenden Akten bekommen und war zufrieden gewesen. Er konnte nicht ahnen, dass sich wer Kopien davon gemacht hatte. Bis er mit ebendiesen Kopien erpresst wurde. *Erinnerst du dich an Rosemarie?* Da mussten bei Werner von Lahn sämtliche roten Lampen geleuchtet haben. Er schnappte sich Heini Boelter erneut und setzte ihn massiv unter Druck. Der bekam es mit der Angst zu tun. Verzweifelt wie er war, machte er den Steve McQueen, wie sich Boelter ausdrückte. Lahn klatschte gegen die Windschutzscheibe des schweren Plymouth und war sofort tot.

So weit das Geständnis. Plausibel, wie ich finde. Dennoch habe ich das Gefühl, dass etwas fehlt. Ich klopfe an das blickdichte Fenster zum Vernehmungsraum. Hünerbein schaut auf und kommt sofort heraus.

»Was ist?«

»Lass mich mit ihm sprechen. Bitte!«

»Das geht nicht.« Hünerbein schüttelt den Kopf. »Damit gefährdest du die rechtliche Verwertung seiner Aussage. Du giltst vor Gericht als befangen.«

»Ich weiß«, erwidere ich genervt, »und trotzdem muss ich mit ihm reden. Meinetwegen außerhalb des Protokolls, klar?«

»Mensch, Sardsch ...« Hünerbein wiegt unwillig das Haupt. »Was willst du denn mit ihm bereden? Worum geht's denn?«

»Zum Beispiel um den toten Arndt«, antworte ich, »Werner von Lahn muss vermutet haben, dass er von Arndt erpresst wird. Deshalb ließ er ihn umbringen.«

Hünerbein starrt mich an. »Du meinst ...« Er deutet durch die Scheibe zu Boelter, »von ihm?«

»Sein Motorrad war am Tatort.«

»Okay«, seufzt Hünerbein nach einer Weile. »Außerhalb des Protokolls, klar? Die Sache bleibt unter uns.«

Und dann öffnet er mir die Tür zum Vernehmungsraum.

Boelters Gesicht erhellt sich merklich, als er mich erkennt.

»Ja, ich bin wieder auf den Beinen«, sage ich lächelnd und setze mich ihm gegenüber, »dank deines Yogitees wahrscheinlich.«

»Ick sage ja imma«, Boelter strahlt, »die Inda mit ihre Spiritualität. Wer nich als Rind wiedajeboren wird, überlebt mit Yogitee, wa?«

»Okay, Heini«, ich beuge mich etwas vor und sehe ihn an, »wie oft hast du für diesen Borsalinohut gearbeitet?«

»Zweimal«, kommt es prompt.

»Zweimal«, frage ich nach, »also erst in der Stasizentrale und dann dieser etwas unangenehme Job auf dem Bauernhof?«

Heini Boelter klappt der Unterkiefer herunter. »Woher wissense 'n det?«

»Yogitee«, ich tippe mir gegen den Kopfverband, »ist auch gut fürs Hirn. Wollen wir mal Klartext reden?«

»Mann«, jammert Boelter, »ick bin doch keen Verbrecher. Ich wollte doch nur …«

»Ein ganz großer Agent sein, richtig? Das Abenteuer erleben, wie im Film. Da müssen auch Leute sterben. James Bond hat die Lizenz zum Töten.« Ich biete ihm eine Zigarette an, und fast tut er mir leid. »Heini, was ist auf Arndts Hof in Selchow passiert?«

Er starrt mich an, und seine Augen füllen sich mit Tränen. Dann fängt er an zu erzählen.

»Samstagmorgen fand ick in mei'm Postkasten 'n Umschlag mit Jeld. Fünftausend Märker und 'n Zettel, auf dem stand, dass ick nachmittags, Punkt sechzehndreißig mit meine Beiwagenmaschine nach Schönefeld fahren soll. Im Flughafenrestaurant hat der Borsalinohut auf mich jewartet.«

»Werner von Lahn«, nicke ich.

»Meinetwegen«, sagt Boelter. »Diesmal war der Auftrag, ein Objekt abzufackeln.«

»Arndts Bauernhof«, präzisiere ich. »Hat er gesagt, warum der Hof brennen sollte?«

»Nee. Ick wollte och nich so jenau nachfragen. So wat macht man als Profi nich, vastehste? Jedenfalls hat er mir noch mal fünf Mille versprochen. Wenn allet jut jeht.«

Also insgesamt zehntausend Mark, denke ich. »Und weiter?«

»Na ja, wir sind runtergegangen. Auf den Parkplatz vor der Abflughalle. Da stand so 'ne dicke S-Klasse.«

Lahns Wagen, vermute ich und sehe Boelter fragend an. »Kennzeichen?«

»Keene Ahnung. Da hab ick nich druff jeachtet. Jedenfalls holt der aus sei'm Kofferraum zwei Vierzig-Liter-Kanister Benzin und stellt sie mir in den Beiwagen.« Boelter schnieft und tupft sich die Augen trocken. »Ick wusste doch nich, dass …«

»Ganz ruhig«, tröste ich ihn, »immer der Reihe nach. Ich nehme an, ihr seid dann nach Selchow gefahren. Zum Hof von Arndt. Mit der Beiwagenmaschine?«

Boelter nickt. »Der Borsalinohut saß hinten und zeigte mir, wo's lang jeht. Wir fuhren so 'n Schleichweg über die Felder, det hatte der vorher allet ausbaldowert. Und hinter der Scheune musste ick dann halten.«

Das deckt sich mit Damaschkes Spurenanalyse, überlege ich.

»Der Borsalinohut ging dann auf den Hof und in die Scheune«, erzählt Boelter weiter, »ick sollte warten, bis er zurückkommt.«

»Und dann?«

»Nach 'ner janzen Weile – ick denke noch, wat macht der so lange in der Scheune – fährt so 'n alter Dreielfer Wartburg auf det Jehöft und 'n Typ steigt aus und jeht ins Haus.« Boelters Hände zittern nervös. »Wenig später kommt Musik aus der Scheune. RIAS Berlin. Der Typ kommt wieder aus sei'm Haus, um nachzukieken, wat da los is.«

Das war sein Tod, denke ich. Armer Kerl.

»Zehn, zwanzig Minuten später kommt der Borsalinohut aus der Scheune und jeht ins Haus. Ick denke noch, wat is 'n jetzt? Wo bleibt denn der andere? Ick kieke durch so 'n kleenet Fenster in die Scheune und …« Heini Boelter schlägt die Hände vors Gesicht und fängt wieder an zu weinen. »… seh den da hängen. An so 'm Seil … Aufjehängt hat er den wie so 'n ollet Schwein.«

Die werden per Bolzenschuss in den Tod befördert, denke ich und sehe Boelter mitfühlend an.

»Von dem Moment an hab ick jedacht: nee!« Er schüttelt bekräftigend den Kopf. »Det is nüscht für dich. Ick bin keen Agent. Aus der Nummer steig ick aus.«

»Und dann?«

»Ick stand da wie bekloppt. Ick wollte weg, aber … Ick konnte nicht. Ick war wie … wie …«

Gelähmt, das kenn ich. Man steht da wie angewurzelt.

»Det hat mindestens noch 'ne Stunde jedauert, bis der Borsalinohut zurückkam. Ick weeß och nich, wat der so lange in dem Haus gemacht hat.«

Akten gesucht, denke ich, belastendes Material aus seiner Agentenzeit für Stasi und Verfassungsschutz. »Hat er was gefunden?«

»Nee.« Boelter starrt mich verständnislos an. »Wat soll der denn da jefunden haben? Jedenfalls schreit er mich an, ick soll die Kanister nehmen und so.«

Klar, denke ich, um alle Spuren zu vernichten.

»Also renne ick los, in jeder Hand vierzig Liter Benzin, und fange an, det überall in dem Haus auszuschütten. Streichholz an und bumm! In null Komma nix brennt die janze Hütte lichterloh. Na ja, und dann sind wir abjehauen. Zurück zum Flughafen. Ick bekomme die restlichen fünf Mille. Erst mal duschen, denke ick, und dann 'n schönen Abend machen in ›Clärchens Ballhaus‹. Ablenken, vastehste? Weg von die finsteren Jedanken.« Boelter atmet tief durch. »Und dann fängt mich der Borsalinohut auf dem Klo ab. Kaum sechs Stunden später …«

Ja, denke ich, denn inzwischen war Siggi bei ihm. Und von Lahn hat gemerkt, dass er seine Akten an der falschen Stelle gesucht hat.

»Den wär ick in meinem janzen Leben nich mehr losjeworden«, da ist sich Boelter sicher. »Den musste ick einfach …« Er seufzt und sieht mich hilflos an. »Komm ick jetzt in 'n Knast?«

»Natürlich, was glaubst denn du? Niemand kommt ungeschoren davon, wenn er jemand getötet hat.«

»Det war Notwehr!«

Ja, überlege ich, vermutlich war es das. »Erzähl das so dem Gericht«, rate ich ihm und verabschiede mich. »Ich will sehen, was ich für dich tun kann.«

»Bist 'n Guter«, Heini sieht mich verheult und dankbar an. »Mein Freund«, setzt er hinzu und hält fest meine Hand. »Mein einziger Freund.«

»Glaubst du ihm?«, fragt mich Hünerbein, als ich wieder aus dem Vernehmungsraum komme.

»Warum nicht? Ist doch 'ne plausible Geschichte.«

»Die er sich vielleicht nur ausgedacht hat«, zweifelt Hünerbein, »um seinen Kopf zu retten.«

»Guck dir seine Schuhe an.« Ich deute durch die Scheibe in den Vernehmungsraum, wo Boelter wie ein Häuflein Elend sitzt. »Sieht so Schuhgröße sechsundvierzig aus?«

»Nee«, meint Hünerbein, »det ist höchstens 'ne zweiundvierzig.«
»Eben«, nickte ich, »der Mörder von Arndt hatte aber sechsundvierzig, wie wir wissen. Und das …«
»… ist die Schuhgröße von Werner von Lahn«, beendet Hünerbein meinen Satz.

45 UM FÜNFZEHN UHR WAR das »Autonome Hardcore-Festival« auf dem Helmholtzplatz bereits in vollem Gange. Die Ruine war mit einer gigantischen schwarz-rot-goldenen Fahne verhängt worden, mit einem schwarz-roten Stern in der Mitte, und auf der Bühne malträtierten diverse Punkbands lautstark ihre Instrumente.

Sonst erinnerte alles an ein, wie es hier hieß, buntes Volxfest: Es gab Artisten, die mit brennenden Fackeln jonglierten, Seiltänzer, Zauberer und eine große Hüpfburg für Kinder. An unzähligen Ständen wurden schwarze T-Shirts mit Anarchosternen verkauft, Tücher, Sandinokaffee aus Nicaragua und verschiedene Sorten von Kampagnentees. Aus einer großen Gulaschkanone wurde Erbseneintopf verteilt, Mädchen töpferten Krüge und Vasen. Der Erlös sollte der »Autonomen Republik« zugutekommen.

Zwischen den Hardcore-Einlagen lösten sich auf der Bühne die Redner ab und forderten mehr Raum für alternative Wohnprojekte im neuen Deutschland. Es gab kleine Aufführungen unabhängiger Theater- und Tanzgruppen. Pamphlete wurden verteilt, in denen die Zusammenlegung inhaftierter RAF-Kämpfer gefordert wurde. Und ganz vorn am Eingang zur Wagenburg hatte das »Neue Forum« einen Infostand aufgebaut.

Melanie hockte mit einem Walkie-Talkie bewaffnet auf dem Dach des Hauses Helmholtzplatz Nummer fünfzehn. Neben ihr schweigend Polzin, an einer Zigarette ziehend und ab und zu einen Blick durchs Fernglas werfend. Hinten ratterte eine Hochbahn über den Viadukt an der Schönhauser Allee, über den Himmel zog ein Jumbojet der PanAm im Anflug auf Berlin-Tegel.

Alles schien ruhig im Prenzlauer Berg, die Polizei hatte sich zurückgezogen. Kein einziger Streifenwagen sei zu sehen, hatten die Späher gemeldet, was schon wieder fast gespenstisch anmutete.

Melanie seufzte schwer. Sie war furchtbar müde, wollte aber auf keinen Fall einschlafen. Außerdem fand sie es viel zu warm für Oktober.

»Sei doch froh«, antwortete Polzin. »Kalt wird's früh genug.«

Aber wenn es kalt wäre, könnte sie sagen, sie friere. Und dann würde Polzin sie in den Arm nehmen.

Er nahm sie auch so in den Arm.

»Küss mich«, verlangte Melanie.

Als Polzin zögerte, regte sich Melanie zunehmend auf: Ob er nicht merke, dass sie brenne vor Leidenschaft, und wenn er sie nicht gleich küsse, würde sie verglühen wie eine Sternschnuppe im August.

Man sah Polzin an, dass er sich fragte, woher sie das hatte.

Melanie seufzte leidenschaftlich. »Küss mich, sonst werd ich ohnmächtig!«

Das muss jeder Mann verhindern, und deshalb küsste er sie. Richtig wohl mochte ihm dabei nicht sein, immerhin war Melanie erst sechzehn, mithin noch nicht volljährig …

»Seit wann hältst du dich an die Ämterbürokratie«, regte sich Melanie auf, denn sie wollte mehr. Polzin war gut im Küssen. Und so ein charismatischer Typ. Obgleich er immer behauptete, im Moment die Schnauze gestrichen voll von Frauen zu haben. So ein Idiot!

»Noch mal«, hauchte Melanie.

Nein! Er war neun Jahre älter und sie bestimmt noch Jungfrau!

»Das kann sich ändern«, lächelte Melanie und schmiegte sich an ihn. Außerdem: Was waren schon neun Jahre?

Dark kam herauf, brachte Bier und Kaffee in einer Thermoskanne. Die nächsten Bands seien so weit, sagte er, die Leute wollten Punk, deshalb seien sie hier. Er habe eine Liste gemacht. So gegen halb zehn Uhr abends sei die ANORAK ZONE dran. Dann komme Spinne und löse Melanie hier oben ab.

»Allet klar?«

»Alles klaro«, erwiderte Melanie.

Dark sah sie groß an. Es gefiel ihm sichtlich nicht, wie sie hier mit Polzin rummachte.

»Mann, wir machen hier nicht rum! Zisch ab!«

Dark trollte sich.

Was Polzin so vorhabe im Leben, wollte sie wissen.

Der erzählte von der alternativen Stadt mit weichem Moos auf den Fußwegen statt hartem Beton. Begrünung aller Grauzonen. Man müsse endlich wieder atmen können, Pferde statt Autos, Schafe statt Rasenmäher. Schluss mit Autobahnen, Atomkraftwerken und Rüstung. Dafür Bildung für alle, freier Wohnraum und ein bedingungsloses Grundeinkommen für jedermann. *Back to the roots.* Leben am Ursprung, ohne diese ganze bescheuerte Jagd nach der Knete und all dem verrückten Machtgerangel.

Komisch, dachte Melanie, selbst wenn man ihn nach seinen Plänen fragt, klingt es wie ein politisches Pamphlet. Aber so müssen Revolutionäre wohl sein.

»Und Kinder«, fragte sie ihn, »willst du mal Kinder?«

»Wozu eigene Kinder in die Welt setzen?« Polzin winkte ab. Es gebe so viele Kinder auf der Welt, die lebten in Armut und Hunger. Die sollte man aufnehmen in die Häuser, ein Projekt, das man der Dritten Welt schuldig sei.

»Trotzdem«, Melanie lehnte sich an ihn, »ich will mal eigene Kinder haben. Mindestens zwei!«

»Das hat ja wohl noch 'n bisschen Zeit«, erwiderte Polzin und sah wieder durch sein Fernglas, obwohl es gar nichts zu sehen gab.

»Vom Küssen wird man nicht schwanger«, maulte Melanie.

»Was ist jetzt eigentlich?« Polzin sah sie prüfend an. »Willste jetzt das Zimmer in der Siebzehn haben?«

Melanie wusste nicht so recht. Eigentlich hatte sie ja ein schönes Zimmer bei ihrem Vater. Aber das in der Siebzehn war auch ganz nett, hatte immerhin einen kleinen Balkon, wo man im Sommer drauf frühstücken könnte. »Aber man muss noch viel machen.«

»Wegen der Dielen fragst du Daniel«, sagte Polzin, »der macht die in Serie. Türen stehen noch im Hof, und Fensterscheiben lässt du beim Glaser machen, zwei Querstraßen weiter. Sonst ist die Bude ja noch ganz gut erhalten.« Er küsste sie auf die Stirn. »Wir kriegen das schon hin.«

»Wir?«, strahlte Melanie.

»Weißt ja, wo ich zu finden bin«, wich Polzin aus.

46 FÜR DEN ABEND hatten die Polizeipräsidien in Ost und West zu gemeinsamen Einheitsfeiern geladen. So konnten sich die Kollegen in gelöster Atmosphäre einmal näher kennenlernen und »gemeinsame Leidenschaften entdecken«, womit allerdings eher die Hobbys gemeint waren. Zumindest die Modelleisenbahnbauer hatten sich schon gefunden.

Noch am Nachmittag hatte sich Kriminalrat Egon Beylich einen heftigen Wortwechsel mit dem Volkspolizeidirektor geliefert, der nicht verstehen wollte, warum sich Beylich so standhaft weigerte, in Sachen Hausbesetzungen am Helmholtzplatz zu ermitteln. Aber schließlich blieb auch die Bereitschaftspolizei in ihren Standorten. Dafür liefen in den Westberliner Polizeiquartieren Räumpanzer und Wasserwerfer warm. Nur noch wenige Stunden, dann würde auch im Osten die Berliner Linie gegenüber den Hausbesetzungen gelten, und die Kollegen dort waren mit derartigen Räumungen auch viel erfahrener.

Umso skeptischer sah Beylich den vorfahrenden dunklen Dienstlimousinen aus dem Westen vor dem Ostberliner Polizeipräsidium in der Keibelstraße zu. Für ihn das Finale einer Invasion, die er nicht mehr aufhalten konnte. Entsprechend kühl empfing er sein Westberliner Pendant Kriminaloberrat Edmund Palitzsch, der sich ebenso reserviert zeigte. Da standen sich zwei alte Klassenfeinde gegenüber, und es bedurfte Unmengen von Wodka, um die kalten, kriegerischen Herzen aufzuwärmen und miteinander zu versöhnen.

Als Hünerbein und ich wegen der umfangreichen Straßensperrungen im Bereich der Innenstadt erst kurz vor Mitternacht in der Keibelstraße eintreffen, haben Palitzsch und Beylich bereits Waffenstillstand geschlossen und diskutieren leidenschaftlich den Lauf der Dinge.

»Eins muss man euch Ossis lassen«, lallt Palitzsch tiefsinnig, »ihr seid hart im Nehmen. Wir hatten den Marshallplan – ihr die Russen! Wir haben die reichen Amerikaner als Freunde, ihr die armen Sowjets, die außer Atombomben selbst nix haben … Beylich, ihr wart immer auf der beschisseneren Seite des Lebens. Aber das …« Palitzsch hebt den Zeigefinger und hickst. »… das ist jetzt Gott sei Dank vorbei.«

»Trotzdem war unsere DDR nicht schlecht«, entgegnet Beylich mit alkoholseliger Leidenschaft in der Stimme, »wir hatten höhere

Ziele, Idealismus, wir kämpften für eine bessere, eine gerechtere Welt – was war denn bei euch? Außer Nutella und Mercedes? – Nüscht! Wir hatten zwar nur Trabis und Gurken, dafür aber Träume!« Er hebt kämpferisch die Faust. »Und die, Genosse Palitzsch, kann uns niemand mehr nehmen!«

»'n Abend!«

Die beiden Kriminalräte sehen glasig auf, und natürlich mache ich mit meinem weißen Kopfverband ordentlich Eindruck.

»Ah«, ruft Palitzsch stolz, »meine Männer! Sehen Sie nur, Beylich! Kommen direkt von der Front!«

»Das war der harte Osten«, erwidert Beylich und starrt mich mühsam an. »Hat man Sie endlich mal ordentlich vertrimmt, Knoop? Geschieht Ihnen recht.«

»Wir haben den Fall gelöst«, erkläre ich.

»Welchen Fall?« Beylich winkt ab. »Den hab ich ganz allein gelöst. Das Haus hatte einen Kurzschluss. Deshalb hat's da gebrannt.«

»Wir meinen eher den Fall um Werner von Lahn und Jan Frido Arndt«, sagt Hünerbein.

»Hochinteressant«, findet Palitzsch das, »lassense mal hören!«

»Werner von Lahn war offenbar in den sechziger Jahren in eine Affäre verwickelt«, drückt sich Hünerbein diplomatisch aus, »über die die Ostberliner Staatssicherheit Unterlagen gefertigt hat. Diese Unterlagen ließ von Lahn durch einen Mittelsmann Anfang des Jahres aus der Stasizentrale entwenden. Was er nicht ahnen konnte: Jemand hatte sich von den Dokumenten Kopien gemacht, mit denen von Lahn dann erpresst wurde.«

»Wieso«, lallt Palitzsch, »was steht denn drin in diesen Kopien – beziehungsweise in den Originalen?«

»Er wird da«, drückt sich Hünerbein um die allzu harte Wahrheit herum, »allem Anschein nach mit einem Mord an einem jungen Mädchen in Verbindung gebracht.«

»Ich sag's immer«, Palitzsch hebt die Hände, »unsere Politiker haben alle Dreck am Stecken!«

»Besonders Ihre im Westen«, nickt Beylich.

»Offenbar vermutete Lahn, da er von der Existenz der Kopien nicht wissen konnte, zunächst, von Jan Fridolin Arndt erpresst zu werden, der ebenfalls in diesen Mordfall verwickelt war. Er hat ihn ermordet.«

»Was? Von Lahn?« Palitzsch gießt sich empört Wodka nach. »Können Sie das beweisen?«

»Alle Indizien weisen darauf hin. Und wir haben einen Zeugen, der dabei war«, erkläre ich. »Heinrich Boelter. Ein Taxifahrer aus Berlin. Er wurde bereits festgenommen und hat gestanden.«

»Was?« Palitzsch sieht uns ungläubig an.

»Werner von Lahn ermordet zu haben. Aus Notwehr. Er fühlte sich unter Druck gesetzt und hatte Angst. Zudem gibt es handfeste Beweise, Spuren und so weiter gegen von Lahn.«

»Du lieber Himmel, wenn das die Presse erfährt!« Palitzsch schüttelt sich und deutet dann auf meinen Verband. »Ist die Kopfverletzung im Dienst entstanden?«

»Das kann man so sagen«, nicke ich.

»Guter Mann!« Palitzsch gießt zwei weitere Gläser voll. »Jetzt trinken Sie erst mal was. Auf den Erfolg!«

Ich will ihm gerade sagen, dass Alkohol der Genesung meines erschütterten Gehirns nicht gerade förderlich sei, als die Tür aufgerissen wird und Beylichs Ermittler hereinstürzen.

»Es ist kurz vor zwölf Uhr, Genosse Major!«, meldet Matuschka und verbessert sich stockend: »Also ohne Genosse! Und ohne Major.«

»Dafür mit Kriminalrat«, setzt Branner leicht genervt hinzu und verteilt kleine Zettel.

Draußen hört man die Bereitschaftspolizei wieder marschieren.

»Was ist das?« Beylich guckt irritiert auf den Zettel in seiner Hand.

»Die neue Nationalhymne«, erklärt Matuschka stolz, »Deutschland, Deutschland über alles!«

»Einigkeit und Recht und Freiheit«, kläre ich ihn auf, »wir singen nur noch die letzte Strophe.«

»Und wir singen gar nicht mehr«, knurrt Beylich. »Wir summen nur noch.«

»Summen«, erkundigt sich Hünerbein verwundert, »wieso summen Sie nur?«

»Wegen ›Deutschland einig Vaterland‹«, Beylich winkt ab, »das passte irgendwann nicht mehr.«

Das ist typisch für unsere ganze verkorkste deutsche Geschichte, denke ich. Zwei Hymnen, von denen die eine nur gesummt und von der anderen nur die letzte Strophe gesungen werden darf.

»Aber jetzt passt's doch wieder«, ruft Palitzsch begeistert. »Herrgott: ›Deutschland einig Vaterland‹ – passender geht's doch gar nicht mehr! Sie sollten das singen! Sie ... Sie müssen das singen! Was für ein Aufbruch in neue Zeiten!«

»Aaaaach-tung!«, donnert es vom Hof des Polizeipräsidiums. »Still-gestanden!«

»Es geht los«, flüstert Matuschka ehrfürchtig und mit glänzenden Augen.

»Also gut«, Beylich sieht seine Männer an und erhebt sich. »Wir singen die DDR-Hymne. Wissen alle den Text noch?

»Jawoll, Herr Kriminalrat«, donnert es zurück. Und kein einziges ›Genosse‹ mehr. Es klappt allmählich.

»Zur Flaggenparade«, brüllt es vom Hof. »Die Au-geeen – links!«

»Gehen wir ans Fenster«, schlägt Palitzsch vor und kippt noch einen Wodka. »Meine Herren! Wir erleben deutsche Geschichte!«

»Hol nieder Flagge!« Gleichzeitig beginnt das Blasorchester, die DDR-Hymne zu spielen. Der Zapfenstreich hat begonnen.

Beylich und seine Ermittler singen ergriffen mit, während draußen im Hof die Staatsflagge der DDR nach fast einundvierzig Jahren endgültig niedergeholt wird.

Auferstanden aus Ruinen
Und der Zukunft zugewandt,
Laß uns dir zum Guten dienen,
Deutschland, einig Vaterland!

Die Musik ändert sich zu einem getragenen Marsch ...

Alte Not gilt es zu zwingen,
Und wir zwingen sie vereint,

... und wird wieder hymnisch melodisch:

Dass die Sonne schön wie nie
Über Deutschland scheint,
Über Deutschland scheint.

Als die Hymne endet, sind die Augen von Beylich feucht von Tränen. Und auch die übrige Truppe scheint tief gerührt.

Draußen brüllt es: »Zum Müt-zen-tausch, die Au-geeen – ge-ra-de-aus! – Al-teee Müüüüt-zen – ab!«

Drei Hundertschaften Bereitschaftspolizei reißen mit ihrer linken Hand ihre Mützen mit dem DDR-Emblem herunter.

»Neu-eee Müüüt-zen – auf!«

Die Bereitschaftspolizisten setzen mit der rechten Hand Polizeimützen mit dem Bundesadler auf, was nicht allen gleich gelingt.

»Die Au-geeen links! – Heisst Flagge!«

Wieder beginnt das Blasorchester zu spielen, diesmal die deutsche Nationalhymne, und am Flaggenmast kriecht langsam die schwarz-rot-goldene Fahne der Bundesrepublik empor. Gleichzeitig bricht ganz in der Nähe am Brandenburger Tor und am Reichstag ein gigantisches Feuerwerk los.

Palitzsch, Hünerbein und ich singen laut, voller Pathos und ergriffen von dieser historischen Stunde, die ehemaligen Volkspolizisten etwas verunsicherter und leiser mit.

Einigkeit und Recht und Freiheit
Für das deutsche Vaterland,
Danach lasst uns alle streben
Brüderlich mit Herz und Hand!
Einigkeit und Recht und Freiheit
Sind des Glückes Unterpfand:
Blüh im Glanze dieses Glückes,
blühe, deutsches Vaterland!

»Ich halte das nicht mehr aus«, schluchzt Beylich plötzlich, kaum dass wir fertig sind, »was soll das denn? Das ist doch nicht mehr mein Land«, und rennt, laut und hemmungslos drauflos weinend aus dem Raum.

Wir sehen uns alle erschrocken an. Matuschka will ihm schon folgen, doch ich halte ihn zurück.

»Lassen Sie mal, ich glaube, es ist besser, ich mache das.«

Leise laufe ich auf den Gang hinaus und höre mich um. Gedämpft hört man von draußen aus der Stadt das Knallen der Feuerwerkskörper.

Wo kann Beylich hin sein?

Ich finde ihn schließlich auf der Männertoilette. Er steht schluchzend mit dem Gesicht an die gelblich geflieste Wand gelehnt und kann sich kaum beruhigen. Der stolze, hochgewachsene und drahtige Exmajor und Kriminalrat – er heult bittere Tränen um seine DDR wie ein kleines Kind.

»Hey!« Behutsam gehe ich auf ihn zu und nehme ihn tröstend in den Arm. »Alles halb so wild, mhm?«

»Das ist nicht mehr mein Land«, wiederholt Beylich hilflos. »Wo sollen wir denn alle hin?«

»Niemand muss hier weg«, beruhige ich ihn, wohl ahnend, dass es darum gar nicht geht, »im Prinzip bleibt doch alles, wie es ist.«

Aber das ist falsch, und es ist schlimmer.

Viel schlimmer, als wir uns das vorstellen können. Denn plötzlich wird mir klar, dass die Menschen hier, Menschen wie Beylich, sehr viel mehr verloren haben als nur ein fragwürdiges Staatsgebilde.

Es geht um Ideale, Ideen, Utopien. Die Art, wie man sein Leben leben will. Und es geht um Träume. Für viele mögen sie sich in dieser Nacht vom zweiten zum dritten Oktober erfüllen. Andere haben sie für immer verloren.

Wir werden uns anstrengen müssen, ahne ich.

Wir werden uns sehr mühen müssen, damit sich auch unsere neuen Mitbürger, Leute wie Beylich, im gemeinsamen Deutschland wohlfühlen können.

47 HARDCORE DONNERT über den Helmholtzplatz. Gitarren kreischen im peitschendem Rhythmusstakkato, wie unter Schlägen winden sich die Musiker der ANORAK ZONE, hämmern ihre akustischen Statements in die Saiten. Und vorn am Mikrofon tanzt ein kleines, wildes, sechzehnjähriges Mädchen in zu großer Lederjacke und mit bunten Strähnen in den langen Haaren über die Bühne.

Morgens um sechse stehst du auf,
Bist schlecht drauf,
Der Wecker ist eh viel zu laut,
Schnell ins Bad und aufs Klo,
Zum Kotzen ist dir sowieso,
Ob es regnet oder schneit
Und zum Frühstück wieder keine Zeit …

»Tell me why«, brüllen ihre rauen Kerle an den Instrumenten, *»tell me why-hy-hy-hy«*, und vor der Bühne tanzen dreitausend junge Leute Pogo, schwenken Tücher, kreischen und singen laut mit:

… ob in U-Bahn oder Bus:
Warum's hier so voll sein muss?

Donnernd setzt die Hammondorgel ein, die Bässe dröhnen, der Drummer schlägt den Takt der ewig rennenden Zeit:

Pünktlich stehst du an der Werkbank,
Im Gestank,
Das System macht dich noch krank.
Rackerst, schuftest, machst dich platt
Und bist nur ein kleines Rad.
Vergiss den Himmel, blau und weit,
Zum Träumen hast du keine Zeit!

»Tell me why«, brüllen die Jungs, und das Mädchen ruft: *»Ist die Freiheit eher Frust, weil du Geld verdienen musst?«*

Und hoch oben auf den Dächern steht ein einsamer Häuptling und sieht starr mit dem Fernglas in die Nacht hinaus. Über dem Reichstag tanzt das Feuerwerk, aber Polzin hat keinen Blick dafür. Mehrmals schon haben die Walkie-Talkies geknackt, kamen beunruhigende Nachrichten aus der Stadt.

»Du siehst Jespenster«, meint Spinne und köpft noch ein Bier. »Heute machen die nüscht. Heute feiern alle die Einheit.«

Von unten dröhnt die Musik herauf, aus den Verstärkern fetzt Melanies helle, wütende Stimme.

Früher warst du Flamme und Feuer,
Heute ist alles nur noch teuer,
Selbst das Scheißen kostet Geld –
Was ist das für eine Welt?!

Und die Kerle brüllen: *»Tell me why, – tell me why-hy-hy-hy – Tell – me – why?!«*

Von wegen Gespenster. Polzin spuckt die Zigarette aus und streckt den Arm aus.

»Da vorn«, sagt er ruhig und greift zum Sprechfunk, »da rücken die Bullen an! Westbullen! Mindestens 'ne Hundertschaft.«

Gegen ein Uhr nachts bin ich endlich zu Hause. Müde, ziemlich kaputt, und mein Kopf hat wieder zu schmerzen angefangen. In Ermangelung von Yogitee nehme ich eine Schmerztablette. Die hilft im Zweifelsfall auch.

Melanie ist nicht da, aber die ist wohl bei ihrem komischen Hardcore-Festival. In der Küche liegt ein Zettel:

Vati, wo steckst du denn? Im Kühlschrank ist Eintopf, ich muss gleich wieder weg! Die wollen die Häuser räumen lassen, aber wir trommeln die ganze Nacht und werden uns wehren!!! Grüße, deine Melly.

Augenblicklich bin ich wieder hellwach: *Wir werden uns wehren?* – Wann? – Wenn geräumt wird?

Ich schalte das Radio an. Auf dem Sender Freies Berlin läuft Musik, »Stairway to heaven«, aber in ein paar Minuten müssen Nachrichten kommen. Ich warte, mache mir nervös einen Kaffee.

Verdammt, Melanie, das ist doch kein harmloses Räuber-und-Gendarm-Spiel mehr! Nur zu gut kann ich mich an die brutalen Straßenschlachten Anfang der achtziger Jahre erinnern, als es um die Räumung der Häuser am Winterfeldtplatz ging. Damals hatte es sogar einen Toten gegeben und hunderte von Schwerverletzten.

Endlich Nachrichten, aber noch wird gemeldet, dass nach über vierzig Jahren die deutsche Teilung überwunden ist. Seit null Uhr gelten auf dem Gebiet der vormaligen DDR nun die Gesetze der Bundesrepublik Deutschland …

… und in Ostberlin die der Berliner Linie, denke ich, na, hoffentlich setzen die das nicht gleich heute Nacht durch.

Plötzlich klingelt es an der Wohnungstür. Vielleicht ist das Melanie? Meine Hoffnungen werden enttäuscht. Vor der Tür stehen Monika und Siggi und schwenken eine Flasche Sekt.

»Wir dachten, wir stoßen mit dir auf die deutsche Einheit an!«

Na prima! Offenbar kommen sie beide von einer Party, denn Siggi trägt Smoking und Monika ein elegantes schwarzes Etuikleid. Sie sieht wunderbar aus, aber ich habe keinen Blick dafür.

»Was ist mit deinem Kopf passiert? Hattest du einen Unfall?«

»Ruhig«, zische ich, denn eben kommt die befürchtete Meldung im Radio.

»Am Rande der Feierlichkeiten zur deutschen Einheit ist es in Berlin erneut zu Krawallen mit gewaltbereiten Extremisten gekommen. Noch zur Stunde liefern sich am Helmholtzplatz und in den umliegenden Straßen hunderte sogenannter Autonome eine Straßenschlacht mit der Polizei. Armin Hampel berichtet: – ›Auslöser der Krawalle war ein Straßenfest auf dem Helmholtzplatz und die bevorstehende Räumung zweier baufälliger Häuser, die im April dieses Jahres von Autonomen besetzt worden sind …‹«

Das reicht! Ich schalte das Radio aus und zwänge mich an Siggi und Monika vorbei. »Feiert ohne mich! Ich muss los!«

»Wo willst du denn hin?« Monika hält mich am Arm fest.

»Helmholtzplatz! Da sind Krawalle. Ich muss unsere Tochter da rausholen!« Ich drücke ihr Melanies Zettel in die Hand und stürme die Treppe hinunter.

»Warte«, höre ich Siggi rufen, »ich komme mit!«

Der Blödmann hat mir gerade noch gefehlt! Ich mache, dass ich Abstand gewinne, habe aber keine Chance. Ich will meinen Wagen gerade starten, da sitzt er schon neben mir und schnallt sich an.

»Es ist auch meine Tochter«, faselt er drauflos, »wir sind beide für sie verantwortlich!«

»Halt einfach 's Maul, okay?« Ich gebe Gas, brettere die Belziger entlang, rechts in die Eisenacher rein und dann die Hauptstraße runter.

»Fahr über Kreuzberg, Prinzenstraße«, schlägt Siggi vor, »die ganze Innenstadt ums Brandenburger Tor herum ist wegen der Feierlichkeiten gesperrt. Da kommen wir nicht durch.«

Ich biege in die Kolonnenstraße, überhole ein schleichendes Taxi und gebe Vollgas bis Mehringdamm, links runter und dann rechts die Gneisenaustraße rein.

»Wie kommt Melanie zu diesen Hausbesetzern«, will Siggi wissen, »was hat sie da verloren?«

»Woher soll ich das wissen«, rege ich mich auf, »die ist fast jeden Tag da. Verliebt in irgend so einen Punk wahrscheinlich!«

»Der zieh ich die Hammelbeine lang«, droht Siggi.

»Du ziehst am besten Leine«, knurre ich. Der hat sich schon viel zu lange in mein an sich so ruhiges und überschaubares Leben eingemischt.

»Jetzt rechts«, ruft Siggi.

»Ja doch!« Kreischend biegen wir in die Baerwaldstraße ein. Als würde ich mich in Berlin nicht auskennen. Dieser Idiot. Ich wohne schon viel länger hier, oder?

Es geht durch die Prinzenstraße über den alten Grenzübergang auf die Heinrich-Heine-Straße in Ostberlin. Dann unter der Jannowitzbrücke durch halb links auf die Alexanderstraße.

»Nächste rechts«, ruft Dieter, »da sparen wir uns die große Kreuzung.«

Er muss es wissen, der Osten ist schließlich sein Revier. Ich biege in die schmale Schillingstraße ab, erreiche die Karl-Marx-Allee am Kino International und biege, »links«, sagt Siggi, entsprechend ein.

Jetzt geht es auf den Alexanderplatz zu, die Autos werden wieder mehr, der Verkehr dichter. Die Sperrung der Innenstadt macht sich bemerkbar.

»Vor dem Verlag rechts«, meldet Siggi wie ein Kopilot bei der Rallye Paris-Dakar. Ich wechsle die Spuren, rase verkehrswidrig an zwei Bussen rechts vorbei und biege in die Karl-Liebknecht-Straße ein, die wenige hundert Meter weiter zur Prenzlauer Allee wird.

Schon an der Dimitroffstraße sind sämtliche Seitenstraßen abgeriegelt, überall Blaulichter und Sirenengeheul. Eine lange Reihe von Westberliner Räumpanzern und Wasserwerfern wartet auf ihren Einsatz.

Ich stoppe den Wagen an einer Polizeisperre.

»Hier können Sie jetzt nicht rein«, ruft ein Uniformierter. »Polizeieinsatz!«

»Ja, eben«, rufe ich und wedele mit meinem Dienstausweis, »machen Sie den Weg frei!«

Der Polizist springt zur Seite, ich fahre die Dimitroffstraße weiter hoch. Schon wabert Tränengas zwischen den Häusern, an der Lychener brennt eine Barrikade aus Sperrmüll.

»Okay, wir müssen zu Fuß weiter«, stellt Siggi fest, »halt an.«

»Vielleicht kann ich über die Schönhauser ...«

»Vergiss es, halt an!« Siggi schnallt sich ab. »Ich kenn hier ein paar Wege über die Höfe, nun mach!«

Ich stelle den Wagen am Straßenrand ab, über uns knattert ein Hubschrauber. Siggi zerrt mich in einen Hauseingang, weiter geht es über düstere Hinterhöfe.

In der Ferne Geschrei und Sirenengeheul, ganz in der Nähe knallt es ein paarmal. Eine Lautsprecherstimme hallt zwischen den Häusern wieder, aber man versteht nicht, was gesagt wird.

Wir klettern über brüchige Mauern und stehen plötzlich in einer Seitenstraße. Ein Dutzend junger Leute kommt uns atemlos entgegen, eine Tränengasgranate explodiert in einer Straßenlaterne, die Scheiben zersplittern auf dem Asphalt. Alles rennt los, hinten biegt ein Wasserwerfer um die Ecke, vorn versperrt ein Polizeikordon mit Plexiglasschilden die Straße. Wir sitzen in der Falle!

»Da lang«, ruft Siggi und zerrt mich in einen Hausflur. Das Tränengas brennt in den Augen, und irgendwie fühle ich mich an den Nahen Osten erinnert. Beirut, Libanon oder Gaza-Stadt.

Ein paar junge Mädchen flüchten sich ebenfalls in den Hausflur, aber Melanie ist nicht dabei. Wir folgen ihnen. Das Haus grenzt an einen Kirchhof, weiter geht's über alte Grabstätten, und im Schatten der Friedhofsmauer verschnaufen wir einen Moment. Wieder kreist ein Hubschrauber über uns, leuchtet mit Suchscheinwerfern die Gegend ab.

Siggi lugt vorsichtig über die Mauer. »Alles ruhig, komm!«

Wir klettern über die Mauer, laufen im Schatten der Häuser die Straße entlang. An einer Kreuzung steht ein Auto in Flammen. Ein Stück weiter wird ein Supermarkt geplündert. Nicht von Autonomen, nein, es sind Anwohner, die sich hier rasch mit dem Nötigsten für die nächsten Tage eindecken. Wir sind in belagertem Gebiet.

»Wo sind die Einsatzkräfte hin?« Siggi sieht sich angespannt um.

»Haben sich zurückgezogen«, antworte ich, »wir sind im inneren Ring.«

»Kennst dich aus, was?« Siggi keucht. Sein Smoking ist schmutzig und an den Achseln ausgerissen.

»Ich kenn das von früher«, erwiderte ich und stecke mir eine Zigarette an. »Ich weiß, wie so was abläuft.« Plötzlich hören wir die Trommeln, dumpfe, schnelle, drohende Rhythmen.

»Das sind sie«, sage ich zu Siggi, »Melanie trommelt da mit.«

Fünf Minuten später erreichen wir den Helmholtzplatz. Er ist voll von jungen Menschen, sie hocken um Lagerfeuer herum, diskutieren, wie es zu der Eskalation kommen konnte. Viele sind wütend. Jetzt heißt es wieder »gewaltbreite Chaoten« – Scheiße! Und alle fragen sich, wie es weitergeht.

Auf den Dächern sitzen die Trommler und schlagen ihre donnernden Mahnungen in die Nacht hinaus, und der Polizeihubschrauber umkreist sie wie eine riesige Libelle.

Die Bühne ist abgebaut worden, mit dem Holz werden an den besetzten Häusern die Fenster bis zum zweiten Stock vernagelt, Türen und Durchgänge verstärkt und verriegelt.

Viele der Rollheimer haben ihre Bauwagen für Barrikaden und Befestigungszwecke zur Verfügung gestellt und ziehen in die besetzen Häuser. Unter ihnen sind auch Mütter mit Kindern. Ein Wahnsinn, das alles!

Plötzlich sehe ich den Irokesen. Er steht mit einer Gruppe von Männern vor »Rosies Broilerstübchen« und bespricht Strategien zur Verteidigung.

»Wie bei einer mittelalterlichen Burg. Erst die äußeren Ringe zu halten versuchen, dann langsam zurückziehen. Die Bullen total erschöpfen, klar?«

»Ihr habt keine Chance«, sage ich, »die Bullen holen immer wieder frische Kräfte nach. Die Einzigen, die am Ende vor Erschöpfung aufgeben werden, seid ihr.«

»Hört, hört«, macht Polzin, »ein echter Motivator!«

»Lasst wenigstens die Frauen mit den Kindern raus!«

»Das habe ich ihnen angeboten«, antwortet Polzin, »aber sie wollen nicht.« Er sieht mich abschätzig an. »Die Frage ist, was du willst.«

»Wir suchen unsere Tochter«, sagt Siggi.

»Oh!« Polzin grient spöttisch. »Die schöne Melanie hat gleich zwei Väter?«

»Also? Wo ist sie?«

»Irgendwo«, Polzin deutet hoch auf die umliegenden Dächer, »da oben, trommeln. Aber ich löse sie gleich ab. – Wollt ihr hier solange warten?«

»Wir trinken da ein Bier«, antworte ich und gehe mit Siggi ins »Broilerstübchen«.

Rosie ist von der Entwicklung der Lage wenig begeistert. »Wat is, wenn mein Laden abbrennt? Nur weil die sich da draußen nich einigen können? Dann bin ick meine Existenz los – und dann geh ick auf die Barrikaden, det kannste aber annehmen!« Sie stellt uns zwei Bier hin. »Dagegen sind die popeligen Hausbesetzer nüscht!«

»Wie geht das jetzt weiter?« Siggi sieht sich unbehaglich um. »Wann werden die stürmen?«

»Vielleicht morgen früh, vielleicht in zwei Stunden, keine Ahnung«, antworte ich, »das war erst das Vorspiel. Die Fronten sind klar, jetzt werden die Kräfte des Bundesgrenzschutzes herangeführt, Stück für Stück. Ich kenne die Einsatzbefehle nicht, aber wenn die den Platz hier erreicht haben, dann geht der Tanz erst richtig los.«

»Spätestens dann sollten wir hier weg sein«, meint Siggi.

»Wenn wir hier überhaupt noch rauskommen.« Ich trinke von

meinem Bier und schüttele den Kopf. »Sieht nicht gut aus, Siggi. – Schiss?«

»Ein bisschen«, gibt er zu und sieht mich prüfend an. »Du nicht?«

»Nur um Melanie«, antworte ich trocken, weiß aber, dass das nicht stimmt. Aber ich würde nie vor Siggi zugeben, dass mir der Arsch buchstäblich auf Grundeis geht.

»Hör zu!« Siggi sieht mich eindringlich an. »Du kannst doch sicher eine Verbindung zur Einsatzzentrale herstellen, oder?«

»Ich kann«, nicke ich. »Ich bräuchte nur ein Telefon.«

»Gut.« Siggi sieht sich um. »Dann wäre das geklärt. Jetzt müssen wir Informationen sammeln.«

»Aha«, mache ich, »über wen?«

»Die Köpfe der Bewegung hier.« Siggi atmet tief durch. »Das ist hier eine Art Widerstandsnest von Romantikern. Solche Leute haben keinen einzelnen Anführer, die haben mehrere, die die Sache am Laufen halten.«

»Habt ihr das bei der Stasi gelernt?«

»Ja«, nickt Siggi ernst und beugt sich vor, »man nennt das Mittel zur Destruktion. Man schnappt sich die charismatischen Führer und macht ihnen unterschiedliche, aber sehr verlockende Angebote mit dem Ziel, dass sie ihre Entscheidungen überdenken oder sich darüber zerstreiten. Wenn die Einheit der Gruppe zerfällt, hast du leichtes Spiel.«

»Du hast gefährliche Gedanken, Siggi!«

»Ich will nur, dass die Sache hier nicht weiter aus dem Ruder läuft …«

Er stockt und lächelt. Melanie steht an unserem Tisch. Sie sieht erschöpft aus und mault:

»Was macht ihr denn hier?«

»Wir machen uns Sorgen«, sage ich, »und zwar um uns alle!«

»Du musst hier raus, Melanie«, mahnt Siggi. »Die Sache ist gelaufen.«

»Das sehe ich anders.« Sie setzt sich. »Krieg ich auch ein Bier?« Rosie schiebt ihr eins hin.

»Habt ihr Telefon?«, frage ich sie.

»Hinten«, antwortet Rosie knapp, »wenn die Bullen die Leitung noch nicht gekappt haben.

»Pass auf, Spatz«, wende ich mich Melanie wieder zu, »ich werde mich mit der Einsatzleitung der Polizei verbinden lassen und Verhandlungen anbieten. Freier Abzug für alle. Ihr verlasst einfach die Häuser, und alles ist gut.«

»Hast du es immer noch nicht begriffen?« Melanie runzelt die Stirn. »Kein Mensch will hier die Häuser verlassen. Wir wollen einfach nur bleiben dürfen.«

»Das geht aber nun nicht mehr.«

»Das werden wir ja sehen.« Melanie wendet sich ab. »Ich geh mal aufs Klo!«

»Hör zu!« Siggi hat einen neuen Plan. »Ich hab einen Mann bei der KWV sitzen, der könnte was für uns drehen.«

»Du hast einen Mann bei der KWV?«

Siggi lächelt schief. »Der frisst mir aus der Hand. Alter Kollege aus dem Ministerium. Ich war sein Vorgesetzter. Wir könnten was faken. Zum Beispiel, dass die Besetzer Verträge für die Häuser kriegen.«

»Wie willst du das faken?«

»Das lass mal meine Sorge sein«, sagt Siggi. »Ich hab den Bentzsch nicht umsonst auf seinen Posten gesetzt.«

Bentzsch! Rüdiger Bentzsch! Plötzlich wird mir einiges klar.

»Sag mal, Siggi«, frage ich gedehnt, »was sind diese besetzen Häuser eigentlich heute so wert?«

»Die Häuser nicht viel. Das sind Ruinen.« Er lächelt. »Aber der Wert der Grundstücke hat sich heute Nacht mindestens verdreifacht.«

Genau, denke ich. Das ist genau der Punkt. »Kann es sein, dass du für diesen ganzen Mist hier verantwortlich bist?«

»Mensch, Dieter!« Siggi sieht mich eindringlich an. »Das konnte doch keiner ahnen, dass das so eskaliert! Die Häuser müssen so oder so geräumt werden, allein wegen der Bausicherheit …«

Er will noch weiterfaseln, doch plötzlich hallt trockenes Knallen über den Platz. Gleichzeitig dehnt sich weißlicher Rauch aus.

Tränengas! Der Helmholtzplatz wird mit Tränengas sturmreif geschossen.

»Tücher!«, ruft Polzin. »Nehmt die Tücher!«

Jetzt ist klar, wofür die vielen Tücher sind, die gestern beim Volxfest an den Ständen verkauft worden sind: In kaltes Wasser getaucht, bieten sie etwas Schutz vor dem Tränengas.

Auch ich binde mir eins um, während an der Raumerstraße die

ersten Räumpanzer auftauchen und mit voller Wucht in die Wagen der Rollheimer krachen. Und immer wieder knallen Tränengasgranaten. Auf dem Platz bricht Chaos aus, überall rennen Autonome und Polizisten herum, etwas weiter hinten geraten die ersten Autos in Brand.

»Weg hier!«, brülle ich und springe auf. »Schnell!« Ich renne aufs Klo, hole Melanie vom Topf und klatsche ihr einen feuchten Wischlappen vors Gesicht. »Halte das so fest. Ich versuche, die Einsatzleitung zu kriegen.«

Hinterm Tresen steht ein altes Telefon. Ich wähle die Westberliner Vorwahl, dann die Einsatzleitung. Es dauert, bis jemand rangeht. Schon dringt von allen Seiten tränentreibendes Reizgas in »Rosies Broilerstübchen«.

»Einsatzleitung Zwo, wer spricht?«

»Knoop, Mordkommission«, melde ich mich und gebe meine Dienstnummer durch, »ich muss dringend den Einsatzleiter sprechen!«

»Sitzt im Heli«, kommt es vom anderen Ende. »Moment, ich versuch's mal!«

Kurz darauf ist die Verbindung weg. Mist. Irgendwer hat die Leitung gekappt. Und die Luft im »Broilerstübchen« ist kaum mehr zu atmen. Hastig tauche ich die Tücher erneut ins Waschbecken und halte sie mir wieder vor die Nase.

»Ach nee!« Plötzlich stehen mehrere Punks vor mir. Alle haben Gasmasken auf und sehen entsprechend gruselig aus. Auch die Stimme klingt wie aus einem Horrorfilm. »Der Bulle spielt Agent Provocateur? Tut mir leid, das können wir nicht zulassen!«

Schon stürzen sich zwei der Punks auf mich und wollen mich fesseln. Melanie schreit auf. Ich wehre mich, aber da mir das feuchte Tuch vom Gesicht fällt, werde ich vom Tränengas rasch außer Gefecht gesetzt.

»Schluss jetzt!« Siggi hat plötzlich eine Waffe in der Hand. Seine alte Makarow, die Ordonnanzwaffe der Stasi. »Genug Indianer gespielt! Lasst den Mann los, und schön die Hände hoch!«

Doch plötzlich wird ihm von hinten ein Kneipenstuhl ins Kreuz gekloppt. Siggi stolpert vor, die Waffe fällt ihm aus der Hand und schliddert über den Fußboden. Eine der Gasmasken hebt sie auf, und auch dem sich heftig wehrenden Siggi werden die Arme auf dem Rücken mit groben Stricken zusammengebunden. Fürs Erste haben wir jegliche Kontrolle über die Situation verloren.

48 DIE GASMASKEN ZERREN uns raus auf den vernebelten Platz. Überall heulen Sirenen. Mehrere Autos brennen, und dort, wo vorhin noch ein fröhliches, lautes Volxfest war, wird jetzt erbittert gekämpft. Steine fliegen, und Molotowcocktails zerplatzen brennend auf dem Straßenpflaster. Polizisten rücken hinter ihren Plexiglasschilden vor wie eine babylonische Armee. Und immer wieder hört man das trockene Ploppen der Tränengasgranaten. Ich sehe kaum noch etwas und ersticke fast.

Seltsam ist, dass Siggi noch herumkrakeelen kann. »Ihr Idioten«, schimpft er wütend, »merkt ihr nicht, dass so nur alles noch schlimmer wird?!«

Doch niemand achtet auf ihn, wir werden in eines der besetzten Häuser gebracht und in einen Verschlag im Keller gesperrt. Wenigstens ist hier die Luft besser. Und wir sind allein.

»Toll gemacht!« Wütend und mit tränenden Augen sehe ich Siggi an. »Das mit der Pistole war grandios! Jetzt haben die sogar 'ne richtige Waffe!«

»Die haben sowieso Waffen«, knurrt Siggi und ruckelt an seinen Fesseln. »So wie die drauf sind, schrecken die vor nichts zurück!«

»Wir würdet ihr denn reagieren, wenn man eure Wohnung stürmt?« Melanie bringt Wasser und frische feuchte Tücher. »Hier! Draußen geht's jetzt erst richtig los!«

»Melanie, komm zu dir«, barme ich, »ihr habt null Chance! Gebt auf!«

»Das entscheide ich nicht«, erwidert sie und setzt mir eine Bierflasche an die Lippen. »Trink erst mal was!« Sie sieht Siggi feindselig an. »Was macht die dumme Stasisocke hier?«

»Hat sich aufgedrängt«, antworte ich zwischen den Schlucken, »wie immer!«

»Auch ich mache mir nur Sorgen, Melanie«, tönt Siggi mit väterlichem Tremolo in der Stimme. »Vor allem um dich!«

»Machste mir die Fesseln los?«, bitte ich.

Aber Melanie, meine Tochter, mein eigen Fleisch und Blut, schüttelt den Kopf! Ich fasse es nicht.

»Ich bin dein Vater!«

»Ich auch!«, ruft Siggi.

»Tut mir leid, Männer.« Melanie bleibt hart. »Aber solange ihr nur Unsinn macht, kann ich euch nicht losbinden.«

»Was soll das? Sind wir Gefangene der ›Autonomen Republik‹, oder was?« Ich bin außer mir. »Du wirst uns sofort diese verdammten Stricke abnehmen, sonst ...«

»Lass gut sein, Vati.« Melanie lächelt mich traurig an und streicht mir sanft über die Wange. »Wir werden das später ausdiskutieren, okay? Spätestens morgen früh ist hier sowieso alles vorbei.« Sie lässt uns wieder allein.

»Melanie«, brülle ich ihr nach, »verdammt, MELANIE!!!«

»Wenigstens ist sie realistisch.« Siggi ruckelt weiter an seinen Fesseln. »Ich frag mich nur, warum sie das alles mitmacht?«

»Die ist völlig durchgedreht«, vermute ich.

»Oder verliebt.« Siggi ächzt. »Also wenn ich so weitermache, kriege ich die Stricke ab. Warte mal!«

»Achtung! Achtung! Hier spricht die Polizei«, donnert es gedämpft von draußen über den Platz. »Die Häuser sind zu räumen und den Beamten zugänglich zu machen. Ich wiederhole: Räumen Sie unverzüglich die Häuser!«

Ich würde ja, aber ich kann nicht. Im Gegensatz zu Siggi krieg ich meine Fesseln nicht los.

»Du musst die Handgelenke gegeneinanderdrehen. – Ah!« Er hat's, nimmt die Hände nach vorn und streift sich den restlichen Strick ab. »Siehste, so!«

»Ich bin nicht Houdini«, erwidere ich. »Mach mich los!«

Siggi kommt zu mir und knotet meine Hände frei. Endlich. Meine Finger sind schon ganz taub.

Draußen donnert der Polizeihubschrauber. Wieder fordert die Polizei, die Häuser unverzüglich zu räumen.

»Und jetzt?« Ich starre Siggi erschöpft an. Was passiert jetzt? Sollen wir Melanie suchen und zusehen, dass wir sie hier irgendwie rausbekommen? Das scheint zwecklos zu sein. Wir sind umstellt von fanatischen Hausbesetzern. »Die sind einfach in der Mehrheit.«

»Abwarten«, erwidert Siggi. »Manchmal entwickeln sich die

Dinge von selbst. Wichtig ist, dass wir handlungsfähig sind, wenn es darauf ankommt.«

Ich biete ihm eine Zigarette an. »Hier!«

»Danke.« Wir rauchen und warten. Auf dem Helmholtzplatz tobt die Straßenschlacht. Ein Räumpanzer brüllt auf und kracht brutal gegen das Tor.

Irgendwo im Haus kreischen ein paar Mädchen, Kinder fangen an zu plärren, hektische Rufe: »Hierher! Shit, die kommen über die Dächer!«

»Erinnerst du dich an Rosemarie?«, frage ich nach einer Weile.

»Was?« Siggi starrt mich an.

»Das hast du geschrieben, stimmt's?« Ich drücke meine Kippe aus. »Diese Akte über Werner von Lahn, von der du mir im ›Kleisther‹ erzählt hast: Die hast du einem Typen während der Besetzung der Stasizentrale abgenommen.«

»Er hat sie wiederbekommen. Ich habe mir nur Kopien gemacht«, antwortet Siggi. »Warum fragst du?«

»Weil du mit diesen Kopien Werner von Lahn erpresst hast«, antworte ich. »›*Erinnerst du dich an Rosemarie*‹, hübsch getippt auf einer Erika-Schreibmaschine.«

»Du bist wirklich ein guter Ermittler, Dieter«, Siggi lächelt mich an. »Aber kannst du das auch beweisen?«

»Du wolltest ihn unter Druck setzen«, fahre ich fort, »weichklopfen, wie du es nennst, um günstig an diese Häuser hier zu kommen.«

»Nicht nur«, antwortet Siggi, »ich muss auch an meine Kameraden denken, Dieter. Jetzt mit der Einheit kommt die Siegerjustiz. Da wollen uns einige hängen sehen.«

»So wie Jan Fridolin Arndt hängen musste?«

Siggi guckt mich verständnislos an. »Wovon redest du?«

»Werner von Lahn konnte nicht wissen, dass es Kopien von den Akten gibt«, erkläre ich ihm, »er vermutete den Urheber deiner erpresserischen Schreiben in Arndt. Dem Einzigen, der noch von der Sache mit Rosemarie unmittelbar betroffen war. Aber Arndt war unschuldig.« Ich sehe Siggi an. »Deine Erpresserbriefe haben einem völlig Ahnungslosen das Leben gekostet.«

»Ehrlich?« Siggi wirkt betroffen.

»Dafür trägst du die Verantwortung.«

»Nee«, Siggi schüttelt entschieden den Kopf. »Schuld ist der Mörder. Was kann ich dafür, dass …«

Er kommt nicht mehr zum Sprechen, denn die Tür zu unserem Verschlag wird aufgerissen. Drei Autonome mit Gasmasken stürzen herein und faseln was von Geiseln.

Ohne mich. Ich springe den mir am nächsten Stehenden an, auf dass er zu Boden geht, und renne drauflos.

Raus hier, denke ich, nur raus hier!

Die beiden anderen Punks rennen mir nach. Auch Siggi rappelt sich auf und folgt.

Oben herrscht totales Chaos: Nebel, Feuer, Rauch! In der Hofeinfahrt steckt ein Räumpanzer fest und brennt. Das Pflaster ist aufgerissen, um Steine zum Werfen zu haben.

»Stehen bleiben!« Plötzlich hat einer der Gasmaskenpunks wieder Siggis Waffe in der Hand und gibt einen Warnschuss ab. Augenblicklich bleibe ich stehen und hebe die Arme hoch.

»Bist du verrückt, das ist mein Vater!«, kreischt Melanie und nimmt dem Punk die Makarow ab.

»Waffe weg, Melanie!«, brülle ich, doch zu spät: Schon sind überall Polizisten. Hinter ihren Plexiglasschilden junge Gesichter, gerade zwanzig Jahre alt. Auch sie haben Angst. Feuer, Qualm und ätzender Gasgestank erschweren die Orientierung. Und ein frisch ausgebildeter Bundesgrenzschützer sieht die Pistole in Melanies Hand und zieht seine Waffe!

»Melanie«, brüllen Siggi und ich gleichzeitig und stürzen uns auf das Mädchen. Schon fällt der Schuss.

Melanie kreischt auf. Wir liegen auf dem Boden.

»Alles in Ordnung?« Ich schüttele sie. »Verdammt, ist alles in Ordnung?«

Um uns herum Polizeisirenen, das Dröhnen der Räumpanzer und Wasserwerfer, platzende Tränengasgeschosse, Schreie und explodierende Brandflaschen – das ganze Getöse entfesselter Gewalt …

Und irgendwo schreit jemand verzweifelt nach einem Arzt.

EPILOG

Zwei Wochen nach der polizeilichen Räumung des Helmholtzplatzes erscheint der Berliner Tagesspiegel mit einer sensationellen Titelgeschichte und löst so den ersten Skandal des wiedervereinten Deutschland aus. Es geht um die illegale Verschiebung von ehemaligem Stasivermögen in der Wendezeit. Über zwanzig Millionen Valutamark sollen durch dubiose Transfers ins Ausland verbracht und mit Immobiliengeschäften reingewaschen worden sein, um sie so dem Zugriff der Bundesrepublik zu entziehen, der das Geld eigentlich nach dem Einheitsvertrag zugestanden hätte. Hintermänner der Aktion seien Ullrich C., ein ehemaliger Offizier der Nationalen Volksarmee, der Westberliner Geschäftsmann Julian B. und der Chef der Immobilienfirma DOMIZIL, Siegbert M.

Verfasst wurde der viel beachtete Artikel von der bis dahin unbekannten freien Journalistin Monika Droyßig.

Während der Offizier und der Geschäftsmann bereits verhaftet wurden und sich in Kürze einer gerichtlichen Verhandlung stellen müssen, wird der Dritte im Bunde, Siegbert M., haftunfähig im Benjamin-Franklin-Klinikum zu Berlin-Steglitz stationär behandelt.

»Warum tut sie mir das an?!«, ruft er verzweifelt und zerknüllt wütend die Zeitung. »Was hab ich ihr getan? Ich habe ihr einen Job besorgt, einen Dienstwagen, sie hätte Karriere machen können! Zusammen hätten wir es bis nach ganz oben geschafft. Und was tut sie? – Sie verrät alles!«

Fast tut er mir leid. Ich bin ihm sogar dankbar, denn durch seinen körperlichen Einsatz hat er Melanie während der Räumung des Helmholtzplatzes das Leben gerettet. Als der junge Bundesgrenzschützer auf das Mädchen schoss, weil er sich durch dessen Waffe bedroht sah, hat sich Siggi beherzt in die Schussbahn geworfen und so die Kugel abgefangen.

Ja, denke ich, in jener fürchterlichen Nacht mag er tatsächlich zum Vater des Kindes geworden sein. Fortan wird sich Melanie daran gewöhnen müssen, »zwei unmögliche Väter« zu haben. Armes pubertäres Mädchen! Andere haben schon mit einem genug.

Immerhin sind die frischen Blumen auf dem Tisch neben Siggis Krankenbett von ihr. »Danke, Arschloch«, hat sie auf eine Begleitkarte geschrieben und ein Herzchen dazugemalt. Und sie hat recht: Siggi mag ein Arschloch sein, doch er hat sein Leben für Melanie riskiert.

Monika wollte ihn ebenfalls besuchen, aber Siggi lehnt das strikt ab.

»Warum?«, fragt er mich erneut, und in seinen Augen schimmern Tränen. »Warum hasst sie mich so?«

»Sie hat dir eben nie verziehen«, erwidere ich leise und drücke behutsam seine Hand. »Wie das zwischen geschiedenen Eheleuten eben so ist. Aber jetzt hat sie sich gerächt – und damit seid ihr wohl endgültig quitt.«

»Meinst du?« Siggi richtet sich ächzend auf und sieht mich hoffnungsvoll an. »Bereit für einen Neuanfang?«

Er ist wirklich unverbesserlich. »Man muss ja nicht gleich übertreiben«, erwidere ich. Zudem bin erst mal ich am Wochenende mit Monika, Deutschlands neuem gefeierten Polittalkstar, verabredet.

Zuvor aber fahre ich an den südöstlichen Stadtrand von Berlin. Jochen Friedrichs feiert seinen Abschied aus dem Berufsleben nach, und ich, so Hünerbein, sei ausdrücklich dazu eingeladen.

Der alte Volkspolizist bewohnt ein kleines, hübsches Einfamilienhaus in Rangsdorf. Wir sitzen in der gemütlichen Wohnstube, denn seine Frau hat einen wunderbaren Wildschweinbraten gemacht, den wir mit Rotwein und Grappa verdauen, während wir dem frisch gebackenen Pensionär die Kopie einer alten Stasiakte zeigen.

Sie beschreibt, wie Werner von Lahn Anfang der sechziger Jahre eine Gruppe von Westberliner Verfassungsschützern anführte, mit dem Auftrag, Ostberliner Stellen der Staatssicherheit zu unterwandern. Um sich das Vertrauen des Ministeriums zu sichern, versuchten sie, den Landwirt Jan Fridolin Arndt mit den geheimdienstlichen Tricks erotischer Verführung in die Kollektivierung zu zwingen. Das Ergebnis ist bekannt. Der Köder, die achtzehnjährige Studentin Rosemarie Huth aus Berlin-Zehlendorf, drohte, alles auszuplaudern, und wurde unsanft zum Schweigen gebracht. Und auch der Versuch, den Mord Arndt in die Schuhe zu schieben, misslang gründlich.

Der Verfassungsschutz zog sich gescheitert zurück, und Werner von Lahn stieg, in der Hoffung, einmal Senator zu werden, in die Berliner Landespolitik auf. Damit diese Pläne nicht irgendwann von der Vergangenheit durchkreuzt werden konnten, entschloss er sich, in den Wendewirren Anfang 1990 etwaige Akten darüber verschwinden zu lassen, und bediente sich dafür der Mithilfe eines bis dahin harmlosen Berliner Taxifahrers. Der Rest ist Geschichte.

»Tja«, machte Friedrichs, »insoweit ist Arndt das wirklich tragische Opfer. Er musste sterben und wusste nicht einmal, warum.«

Aber wer weiß das schon?

Und wenn Werner von Lahn die Akten einfach hätte Akten sein lassen, wären sie vielleicht nie wieder aufgetaucht.

»Nichts ist so geheim«, erwiderte Hünerbein, »als dass es nicht irgendwann publik werden könnte. Da wird uns in den nächsten Jahren noch einiges aus dem Kalten Krieg um die Ohren fliegen.«

Und was lehrt uns das? Auch bei unseren Geheimnissen sollten wir immer vor uns selbst bestehen können, denke ich. Das muss ich Siggi mal erzählen.

»Apropos Geheimnisse: Wo ist eigentlich das Zeug aus meinem Wagen?«

Hünerbein und Friedrichs grinsen und sehen sich an.

»Ja, das sollten wir vielleicht mal probieren.«

»Nicht, dass wir davon süchtig werden«, mahnt Friedrichs.

»Sie sowieso nicht mehr«, antwortet Hünerbein und lässt den Joint kreisen.

ENDE